Friedri

MW01680849

Handbuch zur Geschichte der Litteratur

Zweiter Theil

SALZWASSER
VERLAG

Friedrich von Raumer

Handbuch zur Geschichte der Litteratur

Zweiter Theil

Unveränderter Nachdruck der Originalausgabe von 1864.

1. Auflage 2022 | ISBN: 978-3-75259-870-4

Verlag: Salzwasser Verlag GmbH, Zeilweg 44, 60439 Frankfurt, Deutschland
Vertretungsberechtigt: E. Roepke, Zeilweg 44, 60439 Frankfurt, Deutschland
Druck: Books on Demand GmbH, In de Tarpen 42, 22848 Norderstedt, Deutschland

Handbuch

zur

Geschichte der Litteratur.

Handbuch

zur

Geschichte der Litteratur.

Von

Friedrich von Raumer.

Zweiter Theil.

Leipzig:

1864.

Inhaltsübersicht des zweiten Theils.

Vierte Abtheilung.

50.

Sowie die Dichter von einem, aller Bildung vorhergehenden goldenen Zeitalter fabeln, so suchen die meisten gebildeten Völker nach einem goldenen Zeitalter in ihrer Litteratur. Ein solches möchte für die Griechen das perikleische, für die Römer das des Augustus seyn; sofern man dies von Lukrez bis Ovid ausdehnt. Bei aller Bedeutung der Zeit der Medicäer, liegen doch Dante, Petrarka und Boccaz vor, Ariost und Tasso nach demselben; das Gold hat sich also nicht an einer Stelle und in einer bestimmten Zeit gefunden. Im Vergleiche mit Marot, Ronsard und Malherbe, zeigen die Schriftsteller aus der Zeit Ludwigs XIV. so unläugbare Fortschritte, daß man ihre Ansprüche im Wesentlichen anerkennen muß. — Dem nachstrebend wollten die Engländer nun auch ihr goldenes, augusteisches Zeitalter haben, und gaben diesen glänzenden Namen, dem Zeitraume der Königin Anna. Mit Unrecht! Man verkannte nämlich, daß die größere Zeit bereits vorüber und ein bedeutendes Herabsinken eingetreten war. Welche Riesengeister, Spenser, Shakspeare, Milton, im Vergleiche mit Addison, Dryden und Pope!

Beginnen wir mit Addison (1677—1719). Er war ein vielbegabter, kenntnißreicher, durchaus sittlicher Mann, und die letzte, preiswürdige Eigenschaft, hatte wesentlichen, heilsamen Einfluß auf seine Schriftstellerei. Steele stiftete nämlich das erste mit größtem Beifall aufgenommene Tagesblatt, den Plauderer (the tattler); hierauf folgte unter Addisons überwiegender Theilnahme, der Zuschauer (the spectator), dann der Vormund (the guardian) u. A. Diese Blätter, vor allen der Zuschauer, hatten das große Verdienst die ungezogene, ja zuchtlose Litteratur der Zeit Karls II., zu Anstand, Zucht und Maaß zurückzuführen, den Werth der häuslichen und bürgerlichen Verhältnisse hervorzuheben, durch heiteren Witz und geistreiche Mannigfaltigkeit die Lässigen anzuregen, und die Verbildeten durch gemäßigte Zurechtweisungen zu beschämen. Ich möchte zwar nicht behaupten, daß man jene Reihe Bände noch jetzt von Anfang bis zu Ende, mit dem damaligen Nutzen und Vergnügen durchlesen könne; wohl aber behalten sie größeren Werth als die meisten der seitdem erschienenen ähnlichen Tagblätter.[1]) Gern theilte ich Proben mit, allein ganz kurze Auszüge zeigen nicht die eigenthümliche Behandlungsart und geschickte Abrundung, und eine Uebersetzung ganzer Nummern würde hier zu viel Raum einnehmen.

[Bouterwek 8, 239.]

Addison gewann aber bei seinen Zeitgenossen auch den laut verkündeten Ruhm eines außerordentlichen Dichters, — für sein Trauerspiel Cato. Jetzt kann man diesen Irthum kaum begreifen; denn Cato ist gewiß ein ganz mißlungenes Werk. Der erstaunliche Inhalt des größten, weltgeschichtlichen Trauerspiels ist kümmerlich zusammengeschrumpft, breite wirkungslose Rederei kann den Mangel an Beschließen und Handeln nicht ersetzen, die Heucheleien des Portius und Sempronius sind kleinlich und widerwärtig, und die Liebesgeschichten unausstehlich. Daß der mit Liebesgeschichten und Intrigen überfüllte Hof Ludwigs XIV. auf die französischen Dichter wirkte, ist zwar zu beklagen, aber nicht unnatürlich; warum aber Addison zur Zeit der, hiezu keine Veranlassung gebenden Königin Anna, so viel erbärmliche Liebesgeschichten, angeblich für die Veredlung der römischen Weltgeschichte erfand, ist unbegreiflich. Zwei Söhne Catos lieben dieselbe Portia; Catos Tochter Marcia hat ebenfalls zwei Lieb-

1) Macaulay empfiehlt zum Nachlesen, die Nrn. 26, 69, 159, 317, 329, 343, 517.

haber, den römischen Senator Sempronius und den afrikanischen König Juba. Sterbend ist Cato noch damit beschäftigt Heirathen zu stiften, und endet unter Sorgen, er habe sich mit dem Selbstmorde doch wohl übereilt!! — O Shakspeare! Wie weit war man abgekommen von dessen Verständniß!

51.

Es giebt Leute, die ohne bestimmten Beruf, eine bestimmte Neigung haben alle Bücher wenigstens zu durchblättern, alle Gemälde zu beschauen, alle Concerte zu besuchen u. s. w. Zu derlei allgemeinen Bestrebungen hatte ich nie Zeit und Lust; vielmehr hielt ich stets und wiederkehrend fest an den wahrhaft großen Meistern. Ja ich hege die Ueberzeugung (oder das Vorurtheil), was mich langweile, könne auch bei meinen Zuhörerinnen keine Theilnahme finden. Was mir in der Jugend mißlang, werde ich deshalb im Alter nicht nochmals versuchen: nämlich 18 Bände der Werke Drydens (1631—1701) durchzulesen.

[Bouterwek 8, 31.]

Allerdings hat Dryden lange (besonders in England) für einen der ersten Dichter gegolten. Unbefangene Kritik ergiebt daß er (nach der Weise Boileaus) Kritik kannte und übte, die Sprache beherrschte und allerhand Einzelnes geschickt erfand und zusammenstellte. Diese Vorzüge, oder Eigenthümlichkeiten, konnten aber den Mangel inniger Begeisterung und schaffender Kraft nicht ersetzen. Seine allegorischen Gedichte: die Hindin und der Panther (das heißt die Katholiken und die Protestanten), und Absalon und Ahitophel (das heißt König David und König Karl II.) leiden an den bekannten, unvermeidlichen ästhetischen, und außerdem an politischen Mängeln; die Lustspiele haben einzelne löbliche aber auch zweideutige, unsittliche Scenen, ohne ein abgerundetes Ganzes zu bilden; die Trauerspiele sind noch willkürlicher aufgebaut, und das allerdings musikalisch brauchbare Alexanders Fest, hat erst durch Händel eine höhere Verklärung erhalten. — Zur Probe gebe ich den Inhalt eines Trauerspiels, die indische Königin, nach Hettner's Auszuge.

Montezuma, der mächtige Feldherr, liebt Horazia, die Tochter des Königs. Er bittet den König um ihre Hand; sie wird ihm verweigert, denn er ist nicht von königlichem Blute. Jetzt geht Montezuma aus Rache zum Feinde über; erkämpft einen großen Sieg, der König und seine Tochter Horazia werden gefangen. Die feindliche Königin hat sich sogleich beim ersten Anblick in Montezuma verliebt; sie will daher Horazia tödten, denn sie fühlt daß diese ihrer Liebe gefährlich ist. Da ereignet sich ein unerwartetes Unglück. Als der Sohn der Königin die Mordpläne gegen Horazia wahrnimmt, tödtet sich dieser; auch er hatte ein empfängliches Herz, und verliebte sich in Horazia. Inzwischen entsteht (man sieht nicht aus welchem Grunde) im Reiche ein Aufstand. Dadurch wird die beabsichtigte Tödtung Horazias verschoben. Der Aufstand siegt, Montezuma wird zum König ausgerufen, die Königin tödtet sich, Montezuma heirathet Horazia; denn er ist nicht nur König, sondern es erweiset sich hinterdrein auch, daß er von Königen abstammt. Dazu viel Geistererscheinungen, als himmlische Schicksalsmächte, und in den Kriegen und Aufständen viel Trommeln und Trompeten.

52.

Pope (1688—1744) war so gescheut weder Trauerspiele, noch Epopeen dichten zu wollen; denn der hochgerühmte komische Lockenraub, ist zuletzt doch nur ein heiter erkünsteltes Werklein. Pope besitzt alle nur möglichen negativen Vorzüge: man findet bei ihm nichts Anstößiges, Uebertriebenes, Maßloses, Albernes, Geschmackloses u. dgl. Aber Waschen, Kämmen, Bürsten, Frisiren u. s. w. schafft zwar allerlei Ungebührliches hinweg, kann aber die Gestalt nicht verwandeln und lebendige Schönheit verleihen. Ebenso geht aus jenen Bestrebungen kein Dichter in höherem Sinne hervor.

[Bouterwek 8, 109.]

Popes Versuch über die Kritik (essay on criticism) enthält jedoch sehr viel gescheute, scharf ausgedrückte Lehren und Grundsätze, und steht den ähnlichen Werken Boileaus und Drydens voran. Minder gelungen ist der (mehr gelesene und bewunderte) Versuch über den Menschen; denn die tiefsten philosophischen Fragen ließen sich (trotz der Gewandtheit und des Scharfsinns), in einem solchen Gedichte nicht erschöpfend behandeln. An Sprüchen und Sentenzen findet sich jedoch Ueberfluß, z. B.: the proper study of mankind is man. Andere sind zwar oft wiederholt und angepriesen worden, aber doch nur halb wahr z. B.: the forms of governments let fools contest;

What e'er is best administer'd is best.

Sonderbar daß Pope, obgleich ein großer Verehrer Homers, ihn doch in einer Weise übersetzte, die den unübertrefflichen, unantastbaren Sänger in Wahrheit entstellt. Alles zu Allem gerechnet ist Manches von Pope (zwar nicht dichterisch, aber verständig und sprachlich vollendet) doch eher mit Beifall zu lesen, als Drydens Tragödien und Addisons Cato.

In einer durchaus verschiedenen Welt lebte, und eine von den Genannten ganz verschiedene Natur, war Swift (1667—1745). Denn Addisons einfaches nützliches Geschäftsleben, hat keine Aehnlichkeit mit Swifts leidenschaftlichem, politischen Treiben, und von der Wohlgezogenheit Popes findet sich keine Spur.

[Bouterwek 8, 216.]

Es ist hier nicht der Ort Swifts politische Kämpfe darzustellen und zu beurtheilen; jedoch können selbst seine größten Bewunderer nicht läugnen, daß er hiebei Wahrheit und Recht weniger im Auge behielt, als Parteiansichten und Parteizwecke. Ueber sein Verhältniß zu zwei edlen Frauen, Vanessa und Stella, schwebt, trotz aller Forschungen, noch ein geheimnißvolles Dunkel; gewiß wurden beide unglücklich und (wie hart auch seine Natur war) konnte auch Swift sich dabei nicht glücklich fühlen.

Der litterarische Ruhm Swifts gründet sich (abgesehen von politischen Streitschriften) auf zwei satirische Romane, Das Märchen von der Tonne, und Gullivers Reisen. Sie sind übermäßig bewundert worden. Auch zeigen sie allerdings scharfe Beobachtungsgabe, Auffassung des Lächerlichen und Verächtlichen, Züchtigung ungebührlicher Anmaßungen und Vorurtheile, Spaß in verschiedenen Abstufungen u. s. w. Es gehört indeß ein ganz eigenes Organ dazu, sich an derlei Werken recht von Herzen zu ergötzen; es läßt sich dasselbe nicht herbeikünsteln. Schreibt doch selbst Voltaire (XXXIX, 265): „folgte ich meinem Geschmacke, so würde ich von der Satire nur reden, um einen Abscheu dagegen einzuflößen, und die Tugend zu waffnen wider eine so gefährliche Schriftstellerei."

Man hat gesagt: der Zorn macht den Vers. Kann seyn, aber er macht keinen Dichter; — und noch weniger der bittere Ingrimm, welcher bei Swift so oft hervorbricht. Lord Mahon (Hist. of England I, 69) sagt von ihm: er war kühn, rachsüchtig, rücksichtslos. Selten hielten ihn Zartheit (delicacy) und Mitleid zurück. Vollständig kannte er die niedrigen Theile der menschlichen Natur, — denn sie waren seine eigenen. — Swift (erzählt Macaulay Hist.. VII, 183) war der stolzeste, ehrgeitzigste, rachsüchtigste, despotischte aller Menschen.

Stelle man sich wie man will, die Satire ist im höheren Sinn keine Dichtung. Gewiß bleibt Vieles in der Welt tadelnswerth; aber wer die Menschheit erhebt, steht selbst höher als wer sie hinabzieht und erniedrigt. Der Dichter ist kein Spaßmacher, kein peinlicher Richter, kein Polizeiaufseher, kein Prediger; er soll über dem Geringern schweben, die Welt erleuchten und verklären, beides in edlem Ernst und heiterem Scherz. Wer Alles verachtet, wird zuletzt selbst verächtlich.

Wenn wir Swift mit Theilnahme betrachten in seinem häuslichen und öffentlichen Leben, und als Schriftsteller, so wird der entsetzliche Ausgang begreiflich, daß solch ein reicher Geist sich selbst erschöpfte, vernichtete, in wilden Wahnsinn verfiel, und dann mit gänzlicher Verdummung endigte!

53.

Young (1681—1765) war 13 Jahre jünger als Swift. Beide hatten von Natur eine ernsthafte Richtung; aber sowohl äußerlich als innerlich, zeigt sich neben dieser Aehnlichkeit, die größte Verschiedenheit. Swift hatte seine schmerzlichen Mißverhältnisse zu Vanessa und Stella selbst verschuldet; Young raubte der Tod in rascher Folge, Frau, Tochter, und deren Bräutigam, seinen Freund. Diese Unfälle veranlaßten zum Theil sein berühmtestes Gedicht, die Nachtgedanken. Man hat gegen dieselben eingewandt: sie wären gesucht, übertrieben, schwülstig, zugespitzt, durch Wiederholungen ermüdend u. s. w. Man kann dies Alles, bis auf einen gewissen Punkt, zugeben, ohne Youngs dichterische Bedeutung deshalb zu verkennen. Bei ihm ist nicht die Rede von äußerlichen Lächerlichkeiten und Thorheiten, nicht von herbem, gemüthlosen Spott, nicht von Haß gegen Staat, Kirche, Obrigkeit, ja gegen die ganze Menschheit, nicht von bloß angekünstelter Theilnahme. Die größten Verhältnisse und Gedanken, die das Gemüth der Menschen bewegen können, gehen an uns vorüber: ihre geistige Größe und ihre Kleinheit, Freiheit und Nothwendigkeit, Zeit und Ewigkeit, Tod und Auferstehung, Gott und Vorsehung. Der erhabene Tiefsinn erschüttert selbst den anders Gesinnten, den im Kampfe gegen furchtbaren Ernst und Schmerz, fast Erschöpften. Aber nach langem Hinblick in die finsterste Nacht, zeigen sich die ersten Spuren einer Morgenröthe, die sich bei Young zu vollem Tag entwickelt, und dem von Liebe durchglühten Gemüthe wird so zuletzt ein Trost zu Theil, der allen Schmerz verklärt und heiligt.

[Bouterwek 8, 307.]

54.

Eine ganz andere Natur als Young ist der heitere Thomson (1700—1748). Sein Hauptwerk, die Jahreszeiten, ward Anfangs gränzenlos bewundert, später unbillig bekrittelt. Es hieß: die Natur soll man nicht beschreiben, sondern sehen und malen. Sehen, versteht sich von selbst; aber warum nur malen? Ist doch jede Landschaftsmalerei auch nur Miniaturmalerei, und kann das dichterische Wort nicht (vielleicht in noch größerem Style, und in lebendigerer Bewegung) noch mehr leisten und auf den Leser noch mehr wirken, wie das Gemälde auf den Beschauer?

[Bouterwek 8, 129.]

Frühling: 695—721; Sommer: 93—151; 1334—1356; 1714—1756; Herbst: 1266—1295; Winter: 1194—1247.

Die Natur (rufen Andere) macht sich gar zu breit, und wird dadurch langweilig. — Allerdings ist ein sentimentales Bewundern und eine genaue Beobachtung der Natur nicht zu allen Zeiten Gebrauch gewesen; wenn beides aber auch einmal an die Reihe kömmt und sich geltend macht, so ist dies nicht zu tadeln. Uebrigens wußte Thomson sehr wohl, daß mit seiner Aufgabe die Gefahr ermüdender Wiederholungen verbunden, und es nöthig sey zu den hindurchgehenden ähnlichen Grundzügen, eine passende Mannigfaltigkeit aufzufinden. Diese geht schon daraus hervor, daß Thomson die Natur sehr genau beobachtete und kannte; dann erscheint bei ihm aber auch der Mensch in lebendiger Thätigkeit (z. B. in der Aernte, bei der Schafschur u. s. w.), und so steigert sich das Werk im Zusammenhange und ohne überkünstlichen Zwang bis zu Betrachtungen über die Sittenlehre, die Lehren der Weltgeschichte und die rechte Verehrung Gottes. Gewiß bleiben Thomsons Jahreszeiten (trotz aller etwa nachzuweisenden Mängel) bis jetzt das beste, naturbeschreibende Gedicht.[1]) Seine dramatischen Werke sind dagegen mangelhaft.

1) Lessing XXIII, 65.

55.

Kehren wir nach Frankreich zurück, so verdient zuerst la Brüyere (1639—1696) Erwähnung. Denn obgleich er weder den Dichtern, noch den Philosophen beizuzählen ist, hat er doch durch seine, dem Theophrast nachgebildeten, oder durch diesen veranlaßten Charaktere, den größten Ruhm erworben. Man kann zugeben daß la Brüyere den, wahrscheinlich unächten Theophrast überragt, und doch behaupten daß beide überschätzt wurden.

[Bouterwek VI, 274.]

La Brüyere erinnert der Form nach an Rochefoucauld und Pascal; und wenn diese in fast entgegengesetzter Richtung, sich kürzer, schärfer und folgerechter aussprechen; so erlaubt sich la Brüyere in längeren Schilderungen, Mannigfaltigeres darzustellen, Beobachtungen mitzutheilen, Schwäche und Unrecht zu rügen. Abgesehn aber davon daß hiebei, neben vielem Lobenswerthen, auch Zugespitztes und Halbwahres zum Vorschein kömmt, leidet die ganze Aufgabe an einer fast unvermeidlichen Beschränkung. Sie stellt nämlich eine Menge kleiner Züge nebeneinander, und flicht höchstens eine Anekdote, oder ein Skandälchen zur Belebung hinein. So kommt man jedoch immer nur zu leblosen, unthätigen, mosaikartigen Schattenrissen, die allen durch dramatische Dichtung erschaffenen, handelnden Personen weit nachstehen, ohne daß tiefere Philosophie jenen Mangel verdeckte.

La Brüyere sagt selbst: er wolle die Menschen seines Jahrhunderts zeichnen; und so erregte es denn bei dem Erscheinen des Buchs das höchste Interesse, wem eine Anspielung gelte, wer hinter einem falschen Namen versteckt sey. Dies neugierige Interesse fällt itzt ganz weg; — obwohl wir das neueste Verfahren nicht billigen, durch Nennung der Personen und durch handgreifliche Grobheiten und Verläumdungen, den Lesern jene Mühe zu ersparen. — Aus nachstehender Mittheilung kürzerer

Bemerkungen la Brüyeres, wird sich wenigstens das Allgemeinere seiner Darstellungsweise und seiner Ansichten, näher ergeben.

„Da die Menschen des Lasters nicht überdrüssig werden, so muß man auch nicht ermüden es ihnen vorzuwerfen; sie würden ohne Kritiker und Censoren, noch schlechter seyn. — Welche Pein, eine schlechte Rede hochtrabend herdeklamiren, und mittelmäßige Verse mit dem Schwulst eines kläglichen Dichters vortragen zu hören. — Das Vergnügen der Kritik, raubt das Vergnügen von sehr schönen Sachen lebhaft berührt zu werden. — Erhebt ein Werk euren Geist, einflößt es gute und edle Empfindungen, so fragt nicht nach anderen Regeln der Beurtheilung: es ist gut und von Meisterhand entworfen. — Das Volk nennt Beredsamkeit, wenn jemand lang und allein redet, verbunden mit übertriebenen Geberden, tönender Stimme und kräftigen Lungen. — Welche entsetzliche Mühe hat ein Mann, der ohne Lobredner und Kabalen allein steht und zur Empfehlung nur sein Verdienst hat, sich aus der Dunkelheit hervorzuarbeiten und so weit zu kommen, wie ein Geck der in Ansehn steht. —

Von Zeit zu Zeit erscheinen auf Erden seltene, auserwählte Menschen, die durch ihre Tugenden und ihre hervorragenden Eigenschaften glänzen. Sie sind den ungewöhnlichen Sternen ähnlich, deren Ursachen man nicht kennt und deren Verschwinden man nicht begreift. Sie haben keine Ahnen und keine Nachkommen, sie allein bilden ihr ganzes Geschlecht. —

Ein freier, unverheiratheter Mann, der etwas Geist besitzt, kann sich über seinen Stand erheben, in der Welt zeigen, und mit den würdigsten Leuten umgehn, als mit seines Gleichen; viel schwerer ist dies für einen Verheiratheten. Es scheint daß die Ehe alle Welt in die natürliche Ordnung versetzt. — Männer und Frauen urtheilen selten gleich über den Werth einer Frau; ihre Interessen sind zu verschieden. — Manche Frauen zeigen eine künstliche Größe, durch Bewegungen der Augen, Haltung des Kopfes, Art des Gehens und einen Glanz des Geistes, der nur Eindruck macht, weil man ihn nicht näher prüft. Andere zeigen eine einfache Größe (unabhängig von Gang und Bewegung), die ihre Quelle im Herzen hat und angeboren zu seyn scheint; ein stilles, aber gediegenes Verdienst, begleitet von tausend Tugenden, welche keine Bescheidenheit verdecken kann, sondern die sich jedem zeigen, der zu sehen versteht. — Betrachtet man dieser Frau Schönheit, Jugend, Stolz, Geringschätzung Anderer; so zweifelt man nicht, nur ein Held könne sie gewinnen. Sie hat ihre Wahl getroffen, es ist ein kleines, einfältiges Ungeheuer. — Dieser Mann ist eitel, unbescheiden, geschwätzig, ein schlechter Spaßmacher; er redet von sich mit Zuversicht, von Anderen mit Verachtung; er zeigt sich stolz ohne Treue und Sitten, ohne Urtheil und von ungeregelter Einbildungskraft. Einem solchen Manne fehlt nichts um von den Weibern angebetet zu werden, als ein schönes Gesicht und ein guter Wuchs. — Es ist zuviel für einen Mann wenn seine Frau kokett und frömmelnd lebt; sie muß wählen. — Die Frömmelei ergreift vorzüglich die Frauen wie eine Leidenschaft, oder wie die Schwäche eines gewissen Alters, oder wie eine Mode, der man folgen muß. Manche Frauen zählen die Tage der Woche nach Spieltagen, Schauspiel, Concerten, Maskenbällen, oder einer hübschen Predigt (joli sermon). — Es giebt eine falsche Bescheidenheit, die nur Eitelkeit ist, einen falschen Ruhm der auf Leichtsinn beruht, eine falsche Größe welche klein erscheint, eine falsche Tugend welche Heuchelei, eine falsche Weisheit welche Ziererei (pruderie) ist. — Die Weiber leben in dem Aeußersten, in Extremen; sie sind besser, oder schlechter als die Männer. Die wenigsten Frauen haben Grundsätze; sie werden von ihrem Herzen geleitet, und hängen in Hinsicht auf ihre Sittlichkeit von denen ab, die sie lieben. In der Liebe gehen die Frauen weiter als die meisten Männer; hingegen stehen diese voran in der Freundschaft. — Es kostet den Frauen wenig das zu sagen, was sie nicht empfinden; es kostet den Männern noch weniger das zu sagen, was sie empfinden. Bisweilen verheimlicht eine Frau die Leidenschaft welche sie für einen Mann empfindet, während dieser eine erheuchelt, die er nicht empfindet. — Wenige Frauen sind so vollkommen, daß es dem Manne (nicht wenigstens einmal des Tages) gereuen sollte geheirathet zu haben, oder den glücklich zu finden, welcher unverehlicht blieb. — Der Anfang und das Sinken der Liebe giebt sich dadurch kund, daß beide allein in Verlegenheit gerathen. —

Nichts erhält sich länger als ein mittelmäßiges Vermögen, während man das Ende großen Reichthums voraussehen kann. — Am Hofe ist man klein und findet, trotz aller Eitelkeit, dies selbst. Sogar die Großen sind daselbst klein. — Diesem Manne folgen Viele, er hat ein hohes Amt; zu diesem drängt man sich, er ist ein Günstling; dieser wird umarmt und geschmeichelt, er ist reich; dieser wird mit Neugier betrachtet, er ist gelehrt und beredt; diesen zu begrüßen vergißt niemand, er ist boshaft; — ich möchte einen Mann sehen der nichts ist als gut, und doch gesucht wird. — Tausend Leute verbringen am Hofe ihr Leben mit Umarmen, Händedrücken, Glückwünschen, und sterben ohne etwas zu erreichen. — Hofgunst erhebt den Menschen über seines Gleichen; durch etwanigen Fall sinkt er unter seines Gleichen. — Ein gescheuter Geist gewinnt am Hofe Geschmack für Einsamkeit und Zurückgezogenheit. — Ueber die Mächtigen möge man schweigen; denn in das Lob mischt sich fast immer Schmeichelei; Tadel der Lebenden bringt Gefahr, Tadel der Verstorbenen zeigt Feigheit (lâcheté). —

Nichts erfrischt den Menschen so, als wenn er verstanden hat eine Dummheit zu vermeiden. — Durch die Faulheit ist die Langeweile in die Welt gekommen. — Nichts gleicht so sehr der wahren Ueberzeugung, als schlechter Eigensinn; daher die Parteien, die Kabalen, die Ketzereien. — Wenn es Mode ist tragen die Weiber ein Kopfzeug von mehreren Stockwerken, streichen die Haare in die Höhe und kräuseln sie wie die Bacchantinnen, verwandeln ihre zarte und bescheidene Physiognomie in eine stolze und verwegene, und finden nacheinander das Allerentgegengesetzteste gleich anständig, reizend und schön."

56.

Es wäre eine angenehme und lehrreiche Aufgabe die merkwürdigsten Briefsteller zu charakterisiren und zu beurtheilen: den gedrängten, inhaltreichen Cicero, den schon künstelnden Plinius, die zu Abhandlungen sich ausdehnenden Briefe berühmter Männer des Mittelalters (z. B. des Petrarka, Pius II. und Erasmus), die eitelen Stylübungen mancher Humanisten, die Briefe des mehr gelobten, als gelesenen Chesterfield, Voltaires, Joh. Müllers, Lessings, Goethes, Schillers u. A. bis zu den Briefen, welche von Hause aus nicht sowohl an eine einzelne Person gerichtet, als für das Publikum bestimmt und zugeschnitten waren; wodurch aber freilich das Wesen eines Briefes gutentheils verloren geht. Doch von jenen und anderen Verfassern, kann hier nicht weiter die Rede seyn; sondern lediglich von der allgemein und hochgerühmten Frau von Sevigné.

[Bouterwek VI, 308.]

Obgleich meine Ansichten über dieselbe von den gewöhnlichen abweichen, darf ich doch nicht muthlos und aus falscher Bescheidenheit schweigen. Frau von Sevigné war eine schöne, geistig reich begabte Frau, untadelhaften Wandels (damals ein seltenes Verdienst), eine sorgsame treffliche Mutter, Meisterin der Sprache und Form. Andererseits aber darf man bemerken, daß alle diese Eigenschaften noch nicht hinreichen eine hohe Stelle als Schriftsteller einzunehmen. Die Form entscheidet hier so wenig allein, wie der Inhalt; beides gehört nothwendig zusammen, und diejenigen Schriftsteller welche jene vernachlässigen (wie fast alle Scholastiker) werden natürlich, trotz ihres reichen Inhalts, nur selten gelesen.

Im Vergleich zu der Masse und Zahl der sevigneschen Briefe, ist ihr Inhalt nur sehr gering, und es bleibt gewiß ein Irthum wenn man, dieselben vorzugsweise im Auge behaltend, fast als theoretischen Grundsatz aufgestellt hat: die wahre Kunst des Briefschreibens bestehe darin, ein Nichts annehmlich und anmuthig zuzustutzen. Ob viele Wochenbetten auf Schönheit und Hauswesen der Frau von Grignan nachtheilig wirkten, oder ein Skandälchen am Hofe vorging, oder erzählt wurde, gewährt keinen Reiz für spätere Zeiten; wogegen von der wohlunterrichteten und beobachtenden Frau, die Größe und Kleinheit und Sittenlosigkeit der Zeit Ludwigs XIV., das Wohl und Weh Frankreichs, ja Europas, fast gar nicht in ernster, ergreifender Weise berührt wird, und das weltgeschichtlich Wichtige vor der häuslichen und Hofgeschichte keinen Platz findet.

Frau von Sevigné nimmt Theil an der litterarischen Entwickelung Frankreichs, kann sie aber (an einem Parteistandpunkte festhaltend) nicht in ihrer natürlichen Mannigfaltigkeit richtig anerkennen; ja sie verschmäht es keineswegs, sich über die gegen Protestanten geübte, nichtswürdige Barbarei, mit sehr flachem, gemüthlosen Spotte auszusprechen. Phrasen des Französischen, können junge Damen aus Briefen der Sevigné vielleicht noch immer erlernen; aber derlei Unwahrheiten, Schnörkeleien und Lesereien, leeren den Geist aus, statt ihn zu erheben und zu bereichern.

Vorstehende Bemerkungen haben nicht die Absicht, den wahren Werth der sevigneschen Briefe zu verkleinern, sondern nur einer herkömmlichen Ueberschätzung zu widersprechen. Auch darf man daran erinnern daß die, minder beachteten Briefe der d'Aulnoy, Villars und der Lady Worthley Montague, bei minderem Talent, oder Bestreben aus Nichts etwas zu machen, doch weit reicher sind an belehrendem Inhalte.

57.

François Salignac de Lamothe-Fenelon (1651—1715), Erzbischof von Cambray, ward Lehrer und Erzieher des Enkels von Ludwig XIV., des Herzogs von Bourgogne und schrieb für ihn sein berühmtestes, zuerst ohne sein Zuthun gedrucktes Buch, den Telemach. Dem Beifalle der Leser gegenüber, trat der

Zorn Ludwigs XIV.: Fenelon fiel in Ungnade, da er seine Lehre von einem trefflichen, ermäßigten Königthume an die Odyssee angeschlossen, und nicht, wie Bossuet, aus der Bibel heraus, die unbeschränkteste Herrschaft als Muster aufgestellt hatte. Lange Zeit hindurch blieb der Telemach ein beliebtes, vielgelesenes, lehrreiches Buch. Dies bezweckte und erreichte Fenelon, während er selbst auf den Ruhm eines großen Dichters keinen Anspruch machte. Ja es mag zweifelhaft bleiben, ob er den großen Theologen, oder Philosophen beizuzählen sey; gewiß steht fest, daß er ein durchaus edler Mann war, und den Namen eines ausgezeichneten Schriftstellers verdient. — In den ebenfalls für den Herzog von Bourgogne bestimmten Directions pour la conscience d'un Roi, verbreitet er sich aufs Bestimmteste und Eindringlichste über die Pflichten eines guten Königs. Viel lernen und arbeiten, reine Sitten, Unabhängigkeit von Weibern und Günstlingen, vorsichtige Wahl der Beamten, Friedensliebe, Sparsamkeit, Entfernung von Leidenschaften und Vorurtheilen, Duldsamkeit in Religionssachen, Gerechtigkeit nach allen Seiten u. s. w.

[Eschenburg VI, 131.]

Merkwürdig daß Fenelon, der zur religiösen Mystik hinneigte, einen praktischen, die Gegenwart erkennenden, die Zukunft voraussehenden Blick besaß; während Bossuet (trotz seiner Herrschlust) nichts sah als die Gegenwart, ohne ihre Krankheiten zu fühlen, und an sittliche und staatsrechtliche Heilmittel für die Zukunft zu denken. Fenelon schlug vor, wenn nicht die Reichsstände, doch die ausgezeichnetsten Männer, die Notabeln, zur Berathung und Mitwirkung zu berufen und den Ruf einer gehaßten und verachteten Regierung dadurch zu heben." Eine Frömmigkeit, welche nur Kapellen vergoldet, Rosenkränze betet, an Allem Anstoß nimmt, oder einige Jansenisten fortjagt, ist schlechterdings ungenügend; und ebenso wenig führt es allein zum Ziele, Frieden zu schließen. Man soll auch Ackerbau und Handel neu begründen, den Luxus welcher die Sitten des Volks zerfrißt, regeln, sich der wahren Regierungsform des Königreichs erinnern und den Despotismus, die Ursach aller unserer Leiden ermäßigen. Allerdings wirkt der Despotismus, solange er sich im Ueberflusse befindet, mit mehr Schnelligkeit und Nachdruck, als irgend eine gemäßigte Verfassung. Wenn er aber erschöpft, kraftlos, verschuldet, ohne Credit und bankrott ist, werden da wohl die verkäuflichen Seelen, welche er mit dem Blute des Volkes mästete, sich zu Grunde richten wollen, um ihn aufrecht zu erhalten?" — So Fenelon, 74 Jahre vor dem Ausbruche der französischen Revolution.[1])

Der geistreichen, jedoch überspannten Frau Güyon sich anschließend, schrieb Fenelon die explication des Maximes des Saints, und de la véritable et solide piété, an deren mystischer Richtung Viele (besonders Bossuet) Anstoß nahmen. Sie enthalten allerdings (trotz der löblichen Grundlage) einzelne Sätze und Behauptungen, welche zu Mißverständnissen Anlaß geben konnten, und gegeben haben. Als nach unangenehmem Streite eine Entscheidung des Papstes verlangt wurde, und dieser sich gegen mehrere Punkte erklärte, trieb Fenelon die zweifelhafte Angelegenheit nicht bis auf die höchste Spitze; vielmehr unterwarf er sich milde dem Spruche und vermied einen erwarteten, oder gefürchteten größern Bruch innerhalb seiner Kirche. — Wir theilen einige Stellen mit aus den oben genannten Schriften:

«L'amour pour Dieu seul, considéré en lui-même, et sans aucun mélange de motif intéressé ni de crainte, ni d'espérance, est le pur amour, ou la parfaite charité. — L'amour le plus désintéressé doit vouloir ce que Dieu veut pour nous, comme ce qu'il veut pour autrui. — Dieu ne nous doit jamais en rigueur ni la persévérance à la mort, ni la vie éternelle après la mort corporelle. Il ne doit pas même à notre ame de la faire exister après cette vie. Il pourrait la laisser retomber dans son néant, comme de son propre poids: autrement il ne serait pas libre sur la durée de sa créature, et elle deviendrait un être nécessaire.

---

1) Raumer Gesch. Europas VI, 610.

Mais quoique Dieu ne nous doive jamais rien en rigueur, il a voulu nous donner des droits fondés sur ses promesses purement gratuites. — L'oraison vocale, sans la mentale, c'est à dire, sans l'attention de l'esprit et l'affection du cœur, est un culte superstitieux qui n'honore Dieu que des lèvres, pendant que le cœur est loin de lui. — Il faut aussi que les personnes qui font profession de piété, et qui vivent dans la retraite exemptes des désordres grossiers du monde, examinent attentivement devant Dieu l'imperfection et le peu de solidité des vertus, qu'elles ont acquises. Sans cet examen, qui sert à nous retenir dans l'humilité, dans la crainte et dans la défiance de nous-mêmes, nos vertus mêmes nous deviennent nuisibles, ou du moins dangereuses; elles nous inspirent une confiance présomptueuse; elles font que nous sommes contents de nous, et que nous passons nôtre vie dans un état plein d'illusions. — Gardons-nous bien de juger de notre vertu par les apparences. On est sûr que Dieu ne s'arrête jamais à cet extérieur, et qu'une vertu superficielle ne saurait l'éblouir.

C'est là tout notre bien, que de souffrir des maux dans ce monde, avec l'espérance d'une éternelle consolation. — Notre foi et notre piété sont bien faibles et bien languissantes, puisqu'elles ne peuvent vaincre notre timidité à l'égard de la mort. — Prions, non pour être plus éclairés et plus spirituels en paroles; mais pour devenir plus humbles, plus dociles, plus patiens, plus charitables, plus purs, plus désintéressés dans le détail de notre conduite. —

N'est-il pas admirable de voir combien on est paisible et indifférent pour tous les défauts d'autrui, qui ne nous incommodent point, tandis que ce beau zèle ne s'allume en nous que contre ceux qui excitent notre jalousie, ou qui lassent notre patience; zèle commode, qui ne s'exerce que pour soi, et pour se prévaloir des défauts du prochain, afin de s'élever au dessus de lui. — Tout ce qui se dit, ou qui se fait avec chaleur, n'est point propre à la correction du prochain. — On voit partout des gens qui défigurent la religion, en voulant la régler, suivant leurs fantaisies et leurs caprices. — Qu'est-ce que décrie la piété parmi les gens du monde? C'est que beaucoup d'esprits malfaits la réduisent à des pratiques passes et superflues et abandonnent l'essentiel.»

Fenelons Gespräche und Briefe über die Beredsamkeit sind sehr verständig und lehrreich, besonders für Kanzelredner, deren damals modige und viel bewunderte rhetorische Künsteleien und Uebertreibungen er keineswegs billigte. Ich gebe Proben und Beweise.

„Man muß nur reden um zu unterrichten, und zu belehren. Man muß einen Helden nur loben, um seine Tugenden dem Volke bekannt zu machen, um zur Nachahmung anzureizen, um zu zeigen daß Ruhm und Tugend unzertrennlich sind. Daher sind in einem Panegyrikus wegzulassen alle unbestimmte, übertriebene, schmeichlerische Lobeserhebungen, alle unfruchtbaren Gedanken, welche zur Belehrung des Hörers nichts beitragen; Alles muß bezwecken daß die Tugend geliebt werde. — Dichter und Redner welche die Leidenschaft malen wollen, müssen sie selbst empfinden; die größte Kunst spricht und erreicht nicht die wahrhafte Empfindung. Sie werden stets ein sehr unvollkommener Redner seyn, wenn sie nicht von den Gefühlen durchdrungen sind, die sie malen und Andern einflößen wollen. — Viele Prediger bilden sich ein, es genüge zu schreien und viel vom Teufel und der Hölle zu reden. Allerdings muß man auch durch lebendige und schreckliche Bilder auf das Volk wirken; aber aus der heiligen Schrift kann man lernen, wie man große Eindrücke hervorbringt. — Junge Leute ohne Ruf beeilen sich zu predigen; die Zuhörer glauben aber daß sie weniger Gottes, als ihre Ehre suchen, und mehr mit ihrem Glücke, als mit dem Heile der Seelen beschäftigt sind. — Ein blühender Deklamator kennt weder die Grundsätze einer gesunden Philosophie, noch die der evangelischen Lehre zur Vervollkommnung der Sitten. Er trachtet nur nach glänzenden Phrasen, und sinnreichen Wendungen. Was ihm am meisten fehlt ist gründliche Einsicht: er sucht anmuthig zu sprechen, und weiß nicht was er sagen sollte; er schwächt und entnervt die größten Wahrheiten, durch eine eitele und gezierte Wendung. Das Absonderliche ist immer gefährlich; es findet keine Entschuldigung bei Dingen die nicht vom Gebrauche abhängen. — Man gewinnt viel durch Aufgeben alles überflüssigen Schmuckes, um festzuhalten an den einfachen, leichten und klaren Schönheiten. Wer immer geistreich seyn will, ermüdet und erschöpft mich; ich ziehe das Liebenswürdige vor, dem Ueberraschenden und Wunderbaren.

Unsere Dichter haben das Trauerspiel schmachtend, fade, süßlich gemacht, gleichwie die Romane. Man redet nur von Feuer, Ketten, Plagen; man will sterben, während man sich wohl befindet. Eine sehr unvollkommene Person heißt eine Sonne, oder wenigstens eine Aurora; ihre Augen sind zwei Sterne. Lauter Uebertreibungen, nichts zeigt eine wahre Leidenschaft. Doch, desto besser; denn die Schwäche des Gifts, vermindert das Uebel. Ich glaube indessen, man könnte den Tragödien eine bewundernswerthe Stärke geben, in Folge der sehr philosophischen Ideen des Alterthums, ohne die flatterhafte und regellose Liebe einzumischen, welche so viel Verwüstungen angerichtet. Bei den Griechen war das Trauerspiel ganz unabhängig von profaner Liebe. Corneille hat in seinem Oedip die Handlung abgeschwächt, indem er sie verdoppelte, und den Zuschauer zerstreut, durch die hinzu erfundene kalte Liebe des Theseus und der Dirce. Racine ist in denselben Fehler verfallen, indem er der wilden Phädra, einen schmachtenden Hippolyt gegenüberstellte. Er mußte Phädra in ihrer Leidenschaft allein lassen; dann war die Handlung innig, kurz, lebendig, rasch. Aber unsere beiden tragischen Dichter (so viel Lob sie sonst verdienen) wurden durch den Strom fortgerissen; sie gaben den Romanen nach, welche zur Herrschaft gekommen. Zufolge der Mode der schönen Geister ward überall Liebe angebracht; man hielt es für unmöglich, während zweier Stunden, die Langeweile abzuhalten, ohne Hülfe einer galanten Intrige; man hielt sich für verpflichtet im größten und leidenschaftlichsten Schauspiele ungeduldig zu werden, wenn nicht ein schmachtender Held dazwischen trete. Ja seine Seufzer mußten mit Spitzen (pointes) ausgeschmückt und seine Verzweiflung ausgedrückt seyn, in allerhand Arten von Epigrammen. Man wagte nicht vor Schmerz zu sterben, ohne im Todeskampfe Gespitztes und Spiele des Witzes auszusprechen."

„Ein Geschichtschreiber soll überflüssige Beiwörter und anderen Redeschmuck weglassen, damit seine Geschichte kürzer werde, lebendiger, einfacher, anmuthiger. Durch eine einfache Erzählung wird er die reinste Sittenlehre einflößen, ohne zu moralisiren; Sprüche, Sentenzen möge er fliehen, wie wahre Klippen. Man kennt die Wahrheit nur theilweise; ein Geschichtschreiber der erzählen will, was er nicht wissen konnte, macht mich zweifelhaft selbst über die Thatsachen die er wissen konnte."

Fenelons Urtheile über die französische Kanzelberedsamkeit und die französische Dramatik sind um so merkwürdiger, da sie den allgemeinen Ansichten seiner Zeit ganz widersprechen, und erst von der Nachwelt als richtig bestätigt wurden. — Ich lasse jetzt Auszüge folgen aus Fenelons Schrift über die Erziehung der Töchter.

„Die Frauen sollen nicht den Staat regieren, nicht Krieg führen, nicht in den geistlichen Stand treten. Sie bedürfen keiner ausgedehnten Kenntnisse über Politik, Kriegskunst, Rechtsgelahrtheit, Philosophie und Theologie. Selbst die meisten der mechanischen Künste kommen ihnen nicht zu. Ihr Körper und ihr Geist ist weniger stark und kräftig als der der Männer; dagegen hat ihnen die Natur zum Ersatze gegeben Betriebsamkeit (l'industrie), Sauberkeit und das Hauswesen, um sich damit ruhig zu beschäftigen. Je schwächer indeß die Frauen von Natur sind, desto wichtiger ist es sie zu stärken. Haben sie nicht Pflichten zu erfüllen, welche die Grundlagen des ganzen menschlichen Lebens sind? Sind es nicht die Frauen, welche die Häuser erhalten, oder zu Grunde richten, alles Einzelne ordnen und so das entscheiden, was die Menschen zunächst betrifft? So haben sie den Hauptantheil an den guten, oder schlechten Sitten. Obgleich den Männern alles öffentliche Ansehn zusteht, können sie doch durch ihre Berathungen nichts wahrhaft Gutes stiften, wenn die Frauen nicht bei der Ausführung helfen. Die Beschäftigungen der Frauen sind so wichtig als die der Mäuner; jene werden aber höchst verderblich wirken, wenn sie nicht eine Erziehung zur Tugend erhalten. Ihre Unordnungen (déréglements) haben herbeigeführt Umsturz der Sitten und Gesetze, blutige Kriege, Neuerungen in der Religion, Umwälzungen der Staaten. Daher die hohe Wichtigkeit der Töchtererziehung.

Unwissenheit ist die Ursach warum ein Mädchen Langeweile fühlt und nicht weiß wie sie sich unschuldig beschäftigen soll. Ist sie bis zu einem gewissen Alter gekommen, ohne würdige Dinge zu ergreifen, so wird sie dafür nie Achtung und Geschmack gewinnen; alles Ernste erscheint ihr traurig; alles, was Aufmerksamkeit erfordert, ermüdend. Die in der Jugend starke Neigung zum Vergnügen, das Beispiel gleich alter, in Zeitvertreib untergetauchter Personen, Alles trägt dazu bei daß sie ein fleißiges, geregeltes Leben fürchtet. Womit wird sie sich beschäftigen? Mit nichts Nützlichem. Die Unthätigkeit wird zur unheilbaren Gewohnheit. Diese Faulheit, diese Entkräftung der Seele, ist eine unerschöpfliche Quelle der Langenweile. Sie verweichlicht sich durch überlangen Schlaf, und entbehrt der wahrhaft heilsamen Stärkung.

Schlecht unterrichtete und unthätige Mädchen leiden an einer umherschweifenden Einbildungskraft. Aus Mangel ächter Nahrung, wendet sich ihre lebhafte Neugier, auf eitele und gefährliche Gegenstände. Die, welche Geist haben, ergeben sich oft der Ziererei, lesen alle Bücher welche ihre Eitelkeit begünstigen, und sind leidenschaftig eingenommen von Romanen, Komödien, Erzählungen von fabelhaften Abendtheuern, wo sinnliche (profane) Liebe sich einmischt. Ihr Geist wird schwärmerisch, sie angewöhnen sich die prunkende Redeweise der Romanhelden, ja sie verderben hiedurch selbst für die Welt. Alle diese luftigen

Empfindungen, großmüthigen Leidenschaften und Ereignisse haben keine Beziehung auf die wahren Triebfedern, welche in der Welt wirken und entscheiden. Ein armes Mädchen angefüllt von dem sie bezaubernden Zarten und Wunderbaren ihrer Bücher, ist erstaunt daß die wirklichen Menschen jenen Helden gar nicht ähnlich sind; sie möchte leben wie die erfabelten Prinzessinnen, welche stets liebenswürdig, angebetet und über alle Bedürfnisse erhaben sind. Welcher Eckel herabsteigen zu müssen von derlei Heroismus bis zu den niedrigsten Einzelnheiten des Hauswesens!

Einige treiben ihre Neugier weiter, und wollen über Religionssachen entscheiden, die sie nicht verstehen. Andere die sich nicht so hoch versteigen, wollen Alles wissen was man sagt, und was geschieht: ein Lied, eine Neuigkeit, eine Intrige; Briefe empfangen und fremde Briefe lesen; sie wollen Alles sagen, und verlangen daß man ihnen Alles sage; sie sind eitel, und die Eitelkeit redet viel; sie sind leichtsinnig und der Leichtsinn verhindert Betrachtungen, welche oft zum Schweigen führen würden.

Es ist ein großer Fehler der gewöhnlichen Erziehung, daß man alle Langeweile dem Lernen, alles Vergnügen den Zerstreuungen zuweiset. Diese Einrichtung muß man verständig ändern.

Viele Mädchen gerathen in Leidenschaft über unbedeutende Dinge. Sobald sie hören daß zwei Personen nicht gut miteinander stehen, nehmen sie von Herzen Partei; sie sind voll unbegründeter Zuneigungen und Abneigungen; sie sehen keinen Fehler in den von ihnen Geachteten, keine gute Eigenschaft an den von ihnen Mißachteten. Bestimmter Widerspruch würde diese Fantasien nur verstärken; doch muß man einer jungen Person allmählig merken lassen, man verstehe besser als sie, was in dem von ihr Geliebten Gutes, was an dem Mißfälligen Uebeles sey.

Allerdings ist Aberglaube für die Frauen zu fürchten; er wird am Besten durch tüchtigen Unterricht beseitigt. Gewöhnt deshalb die, von Natur zu leichtgläubigen Mädchen, nicht allerlei Geschichten ohne Beglaubigung anzunehmen, und sich nicht gewissen Andachtsübungen hinzugeben, welche ein verkehrter Eifer einführt, ohne die Billigung der Kirche abzuwarten.

Unnütze Furchtsamkeit, wohlfeile Thränen taugen nicht, und Eitelkeit spielt dabei eine Rolle. Verachtung dieser Ziereien führt zur Besserung. Ebenso muß man ermäßigen und unterdrücken allzu zärtliche Freundschaften, kleinliche Eifersüchteleien, übertriebene Komplimente, Schmeicheleien, Gefälligkeiten. Alles dies schadet, und läßt Ernstes und Würdiges, als zu trocken und herbe erscheinen. Ebenso müssen sie lernen, kurz und bestimmt sprechen. Man soll viel sagen in wenig Worten; während die meisten Frauen wenig sagen in vielen Worten; sie halten Leichtigkeit der Rede und Lebhaftigkeit der Einbildungskraft, für Geist, und treffen keine Auswahl unter ihren Gedanken.

Die Mädchen werden geboren mit einer heftigen Neigung zu gefallen. Da ihnen die Wege versperrt sind welche Männer zu Ansehn und Ruhm führen, so suchen sie sich zu entschädigen durch Annehmlichkeiten des Geistes und Leibes. Daher ihre zarte und einschmeichelnde Unterhaltung, daher ihre Sehnsucht nach Schönheit und äußerem Reize, daher ihre Leidenschaft für Kleidung. Eine Haube, ein Endchen Band, eine Locke, höher, oder niedriger aufgesteckt, die Wahl einer Farbe, sind für sie sehr wichtige Angelegenheiten. Diese Uebertreibungen gehen bei uns weiter, als bei irgend einem anderen Volke. Die wechselnde Laune welche in Frankreich herrscht, führt zu einem steten Wechsel der Moden. Zu der Liebe der Kleidung tritt hinzu die Liebe des Neuen: zwei Thorheiten, die da vereint die Gränzen der Verhältnisse umstürzen und alle Sitte in Unordnung bringen. Sobald es keine Regel mehr giebt für Kleidung und häusliche Einrichtungen, giebt es keine mehr für die geselligen Verhältnisse; denn übertriebener Aufwand richtet die Familien zu Grunde, und untergräbt zuletzt Ehre, Treue und Rechtlichkeit, selbst unter den nächsten Verwandten. — Alles dies entspringt daher, daß eitele Frauen über die Moden entscheiden.

Die wahre Grazie ist nicht abhängig von eitelem und geziertem Putz. Möchten junge Mädchen die edle Einfachheit betrachten, welche in den Bildsäulen und Gestalten griechischer und römischer Frauen sich zeigt, sie würden bald ihre unnatürlichen Frisuren und aufgebauschten Kleider verachten. Angeblich trachtet die Mode nach dem Vortrefflichsten, kann es aber, steten Wechsels halber, nie erreichen.

Man muß die Mädchen von der Kindheit an gewöhnen etwas zu ordnen, Rechnungen führen, Einkäufe auf dem Markte besorgen, und wissen wie Jegliches zu einem nützlichen Gebrauche einzurichten ist. Andererseits aber darf die Wirthschaftlichkeit nicht in Geiz übergehen.

Bei Erziehung eines jungen Mädchens muß man in Betracht ziehen: ihre äußere Stellung, ihren künftigen Aufenthalt, ihren wahrscheinlichen Beruf. Hütet euch in ihr Hoffnungen zu erregen, welche über ihr Vermögen und ihren Stand hinausgehn. Aufgezwungene, unvermeidliche Entsagungen machen später oft unglücklich für das ganze Leben!"

58.

Ich erwähne jetzt drei Schriftsteller, welche noch oft genannt, aber selten gelesen werden. Fontenelle (1657—1757) hat durch seine (jetzt allerdings veraltete) Gespräche über die Mehrheit der Welten, zu seiner Zeit nützlich gewirkt, und in der Akademie unzählige Lobreden gehalten, welche den Litterarhistoriker interessiren mögen. Ueberall gewandt, ja gekünstelt und geziert, aber ohne scharfe Grundsätze und tiefe Gedanken.

[Bouterwek VI, 284.
Eschenburg VIII, 2, 190.]

Der Abt Prevost (geb. 1697) schrieb, unbedeutendere Werke nicht zu erwähnen, einen leichtsinnig gelobten, in Wahrheit unsittlichen Roman, Manon Lescaut, den in neuerer Zeit eine gerühmte Schriftstellerin leider nachgeahmt hat, und welche beweisen sollen daß sogenannte Liebe jedes Verbrechen entschuldige, ja rechtfertige.

St. Evremond (1613—1703), ein meist in England sich aufhaltender Lebemann, der jedoch in seinen heiter gehaltenen Schriften nie in solche Gemeinheit hinabsinkt, ja den englischen Freidenkern zugesellt, sich über ernste Gegenstände in würdiger Weise äußert. So sagt er z. B.: „das Christenthum ist die reinste und vollkommenste Religion, weil sie die reinste und vollkommenste Sittenlehre ist.[1]) Die Philosophie begnügt sich uns das Leiden ertragen zu lehren; das Christenthum lehrt uns, auch in diesem Leiden die Weisheit und Güte Gottes erkennen. — Die Anhänglichkeit an meinen Glauben, reizt mich durchaus nicht gegen den Glauben Anderer; einzig die Verstellung und Heuchelei sind in der Religion hassenswerth; wer ehrlich und aufrichtig glaubt, den möge man, wenn dieser Glaube falsch ist, nicht verfolgen, sondern nur beklagen. Der Weg zur Einheit ist nicht der unablässige Streit über die Glaubenslehre. Beachten wir, wie in der alten Zeit die Bekehrungen sich machten, so werden wir finden daß sie von der Rührung des Gemüths ausgingen, nicht von der Ueberzeugung des Verstandes. Im Herzen muß die Empfänglichkeit für die christliche Wahrheit seyn; das Herz wird von der göttlichen Gnade tiefer getroffen, als der Verstand von der göttlichen Offenbarung. Gottes Unermeßlichkeit verwirrt unsere beschränkte Fassungskraft, seine Güte aber zwingt uns unwiderstehlich zur Liebe. Liebe Gott und deinen Nächsten, das ist nach dem heiligen Paulus die Grundlehre. Die christliche Religion mildert, was wild in uns ist; sie befiehlt Liebe selbst gegen unsere Feinde. So ist es in den Zeiten des Urchristenthums gewesen; und ist es heut anders, so kommt dies nur daher daß die Religion jetzt mehr unsere Denkkraft, als unser Gefühl beschäftigt. Aus der Verschieden-

1) Hettner 2, 39.

heit der Meinungen sind Parteiungen, aus den Parteiungen Kriege entstanden. Und dies Uebel wird dauern, bis die Religion aus der Neugier des Verstandes wieder einkehrt in die Innigkeit des Herzens, aus der Anmaßlichkeit des Denkens in die sanften Regungen der Liebe!"

[Bouterwek VI, 279.]

59.

Mit so großem Rechte auch S. Evremond auf das dringt, was zu seiner Zeit den Meisten fehlte, darf man doch nicht vergessen, daß wenn Kopf und Herz nicht harmoniren, nicht zur Uebereinstimmung gekommen sind, alle Verhältnisse des Menschen (also auch in Beziehung auf Religion) mangelhaft bleiben. Entscheidungen wie sie in Augsburg, Trident, Dordrecht und durch die Concordienformel gegeben waren, konnten (wie wir bereits sahen) um so weniger genügen, da sie untereinander sehr verschieden lauteten. Daher wurden denkende Köpfe unabweislich zu neuen Untersuchungen hingedrängt, welche von vorn herein zu verdammen, übereilt und ungerecht ist.

Kaum hat irgend jemand in dieser Richtung mehr geforscht als Bayle (1647—1706). Wenn er Gründe und Gegengründe abwog und, trotz alles Strebens, nach keiner Seite hin ein entscheidendes Uebergewicht fand, so waren seine Zweifel nicht leichtsinnig, sondern ihm aufgezwungen. Ließen sich also Fragen von der höchsten Wichtigkeit (z. B. über menschliche Freiheit, Unsterblichkeit, Ursprung des Uebels u. s. w.) durch menschliche Kräfte nicht genügend lösen, so suchte Bayle Hülfe und Entscheidung in der Offenbarung: nicht aus Leichtsinn, oder Spott, sondern zunächst in vollem Ernste. Aber freilich konnte man voraussehn, daß die weitere Frage nicht ausbleiben werde: ob die Offenbarung auch wirklich Genügendes offenbare?

Bayles Hauptwerk, sein großes geschichtliches und kritisches Wörterbuch, enthält selbst für abweichend Gesinnte, einen Schatz von Gelehrsamkeit und Beurtheilung. Ueberall zeigt sich prüfender, sorgfältig zerlegender Geist, und wenn Bayle die Wahrheit auf diesem, meist unsystematischen Wege nicht immer findet, so wird sie selbst durch die (künftig leichter zu berichtigenden) Irthümer gefördert. Folgende Stellen sind seinen Werken entnommen.[1])

„Der evangelische Muth ist ein ganz anderer Muth als der kriegerische, und doch giebt es auf der Erde keine kriegerischern Völker als die Christen. — Diese haben sich ein Götzenbild errichtet nämlich die Ehre, das point d'honneur, und diesem Idol opfern sie ihre Ruhe, ihr Vermögen, ihr Leben, selbst das Heil ihrer Seele auf. — Die Erfahrung lehrt, daß auch die, welche an einen Himmel und eine Hölle glauben, zu Verbrechen aller Art fähig sind, und es ist daher einleuchtend daß die Neigung zum Bösen nicht daher kommt, daß man nicht weiß es ist ein Gott, und daß sie nicht durch die Erkenntniß eines strafenden und belohnenden Gottes gebessert wird. Nicht die allgemeinen Ansichten des Kopfes bestimmen die Handlungsweise, sondern meist die Leidenschaften des Herzens. So wie ein Schluß, welcher den Regeln der Logik widerspricht, ein Fehler ist, so ist auch eine Willenshandlung welche mit den Regeln des Willens nicht übereinstimmt, ein Fehler. Die allgemeinste dieser Regeln bleibt, daß der Mensch das wollen muß, was der Vernunft gemäß ist, und daß er seine Schuldigkeit nicht thut, so oft er will, was ihr zuwiderläuft. — Eben weil es eine innere Schönheit, eine innere Güte der Tugend giebt, weil die moralischen Wahrheiten in Folge der Natur der Dinge selbst, und vor den Gesetzen Gottes dem Menschen gewisse Pflichten auflegen, konnten Thomas von Aquino und Hugo Grotius behaupten, daß wir, selbst wenn es auch keinen Gott gäbe, dennoch verpflichtet wären den Gesetzen des Naturrechts Gehorsam zu leisten.

Unter den Juden gab es eine Sekte, die ganz offen die

1) Feuerbach, Bayle.

Unsterblichkeit der Seele läugnete, es waren die Saducäer. Aber ich sehe nicht daß sie wegen dieser gottlosen Lehre schlechter als die übrigen Juden waren; es ist im Gegentheil sehr wahrscheinlich, daß sie rechtschaffnere Leute waren, als die Pharisäer, die sich auf ihre Beobachtung des göttlichen Gesetzes so viel zu Gute thaten.

Seit dem vierten Jahrhundert bis herab auf das unsere, waren Verschwörungen, Empörungen, Bürgerkriege, Revolutionen, Entthronungen unter den Christen ebenso häufig, oder noch häufiger als unter den Ungläubigen. Wenn gewisse Länder diesen Uebeln weniger ausgesetzt waren, so ist der christliche Glaube nicht die Ursache davon, vielmehr kommt der Unterschied von dem Unterschiede der Volksgeister und ihrer Regierungsverfassungen. Die Sprache ist zu schwach um die Gräuel auszudrücken welche das (entstellte) Christenthum begangen, sey es nun um den heidnischen Götzendienst zu vertilgen, oder um die Ketzer auszurotten, oder um die Sekten aufrecht zu erhalten, die sich von der Hauptkirche absonderten. — Jeder, welcher das Urtheil der Kirche seinem eigenen vorzieht, muß vorher den Schluß machen, die Kirche hat mehr Einsicht wie ich, sie verdient also mehr Glauben wie ich. Jeder bestimmt sich also nach seiner eigenen Erkenntniß; wenn er etwas für eine Offenbarung hält, so geschieht es weil sein gesunder Sinn, sein natürliches Licht, kurz seine Vernunft ihm sagt daß die Beweise dafür es sey eine Offenbarung, gut sind.

Die Liebe ist eine, von unserer Freiheit und Vernunft unabhängige, ja unserer persönlichen, nur unser Wohl berücksichtigenden Vernunft widersprechende Macht. Wenn das weibliche Geschlecht lediglich den Rath der Vernunft befolgte, so würde es abgeschreckt durch die Beschwerlichkeiten der Schwangerschaft, durch die Schmerzen der Entbindung, durch die Sorgen der Kindererziehung, auf die Mutterschaft verzichten. Selbst die Religion hätte keine Gewalt über die Weiber: man würde umsonst ihnen vorpredigen, daß Gott zur Erhaltung der Welt, ihre Verheirathung wolle, wenn nicht eine stärkere Macht als die

Macht der Vernunft und Religion, das Gefühl einer unbeschreiblichen Neigung und andere hinzukommende Leidenschaften und Vorurtheile sie antrieben. Diese Vorurtheile sind ein Instinkt, sie beziehen sich auf das allgemeine Wohl der Welt; während die Einsichten und Gründe unseres Verstandes sich nur auf das Wohl unserer Person beziehen. Tadeln wir daher nicht das weibliche Geschlecht, ob seiner Vorurtheile in diesem Punkt; es ist vielmehr rühmlich, von der allgemeinen Vernunft geleitet zu werden."

60.

In den letzten Jahrhunderten waren fast alle irgend möglichen Richtungen litterarischer Thätigkeit mit Erfolg eingeschlagen worden: Dichtkunst, Philosophie des Geistes und der Natur, kirchliche Beredsamkeit, theologische Untersuchungen mannigfaltiger Art u. s. w. Nur das gesellige und bürgerliche Leben hatte man noch nicht erschöpfend betrachtet und erforscht. Denn Hobbes Schriften lehrten einen willkürlichen Absolutismus, und Shaftesbury und Bolingbroke boten nur treffliche Einzelnheiten. Diese Lücke ward ausgefüllt durch Montesquieus (1689—1755) esprit des loix. Aber schon vor Erscheinung dieses Hauptwerkes hatte Montesquieu seine Meisterschaft gezeigt in zwei andern Schriften, in den Lettres persanes und den Betrachtungen über die römische Geschichte. Jene theilen eine Reihe von Briefen mit, welche angeblich persische Gesandte meist aus Paris in ihre Heimath geschrieben hätten, und deren ernster und scherzhafter Inhalt, mit großem Scharfsinn und damals unerhörter Kühnheit, sich über alle Verhältnisse der Gesellschaft und des Staates verbreitet. Sie sind bedeutender und ergreifender, als alle sogenannten Satiren, von denen ich bisher sprach. Man erkennt (nach dem Sprüchworte) schon an den Klauen, den künftigen Löwen. Ich gebe Proben:

[Bouterwek VI, 407.
Eschenburg VIII, 1, 343.]

„König Ludwig XIV. hat oft gesagt, unter allen Regierungen der Welt gefalle ihm die der Türken, oder unseres erlauchten Sultans am Besten; so viel hält er von morgenländischer Politik. — Ich habe seinen Charakter studiert und finde unlösliche Widersprüche. Er hat z. B. einen Minister der 18 Jahr und eine Maitresse die 80 Jahre alt ist. Er liebt seine Religion, nicht aber diejenigen, welche auf ihre strenge Befolgung dringen. Er flieht die Unruhe der Städte und theilt sich wenig mit, und ist vom Morgen bis zum Abend nur damit beschäftigt, von sich reden zu machen. Er liebt Siege und Triumphe, fürchtet aber einen guten Feldherrn an der Spitze seiner Heere zu sehn. Er ist (wie wohl niemals irgend jemand) zugleich von Reichthümern überhäuft, und von einer Armuth bedrückt, wie sie wohl kein Privatmann ertragen würde. Bisweilen belohnt er faule Hofleute mehr als thätige Generale. Oft zieht er einen Menschen der ihn auskleidet, oder ihm bei Tische die Serviette reicht, einem Anderen vor der ihm Schlachten gewinnt und Städte erobert. (Brief 37.)

Als ich nach Frankreich kam, fand ich den König ganz von Weibern beherrscht, obgleich er (bei seinem Alter), ihrer wohl gar nicht bedurfte. In Alles mischen sich die Weiber; sie bilden eine zusammenhangende Republik, einen Staat im Staate, und wer die Minister, Beamten, Prälaten handeln sieht, aber die Frauen nicht kennt welche jene regieren, gleicht einem Menschen der die Maschine spielen sieht, dem aber die Triebfedern verborgen bleiben. Diese Frau sucht Eingang bei dem Minister. Um eine Liebschaft einzuleiten? Welche Idee! Um unzähligen Unglücklichen wohl zu thun, was 100,000 Livres Rente einbringen wird. (107.)

Der König von Frankreich ist ein großer Zauberer: seine Macht erstreckt sich auch auf den Geist seiner Unterthanen, er macht daß sie denken wie er will. Hat er nur eine Million Thaler in seinem Schatze und braucht deren zwei; so redet er ihnen vor, ein Thaler gelte zwei, und sie glauben es. Hat er kein Geld zu einem kostspieligen Kriege, so bildet er ihnen ein, ein Stück Papier sey Silber, — und sie sind sogleich davon überzeugt. Ja er bringt sie dahin zu glauben, durch seine Berührung würden sie von allen Uebeln geheilt. — Man soll nicht über das erstaunen was ich von diesem Fürsten sage, denn es giebt noch einen stärkeren Zauberer, welcher wiederum den Geist jenes Fürsten beherrscht. Dieser Zauberer heißt Papst. Bald macht er glauben drei sey eins, oder Brot sey kein Brot, Wein kein Wein, — und 1000 andere Dinge derselben Art. (24.)

Der Papst ist das Oberhaupt der Christen; eine Art alten Götzenbildes das man aus Gewohnheit verehrt, aber nicht mehr so viel fürchtet wie sonst. Die ihm untergeordneten Bischöfe haben, unter seiner Aufsicht, zwei sehr verschiedene Geschäfte. Wenn sie nämlich versammelt sind, machen sie (gleich wie er) Glaubensartikel. Einzeln haben sie fast nichts zu thun als von den gegebenen Gesetzen zu entbinden. Du mußt nämlich wissen, daß die Christliche Religion mit unzähligen, sehr schwierigen Gebräuchen überladen ward; und da man nun gefunden hat, daß es weniger bequem ist alle diese Pflichten zu erfüllen, als sich durch Bischöfe davon freisprechen zu lassen, so hat man, zu allgemeinem Besten, den letzten Ausweg erwählt. Z. B. wenn jemand die Fasten nicht halten, sein Gelübde brechen, gesetzwidrig heirathen, oder selbst einen Eid beseitigen will, so wendet er sich an den Papst, oder einen Bischof, und erhält sogleich die gewünschte Hülfe. (29.)

Es finden sich hier große Zwischenräume zwischen Glauben, Ueberzeugung und Handlungsweise. Die Religion ist weniger ein Gegenstand der Heiligung, als unzähliger Streitigkeiten an welchen ein jeder Theil nimmt. Die Hofleute, die Kriegsleute, selbst die Frauen erheben sich gegen die Geistlichen, und fordern sie auf das zu beweisen, was man nicht glauben will. Ihr Beschluß beruht nicht auf Gründen, oder sorgfältiger Prüfung der Wahrheit, oder Falschheit der verworfenen Religionslehren; sie sind vielmehr Rebellen, welche das Joch abschütteln. Auch zeigen sie sich nicht fester in ihrem Unglauben, als in ihrem

Glauben; sie werden, wie durch Ebbe und Fluth, von einem zum anderen hingetragen. Einer von ihnen sagte mir: ich glaube an die Unsterblichkeit nach halben Jahren; meine Meinungen hängen ganz ab von dem Zustande meines Leibes. Je nachdem ich mehr oder weniger Lebenskraft habe, mein Magen gut oder schlecht verdaut, die Luft rein ist oder dick, und die Speisen leicht oder schwer, — bin ich Spinozist, Socinianer, Katholik, gottlos oder fromm. Sitzt der Arzt neben meinem Bette, ist mir der Beichtvater nicht unwillkommen. Ich verstehe sehr wohl zu verhindern, daß mich die Religion betrübe so lange ich mich wohl befinde; erlaube ihr aber mich zu trösten wenn ich krank bin, und wenn ich auf einer Seite nichts mehr zu hoffen habe, gewinnt sie mich durch ihre Versprechungen. (75.)

Die welche bloß geduldete Religionen bekennen, werden ihrem Vaterlande gewöhnlich nützlicher, als die zur herrschenden gehören; denn da sie von Ehrenstellen entfernt sind, und sich durch Reichthum nicht auszeichnen können, so sind sie geneigt zur Arbeit und zu den nützlichsten, aber mühseligen Beschäftigungen. Die Einführung einer neuen Sekte war oft das sicherste Mittel, die Mißbräuche der alten zu verbessern. Religionskriege sind meist entstanden durch die Unduldsamkeit der herrschenden Partei. Sie will zu dem zwingen, was sie selbst zu thun in keiner Weise geneigt ist, oder bereit seyn würde. (85.)

Die Minister folgen hier und stürzen sich wie die Jahreszeiten, seit drei Jahren wurde das Finanzsystem viermal geändert. Große Genien arbeiten Tag und Nacht, und erzeugen unaufhörlich und mit Schmerzen neue Plane und hören darüber unzählige Leute. Sie haben den Kopf voll von wichtigen Geheimnissen, wunderbaren Unternehmungen, neuen Systemen, und sind so vertieft in ihre Forschungen, daß sie den Gebrauch der Sprache und auch wohl der Höflichkeit verlieren. (138.) — In keinem Lande der Welt ist das Glück so unbeständig wie hier. Alle zehn Jahre tritt eine Umwälzung ein, welche den Reichen ins Elend stürzt, und den Armen auf Flügeln zu dem Gipfel des Reichthums erhebt. Jener ist erstaunt über seine

Armuth, dieser über seinen Reichthum. Der Neureiche bewundert die Weisheit der Vorsehung, der Neuarme das Unglück des Schicksals. — Die Steuererheber schwimmen mitten in Schätzen; es giebt unter ihnen wenig Tantalusse. Sie beginnen ihre Laufbahn mit der größten Aermlichkeit, und werden so lange diese dauert, verachtet wie Koth; sie werden geehrt sobald sie reich sind.

Die Körperschaft der Bedienten ist in Frankreich bedeutender als anderswo: sie sind eine Pflanzschule großer Herrn, sie füllen die Lücken der andern Stände. Sie nehmen die Plätze ein unruhiger Großen, herabgekommener Beamten, im Kriege getödteter Edelleute. Und wo sie nicht selbst ausreichen, aufhelfen sie die großen Häuser durch das Mittel ihrer Töchter, welche eine Art von Dünger sind für bergige und dürre Gegenden. — Hätte die Vorsehung nur trefflichen Personen Reichthümer verliehen, so unterschiede man sie nicht genug von der Tugend, und fühlte weniger ihre Nichtigkeit. Kommt man durch Prüfung dahin die Reichen zu verachten, so lernt man auch die Reichthümer gering schätzen. (98.)

Man hat mir gesagt: durch Erfindung des Pulvers wäre die Freiheit aller Völker Europas verloren gegangen. Denn da die Fürsten keineswegs mehr Bürgern die Vertheidigung der Städte anvertrauen durften (weil sie sich beim ersten Bombenschuß ergeben würden), so hatten sie einen Vorwand stehende Heere zu unterhalten, mit denen sie nachmals ihre Unterthanen unterdrückten. Ich fürchte man wird Mittel entdecken, die Menschen auf noch kürzere Weise umzubringen und ganze Völker zu Grunde zu richten. (105.) — Du meinst, die Künste verweichlichen das Volk und sind deshalb die Ursach des Falles von Reichen. Aber die siegenden Griechen übten alle Künste mit unendlich größerem Eifer, als die besiegten Perser. Wer eine Kunst übt, ist nie müßig, nichts aber verweichlicht so sehr wie Müßiggang. (106.)

Die französischen Parlamente gleichen Ruinen, die man mit Füßen tritt, die aber stets die Erinnerung an einen, früher durch die Religion geheiligten Tempel des Volks hervorrufen. Sie beschäftigen sich fast nur mit der Rechtspflege, und ihr Ansehn ist hinfällig, sofern nicht ein unvorhergesehenes Ereigniß ihnen Kraft und Leben wiedergiebt. Diese großen Körperschaften erlagen dem Schicksale menschlicher Dinge; sie wichen der Alles zerstörenden Zeit, der Alles abschwächenden Verderbniß der Sitten, der Alles niederschlagenden höchsten Gewalt. Der Regent, welcher sich dem Volke wollte angenehm machen, schien dies Bild öffentlicher Freiheit zu ehren, erhob Tempel und Bild von der Erde, und wollte daß man es betrachte als Stütze der Monarchie und Grundlage aller gesetzlichen Gewalt. (92.)

Man spricht hier von einer Behörde, französische Akademie genannt. Keine wird weniger geachtet als sie; denn kaum hat sie entschieden, so vernichtet das Volk ihren Spruch und giebt Gesetze denen sie folgen muß. Die Mitglieder haben nichts Anderes zu thun, als immerwährend zu schwatzen, wo sich das Loben von selbst einfindet: die Wuth des Panegyrikus ergreift sie, und verläßt sie niemals. Sie reden fast nur in Ausrufungen. (73.)

Die Polygamie rettet uns von der Herrschaft der Weiber. Sie sind hier (besonders die alternden) sehr dem Spiele ergeben. Von frühster Jugend, bis zum hinfälligsten Alter besitzen sie Mittel ihre Männer zu Grunde zu richten. Putz und Equipagen beginnen, Koketterie vermehrt die Zerrüttung, das Spiel bringt Alles zu Ende. Ich habe bisweilen gesehen, neun oder zehn Weiber (oder vielmehr neun, oder zehn Jahrhunderte) rings um einen Tisch gereiht, in ihren Hoffnungen, Befürchtungen, Freuden, und vor Allem in ihrer Wuth. Man glaubte sie würden eher das Leben verlieren, als sich jemals wieder beruhigen. (56.)

Man meint hier: ein Mann der seine Frau liebe, besitze nicht Verdienst genug sich von einer anderen lieben zu lassen; er mißbrauche den Zwang des Gesetzes, um den Mangel eigener Liebenswürdigkeit zu ersetzen. (55.) Nichts würde die gegenseitige Anhänglichkeit mehr befördern, als die Leichtigkeit sich zu scheiden; denn eben dieser Möglichkeit halber, würde man davon keinen Gebrauch machen. (116.)

Ich finde bei den Franzosen, die Launen und Grillen der Mode erstaunlich. Sie vergessen wie sie diesen Sommer gekleidet waren; sie wissen nicht wie sie sich nächsten Winter kleiden werden; vor Allem aber ist es unglaublich wieviel es einen Mann kostet, seine Frau in der Mode zu erhalten. Eine Frau welche Paris verläßt um sechs Monate auf dem Lande zuzubringen, kommt so veraltet wieder als hätte sie daselbst 30 Jahre zugebracht. Der Sohn erkennt das Bildniß seiner Mutter nicht mehr, so hat sich die Kleidung geändert. Bisweilen steigen die Kopfzeuge allmählig, dann eine Revolution und sie fallen plötzlich. Eine Zeitlang war ihre Höhe so ungeheuer, daß das Gesicht einer Frau in ihrer Mitte zu stehen kam; ein andermal kamen die Füße an diese Stelle, so hoch waren die Absätze, das Piedestal welches sie in die Luft hob. Wer kann es glauben, aber oft sind die Baumeister gezwungen gewesen die Thüren höher und breiter zu machen, nach dem Maaße des Kopfputzes und der Röcke der Frauen. Bisweilen sieht man in dem Gesichte einer Frau, eine große Menge Schönpflästerchen, welche des nächsten Tages sämmtlich verschwinden. Und sowie die Moden sich ändern, so auch Manieren und Lebensweise. Der Herrscher giebt den Ton an für den Hof, der Hof für die Stadt, die Stadt für die Landschaften."

Obwohl sich der deutlich belehrende, ernste Inhalt der lettres persanes in diesen kurzen Auszügen nicht mittheilen ließ, zeigen sie doch in Scherz und Ironie, daß Montesquieu kein verbildeter, lediglich tadelnder, oder gar verzweifelnder Menschenfeind war; vielmehr weiset der heitere Spott zugleich sehr ernsthaft auf Mittel hin, das Mangelhafte und Verkehrte zu bessern.[1])

---

1) Montaigne, la Brüyere, Fenelon und Montesquieu schildern das Uebertriebene und Geschmacklose der Moden für das 16., 17. und 18. Jahrhundert. Für das 19. sagte im März 1863 ein berühmter Fastenprediger vor der „fleur fine" der pariser Damenwelt: „Da ist sie! Geschmückt

Ganz ernsten Inhalts sind Montesquieus Considérations sur les causes de la grandeur des Romains et de leur décadence. Sie unterscheiden sich durchaus von den zahllosen, philologischen Schriften, welche nur handeln von Wortkritik, Lesarten, grammatischen Spitzfindigkeiten und ähnlichen Dingen, ohne das Großartige und Lehrreiche der welthistorischen Ereignisse irgend zu berühren. Montesquieu verfiel aber auch nicht in den entgegengesetzten Fehler, unbewiesene Erfindungen als erwiesene, neue, wichtige Thatsachen vorzutragen; er will nicht durch kühne Anmaßung den Leser in Erstaunen versetzen, und jeden Zweifel mit den selbstgefälligen Worten abweisen: ich habe es gesagt! — Montesquieus Werk faßt mit großem Scharfsinn und gründlicher Kenntniß, das wahrhaft Merkwürdige und Lehrreiche ins Auge, und giebt in seiner kurzen Darstellung mehr, als Andere in langen Büchern. Er erinnert an Machiavels Discorsi, hat aber vor ihm den Vorzug, daß er sich durch die kriegerische Größe und die Gewaltherrschaft der Römer nicht blenden läßt, sondern auch die Schattenseiten vorführt, und Sittlichkeit und Gerechtigkeit höher stellt, als den bloßen Erfolg. — Ich lasse zur Erläuterung einige kurze Urtheile und Sprüche Montesquieus folgen.

---

wie ein Heiligenschein und federumwallt wie ein Baldachin. Tapferer als ein Zuave, schreitet sie vorwärts ohne sich um etwas zu bekümmern, als Aufsehn zu erregen. Sie durchschreitet die Menge, zieht die Stühle in den Wogen ihres Kleides mit sich, zwingt 100 Personen ihr Platz zu machen, ohne daß sie auch nur geruhte, ein Wort der Entschuldigung fallen zu lassen. Von Zeit zu Zeit dreht sie sich um, strahlend und glänzend wie ein rotirender Leuchtthurm, um auch ja die gehörige Wirkung hervorzubringen, und nachdem sie drei Viertel der Kirche durchfurcht, sich verschiedener von Anderen belegter Stühle bemächtigt, und den Einwendungen anderer die sie umgeben, eine anmuthig lächelnde distinguirte Taubheit entgegen gehalten hat, kommt sie endlich zum Sitzen. Sie setzt sich auf ihren Platz zurecht, glättet ihr Gefieder, wie sie dies mit vielem Wohlgefallen in ihrem Salon thun würde. Sie beugt sich fromm und andächtig; sie ist glücklich, denn sie wird den Ruhm kosten, sagen zu können, sie sey in der ersten Loge gewesen, um das Wort der Redner Gottes zu hören."

„Beim Ursprunge geselliger Verbindungen treffen die Häupter die Anordnungen; später bilden diese Anordnungen (institutions) die Häupter. Ein Volk unterwirft sich neuen Steuern, hoffend aus deren zweckmäßiger Verwendung Nutzen zu ziehen; bei einer Beschimpfung fühlt es nur sein Unglück und fügt in Gedanken alle nur möglichen Uebel hinzu. Daß Tarquinius, ohne Königreich und Güter, die Römer 20 Jahre lang bekriegen konnte, zeigt daß er kein verächtlicher Mann war. Wehe dem Rufe eines Fürsten, der von einer zur Herrschaft kommenden Partei unterdrückt wird, oder der ein Vorurtheil auszurotten suchte, das ihn überlebt. — Da Rom eine Stadt war ohne Handel und fast ohne Künste, so war Plünderung das einzige Mittel sich zu bereichern. — Die römischen Soldaten lebten in steter Anstrengung; die unseren gehen über von härtester Arbeit zum äußersten Müßiggang, — was mehr als irgend etwas geeignet ist sie zu Grunde zu richten. — In monarchischen Staaten lassen sich Spaltungen leicht beilegen, weil in der Hand des Fürsten eine ordnende, zwingende Gewalt liegt; in Republiken dauern die Parteiungen länger, weil sie sich gewöhnlich gegen die Macht richten, welche allein heilen könnte. — Die Römer glaubten nicht bestehen zu können, wenn sie nicht herrschten, und zu der Kraft einer guten Regierung, gesellte sich die der Leidenschaft. Eroberungen sind leicht zu machen, weil man dazu alle Kräfte verwendet; schwer zu erhalten, weil man sie nur mit einem Theile derselben vertheidigen kann. — Wenn zwei große Völker sich lange und hartnäckig bekriegen, ist es oft eine schlechte Politik zu glauben, man könne ein ruhiger Zuschauer bleiben; denn das siegende Volk wird sogleich neue Kriege unternehmen, und mit geübten Soldaten gegen ungeübte Bürger zu Felde ziehen.

Die Griechen überließen sich einer thörichten Freude (joie stupide) und glaubten wirklich frei zu seyn, weil die Römer sie für frei erklärten. — Die Natur hat den Staaten gewisse Gränzen vorgeschrieben, um den Ehrgeiz der Menschen zu ermäßigen und zu kränken. Die Römer gingen über eine solche

Gränze hinaus. — Verträge und Friedensschlüsse der Römer, waren nur Waffenstillstände; sie bezweckten immer völlige Unterwerfung und die Friedensbedingungen führten jedesmal den Untergang des Staates herbei, der sie annahm. Ihr steter Grundsatz war zu trennen, um dadurch zu schwächen, und dann zu herrschen. — Es ist eine Thorheit der Eroberer, allen Völkern ihre Gesetze und Gewohnheiten aufzudringen; denn unter jeder Form der Regierung kann man gehorchen. Feldherrn aber die Heeren und Königreichen gebieten, fühlen ihre Kraft und gehorchen nicht. Die Größe der römischen Republik verwandelte Volksaufläufe in Bürgerkriege. Fordern daß in einem freien Staate, die Führer im Kriege kühn und im Frieden furchtsam seyn sollen, heißt Unmögliches verlangen.

Pompejus, Krassus und Cäsar führten herbei Straflosigkeit öffentlicher Verbrecher, vernichteten was das Verderben der Sitten aufhalten und Ordnung herstellen konnte, bestachen das Volk mit Gelde, und ebenso die Richter, störten die Wahlen durch Gewaltthätigkeiten aller Art u. s. w. — Die schreckliche Tyrannei der Kaiser erwuchs aus der allgemeinen Sinnesart der Römer; sie wurden jetzt ebenso behandelt, wie sie früher besiegte Völker behandelt hatten. Dieser Senat, der so viel Könige vernichtete, fiel selbst in die niedrigste Sklaverei einiger seiner unwürdigsten Mitbürger, und tödtete sich durch seine eigenen Beschlüsse. Ganz Rom zitterte vor einer Bande Soldaten.

Nirgends braucht man mehr Steuern, als in schwächer werdenden Staaten; die Last mehrt sich in dem Maaße als man weniger im Stande ist sie zu tragen. — Eine allgemeine Bigotterie und Frömmelei entkräftete im morgenländischen Kaiserthume allen Muth. Weichlichkeit, Faulheit, Erbärmlichkeit asiatischer Völker, mischte sich hier mit jener Frömmelei. Die Mönche, welche sich zufolge ihres Gelübdes von allen weltlichen Angelegenheiten fern halten sollten, drängten sich bei jeder Gelegenheit hervor, machten überall Lärm und beunruhigten die Welt welche sie angeblich verlassen hatten. — Die byzantinischen

Griechen, große Schwätzer, Streiter und Sophisten, hörten nicht auf die Welt durch unnütze Streitigkeiten zu verwirren."

Ich komme jetzt zu dem Hauptwerke Montesquieus, dem Geist der Gesetze (esprit des lois). Es erschien zuerst im Jahre 1748, und behält (trotz des wegwerfenden Tadels Einzelner z. B. Hallers und Broughams) großen Werth; nicht allein im Vergleiche mit schwächeren Zeitgenossen, sondern auch im Vergleiche mit späteren, ausgezeichneten Schriftstellern.[1]) Jedenfalls war Montesquieu vielseitig gebildet, hellen Blickes, edler Gesinnung und praktischer Gewandtheit.

Der Geist der Gesetze ist keineswegs ein nach strenger Wissenschaft geordnetes Ganzes; wir finden Abschweifungen und Sonderbarkeiten mancherlei Art, ein zugespitzter Einfall wird bisweilen als eine unläugbare Regel hingestellt, und der Ausdruck kokettirt nicht selten, wo Einfachheit besser gewesen wäre; allein andererseits bietet das Werk eine ungemein große Menge Stoffes zum Denken, selbst das Halbwahre reizt durch die Art wie es ausgesprochen wird zum Forschen und Berichtigen, und die Trivialität darf sich dem Witze, die ungeschlachte Formlosigkeit jenem Streben nach Wirkung nicht voranstellen. Gewiß hat Montesquieus Werk in Frankreich, ja in Europa große Wirkung hervorgebracht; während der Revolution ward aber nicht er, sondern Rousseau als Hauptlehrer betrachtet, bis Sieyes beide überflügelte.

„Es giebt (sagt Montesquieu) drei Verfassungen: Republik, Monarchie, Despotie. Die erste theilt sich in Demokratie und Aristokratie, je nachdem das ganze Volk, oder nur ein Theil desselben die höchste Gewalt hat. Die Monarchie ist Alleinherrschaft nach bestimmten Gesetzen, die Despotie Alleinherrschaft nach Willkür. Das Volk kann geschickt obrigkeitliche Personen wählen, nicht Geschäfte ausführen. Wenn in einer Republik kein Eifer mehr für das Oeffentliche stattfindet, tritt Geldgier ein und die Auflösung erfolgt. Die Monarchie bedarf vermit-

1) Sehr großes Lob Montesquieus von Burke. Works VI, 263.

telnder Gewalten, zunächst des Adels. Wo alle Eigenthümlichkeiten und Rechte desselben, der Geistlichkeit, Städte u. s. w. aufhören, ist der Uebergang zur Republik, oder zum Despotismus nahe.

In der Demokratie müssen die Gesetze zur Erweckung der Liebe für Gleichheit und Mäßigung hinwirken, wenn auch unbedingte Gleichheit der Güter unmöglich und unnütz erscheint, und übertriebene Freiheitslust, welche Gesetz und Obrigkeit nicht dulden will, den Despotismus erzeugt. Gewaltsame Anstrengungen behufs des Verbesserns, führen gar leicht zu Ausartungen.

Das Prinzip der Demokratie ist (bürgerliche) Tugend, der Aristokratie Mäßigung, der Monarchie Ehre, der Despotie Furcht. Eine Art Verderbniß ist, wenn das Volk die Gesetze nicht beobachtet; die größere unheilbare, wenn es durch die Gesetze verderbt wird. Die mehresten Völker Europas werden noch vermittelst der Sitten regiert. Wenn sich aber durch einen langen Mißbrauch der Gewalt, oder eine große Eroberung, der Despotismus bis auf einen gewissen Punkt festsetzte, so würden weder Sitten, noch Klima dagegen aushalten, und das menschliche Geschlecht in diesem schönen Theile der Welt, wenigstens auf eine Zeit lang, die Frevel und Leiden erdulden, welche man ihm in den drei übrigen zugefügt hat. Alle übergroße Eroberungen führen zum Despotismus. Die Freiheit kann nur darin bestehen, das thun zu wollen, was man wollen soll, und nicht gezwungen zu seyn das zu thun, was man nicht wollen soll.

In jedem Staate sind drei Gewalten: die gesetzgebende, richterliche und ausübende, welche getrennt, und nicht in einer Person, oder Körperschaft vereint seyn sollen. — Was das Volk nicht selbst thun kann, führe es durch Stellvertreter, Repräsentanten aus. Diese werden ohne Vergleich besser als jenes, überlegen, verhandeln, beschließen. Die englische Verfassung kann in den meisten Beziehungen für trefflich gelten, wenn sie sich auch nicht (wie keine) kurzweg anderswohin verpflanzen läßt.

Klima, Boden, Oertlichkeit, Lage an der See u. dgl. haben den größten Einfluß auf Sitten, Gebräuche, Gesetze, Freiheit. Selbst für die besten Gesetze müssen die Gemüther vorbereitet seyn, und es ist thöricht Alles verbessern zu wollen. Den Völkern ihre Gewohnheiten entreißen, heißt sie unglücklich machen; man kann nur auf freiwillige Aenderung hinwirken.

Die christliche Religion paßt mehr für eine gemäßigte, die muhamedanische für eine despotische Verfassung; das katholische Bekenntniß mehr für Monarchie, das protestantische für Freistaaten. Strafen in Religionssachen soll man vermeiden, und über weltliche Dinge nicht göttliche Gesetze aufstellen. — Es giebt gewisse Ideen von Gleichförmigkeit (uniformité), welche bisweilen große Geister ergreifen, auf die kleinen aber unfehlbar Eindruck machen. Sie erkennen darin eine Art von Vollkommenheit, weil es unmöglich ist sie nicht zu bemerken, z. B. gleiches Gewicht, Maaß, Gesetze, Religion. Viel größeres Genie gehört aber dazu, zu wissen, wo Verschiedenheiten nöthig und heilsam sind, als mit jener Gleichförmigkeit Götzendienst zu treiben."

Zu diesen, allerdings sehr ungenügenden, Auszügen aus Montesquieus Geist der Gesetze, füge ich nur ein Paar kurze Bemerkungen hinzu. — In der Verderbniß handelt auch die Aristokratie und Demokratie despotisch. — Tugend, selbst bürgerliche, muß ebenfalls in der Monarchie, Ehre in der Republik u. s. w. vorhanden seyn. Auch sagt Montesquieu an einer anderen, merkwürdigen Stelle: die Grundsätze des Christenthums eingegraben in die Herzen, werden stärker wirken als falsche Ehre in den Monarchien, menschliche Tugend in Republiken, und knechtische Furcht in Despotien. — Auf Klima, Oertlichkeit u. s. w. hat Montesquieu wohl einen zu großen Nachdruck gelegt, und zu viel daraus abgeleitet; man denke z. B. an die Verschiedenheit der griechischen Geschichte in verschiedenen Zeitabschnitten, bei gleichen Naturverhältnissen. — Die Theilung der politischen Gewalten soll keine völlige, anatomische Trennung, sondern eine organische Gliederung seyn.

Ausstellungen dieser und ähnlicher Art, welche jetzt jeder Anfänger herzuzählen vermag, würde Montesquieu durch die reichen Erfahrungen der neuern Zeit belehrt, am besten selbst gehoben haben; wogegen wir wiederholt rühmen müssen, daß er leere Abstraktionen verschmähte, aus dem Reichthume seiner geschichtlichen Kenntnisse sehr viel Scharfsinniges und Geistreiches zu Tage förderte, zuerst ernsthafte Rücksicht auf das Germanische und das Mittelalter nahm, den Begriff der Repräsentation und der Stände würdigte, und der revolutionären Wuth Alles ändern zu wollen, widersprach. Desto schärfere Rüge verdienen die, welche bei geringern Kenntnissen und ohne praktische Einsicht ihn überbieten und von einem angeblich unfehlbaren, augenfälligen Standpunkte, eine neue Philosophie und ein neues Staatsrecht gründen wollten.

61.

Helvetius (1715—1771) gab hierin zuerst den Ton an. Aber welch ein Unterschied ist zwischen seinem Werke de l'esprit, und Montesquieus esprit des lois. „Der Maßstab aller Dinge (dies lehrt jener) ist der Eigennutz (intérêt). Wir nennen Handlungen tugendhaft, lasterhaft, oder gleichgültig, je nachdem sie uns nützen, schaden, oder nicht auf uns wirken. — Lieben heißt ein Bedürfniß haben: also keine Freundschaft ohne Bedürfniß, dies wäre eine Wirkung ohne Ursache. Hört das Bedürfniß auf, dann natürlich auch die Freundschaft. Durch Gewohnheit werden wir gleichgültig gegen Schönheit, Geist u. s. w., und nicht minder gegen unsere Freunde. Nur das Vergnügen erhält die Freundschaft; sie endet mit demselben und bezieht sich, wie alle Freuden und Leiden, nur auf sinnliche Genüsse."

Auf diesem Wege eines kalten, raffinirten Egoismus gerieth man in immer tiefere Unsittlichkeit, und stellte höchstens Regeln auf den fremden Eigennutz, um des eigenen willen, zu zähmen.[1]) Dieser herrschte, ohne Beziehung auf Recht und Pflicht, Sinnlichkeit ohne Beziehung auf Vernunft, Freiheit ohne Beziehung auf Gesetz, und so kam man durch die Encyclopädisten hindurch, bis der Verfasser des Systems der Natur, den Atheismus zur Erlösung von allen Uebeln anpries, und la Mettrie den Menschen für eine bloße Maschine erklärte. Es wäre unpassend von diesen Irrwegen und Auswüchsen der Litteratur hier umständlicher zu sprechen, oder die Licht- und Schattenseiten der sogenannten Encyclopädisten genauer zu erörtern. Nur von einem, zu ihnen gehörigen, bedeutenden Manne muß (statt aller) die Rede seyn.

62.

Dionysius Diderot (1713—1784) war hoch angesehn in den pariser geselligen Kreisen und als Schriftsteller. Großem Lobe, trat aber auch herber Tadel gegenüber. So schreibt Friedrich II.: Diderot est à Pétersbourg, où l'impératrice l'a comblé de bontés. On dit cependant qu'on le trouve raisonneur ennuyeux; il rabâche sans cesse les mêmes choses. Ce que je sçais, c'est que je ne saurais soutenir l'a lecture de ses livres, tout intrépide lecteur que je suis; il regne un ton suffisant et une arrogance qui révolte l'instinct de ma liberté. — Barante sagt: Diderot hat brennenden Trieb, aber keine feste Aufmerksamkeit, keine gründlichen Kenntnisse, und Feuer ohne Brennstoff. Da ihm feste Ueberzeugung fehlte, irrte er im Unbestimmten, und hatte Achtung und Ehrfurcht vor Nichts. Die Philosophie, welche er annahm,

---

1) Cette Philosophie détruit, avec les réalités physiques, toutes les réalités morales; elle sape la vertu par les fondements et anéantit la conscience. — Non la statue de la liberté n'a point l'intérêt pour base, et ce n'est pas à la philosophie de la sensation et à ses petites maximes qu'il appartient de faire de grands peuples. Cousin cours de la philosophie moderne, 1816, 1817, p. 27, 29.

mußte ihn verderben; er war ein unheilbringender Schriftsteller für Litteratur und Moral. — Ob und in wie weit diese strengen Urtheile gegründet sind, wird sich aus weitern Mittheilungen ergeben.

[Bouterwek VI, 370.
Eschenburg VIII, 1, 362.]

Die Persönlichkeit Diderots lernt man am besten aus den vertrauten Briefen an seine Geliebte, das Fräulein von Boland kennen; ja diese sonderbare Mischung von Klatschereien, Zweideutigkeiten, edeln Gedanken, tiefen Beobachtungen, Uebermuth, Frechheit, Verzweiflung u. s. w. ist charakteristisch für die ganze Zeit. Er sagt z. B.: „Die Unordnung des Kopfes wirkt auf das Herz, und umgekehrt. Viele glauben, die Tugend stehe ihnen in jedem Augenblicke zu Dienste, und man könne ein rechtlicher Mann werden, von heute zu morgen. Eine schlechte Gewohnheit wechselt man aber nicht so leicht wie ein Hemde. Das Gute thun, das Wahre erkennen, dies unterscheidet einen Menschen vom anderen; alles Uebrige ist nichts.“

„In der Liebe sticht ein Narr (sot) gewöhnlich den geistreichen Mann aus: man will lieber einen Thoren beherrschen, als von einem Klugen unterjocht werden. Die Lebemänner (libertins) finden in der Welt den meisten Beifall. Sie sind heiter, milde, ausgeberisch, gefällig, richten sich zu Grunde indem sie Andere bereichern, unterhalten uns von dem was wir nicht zu sagen und zu thun wagen, stellen durch ihre schwachen Seiten uns in ein günstiges Licht, haben mehr Geist und Menschenkenntniß als die Meisten, und werden von den Frauen geliebt, weil diese Libertines sind. — Ich habe die Weisheit aller Völker kennen gelernt; aber ich denke, sie ist nicht so viel werth, als die süße Thorheit, welche mir meine Freundin einflößt.“ — Diderot legte seiner Freundin bisweilen die sonderbarsten Collisionsfälle der Sittenlehre zur Entscheidung vor. So wenig Gewicht und Ansehn damals auch Ehe und Keuschheit hatten, bricht aber doch (trotz aller Sophismen der Theorie und Willkür der Praxis), die Kraft der Wahrheit und ächter Sittenlehre hindurch, und Diderot giebt in dieser Beziehung seiner Tochter die würdigsten Lehren.

Moralische Zwecke im engeren Sinne hat sich Diderot beim Entwerfen seiner Romane unmittelbar gar nicht vorgesteckt, und kaum dürfte man es rügen, wenn nur die Dichtkunst um so siegreicher hervorträte. Dies ist jedoch nur selten der Fall, und Vollendung des Einzelnen kann die Mängel des Ganzen nicht ersetzen, oder verdecken. So erscheint in Jakob dem Fatalisten der Gedanke gut, die Lehre vom Fatalismus für ernste und scherzhafte Verwickelungen zu benutzen; doch giebt solch ein Einfall noch keinen genügenden Inhalt. So wenig wie Voltaire im Candide etwas Gründliches und Erhebliches wider die Vorsehung nachgewiesen; so wenig hat Diderot die Schwierigkeiten zum Bewußtseyn gebracht, oder in Thatsachen nachgewiesen, welche die Lehre von der Vorherbestimmung, oder der menschlichen Freiheit zeigt. Das ganze Buch ist eine Mischung von Gedanken und Geschichten, ohne organischen Zusammenhang und Fortschritt, ohne Faden der Erzählung und genügende Entwickelung.

Die Grundlage für die Bijoux indiscrets ist bekanntlich ein aristofanischer Witz, an den sich viel Lustiges anreihen läßt. Der beste Einfall reicht aber nicht hin ein ganzes Buch zusammenzuhalten; vielmehr werden die gar vielen Wiederholungen sehr ähnlicher Lagen und Erzählungen langweilig, und das Ausmalen des Unanständigen wird widerwärtig. Allerdings gehen neben diesem Unanständigen geistreiche Betrachtungen her, und Manches was pariser Zustände und Personen betrifft, hatte damals ein größeres Gewicht und ist jetzt unverständlich geworden. Mit einem Commentare zur Erläuterung, insbesondere der vielen skandalösen Geschichten, wäre aber auch nichts gewonnen. Gewiß erlaubte man sich damals über Geschlechtsverhältnisse Dinge zu sagen und zu schreiben, welche jetzt den größten Anstoß geben würden.

Rameaus Neffe ist lebendiger und dramatischer, als Diderots Dramen, und zugleich charakteristisch für die damaligen

Sitten und die furchtbare Entartung innerhalb der, scheinbar fortschreitenden Bildung.

Die Nonne. Dies Werk dankt seinen Ursprung keineswegs einem Ueberschwange poetischer Begeisterung, sondern dem nicht sehr zarten Scherze, daß ein Freund durch erdichtete Briefe einer Nonne sollte nach Paris zurückgelockt werden. Sobald dieser Zweck erreicht war, bricht das Werk rasch ab und ist zu keinem genügenden Schlusse hinausgeführt; auch gefällt sich der Verfasser in dem letzten Drittel an einem unanständigen und häßlichen Ausmalen des Sittenlosen und Naturwidrigen. Dagegen sind die beiden ersten Drittheile des Romans von einer außerordentlichen Kraft, Wahrheit und Lebendigkeit der Darstellung. Trotz der Einfachheit der Ereignisse und den ins Kleinste eingehenden Berichten bleibt das Interesse sich gleich, ohne daß die Spannung herbeigekünstelt, oder nur auf äußere Wirkung hingearbeitet wäre. Ja ächt sittlich und tragisch ist das Werk, sofern es aus einem Fehltritte (den Diderot anderwärts sehr leicht nimmt) fast nothwendig eine ganze Reihe von Unfällen und Leiden ableitet; und wenn es die Nachtseite des Klosterlebens und Klosterzwanges hervorhebt, so werden doch auch edle Naturen vorübergeführt, und von dem Verfasser keineswegs verhehlt, umgangen, oder bespöttelt. Alle Personen sind mit einer Leichtigkeit, Sicherheit und Klarheit gezeichnet, daß man sie vor Augen sieht und die Vermuthung nahe liegt: Diderots dramatische Arbeiten müßten, zum mindesten, dieselben Vorzüge haben. Diese Vermuthung bestätigt sich indessen nicht.

Das Schauspiel, der natürliche Sohn, ist eine Anekdote, oder bietet höchstens Stoff für eine kurze Erzählung. Zu fünf Akten ausgedehnt giebt es ein langweiliges Hinundherreden, ohne Handlung und genügenden Fortschritt. Auch der Hausvater ist ein langes Gerede, welches (sehr unerwartet bei Diderot) die Dichtkunst unter moralisches Wasser setzt. Wenn Lessing in seiner Dramaturgie von Diderots Schauspielen und dramatischen Grundsätzen mit Achtung spricht, so geschieht dies hauptsächlich, weil er unerwartet an dem Franzosen einen Bundesgenossen gegen die übertrieben verehrte französische Bühne fand. Diderot sagt rund heraus: sie sey von der Wahrheit und dem guten Geschmacke weit entfernt, und überhaupt leide in Frankreich Poesie, Drama und Darstellung an Vorurtheilen, Pedanterie, Unnatur, Schwäche und Uebertreibung. Ich kann hier nicht Diderots allgemeine Ansichten und Lehren über Dichtkunst und Drama entwickeln, bemerke indessen, daß er bezweckte zwischen Trauerspiel und Lustspiel, ein bürgerlich moralisches Schauspiel zu begründen; und daß er zu viel Nachdruck legte auf die (sehr bedenkliche) Personifizirung allgemeiner Begriffe und ganzer Stände. Passender wird es seyn an dieser Stelle Einiges aus den sehr lehrreichen Briefen mitzutheilen, welche er an eine junge Schauspielerin, Demoiselle Jodin schrieb.

Er fordert einen sittlichen Wandel und fügt hinzu: „Glauben Sie nicht daß Ihr Betragen in der Gesellschaft, gleichgültig sey für den Erfolg auf der Bühne. Ungern beklatscht man die, welche man haßt, oder verachtet. Seyn Sie verständig, wenn Sie es können; und wenn Sie es nicht können, so haben Sie wenigstens den Muth, die Strafe des Unverstandes zu ertragen. Nach der Sorgfalt einen ehrenwerthen Charakter auszubilden, wenden Sie alle Thätigkeit auf Vervollkommnung ihres Talents. Der beste Rath, selbst für den Erfolg des Talents, ist gute Sitten zu haben. Nur ununterbrochener Beifall kann für die Anstrengungen und Unannehmlichkeiten Ihres Standes entschädigen. Kein Loos ist unglücklicher als das einer nur mittelmäßigen Schauspielerin. Gehen Sie nie über das für Ihre Rolle Schickliche hinaus. Wenig Bewegungen, sonst schaden Sie dem Nachdruck und Adel. Leidenschaftliche Stellen zu deklamiren ist äußerst leicht, die ruhigen Stellen sind die schwersten; da braucht eine Schauspielerin Geschmack, Geist, Feinheit, Urtheil, Zartheit, — wenn sie dies Alles besitzt. Ihr Vortrag muß stets dem gesammten Inhalte des Stücks entsprechen; sonst spielt man eine Scene gut, die ganze Rolle aber schlecht. Trachten Sie nicht danach Ihre Mitspieler aufzuopfern. Sie werden — vielleicht — etwas dabei gewinnen; aber die

Stücke, die Gesellschaft, der Dichter und das Publikum verlieren. Nehmen Sie keine Manier an; sie ist abscheulich in allen Künsten und Nachahmungen. Es giebt Mittel gegen das Schwerfällige, Rauhe, Ungeschickte, Harte, Unedle; es giebt kein Mittel gegen eine kleinliche Manier und Affektation. Nichts ist gut in dieser Welt, als was wahr ist; seyn Sie wahr auf, und außer der Bühne. Ein Schauspieler, dem Sinn und Urtheil fehlt, ist kalt; wer nur Feuer und Empfindung zeigt, ist ein Narr. Wer auf der Bühne und in der Welt mehr zeigt als er fühlt, rührt nicht sondern macht sich lächerlich. So lange Ihr Spiel nichts ist, als ein Gewebe von kleinen Erinnerungen, werden Sie Nichts seyn."

„Die wahre Tragödie ist noch zu erfinden, und mit allen ihren Fehlern waren ihr die Alten vielleicht näher als wir. Wie aufgebauscht und übertrieben finde ich unsere dramatischen Schriftsteller, wie widerwärtig sind mir ihre Deklamationen, wenn ich an die Kraft und Einfachheit der Alten denke."

Dieselbe Theilnahme wie für das Theater, zeigte Diderot für die Malerei, hielt unter schlechten Umgebungen fest an einem höheren Begriffe der Kunst, und die Ehrfurcht vor Phidias und Raphael verschwand ihm so wenig, als vor den alten Tragikern. Ja er erkannte die Nothwendigkeit, eine Wissenschaft des Schönen, eine Aesthetik zu begründen. „Das stete Zeichnen nach dem Model (sagt Diderot) hemmt oft die Freiheit und führt zu unnatürlichen, erkünstelten, falschen Stellungen. Unsere platten Bewegungen, Complimente und Kleidungen sind gleich unkünstlerisch. Das Gefühl des Schönen ist das Ergebniß einer langen Reihe von Beobachtungen; aber fast in allen unseren Gemälden ist eine solche Schwäche der Erfindung, und eine solche Armuth der Gedanken, daß sie durchaus keine tiefe Empfindung erregen können. Manche indeß wollen einfach seyn, und werden platt. Manier ist in den Künsten, was Heuchelei in den Sitten. Jedes unedle Werk ist zum Untergange bestimmt, es sey durch den strengen, oder den abergläubigen Sittenrichter. Mißverstehen des Religiösen und Märtyrergeschichten, führten oft zu schlechten Wahlen und widerwärtigen Kunstwerken. Wirkliche Personen sind symbolischen vorzuziehen. Selten ist die Allegorie erhaben, fast immer dunkel und frostig; ja sie ist eine Art Lüge, die meist nur durch ihre Dunkelheit gegen Verachtung geschützt wird. Es giebt eine doppelte Begeisterung, der Seele, und der Hand (des Metier). Ohne jene bleibt die Erfindung kalt, ohne diese die Ausführung schwach: erst ihre Vereinigung schafft erhabene Werke. Wer hat Moses gesehn? Michel Angelo! Wer hat Gott geschaut? Raphael Sanzio!"

Aus Diderots Schrift: les principes de Politique des Souverains kann ich nur einiges Merkwürdigere mittheilen. „Die Faktiosen warten ab Zeiten des Unglücks, Hunger, Krieg, religiösen Zwist, dann ist das Volk zu Allem bereit. Man muß Klagen und Spöttereien erlauben, denn verschlossener Haß ist gefährlicher, wie offener. Es ist leicht gelobt zu werden: man besticht die Gelehrten mit so wenig Kosten, viel Herablassung nämlich und Schmeichelei, und ein wenig Geld. — Die schlechtesten Politiker sind gemeiniglich die Rechtsgelehrten, weil sie stets geneigt sind die öffentlichen Angelegenheiten, nach Weise der Privatangelegenheiten zu behandeln. — Unter welcher Regierung es auch sey, giebt es ein einziges Mittel frei zu seyn, wenn nämlich Alle Soldaten wären, und jeder ein bürgerliches und ein Kriegskleid hätte. Kein Herrscher wird diese Erziehung einführen. — Mißtrauet dem Urtheil der Menge. In Sachen der Forschung (raisonnement), der Philosophie, ist ihre Stimme die der Bosheit, Dummheit, Unvernunft und der Vorurtheile. Mißtrauet ihr ebenso in allen Dingen, welche viel Kenntnisse und einen geläuterten Geschmack erfordern. Die Menge ist unwissend und stumpf, und wenn sie zuletzt Recht behält, so geschieht dies nur, wenn sie das Echo klügerer Männer wird. — Man muß keinen Unterschied machen zwischen einer großen und kleinen Gerechtigkeit, sondern überall und in allen Dingen gerecht seyn."

„Was nie in Frage gestellt ward (sagt Diderot in seinen

philosophischen Gedanken) ist auch nicht erwiesen; was nie ohne Vorurtheil geprüft ward, ist niemals gut geprüft worden. — Das Böse ist da, und Folge der allgemeinen Naturgesetzgebung, nicht Wirkung eines lächerlichen Apfels. Es ist zugleich mit dem Guten gegeben, und man kann nicht das Eine, oder das Andere aufheben. Ich habe mir alle Mühe gegeben eine Welt ohne Uebel zu begreifen, bin aber damit nicht zu Stande gekommen. — Praxis ohne Spekulation entartet zu einer beschränkten Uebung (routine bornée); Spekulation ohne Erfahrung ist nichts als eine gewagte Vermuthung."

„Die Linie der strengen Rechtlichkeit ist schmal; auch die kleinste Abweichung führt im Fortschritt immer weiter, und man befindet sich (wenn der Weg lang ist) unendlich weit vom rechten, schwer wieder zu findenden Wege."

„Ich beklage die wahren Atheisten, aller Trost scheint mir todt für sie; und ich bitte Gott für die Zweifler, es fehlt ihnen an Erleuchtung. Nur der Deist kann dem Atheisten die Spitze bieten; der Abergläubige hat dazu keine Kraft. Mein ganzes Leben hindurch, war ich ohne Kummer unwissend über das, was ich unmöglich wissen kann und was schon deshalb gewiß für mich nicht nothwendig seyn kann. Es erscheint gleich gefährlich, zu viel und zu wenig zu glauben. Auf allen Seiten klagt man über Gottlosigkeit (impiété): der Christ heißt gottlos in Asien, der Muhamedaner in Europa, der Papist in London, der Calvinist in Paris, der Jansenist in der Jakobsstraße, der Molinist in der Vorstadt S. Medard. Was ist nun ein Gottloser (impie)? Jeder ist es, oder Niemand."

„Ich behaupte daß man nichts über die Unsterblichkeit der Seele wisse; wohl aber erkenne und vertheidige ich den hohen Werth, die Wichtigkeit, die antreibende, begeisternde Kraft des Nachruhms. Nach mir die Sündfluth, ist ein Sprichwort, aufgebracht durch kleine, geringe, eigenliebige Seelen. Nie hat es ausgesprochen ein großer Herrscher, ein würdiger Staatsmann, ein guter Vater. Das niedrigste und verächtlichste Volk wäre das, wo jeder es zur Regel seines Benehmens und Thuns machen wollte."

„Die Göttlichkeit der Schrift, der Bibel, ist nicht so unläugbar aufgeprägt daß ihr Ansehn ohne Rücksicht auf andere Beweise allein gölte. Indem ich Beweise suche, finde ich Schwierigkeiten. Je weniger Wahrscheinlichkeit eine Thatsache hat, desto mehr verliert das geschichtliche Zeugniß an Gewicht. Von 60 Evangelien hat man 56 verworfen; blieb gegen die vier bestätigten nichts zu erinnern? Die Propheten, die Apostel, die Evangelisten haben geschrieben wie sie es verstanden. Wenn die Religion, welche du mir ankündigst wahr ist, so muß ihre Wahrheit sich durch unüberwindliche Gründe darthun lassen. Märtyrer finden sich für jede religiöse Ueberzeugung; sie beweisen also nicht bloß für eine Partei. Entsage ich meiner Vernunft, so habe ich keinen Führer mehr. Ich muß als Blinder ein untergeordnetes Prinzip annehmen und das voraussetzen was in Frage steht. Nachts in einem unermeßlichen Walde verirrt, habe ich nur ein kleines Licht mich zu führen. Kommt ein Unbekannter und spricht: blase dein Licht aus um besser den Weg zu finden; — dieser Unbekannte ist ein Theolog! Giebt es auf tausend Verdammten nur einen Geretteten, so bleibt der Teufel im Vortheil, ohne seinen Sohn dem Tode preisgegeben zu haben. Wenn Christus Gott ist, so betete er auf dem Oelberge zu sich selbst, und Gott stirbt um Gott zu besänftigen."

Diesen, verhältnißmäßig schon langen Auszügen aus Diderots Schriften, füge ich keine umständliche Prüfung, sondern nur zwei Worte hinzu. Das Urtheil über ihn wird nicht nur sehr verschieden ausfallen nach dem Standpunkte, der Strenge, oder Milde des Beurtheilenden, sondern auch nach dem Inhalte der so mannigfaltigen Schriften Diderots. [1]) Gewiß war er ein thätiger, vielseitiger, leicht fassender und gestaltender Geist, bald in gerechtem Widerspruch gegen Vorurtheile und Irthümer seiner

---

1) In eigenthümlicher Weise verband Büffon (1707—1788) wissenschaftliche Kenntniß der Natur, mit Schönheit und Glanz der Darstellung.

Zeit, bald ergriffen und fortgerissen von dem mächtigen Strome. Dieser Strom entsprang aber (wie wir bereits sahen) nicht in der Mitte des achtzehnten Jahrhunderts, erhielt nicht alle Zuflüsse aus dieser Zeit, sondern man kann und muß ihn weit aufwärts, bis zu seinen Quellen verfolgen, und alsdann übertriebenes Lob, und übertriebenen Tadel irgend eines einzelnen Ereignisses in Litteratur, Staat und Kirche ermäßigen und berichtigen.

63.

Nachdem wir uns lange mit der französischen Litteratur beschäftigt haben, ist es aus mehrern Gründen gerathen, einen Augenblick lang Englisches ins Auge zu fassen. Die politisch religiösen Kämpfe Frankreichs im sechzehnten Jahrhundert, hatten zu keiner genügenden, völlig harmonischen Auflösung und Beruhigung geführt. Sie waren fast nur durch die Herrscherkraft Richelieus und Ludwigs XIV. danieder gehalten, oder geschlagen worden, und das bereits Mitgetheilte zeigt am Horizonte neu aufsteigende gefährliche Wolken. In England hatten ähnliche Verhältnisse, nach den Stürmen des siebzehnten Jahrhunderts, zu einem beruhigenden Abschlusse geführt, so daß das Erreichte vor der Hand genügte, und die litterarischen Bewegungen zwar Leben erweisen, aber keine Gefahr verkünden.

Auf eine neue, sehr bedeutende Weise, wirkte hier der Roman. So zahlreich und lebhaft aber auch die Theilnahme des Publikums an der jedesmal vorherrschenden Form der Romane ist, so haben diese fast unausbleiblich eine nur kurze Lebensdauer. Das Bewunderte sinkt in Vergessenheit, ja Verachtung, und neue Formen, sowie ein wesentlich veränderter Inhalt, folgen zu ähnlicher Herrschaft. Der überschwänglichen Helden- und Ritterromane in Versen und in Prosa mit ihren Zaubereien und Unmöglichkeiten, der endlosen Allegorien ward man überdrüssig und Cervantes unsterbliches Werk bereitete jenen den verdienten Untergang. Hierauf folgten die überlangen Liebesromane außereuropäischer, in das Parisische umgestalteter Prinzen und Prinzessinnen, welche damals mit Entzücken aufgenommen wurden, die aber jetzt kein Mensch mehr lesen will, oder kann.

Anders in England. Hier standen sich gegenüber die puritanische, und die frivole Sitte und Weltansicht: beide fanden in den Romanen talentvoller Männer, ihre Vertreter. Das rechtliche Bürgerthum, Werth und Inhalt des Familienlebens, Genügsamkeit, Würde der Tugend, Abscheulichkeit des Leichtsinns und der Laster, ward von Richardson (1689—1761) mit großer Geschicklichkeit und noch größerem Erfolge entwickelt und dargestellt. Dieser mehr puritanischen Richtung trat Fielding (1707—1754) entgegen, zeigte und empfahl die heitere Ansicht des Lebens, stellte Heuchelei an den Pranger, entschuldigte den Leichtsinn der Jugend und reizte die Leser durch größere Mannigfaltigkeit der Ereignisse. Nicht geringerer Beifall als Richardson ward ihm zu Theil, und von beiden abweichend wußten Smollet (1720—1771), Goldsmith (1729—1774), und Sterne (1713—1768) eigene Stellungen zu erwerben und zu behaupten.

Richardsons Romane (die Pamela, Clarissa und der Grandison) füllen 20 Bände, welcher Umfang (abgesehen von allen anderen Gründen) heutige Leser zurückschrecken muß. Alle diese Werke haben die soeben aufgezählten edlen Zwecke, schreiten psychologisch richtig fort, und lassen hinsichtlich der Auffassung und Sprache, wenig zu wünschen übrig. Neben diesem und sonstigen verdienten Lobe, kann man sich indeß nicht verhehlen, daß unzählige Kleinigkeiten, weitläufige Beschreibungen des Unbedeutenden, umständliche moralische Auseinandersetzungen, ermüden und mit einem abgerundeten, poetischen Kunstwerke in Widerspruch stehen. Die kluge Tugend der Pamela, welche den Verführungen des Sohnes ihres Herrn nicht unterliegt, sondern ihn vielmehr heirathet, giebt den Inhalt für sechs Bände. — Acht Bände füllt Clarissa, welche umgekehrt als ein Opfer fällt der List und Bosheit Lovelaces. Entsetzlich lange Vorbereitungen zu einer widerwärtigen Katastrophe; — so daß man denen beistimmen möchte, welche einen andern Ausgang forderten, oder denen welche es itzt unmöglich finden, sich durch die mikroskopischen Ereignisse und Empfindungen bis zum Schlusse durchzuquälen. — Diese und ähnliche Vorwürfe zu widerlegen und seinen sittlichen Bestrebungen die Krone aufzusetzen, schrieb Richardson seinen (auch sechs Bände füllenden) Grandison. Aber der zum Grunde gelegte Begriff eines durchaus vollkommenen Mannes, wollte sich nicht in eine lebendige Person verwandeln, und die edle Absicht des Verfassers ward nicht erreicht.

[Bouterwek 8, 392.]

Anders Fielding, der nie dem Unbedeutenden so großen Raum einräumt, oder es so umständlich bespricht. Daher hält, insbesondere sein gerühmtester Roman, Tom Jones, die Aufmerksamkeit fest; obgleich sich nicht läugnen läßt daß der Gemeinheiten und der schlechten, immer entschuldigten Streiche zu viel werden, und der letzte Theil ebenso Widerwärtiges enthält, wie Diderots Nonne. Daher rechnet Jacobi (I, 351) Fieldings Romane zu den schädlichsten ihrer Zeit.

[Bouterwek 8, 398.]

Unter Smollets heiteren Romanen wird Humphry Klinker (ungeachtet des Breiten und Karikirten) immer noch manchen Leser ergötzen.

[Bouterwek 8, 414.]

Goldsmiths kurzer Roman, the vicar of Wakefield, steuert glücklich zwischen all den angedeuteten Klippen hindurch, und findet (soviel auch die strenge Kritik daran tadelt) noch immer großen Beifall.

[Bouterwek 8, 411.]

Weit schwerer zu begreifen ist Sternes Tristram Shandy. Wer einen regelmäßigen Fortschritt, eine abgerundete Erzählung verlangt, wird ganz getäuscht; und erst allmählig lernt man einsehen daß etwas ganz Anderes, in seiner Art sehr Seltenes von höchst eigenthümlichem Werthe dargeboten wird. Dieser

Werth ist von großen Kennern (z. B. von Goethe) so gründlich und theilnehmend anerkannt und hervorgehoben worden, daß ich darauf verweisen kann.[1]) Das sentimental journey ist einfacher und ansprechender. An einzelnen Zweideutigkeiten in Sternes Schriften sollte man keinen großen Anstoß nehmen; denn sie sind heiter und witzig und stehen z. B. denen Rabelais unendlich weit voran. — Wenn alle diese englischen Schriftsteller, trotz bedeutenden Beifalls und großer Anerkennung, ihr Zeitalter nicht so leidenschaftlich aufregten und beherrschten, als die französischen; so zeigen sich andererseits keine so dunkelen Schattenseiten, und sie verdienen nur ausnahmsweise die Vorwürfe welche jenen gemacht werden.

[Bouterwek 8, 404.]

Selbst große Bewunderer der schönwissenschaftlichen Werke Sternes, haben seinen Predigten wenig Aufmerksamkeit geschenkt. Ob nun gleich unser Hauptzweck nicht erlaubt, diesen Zweig der Litteratur umständlich zu behandeln, wollen wir doch (der vielseitigen Bedeutung des Mannes halber) etliche Auszüge aus jenen Predigten mittheilen. Sie zeigen keinen metaphysischen Scharfsinn, keinen mystischen Tiefsinn, keine rhetorische Kunst, oder Künstelei; wohl aber sind sie einfach, herzlich und verständig.

„Bei dem Streben nach Glückseligkeit läuft der Mensch oft im Kreise umher, macht unzählige Versuche, und setzt sich zuletzt gewöhnlich nieder, ermüdet und unzufrieden mit Jeglichem, ja in völliger Verzweiflung nie dasjenige zu erlangen was ihm fehlt. Er weiß nicht worauf er nach so vielem Mißlingen vertrauen darf, und wo der Fehler liegt: ob in der Unfähigkeit seiner eigenen Natur, oder in dem Ungenügenden der Genüsse selbst. Kaum ist ein Gegenstand mehr untersucht worden, hat mehr Stoff gegeben zu Begründungen und Deklamationen, als

1) Die Vorwürfe, welche Sterne wegen seines persönlichen Charakters gemacht wurden, sind hier nicht zu prüfen. — Tristram Shandy (sagt Moses Mendelssohn, Lessings Werke 28 Bd., S. 302) ist ein meisterhaftes Original.

die Frage nach der Unzulänglichkeit unserer Freuden und Genüsse. Kaum hat ein bekehrter (reformed) Sensualist, seit Salomon bis auf unsere Tage, nicht in einigen Anfällen von Reue, oder Täuschung, scharfe Betrachtungen ausgesprochen über die Leerheit menschlicher Freuden, und die Eitelkeit der Eitelkeiten, welche sich in allen Bestrebungen der sterblichen Menschen offenbart. Das Unglück aber blieb daß so manche gute Dinge auch gesagt wurden, man sie im Allgemeinen nur betrachtete, entweder als ein Verkündigen des Widerwillens übersättigter Begierden, welche nicht länger an den Freuden des Lebens Geschmack finden können; — oder, als deklamatorische Meinungen vereinsamter, milzsüchtiger Leute, welche jene nie kosteten, also auch nicht zum Urtheilen berechtigt sind. Deshalb ist es nicht zu verwundern, wenn der größte Theil solcher Betrachtungen (mögen sie auch an sich richtig und auf Wahrheit und Weltkenntniß gegründet seyn), doch da wenig Eindruck machten, wo die Einbildungskraft durch große Erwartungen künftigen Glückes bereits erhitzt war; ja die besten Ermahnungen über die Eitelkeit der Welt, haben selten jemand abgehalten den Gegenstand seiner Wünsche zu verfolgen. — Wir finden aber die Menschen im Allgemeinen in verschiedenen Stufen ihres Lebens so verschiedene Zwecke verfolgend, so mannigfaltigen Ansichten ergeben, daß sie bei keinem Plane Ruhe fanden und Zufriedenheit. Nur Religion und Tugend kann diese dauernd gewähren. (I, 12—20.)

Kaum hat irgend etwas den geselligen Tugenden mehr Schaden gebracht, als die häufigen Darstellungen der menschlichen Natur, als sey sie durchaus häßlich und widerwärtig, als sey in dem Herzen des Menschen nichts von Großmuth und Freundschaft, so daß er hinabsinke unter das Thier. (I, 97.)

Die böse Neigung, der Kitzel zu verläumden, entsteht nur zu häufig unter allen Abstufungen der Menschen, entweder um eine ungroßmüthige Empfindlichkeit zu befriedigen; oder aus Neigung zur Gleichmacherei, aus Engherzigkeit und Seelenarmuth, welche ungeduldig ist wegen Verdienst und Ueberlegenheit Anderer, aus niederem Ehrgeiz, aus der ungesättigten Lust witzig zu seyn, aus natürlicher Grausamkeit. Woher aber diese ansteckende Krankheit auch kommen möge, so ist sie ungebührlich und zerstörend in jedem gebildeten Volke. (II, 45.)

Es ist ein großer Irthum die Selbstprüfung einem Anderen zu überlassen (wie etwa bei der Ohrenbeichte); noch übler wenn Schwärmer (ein Beweis ihrer Schwäche und ihres Aberglaubens) behaupten sie ständen so unter dem unmittelbaren Einflusse Gottes, daß eine eigene Prüfung ihres Thuns und Lassens ganz überflüssig sey. (88.)

Der Stolz ist ein Laster, welches in der Geselligkeit unmerklich emporwächst, sich bei sehr vielen Gelegenheiten in das Herz einstiehlt, unter den mannigfachsten Vorwänden (selbst der Demuth) sich ausbildet. Die Selbstliebe (ein falscher Freund) befördert verrätherisch diese Richtung, statt sie zu hemmen und bezeichnet Vortrefflichkeiten zur ungebührlichen Mehrung der Eitelkeit; — kurz es giebt keine Schwäche in welche das menschliche Herz leichter verlockt wird, und wogegen man (mit Hülfe gesunden Menschenverstandes und guter Grundsätze) mehr auf seiner Hut sein müßte. (IIII, 36.) — Wir sehen Tausende, welche allen Grund hätten in der Welt zufrieden zu seyn, von Stolz und Leidenschaft über unzähliges Mißlingen gepeinigt, und fortgerissen von einer Erwartung zur andern, so daß sie Tag und Nacht keine Ruhe haben. (46.)

Religion und Sittlichkeit, diese treuen Freunde und natürlichen Verbündete, können nie in Widerspruch gestellt werden, ohne gegenseitige Unehre und Untergang. (85.) Es ist ein großer Irthum, das religiöse Leben sey knechtisch und unerfreulich; hingegen ohne Maaß und Gesetz zu leben, gewähre höheren Genuß. (V, 3.)

Ein Fremder welcher hört, wie begünstigt unsere Insel vom Himmel ist, wie glücklich durch Gesetze und Religion, wie blühend durch Erzeugnisse und Handel, muß schließen daß Dankbarkeit und Sittlichkeit mit diesen Segnungen gleichen Schritt gehalten haben. (V, 55.)

Es ist eine verkehrte Schwärmerei anzunehmen, der gütige Gott habe uns erschaffen lebenslang traurig in Sack und Asche einherzugehen. Sonderbare Gewalt der Schwärmerei, und doch nicht unbegreiflich. Denn welche noch so wunderliche Meinungen, so ausschweifende Thaten sind nicht hervorgetrieben durch Unwissenheit, Betrug, Trübsinn, gemischt mit falscher Frömmigkeit und unnatürlichem Benehmen. Und das Alles wird ausgegeben für unmittelbare Erleuchtung Gottes. (VI, 36.) Und was Unwissenheit und Schwärmerei hervortrieb, wird nächstdem durch Trug und Tyrannei gefördert. (41.)"

64.

Wenn man sich, aus mehrern Gründen, auch bemüht die Geschichte der Litteratur, von der Geschichte des Staats und der Kirche getrennt zu behandeln; so ist doch unläugbar daß sie mächtig aufeinander einwirken, und diese Einwirkung nicht un berücksichtigt bleiben kann. Gesundheit und Krankheit derselben bekämpfen sich bald in ernster Weise, bald überwiegt gefährliche Ansteckung. Schriftsteller wie Bacon, Locke, Bolingbroke, Bayle, Montesquieu, Helvetius, Diderot u. A. bilden und beherrschen ihre Zeit, und werden von ihr gebildet und beherrscht. Einige von ihnen malen uns die Heiterkeit glänzender Tage, und konnten doch, sobald wir nach allen Seiten umschauten, nicht die Wolken verbergen, welche der Sonne gegenüber am Horizonte aufstiegen. Die Geschichte der französischen Revolution zeigt wie diese Wolken allmählig das entsetzlichste aller Ungewitter heraufführten, welches Staat, Kirche und Litteratur gleichmäßig niederstürzte, bis sich aus dem anarchischen, blutgedüngten Boden, mühsam eine ersehnte Auferstehung vorbereitete und neues Leben verkündete.

Unsere Aufgabe ist nicht diese furchtbare Bahn zu durchmessen, wohl aber müssen wir nunmehr von den zwei bedeutendsten, wirksamsten Schriftstellern umständlicher berichten, welche vorzugsweise dem 18. Jahrhunderte Richtung und Inhalt gaben. Es scheint uns gerathen mit Rousseau (1712—1778) zu beginnen, und dann von dem weit vielseitigeren, allumfassenden Voltaire zu handeln. Beide Männer erschweren unsere Aufgabe, einmal durch den Umfang ihrer Werke (sie zählen über 100 Bände) und dann durch den ungewöhnlichen Umstand, daß wir ihren Privatcharakter (der auf ihre Schriften wesentlichen Einfluß hatte) berücksichtigen müssen. Beide geben gerechte Veranlassung zu großem Lobe und zum bittersten Tadel; und diese, schwer begreifliche Zweideutigkeit und Doppeltheit geht theils aus ihrem Innern hervor, theils ist es ein Gegenbild der, sich ähnlicherweise spaltenden, geselligen Verhältnisse. — Ich versuche es eine kurze Uebersicht des Inhalts der Hauptschriften Rousseaus zu geben, und zwar zuerst der politisch wichtig gewordenen.

[Bouterwek VI, 360.]

In seinem Discours sur l'origine et le fondement de l'inégalité parmi les hommes (1754) sagt er: „in dem Naturstande ist der Mensch völlig gleichgültig gegen Alles; Essen, Trinken und Befriedigung des Geschlechtstriebes sind seine einzigen Bedürfnisse. Die moralische Ungleichheit beruht nur auf dem bürgerlichen Rechte, und ist dem Naturrechte jedesmal entgegen und vernunftwidrig, sobald sie nicht mit der physischen durchaus gleichen Schritt hält und mit ihr übereinstimmt. Der Staat konnte nur, des Schutzes halber, durch gemeinsame Einwilligung entstehen, und durch Aufgeben eines Theils der ursprünglichen Freiheit. Hätte man überall die Gesetze der Natur befolgt, so wären Staat und Obrigkeit unnöthig geworden; jetzt bedürfen die Völker dieser Einrichtungen, wie ein Greis der Krücken; im Naturstande giebt es für die Menschen weit weniger Leiden und Uebel, als im geselligen des Staats. So sind wir durch unsere eigenen, schweren Anstrengungen in dies Elend gerathen."

Bereits hier zeigt sich Rousseaus verdrießlicher, verneinender, unpraktischer Sinn, dessen weitere Entwickelung sein contrat social, ou principes du droit public an den Tag legt. Wir geben aus diesem wirksam und wichtig gewordenen Buche, einen möglichst kurzen Auszug.

„Der Mensch ist frei geboren, aber überall gefesselt; ein solcher, an sich unnatürlicher Zustand, kann nur auf Vertrag beruhen. — Der bürgerliche Verein erhebt den Menschen von der Stufe beschränkter Thorheit zu der eines denkenden Wesens. (Diese beiden Sätze widersprechen sich. Ist der, ersonnene Naturstand der beste, warum ihn durch Vertrag aufgeben? ist er es nicht, so fällt Lob und Erfindung zu Boden. —) Jeder Staat der durch gute Gesetze regiert wird, ist ohne Rücksicht auf die Form der Verfassung, eine Republik. Der Gesetzgeber geht zurück auf göttliche Macht und Einwirkung, damit man an das glaube, was man nicht sogleich begreift. Man muß die Gesetze dem Volke anpassen, und sich nie mit dessen Bildung übereilen. Verhältnißmäßig hat ein kleiner Staat mehr Kraft als ein großer, und es giebt ein Höchstes an Kraft, von dem man sich durch Vergrößerung entfernt. Jemehr der bürgerliche Verein umfaßt, desto unkräftiger wird er: die Kosten der Verwaltung steigen, die Bürger werden sich untereinander fremd, die Gesetze sind unpassend, oder widersprechend, Empörungen leicht und gefährlich. Eine treffliche Regierung giebt mehr Kraft, als ein großes Land. — Aus Ueberreichen entstehen Tyrannen; aus zu Armen, Vorfechter der Tyrannen. — Nicht jedem Volke gebührt gleiche Gesetzgebung. Die wichtigste Art aller Gesetze, welche nicht mit Buchstaben, aber in das Herz der Bürger geschrieben steht, ist die Sitte, die Gewohnheit, die öffentliche Meinung, welche allmählig an die Stelle der Autorität tritt und die Quelle der Erhaltung und Verjüngung eines Volks wird.

In dem Maaße als die Zahl derer wächst, die an der Regierung Theil haben, wird diese schwächer; die Demokratie paßt nur für ganz kleine Staaten. Es hat nie eine Regierung Aller gegeben; ein Volk von Göttern würde sich demokratisch regieren. Herrschten in der Aristokratie die wahren Weisen, so wäre es freilich die beste Regierungsform. In der Monarchie wird mit der geringsten Kraft die größte Wirkung erreicht; dagegen tritt aber auch der Wille des Einzelnen in der Regel an die Stelle des allgemeinen. Die meisten Verfassungen sind in Wahrheit gemischter Art, in welcher Form oft das beste Mittel liegt, eine heilsame, mittlere Haltung zu finden. Auf den Gedanken der Repräsentation kann nur ein unfreies Volk gerathen: denn die Souverainität kann so wenig veräußert, als vertreten werden.

Die Aemter aller Art, selbst die königliche Würde sind widerruflich. Die erste Frage, über welche in der gesetzlichen Versammlung des souverainen Volkes jedesmal zu stimmen ist, lautet: gefällt es dem Souverain die jetzige Regierung beizubehalten? die zweite, gefällt es demselben, die Verwaltung in den bisherigen Händen zu lassen?

Unläugbar steht das evangelische Christenthum allen Religionen voran: es ist heilig, erhaben, wahr; die Menschen, Kinder desselben Gottes, erkennen sich alle für Brüder, und selbst der Tod löset das Band nicht auf, welches sie verknüpft. Allein sie löset die Herzen der Bürger vom Staate, statt sie daran zu knüpfen, zeigt sich ungesellig, und eine Gesellschaft wahrer Christen ist nicht mehr eine Gesellschaft von Menschen, sie hat auf Erden kein Vaterland. Dem Christen gilt es gleich ob er in diesem Jammerthale frei, oder Sklave sey: ins Himmelreich zu kommen, ist das Einzige, was Noth thut. Man sollte das Innere frei lassen und ein bloß bürgerliches Glaubensbekenntniß über die Punkte entwerfen und fordern, ohne welche keine Geselligkeit bestehen kann, also: das Daseyn eines allmächtigen, weisen, wohlthätigen, vorsehenden und fürsorgenden Gottes, ein künftiges Leben, Belohnung der Tugendhaften und Bestrafung der Lasterhaften, Heiligkeit des bürgerlichen Bandes und der Gesetze. Ein Bekenntniß, welches den Satz aufstellt: „kein Heil außerhalb unserer Kirche;“ müßte verbannt werden, sofern der Staat nicht bloß Kirche und der Herrscher Papst ist.“

Der Inhalt einer von Rousseau verfaßten Preisschrift gegen Wissenschaften und Künste, enthält neben einigen gerechten Rügen von Mißbräuchen und Mißverständnissen so viel Einseitiges und Beseitigtes, daß es nicht nöthig ist hier näher darauf einzugehn; wohl aber verdient ein späteres, größeres Werk Rousseaus, Emile ou de l'éducation, genauere Berücksichtigung. Er lehrt: „die Erziehung, erfolgt durch die Natur, die Menschen und die Dinge; bloß die zweite steht in unserer Gewalt. Man hat hiebei nur die Wahl: ob man einen Menschen, oder einen Bürger bilden will; denn die natürlichen und bürgerlichen Einrichtungen sind unvereinbar. Die Wörter Vaterland und Bürger müßten aus den neuern Staaten ausgestrichen werden. Nur der Mensch an sich soll erzogen werden; denn alle unsere Weisheit besteht in knechtischen Vorurtheilen, alle unsere Gebräuche sind nur Zwang, Gène und Unterwerfung. Der bürgerliche Mensch wird geboren, lebt und stirbt in der Sklaverei. Die Gesellschaft macht den Menschen schwächer, nimmt ihm das Recht auf seine Kräfte, und vermindert diese durch Erhöhung seiner Begierden und Bedürfnisse; in dem Herzen des Naturmenschen findet sich dagegen gar keine ursprüngliche Wurzel des Bösen. Der Mensch ist ein von Natur gutes Wesen, es wohnt keine ursprüngliche Verkehrtheit im menschlichen Herzen. Das Gewicht der Gründe für die eine, oder die andere Religion, hängt lediglich von dem Lande ab, wo man sie bekennt; weshalb dem Zögling nur die natürliche Religion einzupflanzen und er in den Stand zu setzen ist, dereinst unter den positiven zu wählen."

Es sey erlaubt vor weitern Mittheilungen aus Rousseaus Schriften, einige kurze Bemerkungen einzuschieben.

Wesentlich und vortheilhaft unterscheidet sich Rousseau von manchem späteren politischen Schriftsteller: daß er nicht eine Normalform der Verfassung vertheidigt, die Mängel der Demokratie einsieht, die Mängel übergroßer Staaten hervorhebt, gemischte Verfassungen annimmt, und die Religion als heilsam und unentbehrlich bezeichnet. Unter gar vielen Irthümern ziehen wir indeß nur folgende zu näherer Prüfung.:

1) Den Naturstand malt Rousseau so ins Schöne, wie Hobbes ins Häßliche aus, was freilich bei dieser Erfindung gleich erlaubt ist. Aber trotz dieser Verklärung erscheint sein, von allem Positiven entkleideter Naturmensch noch kahler und jämmerlicher als des Diogenes gerupfter Hahn, und obgleich in ihm (laut des Emile) gar keine Wurzel des Bösen ist, geht es ihm doch so schlecht und ungerecht, daß er in den Jammer des bürgerlichen Lebens durch freie Einwilligung eintreten muß. — Woher, da alle Kinder seit Adam vollkommen geboren werden, das Verkehrte in die Menschen hineinkommt, hat Rousseau so wenig erklärt, als Fichte woher er, in einer angeblich durchaus verderbten Zeit, die allervortrefflichsten Erzieher (ohne Beihülfe der Aeltern) für seine großen Erziehungskasernen hernehmen will. — Ganz anders als Rousseau und mit entgegengesetzter Uebertreibung, sagt die (keineswegs Eintracht begründende) Concordienformel: die Erbsünde ist ein so großes Uebel, eine solche Verderbniß des Menschen, daß nichts Gesundes an Leib und Seele übrig bleibt. Durch natürliche Kräfte kann der nicht Wiedergeborne in geistlichen und göttlichen Dingen gar nichts verstehn, glauben, ergreifen, denken, wollen, anfangen, thun, wirken, oder mitwirken; ihm ist nach dem Falle auch nicht ein Fünkchen geistiger Kräfte übrig geblieben; — vielmehr ist der Mensch ein Sklave der Sünde und des Satans, von dem er bewegt wird. Er ist wie eine Salzsäule, wie Lots Weib, wie ein Klotz, oder Stein, ja wie ein todtes Bild das weder Mund, noch Augen, weder Herz noch Sinnen brauchen kann; kein Bitten oder Flehen, kein Vermahnen oder Drohen hilft vor der Wiedergeburt durch den heiligen Geist. —

Wer sich keiner Reihe dieser Fanatiker anschließt, sondern glaubt daß Gutes und Böses von innen und von außen entstehe, wer Gottes Vorsehung und Gnade nicht wie ein neues Monopol einiger Wenigen betrachtet, wird in der Regel von allen jenen Parteien verketzert.

2) Sofern die Lehre von einem Vertrage darauf hinweiset, daß nicht Willkür, sondern Gegenseitigkeit von Rechten und Pflichten innerhalb der bürgerlichen Gesellschaft herrschen soll, ist sie wohlbegründet. Wer dagegen mit dem Worte **Vertrag** ausdrücken will, Stiftung und Lösung des Staats und der bürgerlichen Ordnung sey etwas lediglich Gemachtes, von der Willkür jedes Augenblicks schlechthin Abhängiges, ohne weiteren Grund und höhere Bürgschaft als das Belieben der einzelnen Menschen, muß nothwendig Alles in Anarchie auflösen.

3) Dasselbe gilt von der Volkssouverainität. Das richtige Gefühl von der Würde und dem Werthe des Volks führt zu Gerechtigkeit und Mäßigung; aber ihm das Geschäft einzelner Organe zuweisen, z. B. das Regieren, ist ebenso unsinnig und unmöglich, als auf dem Kopfe gehn und mit den Füßen denken. Mit Recht sagt Royer Collard: „Diese Volkssouverainität ist nur die der Gewalt. Vor ihr, ungeregelt und unbegränzt, ohne Gewissen und Pflichten, giebt es weder Verfassung noch Gesetze, weder Gutes noch Böses, weder Vergangenheit noch Zukunft. Der Wille von heute, hebt den von gestern auf, ohne sich für morgen zu verpflichten. Die Ansprüche der eigensinnigsten und äußersten Tyrannei gehen nicht so weit, weil sie nicht von aller Verantwortlichkeit entbunden sind."

Gleich verkehrt ist es, nach der Kopfzahl und bloßem augenblicklichem Belieben Souverainität und Verwaltung umändern, und beide jedesmal (zur Herbeiführung der Anarchie) suspendiren zu wollen; ferner Rousseaus Verwerfen von Ständen und Repräsentation, sein Trennen der Regierung von aller Gesetzgebung u. s. w.

4) Rousseau greift im Emile viel Unnatürliches und Verkehrtes an, stellt aber nicht weniger Erkünsteltes und Unnatürliches auf, ja die wesentlichen Grundsätze sind verwerflich. Aus seiner Entgegensetzung des Menschen und des Bürgers, des Einzelnen und der Gesellschaft, muß Unzufriedenheit und Disharmonie hervorgehn. Erziehung des Menschen soll durch Volk, Klima, Aeltern, Besitz u. s. w. individualisirt, nicht der von

allem Gegebenen, Positiven entkleidete Begriff ausgebildet werden. Wie verkehrt bei diesem Götzendienste mit dem negativ Allgemeinen, in der positivsten Willkür, den Kasteneinrichtungen Sicherheit gegen Mißgriffe zu suchen; wie verkehrt den Staat als ein leidiges Uebel darzustellen und dann (ungerecht und unwahr obenein) zu jammern daß die Worte, „Vaterland und Bürger", itzt keine Bedeutung hätten.

5) Rousseau verwechselt (freilich nicht ohne leidige, vielfache Veranlassung) einseitige und irrige Deutungen des Christenthums mit dem Wesen desselben, betrachtet es (wie den Staat) nur in einem negativen Lichte, und hat seine wesentliche Verschiedenheit vom Heidenthume nicht genügend eingesehn. Wenn das ächte Christenthum auf Liebe gegründet ist und sie erzeugt, wie kann es da ungesellig seyn? Und bedurften nicht selbst die, aus der Welt ausscheidenden Mönche und Nonnen, unter sich eines um so engern, geselligen Bandes? Freilich wenn der Staat (wie Rousseau meint) nichts wäre als ein Uebel, so könnten und sollten weder Christen noch Heiden ihr Herz daran hängen; wenn aber das wahre Christenthum den heidnischen Staat verklärt, so wird es inniger mit dem gereinigten und verklärten verwachsen seyn, als das Heidenthum. Wie irrig sagt Rousseau: „dem Christen ist es gleich, ob er in diesem Jammerthale frei, oder ein Sklave sey." — Das Christenthum will vielmehr daß niemand auf Erden Sklave sey, während die heidnischen Staaten auf Sklaverei der Mehrheit gegründet waren; ja es hat die Menschen nicht bloß äußerlich und bürgerlich, sondern in weit höherem Sinne auch geistig frei gemacht. — An einer anderen Stelle sagt Rousseau: „die stolze Philosophie führt zur Freigeisterei, wie die blinde Frömmigkeit zum Fanatismus"; — aber das Abstraktum seiner Naturreligion hält gewiß nicht die richtige Mitte, und wenn Emile zuletzt doch unter positiven Religionen wählen, die Wahl aber nicht auf ganz äußeren Gründen beruhen soll, so müssen die innern doch hier oder dort stärker, und die Erziehung für und durch das Christenthum, oder wider dasselbe seyn.

65.

Ich gehe heute von dem gefährlichen Staatslehrer Rousseau, über zu dem gefährlichen Romanschreiber Rousseau. In der Vorrede zu seiner vielbewunderten Heloise, oder Briefe zweier Liebenden, sagt er (I, IV) nämlich: „dies Buch kann den Frauen nützlich seyn, welche bei einem regellosen Leben noch einige Liebe zur Ehrbarkeit erhalten haben. Mit den Mädchen ist es etwas Anderes. Niemals hat ein keusches Mädchen Romane gelesen, und ich habe diesem einen so deutlichen Titel gegeben, daß man schon beim Aufschlagen weiß woran man sich zu halten hat. Diejenige Jungfrau welche, ungeachtet jenes Titels wagen sollte auch nur eine Seite zu lesen ist ein verlornes Wesen; sie schreibe aber ihren Untergang nicht dem Buche zu; das Uebel war schon vorher geschehen. Da sie angefangen hat, mag sie nur zu Ende lesen: sie hat nichts mehr zu riskiren!"

Wenn Rousseau ernstlich diese Ueberzeugung hegte, so trifft ihn (ungeachtet der beigefügten, künstlichen Ausflucht) der ernste Vorwurf, ein unheilbringendes Buch geschrieben und veröffentlicht zu haben. Wie groß aber auch zur Zeit Rousseaus, die durch seine Heloise entstehende Gefahr mag gewesen seyn, jetzt hat es damit nicht viel auf sich. Die gesammte Stimmung, die ganze Atmosphäre, die Erregbarkeit hat sich so geändert, daß derlei französische Fliegen nicht mehr ziehen. Ein Heilmittel liegt auch darin, daß wenige Frauen und Mädchen das Buch itzt genau bis zu Ende lesen, sondern schon früher bei Seite legen dürften. Allerdings verläugnet sich an mehreren Stellen nicht Kraft und Glanz seines Styls, und wenn deshalb das Urtheil zu streng erscheint, er verstehe nur den Kanzleistyl der Liebe, so kömmt er doch nicht hinaus über die Rhetorik der Liebe, und zwischen aufgebauschten Erhabenheiten, findet sich ein Abfall in Unanständigkeiten und Unsittlichkeiten, die durch Schönpflästerchen und Gedankenstriche nicht zu veredeln und zu beseitigen sind. Episoden über pariser Zustände, Theater, Duelle u. dgl. sind dem Werke eigentlich fremd, vielleicht aber das Lehrreichste; und wenn man läugnet die Heloise sey langweilig, oder unsittlich, so gehört sie doch in die Reihe der kränklichen, oder Krankheit behandelnden Dichtungen.[1])

Diese unläugbare, höchst wichtige, unergründliche Seite der menschlichen Natur, ist in der modernen Welt von den größten Meistern so oft hervorgehoben und dargestellt worden, daß darüber eine allgemeine Bemerkung hier Platz finden mag. Zuerst ergriff Shakspeare in seinem Hamlet diese Aufgabe in solchem Umfange und solcher Tiefe, daß alle späteren Lösungsversuche, nur wie untergeordnete Abzweigungen erscheinen. Darum (ich muß es an dieser Stelle wiederholen) ist Hamlet so unendlich tragisch, weil jeder Mensch einen Kern von Halbheit, Zweifel, Unentschlossenheit, Weisheit und Thorheit in sich trägt, der erschütternd hervorbrechen und ihn zu Grunde richten kann.

In der Heloise ist die Liebe nicht der Brunnquell höherer Thätigkeit und geistiger Entwickelung; sie ist (trotz aller nervösen Erregung) ermattend und kränklich, und findet eine sehr ungenügende Lösung in einem Mischmasch des Erkünstelten und Unsittlichen. — Aehnlich und unähnlich ist Jacobis Woldemar; ein Buch, das unendlich viel zu denken giebt, jetzt aber auch nicht mehr an der Zeit ist. Die mikroskopischen Untersuchungen über Kopf und Herz, das geheime Hinundherberathen

---

1) Walter Scott erklärt rund heraus, die Liebesbriefe der beiden Pedanten seyen uninteressant und langweilig, und Burke sagt: wir sind so unglücklich daß uns diese weit berühmte Geschichte philosophischer Galanterie, erscheint als ein formloses, gemeines, saueres, finsteres, wildes Gemisch von Pedanterie und Liederlichkeit, von metaphysischen Spekulationen und der gröbsten Sinnlichkeit. — Gleich streng urtheilt mit sittlich edelem Zorne, Th. Moore in seinen Rhymes on the road VIII, S. 672. — Byron works VIII, 167. — Der Werth der neuen Heloise ist, von der Seite der Erfindung sehr gering. Die Situationen sind alltäglich, oder unnatürlich. Lessing Dramaturgie I, 68.

über eitele Krankheitszeichen, statt aufrichtig und tüchtig zu handeln, diese gerühmten und doch nicht heilenden Arzneien, finden bei heutigen Lesern so wenig Anklang, daß ihnen das damit verbundene Gute und Lehrreiche fast verschwindet. — Die hohe Vollendung der Form und der psychologischen Entwickelung in Goethes Werther, wird das Buch unsterblich machen, obgleich nicht zu läugnen daß der Held (der kein Held ist) von innen heraus an seiner schwächlichen, aushöhlenden Krankheit unrettbar zu Grunde geht.[1]) Diese Krankheit ist ebenfalls nicht mehr an der Zeit, nicht mehr Mode. Auch die Wahlverwandtschaften sind (trotz ähnlicher Vollendung) wesentlich ein, Kränkliches und Charakterschwaches behandelnder Roman. Sofern er das bloß Persönliche und Tadelnswerthe so darzustellen scheint, als sey es ganz allgemein gerechtfertigt, führt er zu größern Bedenken, und aus nahe liegendem Mißverstehen könnten für die sittliche Gesundheit erhebliche Gefahren entstehen. — Don Quixote ist theilweise verrückt, sonst aber eine durchaus tüchtige und gesunde Natur, so daß Cervantes Werk nicht zu den, Kränkelndes behandelnden Romanen gezählt werden darf.

Es ist nicht unsere Aufgabe alle kleineren Schriften Rousseaus genau durchzugehen: es genügt charakteristische Ansichten und Urtheile in bunter Folge vorüberzuführen. In einem langen, ja allzulangen Briefe an d'Alembert über das Theater, stehen neben gerechtem Tadel der Auswüchse, auch unbegründete Uebertreibungen. In einer anderen Schrift vertheidigt Rousseau die vorzugsweise melodische Musik der Italiener, gegen Rameaus Vorliebe für die Harmonie; geräth aber dabei (wie gewöhnlich) auch in Uebertreibungen, und verwirft z. B. Fugen, Nachahmungen und alle die Kunstmittel, welche richtig angewandt, den Reichthum dieser Kunst unendlich vermehren. An eine, nicht abgeneigte Beurtheilung der Alceste Glucks, knüpft er eine Reihe von Einwendungen, welche der größere Meister leicht widerlegen konnte.

---

1) Siehe Lessings Urtheil 27, 65.

Den Briefen über die genfer Verfassung (Lettres de la Montagne, Band X) sind folgende Stellen entnommen: „Der Aberglaube ist die stärkste Geißel des menschlichen Geschlechts. Er verdummt die Einfachen, verfolgt die Weisen, verknechtet die Völker. — Das Christenthum ist, vermöge der Trefflichkeit seiner Sittenlehre empfehlungswerth, sofern man es aufnimmt als Religion, Empfindung, Meinung, Glaube; aber als politisches Gesetz ist das dogmatische Christenthum eine schlechte Einrichtung. — Die Obrigkeiten, die Könige haben keine Autorität über die Seelen; wenn man nur den bürgerlichen Gesetzen in dieser Welt gehorcht, haben sie sich nicht darum zu bekümmern was in jener Welt aus uns wird. — Beschränkt man die Religionsfreiheit auch den Protestanten, so ziehe ich vor Katholik zu werden. Die harte Rechtgläubigkeit der Protestanten ist selbst eine Ketzerei; sie lag im Geiste der Reformatoren, aber nicht der Reformation. — Kein Gesetz kann vorschreiben etwas zu glauben.“ —

Die weitläufige Schrift gegen den Erzbischof Beaumont von Paris bezieht sich auf eine von diesem erlassene Verfügung gegen den Emile. Das Buch ward zu gleicher Zeit in Paris und in Genf verbrannt; woraus man auf doppelte Schuld (oder auf Unschuld) schließen könnte. Gewiß ist Bücherverbrennen kein gründliches Mittel wider Irthum. Rousseau sagt in jener Schrift (Band 9): „der Mensch ist von Natur gut, liebt Gerechtigkeit und Ordnung; es giebt keine ursprüngliche Verkehrtheit im menschlichen Gemüthe. Die Selbstliebe ist an sich eine gleichgültige Leidenschaft; sie wird nur gut oder schlecht durch Zufall und durch die Verhältnisse unter denen sie sich entwickelt. Hat uns Gott schlecht geschaffen, um das Vergnügen zu haben uns zu strafen? — Der Mensch muß bis auf einen gewissen Grad gebildet seyn, um die Beweise für das Daseyn Gottes zu verstehen. Nur langsam lernt der Mensch seine Vernunft gebrauchen. Die bewundernswerthe Ordnung der Welt fällt nicht jedem in die Augen. Der unachtsamen Menge fehlen die dazu erforderlichen Kenntnisse. Ich erkenne daß ein einziger, höchster Wille Alles leitet und ausführt. Christus, mein Meister, hat wenig gegrübelt über Dogmen, aber Nachdruck gelegt auf die Pflichten; er hat weniger Glaubensartikel vorgeschrieben, als gute Werke gefordert, und gelehrt: wer seinen Bruder liebt, erfüllt das Gesetz. Ich bemühe mich Gott über Alles zu lieben und meinen Nächsten wie mich selbst (und bin dann ein wahrer Christ) und lasse alle Spitzfindigkeit der Lehre und den Galimathias zur Seite womit die Pharisäer unsere Pflichten verwirren und unsern Glauben verdunkeln. Ich besitze nicht den handfesten Glauben der niemals zweifelt, kurzweg Alles annimmt was man ihm vorlegt, und alle Einwendungen zur Seite wirft, die er zu beantworten außer Stande ist. — Jede Religion die auf Erden herrschte, hat der Menschheit die grausamsten Wunden geschlagen, ihre Mitbrüder gepeinigt und ihrem Gotte blutige Opfer dargebracht. — Sobald man die Pflichten des Menschen aus den Augen verliert und sich nur beschäftigt mit den Meinungen und eitelen Streitigkeiten der Priester, fragt man nicht mehr ob ein Christ Gott fürchtet, sondern ob er rechtgläubig ist. Man legt ihm Formeln vor über die unnützesten und oft unverständlichsten Dinge. Unterschreibt er, so ist Alles gut und man fragt nach nichts Anderem."

An Voltaire schreibt Rousseau (23, 169): „wenn unduldsame Ungläubige das Volk zwingen wollten nichts zu glauben, so würde ich sie nicht weniger streng verurtheilen (bannir), als diejenigen welche es zwingen wollen zu glauben, was ihnen behagt. Denn man sieht aus dem Eifer ihrer Entscheidungen, an der Bitterkeit ihrer Satiren, daß sie, sobald sie Herren wären, die Gläubigen ebenso grausam verfolgen würden, als sie selbst von den Fanatikern verfolgt werden. — Alle Feinheiten der Metaphysik werden mich nicht einen Augenblick zweifeln lassen, an der Unsterblichkeit der Seele, und einer wohlthätigen Vorsehung. Ich fühle sie, glaube sie, will sie, hoffe sie, und werde sie vertheidigen bis zu meinem letzten Athemzuge."

In anderen Briefen sagt Rousseau: „In meiner Kindheit glaubte ich der Autorität, in meiner Jugend aus Gefühl, in meinem reiferen Alter aus Vernunft. — Ich glaube nicht daß ein Lehrsystem für die Werke nöthig sey, weil es durch das Gewissen vertreten wird. Ohne dies innere Gefühl würde bald keine Spur der Wahrheit auf Erden bleiben, und wir würden nacheinander das Spielwerk der wildesten Meinungen werden. Den Glauben an Gott aus dem Herzen der Menschen reißen, ist jede Tugend zerstören."

„Sokrates erhob sich gegen die Sophisten, Jesus gegen die Priester; doch mit dem Unterschiede daß Sokrates oft seine Gegner nachahmte, und wenn sein schöner und sanfter Tod, sein Leben nicht verklärt hätte, würde er auch für einen Sophisten gelten. Der erhabene Flug den Christi große Seele nahm, erhob ihn über alle Sterbliche, und von seinem zwölften Jahre, bis zu seinem großen Tode, ward er sich niemals untreu."

„Die Wissenschaft des Regierens bezieht sich auf Verknüpfungen, Anwendungen, Ausnahmen (25, 473): nach Zeit, Ort und Umständen. Niemals kann das Publikum deutlich einsehn die Beziehungen und das Spiel von dem Allem. — Ich finde kein erträgliches Mittlere zwischen der strengsten Demokratie und dem äußersten Absolutismus des Hobbes: denn der Kampf zwischen Menschen und Gesetzen versetzt den Staat in einen steten inneren Krieg, und ist die schlechteste aller Verfassungen. — Man muß nicht, um über alle Vorurtheile erhaben zu erscheinen, die Grundlagen der Sittenlehre untergraben."

„Das große Unglück einer Frau die sich ausstellt (qui s'affiche) ist, nur Leute ihres Gleichen zu sehen und an sich zu ziehen, und wahres und bescheidenes Verdienst zu entfernen, welches nicht dahin läuft wo die Menge sich versammelt. (24, 141.) Sie wollten glänzen, voranstehen und geliebt werden; das sind unverträgliche Dinge. Man muß wählen. Es giebt keine Freundschaft ohne Gleichheit, und es giebt niemals Gleichheit unter anspruchsvollen Personen. Um einen Freund zu finden, ist es nicht genug seiner zu bedürfen; man muß auch etwas haben um die Bedürfnisse des Anderen zu befriedigen."

„Bei uns ist die Frau am meisten geachtet, welche das

meiste Aufsehn macht, von der man am meisten spricht, die man in der Gesellschaft am häufigsten zeigt, bei der man am öftesten speiset; die da urtheilt, abspricht, entscheidet, den Talenten, Verdiensten, Tugenden Rang und Stelle anweiset, und deren Gunst die demüthigen Gelehrten auf niedrige Weise erbetteln. (IX, 273.)“

„Worin besteht das Wesen der Ehre, oder des sogenannten Ehrenpunktes? In der am meisten ausschweifenden und barbarischen Meinung, die nur jemals in den Köpfen der Menschen Platz gegriffen hat: nämlich, daß alle Pflichten gegen die Gesellschaft erfüllt sind, oder ersetzt werden durch den Muth, die Bravour. Ein Mensch ist nicht mehr Schelm, Betrüger, Verläumder, sondern höflich, menschlich, wohlerzogen, sobald er sich nur zu schlagen, zu duelliren weiß. Sobald man, mit dem Degen in der Hand etwas behauptet, wird die Lüge zur Wahrheit, der Diebstahl gesetzlich, die Falschheit ehrlich, die Untreue löblich. Jede Schmach wird durch einen Degenstoß abgethan, und man hat niemals Unrecht gegen einen Mann — vorausgesetzt daß man ihn tödte! (IX, 321.)“

Nachdem wir uns lange mit den sich selbst erklärenden Licht- und Schattenseiten Rousseaus des Schriftstellers beschäftigt haben, ist es nothwendig uns über seine sonstige Persönlichkeit zu unterrichten. Hier finden wir (so scheint es) in seinen Bekenntnissen (confessions) die sicherste Quelle. Denn wer von sich nicht bloß leichtsinnige, sondern auch schlechte Streiche, ja Verbrechen beichtet, an dessen Aufrichtigkeit kann man unmöglich zweifeln. Und doch bricht die Eitelkeit des Erzählers überall hindurch, und von Demuth und Reue zeigt sich fast nirgends eine ernste Spur. Auch in anderen seiner Schriften spricht er gar zu gern endlos von sich selbst, und an den begeistertsten Stellen finden wir doch nur die glänzende Rhetorik, welche, in anderer Richtung, Bossuet den höchsten Beifall verschaffte.

Allerdings ist Rousseau (wie manchem Anderen, z. B. Voltaire) Unrecht geschehen; aber viele Verfolgungen über die er klagt sind bloße Einbildungen, eitele Erfindungen, und trotz seines Redens von Bedürfniß und Werth der Freundschaft, hat er sich mit keinem, der ihm wohlwollenden Menschen vertragen.[1]) Am widerwärtigsten erscheint sein Verhältniß als Mann und Vater. Viele Jahre lebt er mit einer leiblich und geistig ganz unbedeutenden Person in wilder Ehe, zeugt mit ihr fünf Kinder und schickt diese ins Findelhaus, ohne auch nur Vorkehrungen zu treffen, eine dereinstige Wiedererkennung möglich zu machen. Mit herzloser Naivität erzählt er (XXXI, 154, 183): „Ich bildete meine Denkungsweise nach dem was ich bei sehr liebenswürdigen und im Grunde honnetten Leuten sah. Ich sagte mir: da das Kinderaussetzen, Landessitte ist, so kann ich (daselbst lebend) ihr folgen. So fand ich den Ausweg, (l'expédient) den ich suchte. Ich entschloß mich munter (gaillardement) dazu und ohne das geringste Bedenken. Nur hatte ich die größte Mühe, Therese (die Mutter) zu vermögen, das einzige Mittel anzunehmen, das ihre Ehre retten konnte. — Diese Maßregel (arrangement) erschien mir so gut, so verständig, so gesetzlich, daß wenn ich mich dessen nicht öffentlich rühmte, es bloß aus Rücksicht auf die Mutter unterblieb. Doch erzählte ich Vielen den Hergang frei, offen, freiwillig; denn ich sah in der That darin nichts Uebeles. Alles erwogen erwählte ich für meine Kinder das Beste, oder was ich dafür hielt. Ich möchte selbst, sowie sie, erzogen und gepflegt seyn."

So spricht über Aeltern- und Kinderpflicht, über Aeltern- und Kinderliebe, ein Mann der ein Buch über Erziehung schrieb und behauptet: er verdiene daß man ihm dafür Ehrensäulen errichte! Aber alle Sophistik des Kopfes und Herzens konnte die Nemesis nicht abhalten, und trotz alles Zornes wird man von theilnehmender Wehmuth ergriffen, wenn der unglückliche Mann von sich selbst schreibt (IX, 192; XXIV, 188): „die Leiden des Körpers erschöpfen den Geist, er verliert seine Kraft.

---

1) The sufferings of Rousseau have deserved laughter rather than pity; they have been partly counterfeited, and partly the consequences of his own perverseness and vanity. Macaulay, Byron 338.

Ein vorübergehender Augenblick von Gährung, trieb einen Schein von Talent hervor: es zeigte sich spät, und erlosch früh. Indem ich meinen natürlichen Zustand wieder ergriff, kehrte ich zurück in das Nichts. Ich hatte nur einen Moment, er ist vorüber; ich bin beschämt mich zu überleben. — Es fehlt mir Jugend, ein ruhiger Geist, ein weniger durch Langeweile und Verdruß erschöpftes Herz, und eine gewisse Kraft des Genius, welche indessen (selbst wenn man sie besitzt) nicht Stich hält gegen die Jahre und gegen Kummer."

Zum Schlusse mögen hier drei Urtheile über Rousseau Platz finden, welche drei, höchst verschiedene Männer aussprachen: ein deutscher protestantischer Professor, ein katholischer Erzbischof, und der berühmteste französische Schriftsteller. Karl von Raumer sagt (Pädagogik II, 242): „Der von mir gegebene Auszug wird es rechtfertigen daß ich den Emil ein ebenso lehrreiches als verführerisches Werk genannt habe. Umgeben von einer in Fäulniß übergegangenen Civilisation, fand der Misanthrop viel Lehrreiches durch bloßes Verwerfen des Gebräuchlichen. Aber Haß dringt nicht in das Wesen der Wahrheit, noch auf den tiefsten Grund des Verderbens der Völker. Das vermag nur die Liebe, sie allein vermag auch nur zu heilen. — Verführerisch wird Rousseau, indem er Wahrheit und Lüge, Heilsames und Heilloses aufs Künstlichste vermischt; so daß nur ein unausgesetzt wachsamer kritischer Leser, das Gute vom Bösen scheidet."

Der Erzbischof Beaumont von Paris klagt: „der Unglaube zeigt sich in allen Gestalten, und weiß sich allen Altern, Charakteren und Ständen anzupassen. Bald leichtsinnig in schmutzigen Romanen, bald sich tiefsinnig gebehrdend, als steige er zu den ersten Prinzipien hinab, bald Toleranz predigend. Bald endlich diese verschiedenen Formen verbindend, vermischt er Ernst und Scherz, reine Maximen und Obscönitäten, große Wahrheiten mit großen Irthümern, Glauben und Blasphemie; er unternimmt, mit einem Worte, Christus und Belial zu vereinigen. Und gerade dies ist der Zweck, den man beabsichtigt zu haben scheint in einem neulich erschienenen Werke, dessen Titel Emil. — Aus dem Schoße des Irthums ist ein Mensch hervorgegangen, der nur die Sprache der Philosophie spricht, ohne wahrhaft Philosoph zu seyn, ein Geist mit vielen Kenntnissen, die ihn jedoch nicht aufgeklärt, mit deren Hülfe er aber Andere verfinstert hat, ein Charakter voll Paradoxie, in Meinungen wie im Leben, welcher Einfachheit der Sitten, mit Stolz der Gedanken, Eifer für antike Grundsätze mit der Wuth Neuerungen einzuführen, dunkele Zurückgezogenheit mit dem Streben verbindet aller Welt bekannt zu seyn. Man sah ihn die Wissenschaften angreifen, welche er doch betrieb; die Herrlichkeit des Evangeliums rühmen, dessen Lehren er zerstörte, die Schönheiten der Tugenden malen, welche er in der Seele der Leser zerstörte. Er hat sich zum Lehrer des Menschengeschlechts aufgeworfen, um es zu betrügen, zum öffentlichen Warner um alle Welt irre zu leiten, zum Orakel des Jahrhunderts um es vollends zu verderben. In einem Werke über die Ungleichheit der Stände hat er den Menschen zu den Thieren erniedrigt, in einem anderen Werke (der Heloise) hat er das Gift der Wollust beigebracht, während er sie zu verdammen schien; im Emil bemächtigt er sich der ersten Lebensperiode des Menschen, um das Reich der Irreligion zu gründen."

Voltaire (schrieb Rousseau XXI, 342) wenn er scheint an Gott zu glauben, glaubt in Wahrheit nur an den Teufel; denn sein angeblicher Gott ist ein boshaftes Wesen, welches nur Vergnügen daran findet zu schaden. Der Unsinn dieser Lehre ist besonders empörend bei einem Manne der mit Gütern aller Art gesegnet ist und im Schoße des Glückes sitzt.

Voltaire antwortete: „Dem Doktor Jean Jaques Pansoph (dem Allweisen, XXVIII, 293). Was sie auch sagen mögen, Doktor Pansoph, ich bin gewiß nicht die Ursach ihrer Unfälle. Ich bin darüber betrübt, und ihre Bücher verdienen nicht, ihretwegen so viel Lärm und Skandal zu erheben; aber werden sie deshalb kein Verläumder, das wäre das größte Uebel. Ihr Vorwurf: ich glaube nicht an Gott ist so erstaunlich wie ihr Genie. Doktor Pansoph, ich bin weder im Herzen noch in meinen Schriften ein Gottesläugner. Die rechtlichen Leute, welche uns beide kennen, sagen: ach der Doktor Pansoph ist boshaft, wie andere Leute; das ist sehr schade.

Sie scharfsinniger Bewunderer der Roheit und Dummheit der Wilden, sie haben ein Geschrei erhoben gegen die Wissenschaften und sich doch mit ihnen beschäftigt. Sie haben Philosophen und Schriftsteller wie Quacksalber, wie Charlatane behandelt, und sind doch selbst Schriftsteller geworden. Sie haben mit der Frömmelei eines Kapuziners wider das Schauspiel geeifert, und doch elende Lustspiele geschrieben. Sie betrachten es als etwas Abscheuliches daß ein Vornehmer, ein Herzog etwas Ueberflüssiges besitze, und lassen sich doch aus diesem Ueberflüssigen ihr Notenschreiben bezahlen. Sie haben einen langweiligen Roman zusammengeschmiert wo ein Pädagog, indem er seine Zöglingin die Tugend lehrt, sie sehr ehrbarer Weise (honnêtement) verführt. Und das bescheidene Mädchen legt sich sehr ehrbarer Weise zum Hofmeister, wünscht von Herzen daß — — —, redet stets von ihrem süßen Freunde, heirathet hierauf einen anderen, den sie nicht liebt, ohne ihm die Wahrheit zu vertrauen u. s. w. Doktor Pansoph, sie haben sich ferner zum Erzieher eines gewissen Emil gemacht, den sie auf eine ganz unmögliche Weise bilden wollen, und um ihn zu einem guten Christen zu machen, zerstören sie das Christenthum. Sie verkündigen überall ihre aufrichtige Anhänglichkeit an die Offenbarung und predigen zugleich den Deismus, und erklären wiederum die Deisten und Philosophen für Gottesläugner! Ich bewundere, wie billig, diese Redlichkeit, diese Richtigkeit des Urtheils; aber erlauben sie mir gnädigst, an Gott zu glauben. Sie können ein Sophist seyn, ein schlechter Schwätzer (raisonneur), und deshalb zum mindesten ein unnützer Schriftsteller, — ohne daß ich ein Gottesläugner bin. Das höchste Wesen wird über uns beide urtheilen; erwarten wir demüthig seinen Ausspruch. Ich glaube mich nach Kräften bemüht zu haben zur

Vertheidigung der Sache Gottes und der Tugend, aber mit weniger Galle und Jähzorn als sie."

So viel aus Voltaires umständlichen Zurechtweisungen Rousseaus. Ich wage es ein allgemeineres Urtheil anzufügen, welches ich schon früher über Rousseau aussprach: Er war ein Mann von Geist, Gefühl, Streben nach Sittlichkeit und Religion; andererseits jedoch übereitel, an Leib und Geist ungemein kränklich, mit sich und der Welt uneinig, Recht und Sitte verletzend, aller Orten nur Mißtöne hörend, und irrig in den Mitteln die Harmonie zu gründen, oder herzustellen. Er verwechselte die Grundsätze der Staatskunst mit den Anfängen der menschlichen Gesellschaft, und wollte ein Linienschiff bauen und lenken, nach der Weise wie die Wilden einen Kahn zimmern; er liebte die Freiheit ohne die wahre zu kennen, und hat zu allen Arten von Tyrannei die Vorwände hergegeben.

66.

Fast über keinen Schriftsteller, ja keinen Menschen, sind so entgegengesetzte Urtheile ausgesprochen worden, als über Voltaire (1694—1778): von der größten, gränzenlosesten Bewunderung, bis zur bittersten Verdammung. Es ist weit das Bequemste und scheinbar Folgerechteste, sich kurzweg auf die eine, oder die andere Seite zu stellen; keineswegs ergreift man aber hiedurch die Wahrheit. Denn beide Parteien legen Beweise, legen unläugbare Thatsachen vor, welche jedenfalls Rücksicht verdienen. Eine genaue, unparteiische Untersuchung ergiebt vielmehr, daß Voltaire in der That so verschiedene Eigenschaften besaß, so mancherlei Gestalten zeigte, und sich wie ein Proteus verwandelte; — weshalb es Mühe kostet, seine wahre Natur, oder einen festen Grund und Charakter aufzufinden. — Die Möglichkeit sich mit Besonnenheit umzugestalten, zeigt von einem großen, vielseitigen Talente; die Nachgiebigkeit sich von Leidenschaften mancherlei Art fortreißen zu lassen, von beklagenswerther Charakterschwäche. Zwei Naturen bekämpfen sich in Voltaire: er ist milde theilnehmend und bitter hassend, großmüthig und boshaft, freigebig und eigennützig, edel und gemein, Verehrer und Verächter des Heiligen, voll unerschöpflichen Witzes, und voll platten, unwürdigen Spaßes, ein Geschöpf des Ormuzd und des Ahriman.

[Bouterwek VI, 346.]

Lassen wir die Beweise für die Würdigung des Menschen zur Seite, wenden wir uns sogleich zu dem Schriftsteller; so ist und bleibt Voltaire eine der erstaunlichsten Erscheinungen in der Litteraturgeschichte. Sehr Wenige waren so fleißig, besaßen so viel Kenntnisse wie er, und Niemand ist ihm an Vielseitigkeit und Wirksamkeit auf seine Zeitgenossen gleich zu stellen. Denn mag Voltaire auch nach keiner Richtung die allererste Stelle verdienen und einnehmen, den allerhöchsten Meistern nicht ganz ebenbürtig seyn; bleibt er doch überall ausgezeichnet, und keiner seiner Nebenbuhler und Nachahmer hat ihn erreicht. Wenn er andere Zeiten selten vollkommen begreift und Manches in ein falsches Licht stellt; so hat er andererseits nicht minder gekämpft für die verkannte Wahrheit, für das verletzte Recht, und gegen Vorurtheile die man mit Unrecht für heilig hielt.

Es wird nicht unpassend seyn, über einen Hauptpunkt der Anklagen wider Voltaire, nämlich über sein Verhältniß zum Christenthum, schon hier ein Wort beizufügen. Er war (sagt man) kein Christ. — Gewiß kein Christ, wie er gefordert ward; — aber hatte man zu dieser Forderung ein unbestreitbares Recht? Hätte Voltaire denn nicht ein Jude, oder Muhamedaner seyn dürfen? — Ganz anders stellt sich die Frage: ob Voltaire durch den vollkommen berechtigten Kampf gegen Vorurtheile, Irthümer, Thorheiten, Verbrechen, die in der Geschichte aller Religionen unläugbar hervortreten, nicht veranlaßt ward vorzugsweise die Schattenseiten darzustellen, die Lichtseiten aber zu verdecken, oder irrig abzuläugnen, oder mit ungebührlicher Frivolität zu behandeln? — Dies Alles kann man bejahen, zugleich aber ist berichtigend hinzuzufügen, daß sich das Ungebührliche meist in einzelnen Aeußerungen findet, welche sich auf die soeben bekämpften Verkehrtheiten beziehen, womit das Christenthum nur zu oft verunstaltet war, und die für sein Wesen ausgegeben wurden. Wo Philipp II., Alba, Torquemada, die Guisen, Katharina von Medizis für vollkommene Christen galten, wo schändliche Ungerechtigkeiten unter christlicher Firma geübt wurden, wo Calas und andere Opfer inquisitorischer Bosheit und Verblendung, in dem angeblich hochgebildeten und philosophischen Frankreich fielen; — da war es natürlich, daß so gewichtigen Unthaten gegenüber, Voltaires Angriff (oder vielmehr Vertheidigung) nicht die Gränzen bedächtiger Wohlgezogenheit inne hielt, sondern auch dem Besseren und Unschuldigen zu nahe trat. Dies hat dadurch nicht wesentlich, oder dauernd gelitten, aber manche Schlacken sind hoffentlich für immer zu Boden gefallen. Die argen Auswüchse der Revolution, würde Voltaire gewiß mißbilligt haben, und seine ernste Vertheidigung gegen Rousseau (der ihn als Gottesläugner bezeichnete) ergiebt, daß er den Kern aller Religionen zu schätzen wußte. Auch sagt Damiron (Histoire de la Philosophie du 19e siècle I, 35) Voltaire, selon son cœur et dans son amour pour l'humanité, eut des inspirations et des sentimens qui n'allaient pas au matérialisme.

Mithin theilt sich Lob und Tadel, Wahrheit und Irthum; und den Lobrednern der Aufhebung des Edikts von Nantes (Ludwig XIV. und XV., le Tellier, Bossuet, Frau von Sevigné u. A.) trat Voltaire mit vollem Rechte kühn gegenüber, und war selbst in seinen Uebertreibungen nicht so weit von ächter Religion entfernt, als jene Frömmler und Frevler, welche keineswegs bloß mit Worten, sondern mit Galgen, Rad und Holzstoß kämpften. So erklärt sich Voltaires persönliches Benehmen, gutentheils aus der Gesammtanschauung, aus dem Rechte und Unrechte seiner Zeitgenossen. Mögen die leidenschaftlichen Schwankungen nach zwei irrigen Aeußersten sich allmählig vermindern, und eine gemäßigte, jedoch positive Mitte finden lassen! — Diese aus einer allgemeinen Uebersicht hervorgehenden Bemerkungen und Urtheile, werden sich näher entwickeln und berichtigen, sofern wir jetzt das Einzelne ins Auge fassen. Zuvörderst Voltaires dichterische Werke.

Es giebt kaum eine Art der Dichtung, in welcher sich der vielseitige Mann nicht versucht hätte. Hiebei mitwirkten allerdings die damals über Poesie in Frankreich bereits feststehenden Ansichten; wonach z. B. der rasende Roland höher stand, als die Odyssee, Tassos Jerusalem höher als die Ilias, und Shakspeare als ein Ungeheuer angestaunt und mißverstanden ward. Im Einzelnen berichtigte Voltaire derlei Behauptungen, im Ganzen aber sprach er sie selbst aus, oder trat ihnen bei, und beschränkte dadurch seinen Gesichtskreis und die Weise seiner Thätigkeit. Wenn es einem so hochbegabten Manne wie Voltaire schwer ward die abweichende Dichtungsweise anderer Völker unbefangen zu würdigen, so ist ein Deutscher wohl entschuldigt, wenn er sich für viele lyrische Dichtungen der Franzosen nicht begeistern kann. Der gerühmte Wohllaut der Sprache bleibt ihm zweifelhaft, die Prosodie unvollkommen und eintönig, ja manches als hohe Poesie Empfohlene, erscheint ihm nur als etwas anders construirte Prosa.

[Eschenburg II, 281.]

In den zahlreichen poésies mêlées, epîtres, contes, satires, odes u. s. w. offenbart sich natürlicher, aber auch erkünstelter esprit, welcher jedoch nicht hinreicht Gedichte zur höchsten Vollkommenheit zu erheben, die sich oft von übertriebener Schmeichelei nicht fern halten. Ich gebe Proben aus den, mit dem Titel, Oden, bezeichneten Gedichten (Band 12, édit. Beuchot).

1) An den (übel berüchtigten) Herzog von Richelieu.

O toi mon support et ma gloire,
Que j'aime à nourrir ma mémoire
Des biens que ta vertu m'a fait.

2) An die Markisin von Chatelet.

Charmante et sublime Aspasie
Amante de la vérité,
Ta solide Philosophie

T'a prouvé la divinité.
Ton ame éclairée et profonde
Franchissant les bornes du monde,
S'élance au sein de son auteur.
Tu paraîs son plus bel ouvrage,
Et tu rends lui un digne hommage
Exempt de faiblesse et d'erreur.

3) An Friedrich II.

Est-ce aujourd'hui le plus beau jour de ma vie?
Ne me trompe je point dans un espoir si doux?
Vous regnez. Il est vrai que la Philosophie
Va regner avec Vous.

4) An Maria Theresia.

Fille de ces héros que l'empire eut pour maîtres,
Digne du trône auguste où l'on vit tes ancêtres
Toujours près de leur chute et toujours affermis
Princesse magnanime
Qui jouis de l'estime
De tous les ennemis.

Le Français généreux, si fier et si traitable
Dont le goût pour la gloire est le seul goût durable,
Et qui vole en aveugle où l'honneur le conduit
Inonde ton empire,
Te combat et t'admire,
T'adore et te poursuit.

Par des nœuds étonnans l'altière Germanie
A l'empire français malgré soi réunie
Fait de l'Europe entière un objet de pitié! etc.

5) Ludwig XV.!

Nous l'avons vu ce Roi terrible
Qui, sur des remparts foudroyés,
Présentait l'olivier paisible
A ses ennemis effrayés.
Tel qu'un Dieu guidant les orages,
D'une main portant les ravages,
Et les tonnerres destructeurs,
De l'autre versant la rosée
Sur la terre fertilisée
Couverte de fruits et de fleurs.

Wir besitzen von Voltaire zwei epische Gedichte, ein komisches und ein ernstes, die pucelle d'Orléans und die Henriade. Beginnen wir mit jenem, so fragt sich: ob man es (mit Bezug auf des Aristofanes kühnen Vorgang) für gerechtfertigt halten darf, oder ob hinreichende Gründe vorhanden sind, ein härteres Urtheil zu fällen? Der Kern und Gegensatz des Ganzen (wonach Johanne Gefahren entgeht, und Agnes Sorel ihnen erliegt) könnte man sich als einen sehr zweideutigen, jedoch heiteren Scherz gefallen lassen, träten nicht sehr erschwerende Umstände hinzu. Erstens ist es schlechthin verdammlich daß Voltaire (ein Franzose), die edelste weibliche Gestalt in der französischen, ja vielleicht in der ganzen Weltgeschichte, zum Träger seiner Ungezogenheiten macht; daß er dies thut, während er in anderen Stellen seiner Werke ihren Werth zwar weder geschichtlich, noch dichterisch im ganzen Umfange begreift, jedoch ihre Unschuld und ihr großes Verdienst um ihr Vaterland anerkennt. — Zweitens verletzt Voltaire nicht bloß die gewöhnlichen Gesetze des Anstandes und der Sitte, sondern sein Talent wird von jenem Unkraute ganz überwuchert und sinkt hinab bis zum Widerwärtigen und Eckelhaften. — Drittens endlich kehren ähnliche Ereignisse, Situationen, so oft wieder, und werden in solcher Breite beschrieben, daß das Werk an dem Fehler leidet, welchen Voltaire selbst für den unverzeihlichsten erklärt, — es wird langweilig! — Anders stellen sich Betrachtungen und Urtheile über die Henriade.

Es war ein löblicher Vorsatz des so ehrgeizigen als talentvollen Voltaire, die französische Litteratur, welche keine werthvolle ernste Epopee aufzuzeigen hatte, durch eine solche zu bereichern. Aus seiner Schrift über die epische Dichtkunst geht hervor, daß er sich durch theoretische Forschung und durch Lesen der vorzüglichsten Dichter hiezu gründlich vorzubereiten suchte. Es ist anziehend einige seiner Ansichten und Urtheile vorzulegen.

[Eschenburg V, 290.]

Er sagt: „in den Künsten, welche wesentlich von der Einbildungskraft abhangen, giebt es so viel Revolutionen wie in den Staaten; sie wechseln in tausenderlei Weisen, während man (ohne Erfolg) versucht, sie für immer festzustellen. — Seit der Wiederherstellung der Wissenschaften hat man die Alten als Muster betrachtet, und ganz Europa zu einer wissenschaftlichen Republik zu vereinigen gesucht; dennoch hat jedes Land seinen eigenthümlichen Geschmack entwickelt. Mögen Vernunft und Leidenschaft überall an sich dieselben seyn, so drücken sie sich doch verschieden aus. Mögen wir deshalb die Alten bewundern; aber die Bewunderung soll nicht zu blindem Aberglauben führen. Wenn die Völker Europas, anstatt sich gegenseitig ungerechterweise zu verachten, die Werke und Sitten ihrer Nachbaren gründlicher kennen lernten; — nicht um darüber zu lachen, sondern daraus zu lernen, so würde vielleicht ein allgemeiner Geschmack hervorgehn, nach dem man bis jetzt vergeblich sucht."

„Homer hat die Götter dargestellt, wie er sie glaubte, und die Menschen wie sie waren. Es ist kein großes Verdienst in der heidnischen Mythologie Thorheiten aufzufinden; aber der ist ganz geschmacklos, der gewisse Fabeln Homers nicht liebt, oder (um gewisser Fehler willen) seine Schönheiten nicht fühlt und alle Empfindung für dieselben in sich erstickt hat. Es giebt nichts Ungeheures und Absurdes, das man nicht im Shakspeare fände; aber er ist auch voller Schönheiten, die um so auffallender sind, da sie wie Blitze aus dunkeler Nacht erscheinen."

„Diejenigen irren, welche den Anfang einer Kunst, für die dauernde Grundregel (principe) der Kunst selbst nehmen. Es ist leichter die Natur zu übertreiben, als ihr zu folgen. Selbst das Wunderbare muß vernünftig (sage) seyn, eine Art von Wahrscheinlichkeit behalten und mit Geschmack behandelt werden."

„Das verlorne Paradies ist ein Werk mehr sonderbar, als natürlich, voller von Einbildungskraft als von Anmuth, von Kühnheit als von Auswahl, ein idealer Gegenstand der nicht für Menschen geeignet zu seyn scheint. — Unter allen Völkern ist das unsrige am wenigsten poetisch."

So die merkwürdigen Ansichten und Urtheile Voltaires; sehen wir jetzt wie er sie berücksichtigt hat. Was kein französischer Dramatiker wagte, hat Voltaire mit Recht gethan. Der Held der Henriade lebte in naher Vergangenheit und war der größte und liebenswürdigste König Frankreichs. So steht die Henriade den Franzosen näher, als die Aeneis den Römern, und Lukans Gegenstand war keineswegs erfreulich; er führte zu keinem befriedigenden Schlusse. Die Frivolität welche in der Püzelle überall vorherrscht, hat in der Henriade keine Stelle gefunden und die Grundsätze des wahren Christenthums stimmen mit den Versen (II, 18):

Qui prétend sur les cœurs un pouvoir despotique,
Qui veut le fer en main, convertir les mortels,
Qui du sang hérétique arrose les autels,
Et suivant un faux zèle, ou l'intérêt, pour guides
Ne sert un Dieu de paix que par des homicides. —
J'ai vu nos citoyens s'égorger avec zèle
Et, la flamme à la main, courir dans les combats
Pour de vains arguments, qu'ils ne comprenaient pas.

Die erfundene Zusammenkunft Heinrichs IV. mit Elisabeth, ist in diesem Gedichte aus vielen Gründen erlaubter, als die (trotz alles poetischen Glanzes viel unzartere und die Wahrheit sehr entstellende) ebenfalls von Schiller erfundene Zusammenkunft der Elisabeth und Maria Stuart. — Voltaire konnte nicht gut alles selbst erzählen; was er Heinrich IV. in den Mund legt ist lebendig, und manche Charakteristik (z. B. Guises) vortrefflich.

Die Personifikation der discorde, politique u. A. stört nicht oder doch nur wenig; denn sie sind bloß Repräsentanten des Wirklichen, und des in vielen Personen zerstreuten Handelns. — Weit kühner ist allerdings die Vision und Erzählung Ludwigs IX.; ähnlich jedoch der Behandlungsweise anderer Dichter, z. B. des Virgil, Ariost und Camoens. — Das Einflechten der Liebe Heinrichs IV. zur schönen Gabriele erscheint nicht unnatürlich. Es ist indeß hier nicht der Ort alles Lob und allen Tadel der über die Henriade ausgesprochen ward, umständlich aufzuzählen und zu prüfen: wohl aber darf man behaupten, daß seitdem in Frankreich kein besseres Heldengedicht erschienen ist, und unter allen europäischen Völkern, nur noch die Portugiesen ein ebenfalls patriotisches in den Lusiaden aufzuzeigen haben.

Die dramatischen Werke Voltaires (zu denen wir itzt übergehen) füllen acht Bände, welche wohl nur Wenige noch buchstäblich durchlesen. Denn selbst seine Verehrer stellen die Lustspiele keineswegs hoch; und wenn etliche auch manchen andern nicht nachstehen, scheinen sie doch für Voltaire (von dem man mehr verlangt) zu gering. Diese Erscheinung ist, bei Voltaires außerordentlicher Vielseitigkeit mit Recht aufgefallen, und wohl nur dadurch zu erklären, daß sein reicher Witz allerdings anekdotenartig vieles Ergötzliche nebeneinanderstellen konnte, ihm aber doch Neigung und Geschicklichkeit fehlte, von innen heraus einen Charakter folgerecht aufzufassen, und seine Einheit in mannigfachen Situationen festzuhalten und zu entwickeln.

Hinsichtlich der Trauerspiele durfte Voltaire nicht (wie beim Epos) behaupten, diese Dichtungsart fehle den Franzosen; vielmehr anerkannte er die Vorzüge Corneilles und Racines, so daß seine Aufgabe nur dahin gehen konnte, sich ihnen anzuschließen und doch ihre Mängel eigenthümlich zu verbessern. Gegen diese Mängel war er nicht verblendet, und sagt z. B. von den Helden des sonst hochgerühmten Racine: (temple du goût XII, 354, und ähnlich Dictionn. philos. XXVI, 358)

A peine il distingue leurs traits,
Ils ont tous le même mérite,
Tendres, galans, doux et discrets;
Et l'amour qui marche à leur suite
Les croit des courtisans français.

Voltaires Kritik erstreckt sich auch auf die Tragiker anderer Völker, ohne jedoch den französischen Standpunkt aufzugeben; weshalb er außer Stande bleibt sich an einer wesentlich verschiedenen Begeisterung aufrichtig zu erfreuen. So bemerkt er bei einer Beurtheilung des Sofokles: „ich habe mich nur bemüht, diejenigen Fehler hervorzuheben, welche es sind für alle Zeiten und alle Orte. Denn Widersprüche, Abgeschmacktheiten, leere Deklamationen, bleiben Fehler in allen Ländern.“ Wie es hienach dem Shakspeare ergehen mußte, versteht sich von selbst. — An andern Stellen sagt Voltaire: „bisweilen bringen wir nicht vor bis zum Tragischen, aus Furcht dessen Gränzen zu überschreiten. — Es sind die einzelnen Schönheiten (beautés de détail) welche die in Verse geschriebenen Werke aufrecht erhalten und auf die Nachwelt bringen.“ (II, 357, 361.) — Richtiger, aber schwer zu befolgen ist ein anderer Ausspruch: (III, 154) „man wird niemals gut von der Liebe sprechen, wenn man anderen Schmuck sucht als Einfachheit und Wahrheit.“

Da Voltaire von allen Franzosen (ja von den meisten Nichtfranzosen) als ihr dritter großer dramatischer Dichter anerkannt wird, so sollte man sich vielleicht diesem Urtheile kurzweg und bescheiden anschließen; wenn dies jedoch nur aus Bequemlichkeit, oder Furchtsamkeit geschieht, so hat es keinen großen Werth. Deshalb mögen einige gewagte Bemerkungen über etliche Trauerspiele hier Platz finden.

Merope

ist von Lessing in seiner Dramaturgie umständlich beurtheilt worden.

Le fanatisme, Muhamed.

Es ist, wie bei der Jungfrau von Orleans, eine Schmach solch eine weltgeschichtliche Gestalt, als den größten Verbrecher (durch abscheuliche Erfindungen) darzustellen. Voltaire hätte Fanatiker näher in Frankreich finden können.

Rome sauvée, Catilina.

Frau und Kind Catilinas hinzuerfunden. Endloses Gerede von Catilina, Cato, Cäsar, Cicero. — Sallust und Plutarch sind viel lebendiger und dramatischer.

La mort de César.

Cäsar fordert im Senate die Königswürde, die Verschwornen widersprechen lebhaft. Cäsar erweiset hierauf dem Brutus daß dieser sein Sohn sey und hält ihm, da er nicht gehorchen will, eine strenge Strafpredigt. Brutus erzählt Alles den Verschwornen und fragt sie um Rath, was er thun solle? Sie rathen ihm seinen Vater umzubringen. Hierauf versucht Brutus noch einmal dem Cäsar durch Vorstellungen die Herrschlust auszutreiben, und dem Königthume zu entsagen. Vergeblich; und so wird er denn umgebracht, und mit der Rede des Antonius, — schließt das Stück!! — So hat Voltaire Shakspeares Cäsar verbessert!!

Die Triumvirn.

Die Geschichte mißhandelt; ein mißlungenes Werk.

Tancrède.

Zwei Todesfälle herbeigeführt, lediglich durch Schweigen und Mißverständnisse, ohne innere, tragische, großartige Nothwendigkeit.

Oedipe.

Sofokles auf folgende Art (wie oben Shakspeare) verbessert. Hinzuerfunden ein Vertrauter, eine Vertraute und Prinz Philoktet von Euböa, ein alter Liebhaber der Jocaste und angeblicher Mörder des Lajus: Jocaste erbietet sich zum Besten des Volks zu sterben, bekennt aber zugleich daß sie in Philoktet verliebt war und ist, und Oedip nur aus Zwang heirathete. Sie sagt:

> Il fallut oublier dans ses embrassemens
> Et mes premiers amours et mes premiers serments.
> J'étouffai de mes sens la révolte cachée! etc.

Mit Ausnahme der, aus Sofokles entnommenen Stellen, ist Erfindung und Umarbeitung gewiß mißlungen.

Brutus (der ältere).

Hinzuerfunden ein Vertrauter und eine Vertraute, und eine Tochter Tarquins, in welche Titius der Sohn des Brutus verliebt ist. Doch ist diese erfundene Liebe natürlicher, passender und geschickter behandelt als viele andere; ja der Kampf zwischen Liebe und Pflicht ist edel und großartig dargestellt. Das Römerthum kommt hier besser zur Sprache und Haltung, als in den meisten neuern, schwächlichen, oder schwülstigern Trauerspielen.

Zaire.

Die Aehnlichkeit mit Shakspeares Othello ist bloß scheinbar und äußerlich; denn wir finden keine stufenweis fortschreitende, psychologische Entwickelung der Eifersucht.[1]) Vielmehr zeigen sich nur oberflächliche Hindernisse einer genügenden Lösung, welche ohne Mühe und Sorge eingetreten wäre, sobald Zaire ihr wunderliches Schweigen gebrochen und die einfache Wahrheit gesagt hätte. Unbequem ist die Mischung von Liebe und Christenthum, und das Gewicht des letzten, durch die frühern Lebensverhältnisse Zairens kaum genügend erklärt und beglaubigt. Der Fluchtplan ist ganz verkehrt eingeleitet, und für beide Todesfälle keine unbezwingliche, wahrhaft tragische Nothwendigkeit vorhanden. Manches ward wohl vorsätzlich anders erfunden und anders entwickelt als im Shakspeare; nicht zum Vortheil des neueren Trauerspiels.

Alzire.

Meines Erachtens ist Alzire viel gelungener, als Zaire. Jene erscheint viel tüchtiger, als diese; die Verhältnisse sind natürlich, ungekünstelt und dennoch stete Theilnahme erregend und festhaltend. Die großen, unbezwinglichen Beweggründe, die politischen, nationalen Gegensätze werden gut entwickelt und bis zum ächt Tragischen hinangeführt, ohne die Personen in Karikaturen zu verwandeln. Am Schlusse wird das wahre

1) Lessing Dramat. I, 118.

Christenthum besser verklärt, als man von Voltaire erwarten konnte.

So ungenügend diese Andeutungen sind, dürften sie doch erweisen, daß man Voltaire, als den dritten, dem Corneille und Racine zugesellen darf; daß ihm aber allerdings die schaffende, erschütternde Begeisterung fehlt, welche die Werke der griechischen Tragiker und Shakspeares auf die höchste Stufe aller Poesie erhebt.

Aus mehreren Gründen könnte man hier sogleich von den prosaischen Dichtungen Voltaires handeln; da sie aber oft bezwecken einen Lehrsatz zu bekämpfen, eine Lieblingsmeinung zu bestätigen, ein Vorurtheil zu verspotten; so wird diese Richtung begreiflicher, wenn wir vorher von anderen, hierauf einflußreichen Werken Voltaires sprechen.

67.

Voltaires geschichtliche Werke, zu denen wir uns jetzt wenden, umfassen 11 Bände, nämlich:

Essai sur les mœurs et l'esprit des nations.	4	Bände.
Siècle de Louis XIV.	2	»
Siècle de Louis XV.	1	»
Histoire des Parlements	1	»
Annales de l'empire	1	»
Histoire de Charles XII.	1	»
Histoire de Pierre I.	1	»
	11	Bände.

[Eschenburg VIII, 2, 393.]

Schon vor diesem Umfang muß man große Achtung haben: denn kein Dichter hat jemals durch angestrengten Fleiß so viel historische Kenntnisse erworben und sie mit Geist dargestellt. Nur etwa mit Ausnahme der eilig gearbeiteten Annales de l'empire kann man das Löbliche und Anziehende der Form nicht läugnen. Gegen den Inhalt ist jedoch eingewandt worden: Voltaire steht auf dem beschränkten Standpunkte des Zeitalters Ludwigs XIV., und ist deshalb außer Stande andere Zeiten und Völker zu begreifen. Oder wo er sich von jener Zeit entfernt, verfällt er in kritische oder skeptische Betrachtungen, die sich über Bolingbroke, Bayle und Spinoza hinauswagen, und mit bloßen Verneinungen, oder Frivolitäten endigen, welche Veranlassung gaben ihn den verdammlichen Unchristen, ja den Gottesläugnern beizuzählen.

Man kann diese (schon oben erwähnten) Anklagen nicht für ganz unbegründet erklären; doch bedürfen sie einer wiederholten erheblichen Berichtigung. Wenn nämlich Voltaire (wie gesagt) auch keineswegs Anspruch darauf macht ein orthodoxer, rechtgläubiger Christ zu seyn, ist er doch nichts weniger als ein Verächter aller Religion und ein Gottesläugner. Seine Angriffe richten sich wesentlich gegen offenbare Irthümer und frevelhafte Unduldsamkeit; ja sehr viele der von ihm bekämpften Ansichten, sind seitdem von Andern ebenfalls bestritten und seine Behauptungen angenommen und bestätigt worden, so daß er keineswegs unbedingt als Irlehrer bezeichnet werden darf.

Zu einem unparteiischen, gerechten Urtheile kommen wir am Besten, wenn wir seine geschichtlichen Werke näher ins Auge fassen. Bei weitem das wichtigste bleibt der Essai sur les moeurs. Er ist keineswegs angefüllt mit kleinlichen Kriegesund Hofgeschichten, sondern umfaßt (wie bis dahin keine einzige geschichtliche Darstellung) auch Sitten, Gebräuche, Gewerbe, Handel, Kunst, Wissenschaft, Staat, Religion, Verfassung und Verwaltung. Das große Verdienst einer wesentlichen, geistreichen Erweiterung des historischen Gesichtskreises kann Voltaire gar nicht abgesprochen werden. Die Art der Auffassung und Behandlung selbst, wird sich aus folgenden Bruchstücken ergeben: natürlich sind aber mehr allgemeine Betrachtungen und Urtheile hervorgehoben, als einzelne Thatsachen.

„Nur ein Blinder (sagt Voltaire) kann daran zweifeln, daß Weiße, Neger, Lappen, Chinesen, Hottentotten, Albinos, Amerikaner, durchaus verschiedene Menschenrassen sind. (Vol. XV., S. 7.) — Die Kenntniß eines schaffenden, belohnenden, strafenden Gottes, ist die Frucht der gebildeten Vernunft (16). — Es ist unsinnig in thörichten Fabeln einen Sinn finden zu wollen, und Vernunft in die Narrheit hineinzulegen. (23.) — Im Allgemeinen war der Mensch immer das, was er noch ist. Immerdar bestand Geselligkeit, und wir waren nie bestimmt zu leben wie die Bären. (31.) — Die Theokratie hat nicht allein lange geherrscht, sondern auch die Tyrannei aufs Aeußerste getrieben, und je mehr sie sich göttlich nannte, desto mehr war sie verabscheuungswürdig. (41.) — Der Ruhm Platons verwundert mich nicht: alle Philosophen waren unverständlich, er aber beredter als die anderen. Doch dürfte er sich jetzt in keiner vernünftigen Gesellschaft so vernehmen lassen, wie z. B. im Timäus. (118.)

Es ist verkehrt anzunehmen, daß der Schöpfer und Herr der Welt, die Weltordnung ändere, zum Besten dieser Welt. (147.) — Es läßt sich berechnen, daß die Juden nach Gottes Befehl, oder in Bürgerkriegen, 239000 der ihrigen todtschlugen. (184.) — Bleiben wir stehen bei der geschichtlichen Wahrheit: der Gesetzgeber der Muhamedaner, ein mächtiger und schrecklicher Mann, begründete seine Lehre durch Muth und Waffen; dennoch ward seine Religion nachsichtig und duldsam. Der göttliche Stifter des Christenthums lebte in Demuth und Frieden, lehrte Vergebung der Beleidigungen; und seine sanfte und heilige Religion, ist durch unsere Wuth geworden die unduldsamste und barbarischte. (344.) — Jesus ist nicht der Urheber der Thorheiten, Verfolgungen und Verbrechen, welche man in seinem Namen begangen hat. Das heutige Christenthum steht meist im Widerspruch mit der ächten Lehre Christi. (46, 215, 217.)

Nur die Unwissenheit, der Fanatismus, der Sklavensinn vieler Abschreiber eines ersten Betrügers, kann in die Reihe der Päpste aufnehmen, Petrus, Linus u. s. w. (349.) — Kaum war die christliche Religion siegreich, so ward ihre Heiligkeit entweiht durch die Rachsucht ihrer Bekenner; — während eben der

Triumph ihnen hätte Friedensliebe einflößen sollen. (371.) Die Religion der Griechen und Römer, welche wir Heidenthum nennen, kannte keine umfassenden Religionsverfolgungen; weil sie keine Dogmen hatten, und ihre Priester, noch weniger die Laien sich versammelten, um darüber zu streiten. (398.)" —

„Rom hat sich stets für die Meinungen ausgesprochen, welche den menschlichen Geist am meisten fesselten und den Vernunftgebrauch beseitigten. (Vol. XVI., S. 69). — Andererseits hat die römische Kirche (ungeachtet aller Unruhen und Skandale), mehr Schicklichkeit und Würde gezeigt, als anderwärts der Fall war. (74.) — Man hat gemeint daß in dem Maße kirchliche Ketten schwerer und drückender wären, die Völker gehorsamer würden: — umgekehrt sie belästigen, geniren die Herrscher, oder dienen sie vom Throne zu stoßen. (92.)"

„Der Ruf Karls des Großen ist einer der größten Beweise, daß der Erfolg arge Ungerechtigkeiten rechtfertigt und Ruhm verschafft. (XV, 401.) Drei Jahrhunderte lang, von Kaiser Friedrich II., bis Alexander VI., sieht man in Italien nur Faktionen, Eifersucht, kleine Unternehmungen einer Stadt gegen die andere, und Tyrannen, welche sich derselben bemächtigen. Ein Bild des alten Griechenlands, aber ein barbarisches. Man übte Künste und Verschwörungen, verstand aber nicht zu kämpfen, wie bei Marathon und den Thermopylen. (XVI, 344.)

Die Jungfrau von Orleans, welche ihren König gerettet hatte, verurtheilte man zum Feuertode! In heroischen Zeiten würde man ihr Altäre errichtet haben, wie Menschen sie ihren Befreiern errichteten. (XVI, 410.)"

Band XVII.

„Der Mangel hinreichend klarer und bekannter Gesetze, und die Veränderlichkeit der Gewohnheiten und Gesetze, hat Frankreich stets charakterisirt. Auch hier nur findet sich diese lächerliche Menge von Edelleuten ohne Geschäfte und wahren Adel; diese herabwürdigende Unterscheidung zwischen dem unnützen

Geadelten, welcher dem Staate nichts bezahlt, und dem nützlichen Bürgerlichen, welcher Abgaben entrichtet.

Im 15. Jahrhundert sind die Völkerschaften Italiens bezeichnet durch Vergiftung, Mord, Aberglauben; sie verstanden sich zu rächen, aber nicht Krieg zu führen, man fand viele Vergifter, aber wenig Soldaten; — ja so war das Schicksal des schönen Landes, seit den Ottonen. Geist, Aberglauben, Atheismus, Maskeraden, Verse, Frömmelei, Gift, Mord, einige große Männer, eine Unzahl geschickter Frevler, — und dennoch unglücklich. So war Italien! (59.) Selbst die natürliche Religion war fast in allen Herrschenden ausgelöscht. Man findet nichts Aehnliches bei Römern, Griechen und Barbaren. Ein Papst (Alexander VI.) und sein Bastard, (den man als Erzbischof gesehn hatte) besudelten Italien mit allen Verbrechen, und ein König von Frankreich (Ludwig XII.), den man Vater des Volks genannt hat, unterstützte beide, und die abgestumpften Völker verharrten in Stillschweigen. (92.)"

„Ariosts rasender Roland steht, aus vielen Gründen, der Odyssee, Tassos Jerusalem, der Ilias weit voran, und die Mandragora des Macchiavelli ist vielleicht besser als alle Lustspiele des Aristofanes. (184.) — Die Religionsstreitigkeiten welche in Deutschland, dem Norden, Frankreich und England die Geister bewegten, haben die Entwickelung der Vernunft verzögert, anstatt sie zu beschleunigen. Der Ruhm des Genies gebührt allein dem damals ruhigen Italien. — Man muß ein Narr seyn (Rousseau) um zu behaupten, daß Kunst und Wissenschaft, der Sittlichkeit nachtheilig wären. (188.)

In Allem was nicht die persönlichen Interessen der Päpste betraf, erließen sie weise, und der Christenheit nützliche Verordnungen. (175.)"

„Wenn so viele Geistliche christliche Staaten regierten, so kam es theils daher, daß die Könige eher einem Priester vertrauten den sie nicht fürchteten, als einem mächtigen Feldherrn; dann aber auch weil jene Männer oft unterrichteter, und für Geschäfte geeigneter waren, als Generale und Hofleute. (178.)"

„Franz I. verband sich mit den deutschen Protestanten, während er die französischen verbrennen ließ. Wie können Geschichtschreiber die Niederträchtigkeit begehen, dies dem frommen Eifer eines Fürsten zuzuschreiben, der wollüstig war und keinen Schatten ächter Frömmigkeit besaß. (213.)“

„Hätte man Luther gesagt: er werde den Katholicismus in halb Europa zerstören, er würde es nicht geglaubt haben; er ging weiter als er dachte. So geht es in allen Streitigkeiten (disputes), ja fast in allen Angelegenheiten. (243.) — Man muß einräumen daß die Geistlichkeit im Allgemeinen durch die Protestanten verbessert ward; so wie jemand durch die wachsame Eifersucht eines Gegners vorsichtiger wird; aber man hat deshalb mehr Blut vergossen, und die Kriege der Theologen, sind Kriege der Kannibalen geworden. (244.)“

„In den Thesen (Streitsätzen) jener Zeit, steht das Verkehrteste mit dem Tiefsinnigsten gemischt: daher falsche Beschuldigungen, abscheuliche Beleidigungen und Verketzerungen. (248.) Gemeine, widrige Grobheiten (jetzt so eckelhaft), empörten grobe Gemüther nicht, und Luther triumphirte, mit der Gemeinheit eines barbarischen Styles, in seinem Lande über alle römische Höflichkeit. (politesse. 248.)“

„Luther und andere Mönche, welche (dem Staate nützliche) Ehen eingingen, verletzten ihr Gelübde nicht mehr als die, welche Armuth und Demuth angelobt hatten und prächtige Reichthümer besaßen. (253.)“

„Calvin schrieb besser als Luther, und redete schlechter: beide waren arbeitsam und streng, zugleich aber hart und zornig; beide brannten vor Begier sich auszuzeichnen und diejenige Herrschaft über die Gemüther zu erlangen, welche der Eigenliebe schmeichelt und aus den Theologen eine Art von Eroberer macht. (275.) Calvins Lehre ist dem Republikanismus angemessen, und doch besaß er einen tyrannischen Geist. (276.) Neben seiner Härte war er durchaus uneigennützig. (281.)“

„Neuerer sind in der Regel von strengen Sitten. Dieselben Leute, welche einen Staat umstürzen, um eine, oft thörichte

Meinung durchzusetzen, verketzern unschuldige, einer großen Stadt unentbehrliche Vergnügungen (Rousseau) und Künste, welche zum Glanze eines Volks beitragen. (XX, 127.)"

„Man kann nicht läugnen daß es in den Klöstern große Tugenden gegeben hat, und noch jetzt findet sich kaum ein Kloster, welches nicht bewundernswürdige Seelen in sich schließt, die der menschlichen Natur Ehre machen. Nur zu viele Schriftsteller haben sich ein Vergnügen daraus gemacht, die Unordnungen und Laster aufzusuchen, welche bisweilen diese Zufluchtsörter der Frömmigkeit befleckt haben. Gewiß ist das Leben der Laien lasterhafter gewesen, und die größten Verbrechen sind nicht in den Klöstern begangen worden, vielmehr ward Ungebühr (als der Regel widersprechend) nur mehr bemerkt. Allerdings schadete indeß ihre allzu große Zahl. (XVII, 325.)"

„Nicht minder ehrwürdig sind die Stiftungen für Arme und Kranke. Vielleicht giebt es nichts Größeres auf Erden, als das Opfer welches das zartere Geschlecht hier darbringt an Jugend, Schönheit und Geburt. (337.)"

„Niemals ist die menschliche Natur so erniedrigt worden, als wenn abergläubige Unwissenheit durch Macht bewaffnet ward (348). Philipp II. zwang die Niederländer eine große Rolle zu spielen; sein blutiger Despotismus ward Ursach ihrer Größe. (XVIII, 1.). — Es giebt stolze, tiefsinnige Geister, von einer ruhigen, ausdauernden Kühnheit, welche durch Schwierigkeiten aufgereizt werden, so Wilhelm der erste, schweigsame Oranier, und König Wilhelm III. (4.) — Die Hinrichtung der Maria Stuart befleckt das Andenken der Königin Elisabeth; aber es ist ein fanatischer Blödsinn, jene wie eine Märtyrerin der Religion heilig zu sprechen. Sie ward es durch Ehebruch, Ermordung ihres Gatten, sowie durch Unverstand. (54.)"

„Zur Zeit Heinrichs III. war der französische Hof, ein Gemisch von Luxus, Ränken, Galanterien, Liederlichkeit, Verschwörungen, Aberglauben und Atheismus. (99.). — Nach dem Tode Heinrichs IV. sah man, wie sehr Macht, Ansehn, Sitten, Geist eines Volkes, oft von einem Menschen abhängen. Unzählige Vortheile gingen schon im ersten Jahre der Vormundschaft der Marie von Medicis verloren. (170.)“

„Nur den großen Begebenheiten in der Geschichte darf man Glauben beimessen; zur Seite aber muß man alle Fabeln werfen, womit Fanatismus, romanhafter Sinn und Leichtgläubigkeit von jeher den Weltschauplatz überladen haben. (473.) — Alles was wesentlich zur menschlichen Natur gehört, gleicht sich auf der ganzen Erde; was von Gewohnheiten abhängt, ist verschieden und nur durch Zufall ähnlich. Das Reich der Gewohnheit (coutume) ist größer als das der Natur, erstreckt sich auf Sitten und Gebräuche, und erzeugt so Mannigfaltigkeit, wie die Natur Uebereinstimmung. Die Grundlage ist dieselbe, aber die Bildung treibt verschiedene Früchte hervor (487.)“

So weit meine Auszüge aus Voltaires umfassendstem Hauptwerke, ich komme zum Siècle de Louis XIV. (Band 19—20). Da ein großer Theil Europas, Ludwig XIV. und sein Zeitalter übermäßig bewunderten, so darf man sich nicht verwundern, oder tadeln, daß ein Franzose in bester Ueberzeugung Alles in das glänzendste Licht zu stellen suchte. Diese Billigkeit der Beurtheilung kann aber den Forscher jetzt nicht abhalten Irriges zu berichtigen und Uebertriebenes zu ermäßigen. Es ist nicht angemessen hier darauf näher einzugehn, wohl aber mitzutheilen, welchen Zweck sich Voltaire beim Entwerfen dieses Buches vorsteckte. Er sagt (XIX, 403): „Die Leser mögen sich erinnern daß sie hier nicht eine bloße Erzählung von Feldzügen finden, sondern vielmehr eine Geschichte menschlicher Sitten. Ganze Bücher sind angefüllt mit den Kleinigkeiten der Kriegsbegebenheiten, und mit allen Einzelnheiten der Wuth und des menschlichen Elends. Der Zweck dieses Versuchs ist, den Charakter der wichtigsten Revolutionen zu malen, und die Menge kleiner Thatsachen zu beseitigen, um nur die wichtigsten ins Licht zu stellen und auch, — wo möglich —, den Geist der sie geleitet hat. — Berichte über häusliche Verhältnisse gefallen blos Neugierigen, und Nachrichten über Schwächen, nur Boshaften. Doch können sie auch lehrreich seyn, weil Uebel daraus folgten, oder weil Tugenden dieselben beseitigten. (122.)"

Trotz dieser, sich selbst gegebenen Warnung, ist die Zahl der von Voltaire mitgetheilten Anekdoten sehr groß; — ein Beweis des unerschöpflichen Vorraths, einer sich auflösenden Zeit. — Gewiß gab es damals keinen Mann, der obige Aufgabe besser, oder auch nur so gut gelöset haben würde, wie Voltaire."

Le Siècle de Louis XV. (Band 21) enthält eine Darstellung der Geschichte Europas während der Regierung Ludwigs XV., allerdings aus überwiegend französischem Standpunkte; ohne indeß Irthümer, Verkehrtheiten und Schwächen zu verkennen, oder zu verhehlen. Im Ganzen giebt sich Freude kund über die damalige Gegenwart und die bevorstehende Zukunft, das Wachsen der Menschlichkeit, der feinen Sitte, der verständigeren Philosophie, der größeren Religionsduldung. Nur in einzelnen Augenblicken wird Voltaire von der Sorge ergriffen, über die bedenklichen Zeichen der Zeit. So wenn er sagt (431): „es giebt verblendete Geister, welche alle Grundlagen der Gesellschaft untergraben, während sie glauben dieselben zu verbessern. Man ist so närrisch (fou) zu behaupten, das Mein und Dein (das Eigenthum) seyen Verbrechen, man solle die Frucht seiner Arbeit nicht genießen, die Menschen hätten (sich zu einander gesellend) die Ordnung der Natur verdorben, der Mensch sey zur Vereinzelung bestimmt, wie ein wildes Thier, und schon Biber, Bienen, Ameisen brächten durch ihre republikanische Geselligkeit, die Naturgesetze in Unordnung. Derlei Impertinenzen, werth des Tollhauses, sind eine Zeitlang Mode gewesen, wie Affentänze auf den Märkten."

Diese bestimmt, und mit Recht gegen Rousseau gerichteten Vorwürfe, beweisen zunächst daß die beiden berühmtesten Franzosen jener Zeit, in sehr wichtigen Dingen sehr verschiedene Wege einschlugen, ihre Landsleute zu führen, oder zu verführen.

Die Histoire du Parlement (Band 22) hat Voltaire geschrieben weder als Lobredner, noch als Feind desselben; vielmehr stehen den Schattenseiten auch Lichtseiten gegenüber, und es war verständig daß man (nach anfänglichem Zweifel) keine amtliche Klage gegen das Buch erhob. Gewiß fehlte es an einer lesbaren Uebersicht dieser verwickelten Geschichten, und es läßt sich nicht läugnen daß Voltaire (trotz einzelner zu erhebender Widersprüche) fleißig studirte und geschickt zusammenstellte. Nur der Schluß des Werks enthält keine volle Wahrheit, oder eingetroffene Weissagung. Voltaire schreibt: „Ludwig XVI. stellte das Parlament mit den nöthigen Einschränkungen wieder her. Sie ehrten den König welcher sie anbefahl, den Minister welcher sie entwarf, das Parlament welches sie annahm; — und so sah Frankreich die Morgenröthe einer weisen, und glücklichen Regierung!!"

Annales de l'Empire (Band 23), eine kurze, unbedeutende Uebersicht; doch zeigt sie daß Voltaire sich auch hier zu unterrichten suchte.

Histoire de Charles XII. (Band 24.)

Fleißiger gearbeitet und anziehender als die Annalen; auch ohne die irrige, lange vorherrschende Verblendung für Karl XII. Voltaire sagt unter Anderem: „zwischen den Tyrannen und den guten Königen, stehen die Eroberer in der Mitte, doch jenen näher als diesen. Sie haben einen glänzenden Ruf, und man wird begierig die geringsten Kleinigkeiten ihres Lebens kennen zu lernen. (13—15.) So ist die erbärmliche Schwäche der Menschen daß sie diejenigen bewundern, welche ihnen auf glänzende Weise Böses zugefügt haben, und daß sie öfter und lieber sprechen von dem Zerstörer, als dem Gründer eines Reiches. — Karl XII. und Peter Alexiewitz sind die sonderbarsten (singuliers) Personen, die seit 20 Jahrhunderten gelebt haben; dieser jedoch ein viel größerer Mann, als jener. Es giebt wohl keinen Herrscher, der Karls Geschichte lesend, nicht von dem Wahnsinn des Eroberers geheilt wird. Jeder König soll daraus lernen, wie eine friedliche und glückliche Regierung mehr werth ist, als alle Glorie. (354.) Karl hat nur Ruinen hinterlassen; Peter ist in jeder Rücksicht ein Stifter und Begründer. (XXV, 26.)"

Histoire de Russie. (Band 25.)

Ueber die welche verletzende Klatschereien bekannt machen, sagt Voltaire wiederholentlich (16): „warum veröffentlichen sie diese Skandale? — Sie antworten: um die Neugier der Leute zu befriedigen, um ihrer Bosheit zu gefallen, um meinem Buche Absatz zu verschaffen; sonst würde es niemand lesen. — Sie sind also nur ein Spötter, ein Verfasser von Schmähschriften, ein Verkäufer von Verläumdungen; — aber kein Geschichtschreiber!“

68.

Voltaire war kein folgerechter, systematischer Philosoph, hatte sich aber sehr fleißig mit allen dahin gehörigen Gegenständen beschäftigt, das Erlernte durchdacht, und verstand darüber verständlicher zu schreiben, als viele Andere. Im Ganzen bewegt er sich, in der kritisch skeptischen Weise von Bolingbroke und Bayle, und wo er dogmatisirt, liegt meist Lockes System zum Grunde.

In allen Schriften Voltaires finden wir philosophische Bemerkungen zerstreut; als Hauptwerk aber dürfen wir das Dictionnaire philosophique (7 Bände) betrachten, welches man in Rom verbot und in Paris verbrannte. Voltaire selbst ward von Gegnern genannt: inconsidéré, dissolu, déréglé, infame, bête féroce. Bevor ich aus diesem Werke mancherlei zusammenstelle, verdient ein Gedicht Erwähnung, la loi naturelle (Band 12) welches darzuthun bezweckt, das Vorhandenseyn einer allgemeinen Moral, unabhängig von jeder offenbarten Religion und von jedem besonderen Systeme über die Natur des höchsten Wesens. Jene Moral

«D'un bout du monde à l'autre, elle parle, elle crie:
Adore un Dieu, sois juste et chéris ta patrie. — — —
Mais dans les profondeurs de cette obscurité,
Si la raison nous luit, qu'avons-nous à nous plaindre?
Nous n'avons qu'un flambeau, gardons-nous de l'éteindre. — — —
Des Chrétiens divisés, les infames querelles

Ont, au nom du seigneur, apportés plus de maux,
Répandu plus de sang, creusés plus de tombeaux
Que le prétexte vain d'une utile balance
N'a désolé jamais l'Allemagne et la France. — — — —
Les vertus des payens étaient, dit-on, des crimes,
Rigueur impitoyable! Odieuses maximes! — — —
Tous les factions à la fin sont cruelles,
Pour peu qu'on les soutienne, on les voit tout oser. — — —
Je vois sans m'alarmer l'éternité paraître,
Et ne puis penser qu'un Dieu qui m'a fait naitre,
Qu'un Dieu qui sur mes jours versa tant de bienfaits,
Quand mes jours sont éteints, me tourmente à jamais.»

Diesem kurzen Glaubensbekenntnisse Voltaires, folgen itzt weitere Mittheilungen aus dem philosophischen Wörterbuche.

„Es lästern auf die Philosophie, der steife Lutheraner, der wilde Calvinist, der stolze Anglikaner, der fanatische Jansenist, der regierungslustige Jesuit, der anmaaßliche Sorbonist, — gleichwie einige Närrinnen, welche von jenen geleitet werden. (Philosophie.) Niemals hat ein Philosoph gesagt, er sey von Gott inspirirt; dann hätte er sich in einen Propheten verwandelt. (XXXVII, 39.) — Wer nicht blind ist, muß von der Größe der Weltschöpfung geblendet werden. Dumm (stupide) ist, wer den Urheber nicht anerkennt, ein Narr (fou) der ihn nicht anbetet. (Religion.) — Zeigt mir einen Philosophen, von Zoroaster bis Locke, der einen Aufruhr erregt hätte. Aberglaube setzt die Welt in Flammen, die Philosophie löscht dieselben aus. (Superstition.) Der Fanatismus ist eine geistige, ansteckende Krankheit. Er verbreitet sich weniger durch Bücher, als durch Versammlungen und Reden. Alle fanatischen Sekten sind gleich verblendet, und haben die abscheulichsten Verbrechen begangen. (Fanatisme.)

Der Deismus findet sich in allen Religionen; er ist ein Metall das sich mit allen andern verbindet, und dessen Adern sich unter der Erde bis an die Enden der Welt erstrecken. Alle dogmatischen Sekten sind verschieden, denn sie stammen von Menschen; die Moral ist überall gleich, denn sie stammt von

Gott. (Théisme.) — Duldung ist ein Zubehör der Menschheit! Wir sind Alle durchdrungen von Schwächen und Irthümern; vergeben wir uns gegenseitig unsere Thorheiten, dies ist das erste Gesetz der Natur. Unter allen Religionen sollte, ohne Zweifel, die christliche die meiste Duldung einflößen: und doch sind die Christen, die unduldsamsten aller Menschen. (Tolérance). Alle großen Streitigkeiten gingen Jahrhunderte lang von den byzantinischen Griechen aus. Was würden Homer, Sofokles, Demosthenes, Archimedes gesagt haben, wären sie Zeuge gewesen von diesen spitzfindigen Zänkereien, die so viel Blut gekostet haben! Die Eitelkeit, Haupt einer Sekte zu seyn, ist die zweite in der Welt; die Eitelkeit der Eroberer ist die erste. (Arianisme, XXXVII, 53.)

Die Lehre: es sey ein Gott, zeigt Schwierigkeiten; die entgegengesetzte zeigt Absurditäten. (XXXVII, 296.) Ueberall sehe ich in der Natur, in den Künsten, wichtige Endursachen und Zwecke. Ich glaube daß ein Apfelbaum bestimmt ist Aepfel zu tragen, wie ich glaube daß die Uhr bestimmt ist, die Zeit anzuzeigen. Der Hauptgegenstand, das Hauptinteresse ist nicht metaphysisch zu schlußfolgern, sondern zu erwägen ob es zum gemeinsamen Besten von uns thierischen und denkenden Wesen nöthig sey, einen belohnenden und strafenden Gott anzunehmen, welcher uns zugleich bezähmt und tröstet; oder diesen Gedanken zu verwerfen, und uns unseren Unfällen ohne Hoffnung, und unseren Verbrechen ohne Gewissensbisse hinzugeben. — Sie behaupten: die Religion hat Tausende von Schandthaten erzeugt; — sagen Sie vielmehr der Aberglaube, welcher auf Erden herrscht, und der größte Feind der Anbetung ist, welche wir dem höchsten Wesen schuldig sind. — Freiheit ist Gesundheit der Seele. (XXXVII, 325.) Die Tugend setzt Freiheit voraus, und ohne Tugend keine Religion. Kein Herrscher hat das Recht die Menschen zur Religion zu zwingen.

Die Gewalt der Geistlichen soll nur geistlicher, nicht weltlicher Art seyn. (Droit canonique.) Ein einfältiger Priester wird verächtlich, ein schlechter flößt Abscheu ein; aber ein guter

Priester, milde, fromm, ohne Aberglauben, duldsam, — ist ein Mann den man lieben und ehren soll. (Dieu.)

Es giebt auf Erden weit weniger Uebel, als man sagt und glaubt: das Vergnügen sich zu beklagen und zu übertreiben, ist allzugroß (méchant). — Von der Erbsünde findet sich nichts im Pentateuch, den Propheten, den Evangelien, den Kirchenvätern (péché original). Ebenso findet sich die unverständliche Lehre von der Dreieinigkeit in keiner Stelle der Bibel. Sie enthält den gröbsten und gefährlichsten Irthum, und begünstigt offenbar die Vielgötterei. (Anti-Trinitaire.) — Was sollen wir über diejenigen sagen, welche Andere von dem überzeugen wollen, was sie selbst nicht glauben, und ihre Mitbrüder verfolgen, wegen der demüthig vernünftigen Lehre des Zweifels und des Mißtrauens gegen sich selbst. (croire.)

Wir wissen gewiß daß wir existiren, fühlen, denken. Wollen wir einen Schritt darüber hinausgehn, so fallen wir in einen finsteren Abgrund. Und dennoch haben wir die thörichte Kühnheit zu streiten, ob diese Seele (von welcher wir nicht die geringste Idee haben) vor uns, oder mit uns entstehe, ob sie vergänglich oder unsterblich sey? — Kein Philosoph hat durch eigene Kräfte, den Schleier aufheben können, welchen die Natur über die ersten Grundlagen (principes) der Dinge ausgebreitet hat. Jene disputiren, die Natur handelt. Wir begreifen weder die Erschaffung, noch den Untergang eines Dinges. Es giebt unzählige Meinungen über Zeit und Art der Entstehung der Seelen, keine erhaben über Einwendungen. (ame.)

Je mehr man die Natur studirt, desto mehr erkennt man ihren Urheber. Dieser unaussprechliche Geist offenbart sich im kleinsten Insekt, wie in den Gestirnen. (Athée.) — Die Streitigkeiten über die Art Gott zu lieben, haben hundert Jahre lang den größten Haß entzündet. Sobald der Verfasser des Telemachs (Fenelon, welcher am Hofe Ludwigs XIV. großen Einfluß gewann) verlangte, man solle Gott in einer Weise lieben, die dem Verfasser der Leichenreden, (Bossuet) nicht behagte, so erklärte ihm dieser, der ein großer Raufer war (ferrailleur) den Krieg, und ließ ihn in der alten Stadt des Romulus verdammen, wo man Gott am meisten liebt; — nächst der Herrschaft, den Reichthümern, dem Müßiggange, dem Vergnügen, dem Gelde!

Die Katholiken und Protestanten haben die Offenbarung Johannis zu ihren Gunsten ausgelegt, und alle haben darin gefunden, was ihren Interessen zusagte. Sie haben insbesondere wunderbare Erklärungen gegeben über das große Thier mit sieben Köpfen und zehn Hörnern, mit dem Felle des Leoparden, den Beinen des Bären, dem Rachen des Löwen, der Kraft des Drachen u. s. w. — Bossuet findet, dieses Thier sey offenbar der Kaiser Diokletian, Grotius glaubte es sey Trajan, ein Geistlicher Chetardie es sey Julian, Jurieu beweiset es sey der Papst, ein anderer Geistlicher es sey Ludwig XIV., ein guter Katholik es sey König Wilhelm III. von England. (Apocalypse.)

Ein Mensch der sich fromm (Frömmler, dévot) nennt, gleicht einem Bürgerlichen, der sich Marquis nennt; er maßt sich eine Eigenschaft an, die er nicht hat; er glaubt mehr zu seyn, als sein Nächster. Man verzeiht diese Thorheit (sottise) den Weibern, ihre Schwäche und Frivolität entschuldigt sie: die armen Geschöpfe gehen von einem Liebhaber, in gutem Glauben zu einem Beichtvater über. Man verzeiht aber den Schelmen nicht welche ihre Unwissenheit mißbrauchen, und den Thron ihres Stolzes gründen auf die Leichtgläubigkeit des weiblichen Geschlechts. Jene bilden sich ein kleines, mystisches Serail, bestehend aus sieben, acht alten Schönheiten, unterjocht durch die Last ihrer Unthätigkeit, und diese Unterthaninnen zahlen ihrem neuen Herrn fast immer Tribut. (dévot.)

Es ist nicht wahr daß Muhamed die Weiber vom Paradiese ausschließe. Wie würde ein so geschickter Mann, sich mit der Hälfte des menschlichen Geschlechts entzweit haben, welche die andere leitet. Er erlaubte die Mehrheit der Frauen, nach der unvordenklichen Sitte des Morgenlandes. Mehr als über alles

Andere bewundere ich ihn, daß er im Stande war Friede unter seinen Frauen zu erhalten. (Alcoran.)

Es gab sehr gelehrte, ja kriegerische Frauen; aber sie waren niemals Erfinderinnen. Der Geist der Geselligkeit und der Annehmlichkeit ist ihr Theil; sie sind geschaffen die Sitten der Männer zu mildern. (adoucir; femme.) — Rousseau hat die Gränzen gewöhnlicher Narrheit überschritten, wenn er die natürliche Liebe der Aeltern zu den Kindern, des Mannes zur Frau, als unnatürlich, oder doch vorübergehend bezeichnet. Ebenso abgeschmackt ist sein Angriff auf das Wesen und die Wohlthat des Eigenthums. (homme.)

Es giebt so viel Arten von Liebe, daß man nicht weiß an welche man sich halten soll, um sie zu definiren. Kühn nennt man Liebe, eine Grille weniger Tage, ein Gefühl ohne Achtung, Affereien des Cicisbeats, eine kalte Angewöhnung, eine romanenhafte Fantasie, eine Verbindung ohne Anhänglichkeit, einen Geschmack dem schnell Widerwille folgt; man ertheilt jenen Namen an tausend Chimeren! — Die Natur giebt den Stoff, die Einbildungskraft schmückt ihn aus. Da die Menschen die Gabe erhalten haben, Alles zu vervollkommnen was ihnen die Natur verleiht, — so haben sie auch die Liebe veredelt. (amour.)"

Manche Aussprüche im philosophischen Wörterbuche beziehen sich auf bestimmte Personen. Ich gebe Proben: „Alexander der Macedonier ist unter allen Eroberern Asiens, der einzige große Mann. — Welch ein Mann ist Aristoteles, der die Grundsätze des Trauerspiels mit derselben Hand verzeichnet, wie die der Logik, Dialektik, Ethik, Politik, und der (so weit er es vermochte) den großen Schleier der Natur emporhob. — Nach allen Grundsätzen einer gesunden Kritik, hat Moses den Pentateuch nicht geschrieben; er ist viel später entstanden. — Wenn ein junger Bauer, David, der Eselinnen sucht, ein Königreich findet, so ist dies nicht gewöhnlich; wenn ein Bauer durch sein Harfenspiel einen König von Wahnsinn heilt, so ist dies noch seltener; daß aber dieser kleine Harfenspieler König wird, weil ihm ein Dorfpriester in einem Winkel, eine Kruke Olivenöl auf den Kopf wirft, ist unter Allem das Wunderbarste. —

In dem Zeitalter des Verfalls der schönen Künste, in dem Jahrhundert der Paradoxen, der Erniedrigung der Litteratur und der verfolgten Philosophie, nimmt man sich heraus Cicero zu schmähen. Er hat zuerst die Philosophie in Rom eingeführt, seine Tuskulanen und seine Schrift über die Natur der Götter, sind beide die schönsten Werke, welche jemals die, nur menschliche Weisheit entworfen hat, und seine Abhandlung von den Pflichten ist das nützlichste Buch über die Sittenlehre. Wie verkehrt also ihn zu verachten. Beklagen wir die, welche ihn nicht lesen, und noch mehr die, welche ihm nicht Gerechtigkeit widerfahren lassen.

Sie wollen Dante kennen lernen? Die Italiener nennen ihn den Göttlichen, aber es ist eine verborgene Gottheit. Wenige verstehen seine Orakel. Es giebt Erläuterer, Commentatoren seines Werks; vielleicht ein Grund mehr um nicht verstanden zu werden. Sein Ruf wird sich stets befestigen, weil man ihn wenig lieset. Es giebt von ihm etwa 20 Stellen, die man auswendig weiß; dies genügt um sich die Mühe zu sparen, das Uebrige zu prüfen.

Montaigne, ein Landedelmann aus der Zeit Heinrichs III., gelehrt in einem Zeitalter der Unwissenheit, Philosoph unter Fanatikern, der unter seinem Namen unsere Schwächen und Thorheiten zeichnet, ist ein Mann, den man stets lieben wird. (XXXVII, 69.)

Shakspeare, war ein Genie voll Kraft und Fruchtbarkeit, natürlich und erhaben; aber ohne einen Funken guten Geschmacks und ohne die geringste Kenntniß der Regeln. Aber glänzende Stellen erwerben Verzeihung für alle Fehler. (XXXVII, 220, 221.)

Es war eine sonderbare Unternehmung la Mottes, den Homer herabzusetzen, und doch zu übersetzen, — und noch schlimmer ihn zu verkürzen, um ihn angeblich zu verbessern. Anstatt sein Genie zu erwärmen durch den Versuch die erhabenen

Gemälde Homers nachzubilden, will er ihm esprit geben. Dies ist die Thorheit der meisten Franzosen. Eine Art von Spitzen (pointes), ein kleiner Gegensatz, ein leichtes Wortspiel genügt ihnen. Einige wollen immer Einbildungskraft zeigen und ermüden den Leser durch einen verkehrten Ueberfluß gesuchter Bilder (imagination). Wie viele Schriftsteller haben sich durch diese Kindereien verführen lassen, welche jede Beredsamkeit austrocknen und entnerven. Spiele der Einbildungskraft, Feinheiten, Scherze, kleine Sprüche, u. dgl. passen nur für kleine Werke des bloßen Zeitvertreibs. (esprit.) —

Lukan hat viele Fehler; aber starke Gedanken; Reden philosophischen und erhabenen Muthes, finden wir unter den Alten nur bei ihm. — Mitten unter den Schönheiten Miltons, erkennt man, ich weiß nicht welchen Geist des Fanatismus und der pedantischen Wildheit, welche in England zur Zeit Cromwells herrschten, wo alle Engländer die Bibel und ein Pistol in der Hand trugen. (Epopée.)

Ohne Styl kann kein Werk der Beredsamkeit und Dichtkunst gut seyn. Das système de la nature giebt hiefür den Beweis: dies verwirrte Buch enthält viermal zu viel Worte, und dies ist wiederum gutentheils der Grund der Verwirrung. — Die Liebeserklärungen, Eifersüchteleien, Trennungen, Versöhnungen, bilden das Gewebe unserer meisten Theaterstücke, vorzüglich die auf so kleine Mittel gegründeten Trauerspiele Racines. Aber der Styl macht die gemeinsten Dinge eigenthümlich, und giebt Größe dem Einfachsten. (style.)

Das Verderben des Geschmacks folgt gewöhnlich den Jahrhunderten der Vollkommenheit. Die Künstler suchen (um nicht als Nachahmer zu erscheinen) abgelegene Wege, und entfernen sich von der schönen Natur ihrer Vorgänger. Das Publikum, auf Neuigkeiten erpicht, läuft ihnen nach, wird ihrer dann überdrüssig und es folgen Andere, welche (um zu gefallen) sie überbieten; der gute Geschmack geht auf diese Weise unwiederbringlich verloren. — Es giebt Schönheiten aller Zeiten und Völker; aber auch örtliche Schönheiten, die nur hier oder dort ansprechen.

Fast in allen Stücken Corneilles ist die Liebe geschmacklos (insipide); in seinen spätern Stücken sind die Helden nur Schwätzer, die Verse sind hart, dunkel, unharmonisch, ohne Grazie; aber in seinen besseren Trauerspielen erhebt er sich unendlich über Shakspeare (goût).

Leibnitz, der von Allem spricht, hat auch (an Platon sich anschließend) eine Theodicee geschrieben. Ich habe beide mehre Male gelesen, gestehe aber meine Unwissenheit, und da uns das Evangelium nichts über diese Frage offenbart hat, so bleibe ich ohne Gewissensbisse in der Finsterniß. (Bien.)

Descartes, geboren um die Irthümer der Vorzeit zu entdecken, stellte an ihren Platz die seinigen, und ward von dem systematischen Geiste fortgerissen, der die größten Männer verblendet. (XXXVII, 179.) In seiner Physik ist keine einzige Neuheit, die nicht ein Irthum wäre. Sein System war in Frankreich eine bloße Mode und nationaler Eitelkeit halber, glaubte man es gebühre sich dasselbe aufrecht zu halten und zu unterstützen. (Cartésianisme.) Pascal hat die Menschen zu gehässig dargestellt, und schreibt gegen die menschliche Natur, wie gegen die Jesuiten. Ich nehme die Partei jener, wider diesen erhabenen Menschenfeind. (Sublime misanthrope. XXXVII, 37.).

In Montesquieus Werke sind sehr viele Irthümer und falsche Ansichten (welche Voltaire aufzählt und gründlich zu widerlegen sucht). Woher nun dessen großer Ruhm? — Weil das Werk mit vielem Geist geschrieben ist (esprit), und alle übrigen, welche von diesen Gegenständen handeln, langweilig sind. Vor Allem aber, weil es Tyrannei, Aberglauben und Gelderpressungen (maltôte) siegreich angreift, und Fanatiker es verlästerten. (Lois.)"

Ich schließe meine Auszüge aus Voltaires philosophischem Wörterbuche, mit zwei seiner Bemerkungen, welche, wenn nicht in die Geheimlehren der Eingeweihten, doch in die verständlichen ächter Popularphilosophie, Aufnahme verdienen. Voltaire sagt: „war der Mann, welcher sich zuerst Schuh machen ließ, luxuriös;

oder der zuerst ein Hemde anzog? Oder waren es gescheute, betriebsame Leute? (Luxe.) — Mit Arbeit überladene Menschen setzen das Glück in Müßiggang, vergessend daß der schlimmste aller Zustände ist, nichts zu thun zu haben. Hieran reihen sich die Fabeleien von einem unthätigen, faulen, goldenen Weltalter und ähnliche Erfindungen. (Génèse.)"

69.

Ich habe schon bemerkt, daß Voltaires Romane und Erzählungen nicht aus überströmender, schaffender Begeisterung hervorgingen, sondern daß sie ihm hauptsächlich zum Bekämpfen, oder Erweisen gewisser Lehrsätze, Vorurtheile, Ansichten u. dgl. dienten. Zu dem vorgesteckten Zwecke erfand Voltaire mit ungemeiner Kraft des Geistes und Witzes, unzählige Ereignisse und Situationen: das Thema wird endlos variirt und der Reichthum setzt Anfangs in Erstaunen. Allmählig aber findet man diese Atomistik der angeblichen Dichtkunst ungenügend: denn im Hintergrunde erscheint immer wieder der leblose Begriff, und der äußerlichen Mannigfaltigkeit fehlt eine von innen heraus wirkende, einige Kraft; es fehlen selbständig handelnde (nicht bloß durch Ereignisse so, oder anders gewendete) Persönlichkeiten.

Nur selten geht Voltaire darauf aus, sittliche Lehren durch ein einfaches Beispiel zu bekräftigen, so in Jeannot und Colin, wo ein vornehmer, fauler, liederlicher Lebemann, von dem fleißigen, tüchtigen Bürger überflügelt und gerettet wird.

Babouc, ist den lettres persanes nachgebildet, und verspottet europäische, insbesondere parisische Lächerlichkeiten, Verkehrtheiten und Frevel. So heißt es z. B. (12): „nach Tische ging Babouc in einen prächtigen Tempel und setzte sich unter eine Menge von Männern und Frauen, die dahin gekommen waren, um sich die Zeit zu vertreiben. Ein Magier erschien in einer hohen Maschine, und sprach lange von Tugend und Laster.

Er theilte den Gegenstand (der keiner Theilung bedurfte) in viele Theile; er bewies methodisch das, was an sich selbst klar war und lehrte Alles was man schon wußte. Er steigerte sich zu kalter Leidenschaft, und ging schwitzend und athemlos hinweg. Die Versammlung erhob sich jetzt, und glaubte einem belehrenden Unterricht beigewohnt zu haben."

Babouc sagte einem Kaufmanne: sie haben vierzehnmal so viel für diese Waare abgenommen, als sie werth ist. — Sehr wahr (antwortete dieser) und nach einem Monate werden Sie nicht einmal dies eine Zehntheil bekommen. Die vorübergehende Fantasie der Menschen bestimmt den Preis eiteler Dinge, erweckt Industrie, beschäftigt Menschen, vermehrt Geschmack, Geldumlauf und Wohlstand. — Ein Minister gestand dem Babouc: er sey sehr unglücklich. Man halte ihn für reich und er sey arm, für mächtig und er finde überall Widerspruch, er verpflichte nur Undankbare und habe in vierzig Jahren ununterbrochener Arbeit, kaum einen tröstlichen Augenblick gehabt."

Mikromegas erinnert an Swift, und der Gegensatz von übertriebener Größe der Bewohner anderer Welten und der Kleinheit der Erdmenschen, giebt Veranlassung zu allerhand leichtem Witz und Spaß. Curios genug, aber ohne höhere Poesie. — Ebenso wird im voyage de Scarmentado alles Lächerliche lächerlich gemacht.

Ernster beschäftigte Voltaire die Frage über die beste Welt, über den Optimismus. Die philosophischen Untersuchungen in Leibnitzens Theodicee und die Deklamationen Rousseaus (der durch Schriften und Leben, einen Beweis des Mangelhaften und Bösen gab), hatten allerdings das Räthsel nicht gelöset. Zadig, Candide und andere Erzählungen Voltaires sollten nun die Unzulänglichkeit und Abgeschmacktheit jener Lehre darthun. In Wahrheit aber erweisen jene künstlich gehäuften Unfälle, Leiden, Thorheiten, Verbrechen u. s. w., nur, daß sie unter vernünftigen Menschen nicht in solcher Ueberzahl hereinbrechen; aber auch für die vernünftigsten und tiefsinnigsten unergründliche Geheimnisse übrig bleiben.

In diesen Romanen, oder Erzählungen, ergreift Voltaire die Gelegenheit sich beiläufig über viele Dinge auszusprechen; und wenn diese Aussprüche auch keineswegs seine volle Ueberzeugung darlegen, so deuten sie doch Zweifel und Standpunkte an, die von den gewöhnlichen abweichen, oder auf eine vernachlässigte Seite der Wahrheit aufmerksam machen. So heißt es im Candide (302): „es giebt wenig gute Trauerspiele: einige sind wohlgeschriebene und gereimte Idyllen und Gespräche, andere enthalten politische, einschläfernde Betrachtungen und abschreckende Ausführungen (amplifications). Noch andere gleichen Träumen von Besessenen in barbarischem Style, unterbrochene Plane, lange Anreden an die Götter (weil man nicht versteht zu Menschen zu sprechen) falsche Grundsätze, aufgedunsene Gemeinplätze u. s. w.“

Ferner sagt der Besitzer einer Bibliothek im Candide: „man machte mir ehemals glauben, ich erfreute mich durch Lesen Homers; aber die stete Wiederholung ähnlicher Gefechte, Götter die nichts Entscheidendes vollbringen, Helena welche den Krieg veranlaßt und im Stücke kaum mitspielt, Troja welches man belagert und nicht einnimmt, — dies alles verursachte mir tödtliche Langeweile. — Aehnlich wird Virgil und Horaz behandelt. Von Cicero heißt es: was kümmert es mich, daß er für Rabirius und Cluentius gesprochen hat? Eher würde ich mich mit seinen philosophischen Schriften verständigt haben; als ich aber sah daß er an Allem zweifelte, glaubte ich ebenso viel zu wissen wie er, und daß ich keiner Hülfe bedürfte um unwissend zu seyn.“

Wie in den meisten französischen Trauerspielen, ist der Schauplatz voltairischer Romane gewöhnlich ein fremder Welttheil; zuletzt um durch Contrast, oder durchscheinende Beziehungen auf die Heimath, das Ganze anziehender zu machen. Doch ermüden allmählig die wiederkehrenden Gegensätze oder Aehnlichkeiten, und kaum fühlt man für eine der dargestellten Personen lebhafte Theilnahme. Voltaires Romane haben das Schicksal aller derer welche an das Oberflächliche der Geselligkeit geknüpft sind, welche in

Ernst oder Scherz lediglich die bunten Ereignisse der rasch wechselnden Gegenwart erzählen. Ihr Reichthum ist nur scheinbar, und ergreift weder Kopf noch Herz in seinen tiefsten Geheimnissen, oder Offenbarungen!

So hätte ich, in der That bereits umständlicher von den Hauptwerken Voltaires Bericht erstattet, als es für das Maaß dieser Vorträge angemessen ist; und doch könnte ich den Umfang ungemein erweitern, wenn ich auf Voltaires kleinere vermischte Schriften, seine Streitigkeiten, seine Vertheidigung Unschuldiger und auf seinen Briefwechsel 'eingehen wollte. Ich darf aber Voltaires eigenes Wort hier anführen; er sagt: mit so großem Gepäck geht man nicht ein in die Unsterblichkeit! — Jeden Falls hat man Unrecht ihn als einen Haupturheber der französischen Revolution zu bezeichnen; diese entstand aus ganz anderen Gründen, als aus den von mir (ohne Haß, oder Vorliebe) im Auszuge mitgetheilten und beurtheilten Schriften. Die ärgsten Revolutionaire, waren Ludwig XIV. und Ludwig XV.

Fünfte Abtheilung.

So ähnlich auch im Allgemeinen die europäischen Verhältnisse während des 18. Jahrhunderts waren, und so groß die wechselseitige Einwirkung der einzelnen Völker erscheint, hat doch die Litteratur keines derselben ihre Eigenthümlichkeit eingebüßt, oder eine selbständige Richtung ganz verloren. Diese Mannigfaltigkeit erhöht ohne Zweifel den Reichthum und das Interesse der Litteraturgeschichte, obgleich es unpassend wäre an dieser Stelle allzuviele Einzelnheiten vorüberzuführen, oder das Mittelmäßige umständlicher zu behandeln. Ja selbst über Ausgezeichnetes mußte oft eine kurze Andeutung genügen, z. B. über die französischen Denkwürdigkeiten (Mémoires), denen kein anderes Volk gleiche Schätze gegenüber stellen kann.

Andererseits nimmt England durch seine trefflichen Geschichtschreiber (besonders im 18. Jahrhundert) weit den ersten Rang ein. So ist Clarendon zwar der Form nach, nicht den ersten historischen Künstlern beizuzählen, gehört aber ohne Zweifel zu den allerlehrreichsten Geschichtschreibern. Fergusons Geschichte der römischen Republik bleibt eine lesenswerthe Einleitung zu Gibbons Werk; Gillies, Mitford, Thirlwal, und vor Allen Grote haben für die Geschichte Griechenlands Unschätzbares zu Tage gefördert, Roscoe forschte mit Erfolg über Italien; für die englische Geschichte waren mit großem Erfolge thätig Burnet, Lingard, Henry, Hallam, Macaulay, Hughes, Mahon und unzählige Andere, welche genauer zu charakterisiren hier unmöglich ist.

Unter allen englischen Geschichtschreibern werden in der Regel drei hervorgehoben und an die Spitze gestellt (und auch wir müssen uns diesem beschränkenden Gebrauche anschließen): Robertson, Gibbon, Hume!

Vier Werke Robertsons (1722—1793) begründeten seinen Ruhm, die Geschichte Schottlands, Amerikas, Indiens und Kaiser Karls V. Ueberall zeigt sich Gewandtheit und Lebendigkeit der Darstellung, Ernst der Auffassung und Schärfe des Urtheils. Form und Inhalt ist gleich anziehend, so daß man gern immer weiter lieset mit Nutzen und Vergnügen. Robertson übertrifft in den genannten Werken alle Vorgänger, welche dieselben Gegenstände behandelten. — Dennoch hat die Zeit jenen Werken Robertsons Schaden gethan. Es sind seit ihrem Erscheinen so viel Quellen entdeckt, so viel Thatsachen berichtigt, so viele Urtheile umgestaltet, daß man ihn zwar seiner persönlichen Ueberlegenheit und künstlerischen Vollendung halber, nie zur Seite lassen darf, jedoch über das von ihm Dargebotene hinausgehen muß. Insbesondere bedarf Robertsons Ansicht über Elisabeth und Marie Stuart, und noch mehr seine Geschichte Karls V. mancher Berichtigung: z. B. die, in der umständlichen Einleitung ausgesprochene oft irrige Beurtheilung des Mittelalters und die Auffassung mancher Thatsachen. Spanische Quellen sind weniger benutzt und berücksichtigt als französische, und noch weniger konnte Robertson die reformatorischen Bewegungen allseitig würdigen, da er die deutsch geschriebenen Quellen, nicht genügend kannte. Auch für die Geschichte Amerikas sind viele Robertson unbekannte Quellen entdeckt und geschickt (z. B. von Preskot und Bancroft benutzt worden.

[Bouterwek VIII, 426.]

Die unendlich lange, großentheils widerwärtige Geschichte des Untergangs des römischen Reiches, erscheint auf den ersten Anblick als ein sehr ungünstiges Thema; desto bewundernswürdiger ist die Weisheit mit welcher Gibbon (1737—1794) dasselbe behandelt und was er daraus erschaffen hat. Mit größter Kühnheit warf er alles Unbedeutende und Langweilige zur Seite, ohne wahrhaft Denkwürdiges unpassend zu verkürzen; nirgends zerbröckeln die einzelnen Thatsachen zu zusammenhanglosen Atomen, nirgends reißt eine annalistische Methode das Zusammengehörige auseinander. Von allen Seiten wird das Mitwirkende geschickt herbeigezogen, der geschichtliche Ueberblick durch kunstreiche Anordnung erweitert, und die Mannigfaltigkeit des Vorübergeführten so erhöht, daß man gern überall hinfolgt und dann zur Hauptaufgabe erfrischt und gestärkt zurückkehrt. Mag der Glanz der Darstellung, den bittern Ernst des Inhalts bisweilen zu sehr verdecken; nie aber verliert sich Gibbon in bloßen Schwulst und leere Wortfülle. Ob er zu viel Wendungen der französischen Sprache aufgenommen hat, mögen kritische Engländer entscheiden; für uns Deutsche ist sein englisch, englisch genug; ja mancher deutsche Schriftsteller hätte von ihm für Behandlung seiner Muttersprache lernen können.

[Bouterwek VIII, 430.]

Jedoch nicht bloß in Hinsicht auf die Sprache hat man Gibbon als zu französisch gescholten, sondern auch in Hinsicht auf Kenntnisse und Gesinnung: er sey ein allzu williger Schüler und Nachahmer Voltaires. Ich antworte: Voltaire ist keineswegs so unwissend und oberflächlich wie viele wähnen, die ihn nicht gelesen haben. Gewiß sind aber Gibbons Forschungen so umfassend und gründlich, daß man ihm nach langer Zeit zwar einzelne Irthümer nachgewiesen hat, welche indeß eben nur ganz einzeln stehn und dem hohen Werthe des Werks keinen Eintrag thun. Trotz alles Krittelns lieset man dasselbe immer wieder mit neuem Vergnügen und großer Belehrung.

Die bittersten Einreden wurden gegen Gibbon erhoben, wegen seiner Betrachtung und Darstellung des Christenthums: er sey hier oberflächlich, parteiisch, frivol, heuchlerisch, boshaft. Will man auch nicht alle diese Vorwürfe vielmehr auf seine Gegner zurückwälzen, so wird doch jetzt wohl jeder Unbefangene ihre Einseitigkeit und Heftigkeit anerkennen. Selbst wo Gibbon in Folge seiner Forschungen sich gezwungen sieht von herkömmlichen Ansichten abzuweichen (oder von thörichten, für heilig ausgegebenen, fanatischen Behauptungen und Streitigkeiten Bericht zu erstatten), verdoppelt er seine Vorsicht, und hütet sich die Würde des Gegenstandes, oder den Anstand zu verletzen. Seine Wahrheitsliebe verleitet ihn nie Andere zu verketzern, und schwerlich wird man jemals die lehrreichen Hauptergebnisse seiner Forschung und Darstellung zu widerlegen im Stande seyn. Bezeugt doch selbst der fromme Hamann (Jacobis Werke IV, 3, 40) meine hier ausgesprochene Ansicht auf eine Gibbon sehr ehrende Weise. Er sagt: Gibbon redet mit Billigkeit und gesundem Urtheil von der Hauptsache des Christenthums, das über alle Religionen gesiegt, 1) durch die überzeugende Evidenz der Lehre, und 2) durch die regierende Vorsehung ihres Urhebers. Auch die Wahrheit der Nebenursachen läßt sich nicht läugnen. Manche schöne Erklärungen und Milderungen aus dem Zusammenhange der damaligen Umstände. Kurz es ist ein großes herrliches Gemälde: ideale Schönheit in den Zeichnungen, in der Zusammensetzung, in Licht und Schatten. Ein außerordentlicher Kopf gehörte immer dazu, aus dem Chaos der Materialien ein solches Meisterstück der Darstellung von einer solchen Epoche hervorzubringen.

71.

Die Gegenstände welche Robertson, Gibbon und Hume behandeln, sind so verschieden als ihre Auffassung und Darstellung: ein löblicher Beweis daß sie kein abstraktes Vorbild nachahmten, sondern ihrer sorgfältig ausgebildeten Natur folgten und an ihrer Eigenthümlichkeit festhielten. Den beiden Erstgenannten gegenüber hat man Hume (1711—1776) trocken, kalt und unempfindlich gescholten, und ihn auch wohl hinsichtlich der Forschung minder gründlich genannt. Nähere Prüfung ergiebt, daß allerdings eine Menge von Thatsachen, (die zum Theil erst später entdeckt wurden) in seiner Geschichte von England unerwähnt bleiben; aber durch umständliche Erzählung derselben, sind manche jüngere Werke langweilig geworden, weil Kleinigkeiten nur einen scheinbaren Reichthum gewähren, und weder denkwürdig sind, noch sich dem Gedächtniß einprägen. Humes unparteiliche Wahrheitsliebe erzeugt überall zwar kein blendendes Strohfeuer, wohl aber eine nachhaltige Wärme, und das sich gleichbleibende Interesse des Lesers, erweiset die Vorzüglichkeit seiner Darstellung. Es liegt in dieser Einfachheit und Klarheit Humes eine Meisterschaft, die man erst allmählig würdigen lernt und welche nachzuahmen sehr schwer ist, ja bis jetzt von keinem Späteren zu gleicher Vollkommenheit ausgebildet ward. Daß mehrere politische Parteien in England mit Hume unzufrieden waren, erweiset daß er eben kein Parteischriftsteller ist, sondern der durch ernste Studien gewonnenen Ueberzeugung treu blieb.

[Bouterwek VIII, 418.]

Aber nicht bloß als Geschichtschreiber hat sich Hume ausgezeichnet, sondern auch als Philosoph; und in dieser Beziehung sah er sich noch mehr Vorwürfen ausgesetzt, als in jener Eigenschaft. Sie gehen hauptsächlich darauf hinaus, daß er ein Skeptiker, ein übertriebener Zweifler sey, und dadurch der unentbehrlichen Wahrheit und der geheiligten Religion zu nahe trete. Warum soll es aber nicht erlaubt sein, gegen eine vorherrschende philosophische und religiöse Dogmatik Zweifel zu erheben? Auch haben diese Zweifel (wie schon Humes Geschichte von England zeigt) keineswegs ein thörichtes Uebergewicht gewonnen und ihn durch Vorliebe für Erkünsteltes, dem gesunden Menschenverstande entfremdet. Er läugnet keineswegs (wie man ihm wohl vorgeworfen hat) alle Verbindung von Ursachen und Wirkungen; sondern macht nur darauf aufmerksam, daß keineswegs jede Schlußfolge aus wenigen Beispielen, aus einer ungenügenden Induktion hergenommen, volle Beweiskraft habe. Erfahrung und Gewohnheit spielen hiebei eine große Rolle, und es hat allerdings eine ganz andere Gewißheit daß alle Menschen sterben müssen, als daß Badekuren, Revalenta, Apfelwein und Malzextrakt alle Menschen gesund machen.

Wenn Hume glaubt daß menschliche Forschung gewisse (meist

übersinnliche) Fragen, nicht genügend zu lösen im Stande sey (z. B. das Verhältniß göttlicher Allmacht und Allwissenheit zur menschlichen Freiheit, Ursprung und Bedeutung des Uebels, Unsterblichkeit der Seele, Schöpfung der Welt u. dgl.) so ist dies nicht ein frivoles Treiben, sondern eine zur Bescheidenheit hinweisende wohlgemeinte Forschung. Wenn Hume ferner an den, leider zahlreichen Auswüchsen der Religion keinen Gefallen findet, so tritt er dadurch der ächten Religion nicht zu nahe, und wenn seine Ethik nicht die systematische Strenge einiger Schulen zeigt, so ist sie desto praktischer und verständlicher, und er selbst erweiset durch seinen menschenfreundlichen und liebenswürdigen Charakter, seinen durchaus tugendhaften Wandel, daß ächte Sittlichkeit ihn durch das ganze Leben hindurch begleitete und beherrschte. Nie hat er gemeint das letzte philosophische Wort ausgesprochen und Fortschritte unmöglich gemacht zu haben; wohl aber gab er (z. B. für Kant) eine höchst wichtige und folgenreiche Anregung zu weiterer Entwickelung. — Vier Bände seiner Versuche über geschichtliche, philosophische und staatswirthschaftliche Gegenstände, sind in Hinsicht auf die Form von großer und seltener Vollkommenheit, und bleiben auch durch ihren Inhalt nach 100 Jahren noch immer sehr anziehend und lehrreich. Ich gebe einige Auszüge aus denselben.

Band 1.

„Alle menschlichen Angelegenheiten erlauben keine größere Festigkeit, als die sie aus zufälligen Verhältnissen und durch die besonderen Charaktere der Menschen erlangen. — Alle unumschränkte Regierungen sind sehr abhängig von der Art der Verwaltung; und dies ist eben eine, jener Verfassungsform anhangende Unbequemlichkeit. — Zufolge einer oberflächlichen Betrachtung hat eine Wahl des Herrschers, Vorzüge vor jedem Erbrechte; eine genauere Untersuchung zeigt aber die größeren, unaustilglichen Mängel jener Form. Die Besetzung des Throns ist von zu großem und allgemeinem Interesse, als daß das Volk nicht in Parteien zerfallen und fast jedesmal ein Bürgerkrieg entstehen sollte. Der erwählte Fürst muß ein Fremder, oder

Einheimischer seyn. Jener kennt das Volk nicht, beargwöhnt seine neuen Unterthanen und wird von ihnen beargwöhnt, vertraut nur Fremden, und sucht diese zu bereichern. Ein erwählter Einheimischer bringt alle seine Privatfreundschaften und Privatfeindschaften auf den Thron, und wird von den ihm früher Gleichgestellten beneidet. Nicht zu gedenken daß eine Krone, selbst für das Verdienst eine zu große Belohnung ist, und die Bewerber verleiten wird zu Gewalt, Ränken, Bestechungen um die Stimmen zu gewinnen. So daß eine solche Wahl keine größere Wahrscheinlichkeit giebt für das Verdienst des Fürsten, als wenn man allein der Geburt vertraut hätte. Man kann deshalb als einen allgemeinen, politischen Grundsatz aussprechen: ein erblicher Fürst, ein Adel ohne Vasallen, und ein Volk abstimmend durch Repräsentanten, giebt die beste Monarchie, Aristokratie und Demokratie.

Obwohl freie Verfassungen gewöhnlich diejenigen am glücklichsten machen, welche an ihrer Freiheit Theil nehmen, sind sie doch die verderblichsten und drückendsten für ihre (abhängigen) Landschaften. Ein Alleinherrscher betrachtet alte und neue Unterthanen auf dieselbe Weise, und macht zwischen ihnen keine Unterschiede; wohl aber geschieht dies in freien Staaten, bis man lernt den Nächsten lieben wie sich selbst. — Freie Staaten wechseln oft mit den Beamten, was deren Habsucht vermehrt, wie z. B. die römische Geschichte schrecklich erweiset. — Jedenfalls gewährt eine milde Regierung dem Herrscher und den Unterthanen die größte Sicherheit. — Zeiträume, wo sich der größte öffentliche Geist offenbart, sind nicht immer am ausgezeichnetsten durch Privattugenden. (Band I, S. 1—21.)

In einer Republik müssen die sich um Aemter Bewerbendeu abwärts blicken, aufwärts hingegen in einer Monarchie. Um auf dem ersten Wege Erfolg zu haben, muß man sich durch Fähigkeit, Kenntnisse, Thätigkeit nützlich machen; im zweiten Falle muß man sich angenehm machen durch Witz, Gefälligkeit und Höflichkeit. Ein starker Geist hat den besten Erfolg in Republiken; ein gebildeter Geschmack in Monarchien. Daher gedeihen dort am meisten die Wissenschaften, hier die schönen Künste. (130.) —

Die Tugend und die guten Absichten von Cato und Brutus sind höchst lobenswerth; wozu hat jedoch ihr Eifer gedient? Nur den Sturz der römischen Regierung zu beschleunigen, und ihre Todeskämpfe heftiger und schrecklicher zu machen. (26.) — Wenn Menschen in einer Partei, einer Faktion, handeln, sind sie fähig ohne Scham und Gewissensbisse, alle Bande der Ehre und Sittlichkeit zu vernachlässigen, um nur ihren Genossen zu dienen; stützt sich aber die Partei auf einen Rechtssatz, oder Grundsatz, so hält sie mit größter Beharrlichkeit fest an Gerechtigkeit und Billigkeit. (28.) —

Man soll eine alte Verfassung lieben und nach Möglichkeit verbessern, ohne eine Leidenschaft für gefährliche Neuerungen zu begünstigen. (32.) — So sehr man Gesetzgeber und Gründer von Staaten achten und ehren soll, so sehr soll man alle Gründer von Sekten und Faktionen hassen und verabscheuen; denn ihr Treiben ist stets gesetzwidrig. Haben sie einmal Wurzel gefaßt, so sind sie sehr schwer auszurotten, und enden oft mit völliger Auflösung der bürgerlichen Ordnung. Tugend und Sittlichkeit, welche jedem Staate so nöthig sind, entspringen nicht aus den feinsten Lehren der Philosophie und den strengsten Vorschriften der Religion; sondern aus trefflicher Erziehung, weisen Gesetzen und Einrichtungen. (52.) —

Der Hauptzweck aller Vorkehrungen der Verfassung und Verwaltung, ist Recht und Gerechtigkeit zu handhaben. (33.) — Eigenthum giebt und verschafft Einfluß und Macht, aber nicht immer in gleichem Maße. So überwiegt z. B. viel Eigenthum in einer Hand, dieselbe Menge unter Viele vertheilt. Ebenso giebt die Persönlichkeit eines Königs, oder Ministers, der ihm förmlich zugewiesenen Macht eine größere, oder kleinere Bedeutung. (43—45.) Jede, nicht durch Gesetze anerkannte Autorität ist gefährlich und anerkennt keine Gränzen. (47.) — Wären Heinrich IV., der Kardinal Richelieu, Ludwig XIV. Spanier gewesen, und die Philippe nebst Karl II. Franzosen, die Geschichte beider Völker würde sich ganz anders entwickelt haben. (114.)

Es giebt ganz thörichte und unverständliche Religionsstreitigkeiten, wo die eine Partei ohne genügenden Grund bejaht, die andere verneint. (56.) Immerdar sind Priester, Feinde der Freiheit gewesen, und ihr Benehmen beruht auf festen Gründen des Interesse und des Ehrgeizes. Freiheit des Denkens und Freiheit des Ausdrucks der Gedanken, ist immer der priesterlichen Gewalt zuwider. (63.) Einräumen muß man jedoch, daß unbegränzte Preßfreiheit gewöhnlich mit gemischten Verfassungen verbunden ist, und die daraus entstehenden Uebel fast unvermeidlich und nicht abzustellen sind. (10.)

Schwäche, Furcht, Trübsinn, Unwissenheit sind die wahren Quellen des Aberglaubens. (71.) Hoffnung, Stolz, Anmaßung, lebhafte Einbildungskraft und Unwissenheit, sind die Quellen der Schwärmerei (Enthusiasm). Aberglaube ist der priesterlichen Gewalt günstig; Schwärmerei steht ihr noch mehr entgegen als gesunde Vernunft und Philosophie. Der Fanatiker legt sich einen heiligen Charakter bei, welcher höher steht als alles was Formen und Ceremonien verleihen können. Religionsbekenntnisse, welche an Schwärmerei Theil haben, sind Anfangs wilder und heftiger, als die auf Aberglauben beruhen; aber sie werden in kürzerer Zeit milde und gemäßigt. —

Haben Priester ihre Gewalt fester gegründet, so werden sie Störer und Tyrannen der menschlichen Gesellschaft, durch endlose Streitigkeiten, Verfolgungen und Religionskriege. Aberglaube ist ein Feind, Schwärmerei (oft) ein Freund der bürgerlichen Freiheit. Die Jesuiten waren Tyrannen des Volks und Sklaven des Hofes; die Jansenisten bewahrten in Frankreich kleine Funken der Freiheitsliebe. (72—76.)

Von jeher beurtheilten Philosophen und Dichter die menschliche Natur auf entgegengesetzte Weise. Einige erheben sie bis zum Himmel und stellen den Menschen dar, wie eine Art von Halbgott, der noch deutliche Spuren seiner hohen Abkunft an sich trägt. Andere legen den Nachdruck auf die dunkeln Seiten der menschlichen Natur und entdecken nichts als Eitelkeit, worin er die von ihm verachteten Thiere noch übertrifft. Hat ein Schriftsteller Anlage für Rhetorik und Deklamation, so stellt er sich gewöhnlich auf die erste Seite; geht seine Richtung auf Lächerliches und Ironie, so ergreift er das andere Aeußerste. Doch bin ich der Meinung daß die Ansichten derer, welche geneigt sind günstig zu denken von der Menschheit, für die Tugend vortheilhafter sind, als diejenigen welche eine niedrige Meinung über dieselbe verbreiten. (78.)

Der Hauptbestandtheil der Glückseligkeit nach der du strebst, ist Thätigkeit. Jeder Genuß, welchen man nicht durch Fleiß und Anstrengung erlangt, wird bald unschmackhaft und widrig. (158.) — Nichts ist der Entwickelung von Bildung und Gelehrsamkeit nützlicher, als eine Zahl benachbarter, unabhängiger Staaten, die durch Handel und Verkehr verbunden sind. (121.) — Künste und Wissenschaften bedürfen, gleichwie gewisse Pflanzen, eines frischen Bodens: denn wie reich auch das Land, wie künstlich und sorgfältig es bestellt und gedüngt sey; wenn einmal erschöpft, bringt es nichts Vollkommenes mehr hervor. (144.) Umgekehrt: der reichste Genius und das beste Land, wenn unangebaut (uncultivirt), schießt auf in das wildeste Unkraut, und statt Wein und Oliven, zum Nutzen und Vergnügen des Menschen, bringt es dem faulen Eigenthümer die reichste Aernte von Giften. (156.)

Die Behauptung: es gebe keine Regel, kein sicheres Urtheil für den Geschmack, mag nur für geringe, ganz ähnliche Dinge gelten; auf das Vollkommenste angewandt, wird sie paradox, oder vielmehr eine handgreifliche Thorheit. (262.) Ein feiner Sinn für Witz und Schönheit, ist eine wünschenswerthe Eigenschaft, und die Quelle der zartesten und unschuldigsten Freuden, deren die menschliche Natur fähig ist. (260.) Wer nicht Gelegenheit hat verschiedene Arten von Schönheit zu vergleichen, ist unfähig über einen einzelnen Gegenstand zu urtheilen. (262.) Ueberhaupt ist diese Fähigkeit selbst in hochgebildeten Zeiten, sehr selten: es gehört dazu starke Einsicht verbunden mit zarter

Empfindung, verbessert durch Uebung, vervollkommnet durch Vergleiche, Befreiung von allen Vorurtheilen. Der Ausspruch eines solchen Kritikers, giebt den rechten Maßstab für Geschmack und Schönheit. (266.)

Eher irrt sich ein Volk in der Wahl eines Lieblingsphilosophen, als eines Lieblingsdichters. (269.) Man soll aber nicht bloß eine Art des Styles und der Auffassung lobpreisen, und alles Uebrige verdammen. Im 20. Lebensjahre mag Ovid der Lieblingsschriftsteller seyn, im 40. Horaz, im 50. vielleicht Tacitus. (270, 271.)

Unter allen menschlichen Erzeugnissen sind die Reden des Demosthenes diejenigen Muster, welche der Vollkommenheit am nächsten kommen. (106.) — Es bleibt für immer lächerlich, daß Petrarka seine geliebte Laura mit Christus vergleicht. (276.) — Ariost gefällt, aber nicht durch seine ungeheuren, unglaublichen Erfindungen, nicht durch seine wunderliche Mischung des ernsten und komischen Styles, nicht durch die stete Unterbrechung seiner Erzählungen; sondern durch die Stärke und Klarheit seines Ausdrucks, die Leichtigkeit und Mannigfaltigkeit seiner Erfindungen, seine natürliche Malerei der Leidenschaften, insbesondere der heiteren und verliebten Art. (253.) Die Philosophie des Descartes für welche die Franzosen eine so große Vorliebe zeigten, fand bei den übrigen Völkern großen Widerspruch, und bald wurden ihre schwachen Seiten aufgefunden. (124.) Zwei berühmte Trauerspiele der Franzosen, Polieukt und Athalia sind durch Bigotterie entstellt. (275.)

Mehr als je ist jetzt ein Uebermaß von Verfeinerung (refinement) zu vermeiden; denn in dies Aeußerste verfällt man am meisten, sobald die Bildung einige Fortschritte gemacht hat und ausgezeichnete Schriftsteller verschiedener Art erschienen sind. Das Bestreben durch Neuheit zu gefallen, führt weit ab von Natur und Einfachheit, zu Künstelei und Ziererei. So artete die attische Beredsamkeit aus zur asiatischen, und das Zeitalter des Claudius und Nero stand dem des Augustus weit nach. (214.) — Der Gegenstand der Beredsamkeit ist zu überzeugen, der Geschichte zu belehren, der Dichtkunst zu gefallen durch das Mittel der Leidenschaften und der Einbildungskraft. (265.) Angenehm Neues gefällt, unangenehm Neues mißfällt doppelt. (48.) Keine Annehmlichkeiten in der Welt sind ganz rein und unvermischt. So artet die natürliche, schmückende Höflichkeit unserer Zeit oft aus in Tand und Ziererei; und die alte, liebenswürdige Einfachheit in Grobheit und Rohheit; in Possenreißerei und Unanständigkeit. (135.)

Die Ungewißheit ihres Lebens macht die Soldaten muthig, großmüthig, verschwenderisch. Ihre Muße, sowie ihre zahlreichen Gesellschaften in Lagern und Standorten, machen sie geneigt der Galanterie und den Vergnügungen. Durch häufigen Wechsel der Gesellschaft erwerben sie gute Lebensart und ein offenes Benehmen; weil sie gewöhnlich mehr den Leib als den Geist einüben, bleiben sie meist unwissend. (216.)

Die beste Sittenschule ist der Umgang mit tugendhaften Frauen, wo das gegenseitige Bemühen zu gefallen unmerklich das Gemüth bildet, wo das Beispiel weiblicher Sanftheit und Bescheidenheit sich ihren Bewunderern mittheilen muß, und wo das Zartgefühl des weiblichen Geschlechts jeden auf seiner Hut seyn läßt, nicht durch einen Bruch der Schicklichkeit zu verletzen. (140.) — Vernunft und Erfahrung beweisen, daß Barbarei der untrennliche Gefährte der Vielweiberei ist. (201.)

Band 2.

Die Größe eines Staates und das Glück seiner Unterthanen (so unabhängig beide auch in mancher Hinsicht erscheinen mögen) sind doch unzertrennlich von Handel und Verkehr; und sowie Privatpersonen für ihr Besitzthum, von der Macht des Ganzen größere Sicherheit erlangen, so wird dieses kraftvoller im Verhältniß des Reichthums und der Ausdehnung des Handels. (3.) Jede Regierung ist gewaltsam, welche sich durch die Armuth der Einzelnen bereichern will. (9.) Je mehr Arbeit verwandt wird über das bloße Bedürfniß hinaus, desto mächtiger wird ein Staat. (11.) Auswärtiger Handel geht in der Regel einer Verfeinerung einheimischer Manufakturen voran, und hat einen größeren Reiz der Neuheit. (14.) Je mehr von einem Gegenstande ausgeführt wird, desto mehr wird erzeugt; daher die Verkehrtheit der meisten Ausfuhrverbote. (66.) Die Zunahme von Reichthum und Handel in einem Volke, befördert auch Reichthum und Handel aller Nachbarn, und kaum kann ein Staat in dieser Beziehung Fortschritte machen, wenn die ihn umgebenden Staaten in Faulheit, Unwissenheit und Barbarei versunken sind. (87.) —

Unter allen europäischen Reichen scheint Polen am meisten in Hinsicht aller Künste des Krieges und des Friedens zurückzustehn, und doch herrscht daselbst Bestechlichkeit und Verdorbenheit. Der Adel scheint die Wahlform der Könige nur beibehalten zu haben, um die Krone dem Meistbietenden zuzuschlagen. Dies ist fast die einzige Art des Handels welche dieses Volk kennt. (29.) — Wo Faulheit herrscht, überwiegt eine niedrige, ungebildete Lebensweise, ohne höheren Genuß und edlere Geselligkeit. (34.)

Das Wort Luxus hat keine bestimmte Bedeutung; sie ist löblich, oder tadelnswerth, nach Maßgabe von Land, Reichthum, Alter, Person u. s. w. Oft geht das Urtheil über das richtige Maaß hinaus und während Personen von leichtsinnigen Grundsätzen selbst einen lasterhaften Luxus lobpreisen und ihn betrachten als vortheilhaft für die bürgerliche Gesellschaft, tadeln strenger gesinnte Personen selbst den unschuldigsten Aufwand und stellen ihn dar als die Quelle aller Unordnungen, Bestechungen, Faktionen u. s. w. Diese beiden übertriebenen Ansichten werden widerlegt, erstens durch den Beweis, daß die Zeiten der Verfeinerung und Bildung die glücklichsten und tugendhaftesten waren; und zweitens, daß der Luxus aufhört wohlthätig zu seyn, sobald er aufhört unschuldig zu seyn. (20—21.) — Jedes wahre Vergnügen wird zerstört durch Uebertreibungen und Ausschweifungen. (24.)

Wir können vernünftigerweise nicht erwarten daß ein Stück Tuch in einer Nation vollkommen gewebt werde, die nichts von Sternkunde weiß und die Sittenlehre vernachlässigt. Der Zeitgeist berührt alle Künste und wenn die Gemüther der Menschen einmal aus ihrer Schläfrigkeit aufgeweckt und in Gährung versetzt sind, so wenden sie sich nach allen Seiten, und verbessern jede Kunst und Wissenschaft. (22.) Jemehr diese fortschreiten, desto umgänglicher und mittheilender werden die Menschen; denn Thätigkeit, Industrie, Kenntnisse, Humanität sind untrennlich verbunden. Gesetze, Ordnung, Zucht, Verwaltung können keine Stufe der Vollkommenheit erreichen, bevor sich die menschliche Vernunft durch Uebung ausgebildet hat, und durch Beschäftigung mit einigen Künsten, wenigstens mit Handel und Gewerbe. Ist eine gut geordnete Verfassung bei einem Volke möglich, welches kein Spinnrad und keinen Webestuhl kennt? — Es ist unwahr daß die Künste, Geist und Leib entnerven, und wenn auf diesem Wege etwas von der frühern Herbigkeit und kühnen Rauhheit verloren geht, so gewinnt das Ehrgefühl (dies stärkere, ausdauerndere, lenksamere Prinzip) frischere Kraft durch die Erhebung des Genius, welche aus Kenntniß und guter Erziehung hervorgeht. — Mehrere Schriftsteller haben mit Unrecht die Unordnungen des römischen Staates dem Luxus und den Künsten zugeschrieben; sie entstanden wesentlich aus ihrer untauglichen Verfassung und ihren gränzenlosen Eroberungen. Fortschritte in der Bildung haben eine natürliche Neigung, freie Verfassungen zu erhalten, wo nicht zu erzeugen. Mithin ist es verkehrt höhere Bildung heftig zu tadeln und als ein Gift für Freiheit und Bürgersinn zu bezeichnen. Die ärgsten Laster finden sich in ungebildeten Zeiten und bei barbarischen Völkern. (23—31.)

Die Behauptung: alle politischen Verbindungen gründeten sich lediglich auf freiwillige Zustimmung und gegenseitige Versprechungen, ist unwahr und unbekannt. Gerühmte, ungeordnete Wahlen, sind keineswegs die allein gesetzliche Begründung für Herrschaft und Treue. Es giebt in der That keine schrecklichere Begebenheit, als gänzliche Auflösung einer Regierung, wo die Entscheidung über neue Einrichtungen in die Hände der Massen geräth. Weise Männer müssen wünschen, daß ein kräftiger

Feldherr sie bald unterwerfe und zur Ordnung zurückführe. Fragt jemand, warum man der Obrigkeit gehorchen müsse? so antworte ich: weil die bürgerliche Gesellschaft sonst gar nicht bestehen kann; und diese Antwort ist klar und aller Welt verständlich. Ein Einbruch in den nothwendigen Gehorsam ist in der Regel verdammlich, und nur die letzte Zuflucht in verzweifelten Fällen, wenn die bürgerliche Gesellschaft von der höchsten Gefahr arger Gewalt und Tyrannei bedroht ist. Denn abgesehn von dem Unglück eines Bürgerkriegs, welcher jeden Aufstand zu begleiten pflegt, führt die Neigung zur Rebellion in den Völkern, zur Tyrannei und gewaltsamen Gegenmaaßregeln der Herrscher. (S. 230—250.)

Band 3.

So glänzend die Gedanken von einer völligen Gleichheit erscheinen mögen, so unpraktisch sind sie in Wahrheit; und wenn sie dies nicht wären, müßte man sie als höchst gefährlich für die bürgerliche Gesellschaft bezeichnen. Mag man alles Besitzthum noch so gleich vertheilen, gewiß wird diese Gleichheit durch Fleiß, Kunst, Sorgfalt, Verstand, sogleich wieder verschwinden; und wenn ihr die Wirksamkeit dieser löblichen Eigenschaften stört und hemmt, so stürzt ihr die bürgerliche Gesellschaft in die äußerste Dürftigkeit, und anstatt Mangel und Bettelei für Wenige abzustellen, wird das Uebel unvermeidlich für Alle. (256.)

Der angenehmste und niemand verletzende Lebenspfad führt durch die Gegenden der Wissenschaft und Gelehrsamkeit, und wer Hindernisse auf diesem Wege wegräumen und neue Aussichten eröffnen kann, wird ein Wohlthäter des menschlichen Geschlechts. — Eine genaue Erforschung der Kräfte des menschlichen Geistes, wird von allzu entfernten und unerkennbaren Gegenständen hinwegführen. Wir müssen uns dieser Anstrengung unterziehen, um nachher desto beruhigter zu leben und eine wahre Metaphysik an die Stelle einer falschen zu setzen. Was man noch nicht sah, nicht hörte, kann begriffen werden; sofern es nicht einen unbedingten Widerspruch in sich schließt. — Gewohnheit ist der große Führer im menschlichen Leben, er macht die Erfahrung nützlich und läßt uns aus dem Vergangenen richtig auf die Zukunft schließen. (8—17, 31, 46.)

Es ist nicht möglich deutlich zu erklären, wie Gott die mittelbare Ursach aller menschlichen Handlungen seyn könne, ohne Urheber der Sünde und Unsittlichkeit zu seyn. Dies sind Geheimnisse welche die natürliche, ununterstützte Vernunft nicht zu handhaben versteht; denn welches System sie auch ergreift, findet sie sich in unlösbare Schwierigkeiten, ja in Widersprüche verwickelt, welche zu beseitigen noch keiner Philosophie gelungen ist. Möge sie mit gebührender Bescheidenheit, auf ihrem wahren und eigenthümlichen Boden verweilen, und der Untersuchung des gewöhnlichen Lebens (examination of common life) obliegen, wo sie noch Schwierigkeiten genug finden wird um sich anzustrengen, ohne sich zu stürzen in einen unermeßlichen Ocean von Zweifel, Ungewißheit und Widerspruch. (113.)

Ein Wunder, ist eine Verletzung der Naturgesetze, welche durch eine feste und unwandelbare Erfahrung bestätigt sind. Um ein Wunder glaublich zu finden, müßte dafür ein stärkerer Beweis geführt werden. Nun ist aber in der ganzen Geschichte kein Wunder bezeugt worden durch eine hinreichende Zahl Männer von so gutem Sinne, Erziehung und Gelehrsamkeit (learning), daß wir durch sie gegen Täuschung geschützt würden; von so unzweifelhafter Rechtlichkeit, daß sie über allen Verdacht erhaben wären Andere betrügen zu wollen; von solchem Credit und Ruf unter den Menschen, daß sie durch Entdeckung einer Falschheit viel verlieren würden. Wenn sich zu der Liebe des Wunderbaren religiöser Eifer gesellt, geht der gesunde Menschenverstand zu Ende. Ein solcher Schwärmer glaubt zu sehen, was nicht vorhanden ist; er mag wissen seine Erzählung sey falsch, und er beharrt dennoch dabei, um eine angeblich heilige Sache zu fördern. Oder, wenn eine solche Täuschung nicht statt hat, so wirkt entscheidend Eitelkeit und Selbstgefälligkeit. Die Leichtgläubigkeit der Hörer vermehrt seine Unverschämtheit, und diese erhöht die Leichtgläubigkeit. Eine starke Vermuthung gegen alle übernatürlichen und wunderbaren Erzählungen, gründet sich auch darauf, daß sie sich hauptsächlich unter unwissenden und barbarischen Völkern finden. (125—130.)

Es ist unmöglich daß ein Mensch jemals ernsthaft glauben sollte, alle Charaktere und Handlungen hätten Anspruch auf ganz gleichen Beifall und gleiche Achtung. Vernunft und Empfindung tragen bei zu allen sittlichen Bestimmungen und Schlüssen. — Die Menschen sind jetzt in Beziehung auf die Naturphilosophie geheilt von der Leidenschaft, für Hypothesen und Systeme; möchten sie bei allen sittlichen Forschungen ähnlich verfahren und jedes, auch das feinste und schärfste System der Sittenlehre verwerfen, welches nicht auf Thatsachen und Beobachtung gegründet ist. (228—238.)

Die Theorie welche jede sittliche Empfindung auf Selbstliebe gründet, ist ungenügend. Wir bedürfen einer allgemeinern Liebe und Triebfeder, und die Interessen der Gesellschaft sind keineswegs gleichgültig für uns. (281.) — Anstand, Achtung vor Alter, Geschlecht, Charakter, bürgerliche Stellung, sind Anderen unmittelbar angenehm und gewinnen Lob und Beifall. Das weibische Benehmen eines Mannes, die rauhen Sitten eines Weibes, sind häßlich, weil dem Charakter unangemessen und abweichend von den Eigenschaften die wir von jedem Geschlechte erwarten. (334.)"

Band 4.

Das Nachstehende ist Humes Geschichte der natürlichen Religion entnommen. „Es hat Völker gegeben die keine Religion kannten, und kaum zwei derselben (ja kaum zwei einzelne Menschen) stimmten über dieselbe ganz überein. Betrachten wir die Fortschritte der Menschheit von rohen Anfängen zu höherer Ausbildung, so muß Vielgötterei die älteste Religion gewesen seyn. Jedes Volk, jedes Land, jeder Ort, jeder Stamm hat seinen eigenen Schutzgott, dessen Wirksamkeit keineswegs immer gewiß und unwandelbar ist. Gebete, Opfer, Gebräuche, Ceremonien, besser, oder schlechter beobachtet, begründen seine Gunst, oder Feindschaft, und erzeugen Glück, oder Unglück. So entstanden die ersten religiösen Gedanken nicht aus einer Betrachtung der Werke der Natur, sondern aus Rücksicht auf die Lebensereignisse, und aus Hoffnung und Furcht, welche die menschlichen Gemüther bewegen. (3—9.) Der gewöhnliche Polytheist vergöttert unzählige Naturgegenstände, Sonne, Mond und Sterne; Quellen werden von Nymphen bewohnt, Bäume von Hamadryaden. Selbst Affen, Katzen, Hunde und andere Thiere erscheinen geheiligt in seinen Augen und werden Gegenstände der Verehrung. Und so groß die Neigung der Menschen auch seyn mag unsichtbare geistige Mächte in der Natur anzunehmen, ist ihre Neigung gleich groß ihre Aufmerksamkeit auf sichtbare, sinnliche Gegenstände zu richten, und um diese entgegengesetzten Richtungen zu einigen, verbinden sie eine unsichtbare Macht mit einem sinnlichen Gegenstande. (25.)

Die Lehre von einem höchsten Gotte, dem Schöpfer der Natur, hat bei großen Völkern allgemeinen Eingang gefunden. Wer indeß glaubt, dieser Erfolg beruhe auf der Kraft der unzweifelhaft vorhandenen, unüberwindlichen Gründe, weiß wenig von der Unwissenheit und Dummheit des Volkes, und den unheilbaren Vorurtheilen seines besondern Aberglaubens. Selbst jetzt, und in Europa, fragt Einen aus der Menge, ob er an einen allmächtigen Schöpfer der Welt glaubt? so wird er nie die Schönheit der höchsten Zwecke (final causes) hervorheben (die ihm unbekannt sind); er wird nicht seine Hand ausstrecken und euch bitten zu betrachten die Mannigfaltigkeit und Geschmeidigkeit der Fingergelenke, ihre gleiche Richtung, das Gegengewicht des Daumens, die weichen und fleischigen Theile der innern Hand, nebst all den andern Umständen, welche dies Glied zu dem bestimmten Gebrauch tauglich machen. An dies Alles ist er längst gewöhnt und er betrachtet es mit Gleichgültigkeit und ohne Aufmerksamkeit. Hingegen wird er euch erzählen von Jemandes plötzlichem und unerwarteten Tode, von Fall und Verwundung eines Anderen, von außerordentlicher Dürre dieser, von Kälte und Regen einer anderen Jahreszeit. Dies Alles zuschreibt er, einer unmittelbaren Einwirkung der Vorsehung, und Begebenheiten, welche ernsten Forschern die größten Schwierigkeiten zeigen einen höchsten Geist anzunehmen, sind ihm hiefür die einzigen Gründe. (30.) Wir dürfen deshalb im Allgemeinen annehmen, daß weil die Menge ihren Gottesglauben meist auf unverständige und abergläubige Gründe stützt, daß sie dazu nicht gekommen ist durch wissenschaftliche Schlußfolgen, sondern durch eine gewisse Richtung der Gedanken, welche ihrer Natur und Fähigkeit mehr zusagt. (32.)

Polytheism, oder Götzendienerei, leidet an dem großen Uebelstande daß auch das Barbarischte und Verderblichste dadurch kann bestätigt werden, was dann Gelegenheit giebt die Leichtgläubigen zu betrügen, bis Sittlichkeit und Menschlichkeit jene Systeme beseitigen. Andererseits hat Vielgötterei den augenscheinlichen Vortheil, daß sie die Macht und den Wirkungskreis der einzelnen Gottheiten beschränkt und wiederum mit einander (ohne Alleinherrschaft) verträglich macht, und gegenseitige Duldung verstattet. (41.)

Mit Recht wird Gott dargestellt als unendlich erhaben über den Menschen; gesellt sich jedoch Aberglauben zu diesem richtigen Glauben, so sinkt der menschliche Geist in die tiefste Knechtschaft und Erniedrigung, und mönchische Tugenden (Kasteiung, Büßerei, Erniedrigung, unthätiges Leiden) werden als allein gottgefällig empfohlen. (46.) Um seine Vernunft gefangen zu nehmen, soll man die unverständlichsten Sophismen glauben, während die meisten Ketzereien auf Seiten der Vernunft stehen. (49—51.) Lehren wie die, daß der Priester den Gott mache und man ihn alsdann aufesse, sind so thöricht, daß man dereinst nicht begreifen wird, wie jemals ein Mensch sie habe annehmen können. (53.)

Aus der strengen Uebung religiöser Gebräuche kann man keinen sichern Schluß auf die Sittlichkeit eines Menschen machen. (74.) Der größte Religionseifer ist verträglich mit Heuchelei; die ärgste Gottlosigkeit ist begleitet mit heimlicher Furcht und Zerknirschung. Die größten theologischen Thorheiten (absurdities) sind bisweilen von den verständigsten und gebildetsten Männern angenommen worden; die strengsten kirchlichen Vorschriften von den wollüstigsten und sündlichsten Menschen. (79.)"

In Gesprächen über die natürliche Religion, hat Hume verschiedene, ja entgegengesetzte Ansichten mit ruhiger Klarheit nebeneinander gestellt. Wir können nur einzelne Andeutungen vorlegen.

„Keine Wahrheit ist so gewiß, so einleuchtend als das Daseyn Gottes: die unwissendsten Zeitalter haben es anerkannt, und die scharfsinnigsten Genien haben ehrgeizig danach gestrebt, dafür neue Gründe und Beweise aufzufinden. (83.) Doch bleibt es für den Skeptiker zweifelhaft, ob die gebrechliche menschliche Vernunft, so hohe über alle Erfahrung hinausreichende Gegenstände vollständig zu ergründen im Stande sey. (87.) Es giebt eine geheiligte Dunkelheit, und nächst der Gottlosigkeit Gottes Daseyn zu läugnen, steht die Vermessenheit seine Natur, Wesen, Eigenschaften und Beschlüsse ergründen zu wollen. (99.) Gott ist unendlich erhaben über menschliche Einsicht und Fassungskraft, und mehr Gegenstand der Verehrung in den Tempeln, als des Streites in den Schulen. (101.) Gesunde Philosophie sollte die Täuschungen vertreiben, welche aus Ueberschätzung unserer Natur hervorgehn. (109.) Nur durch den Glauben können wir Vieles ergreifen: so giebt es keinen genügenden Beweis für die Unsterblichkeit der Seele; erst die Offenbarung hat diese Ueberzeugung begründet. (15—25.)"

„Früher war es ein beliebter theologischer Gemeinplatz: das menschliche Leben sey nur Eitelkeit und Elend; jetzt lehren Manche (jedoch mit einigem Zögern) es gebe mehr Güter als Uebel, mehr Freuden als Leiden. (198.)"

Humes Briefe bestätigen den allgemeinen Ruf, er sey ein edler, milder, liebenswürdiger Mann gewesen. In seinem Streite mit Rousseau, war dieser der schuldige Theil, sofern man ihn nicht für unzurechnungsfähig erklären will.

Dem Idealismus Berkeleis, der Skepsis Humes, dem Materialismus mehrerer Franzosen traten diejenigen Männer entgegen, welche man wohl mit dem Namen der schottischen Schule bezeichnet, Hutcheson, Stewart, Reid, Ferguson. Kann man sie auch nicht den tiefsten Denkern gleichstellen, haben sie doch unzweifelhaft große Verdienste, weil sie das Ungenügende und die Gefahren einseitiger Theorien nachwiesen, und für Sittlichkeit und Tugend mit allen Kräften des Geistes und Charakters kämpften.[1])

72.

Die Engländer behaupten, wohl nicht ohne allen Grund, sie besäßen die größten Dichter und Geschichtschreiber; gewiß aber kann kein europäisches Volk streitig machen, daß unter ihnen die größten Redner aufgestanden sind. Den natürlichen Anlagen kamen aber auch eine Menge günstiger Verhältnisse zu Hülfe. Die gerichtliche und die geistliche Beredsamkeit haben einen beschränkten Boden; ja die erste fällt ganz hinweg, solange es keine öffentlichen Gerichtsverhandlungen giebt, und diese entwickelt sich gewöhnlich nur trocken moralisch, oder verdrießlich zürnend. Immer bezieht sich die höchste Beredsamkeit auf die großen öffentlichen Angelegenheiten des Staates und Volkes.

Mit Recht kann man eine natürliche und künstliche Beredsamkeit unterscheiden; das was die letztere hinzuthut ist indeß nur das Geringere; Größe des Geistes und Charakters hingegen das Wichtigere. So hoch begabte Naturen haben kräftig gesprochen zu allen Zeiten, ohne rhetorische Handbücher und Kunstmittel. Doch erscheinen diese in dem Maaße wichtiger und unentbehrlicher als ein Volk an Bildung emporsteigt. Endlich sind die sittlichen Eigenschaften des Redners, sein bürgerlicher und häuslicher Wandel keineswegs gleichgültig; sondern Eindruck und Wirkung steigt, wenn kein Zweifel über Tugend und Rechtlichkeit laut werden kann.

---

1) Umfang und Zweck meiner Mittheilungen erlaubt nicht hievon umständlicher Bericht zu erstatten.

Es ist nicht meine Absicht näher auf die frühere Geschichte der englischen Beredsamkeit einzugehen. Erst seit der Königin Elisabeth erhält sie eine allmählig steigende Bedeutung, und in demselben Verhältnisse wächst die Zahl und Genauigkeit der aufbewahrten Reden. — Einer so ausgezeichneten Frau wie der Königin Elisabeth, konnte natürliche Beredsamkeit nicht fehlen. Ich gebe zur Probe die Anrede, mit welcher sie den Abgeordneten des Parlaments ihren Entschluß kund gab, lästige Monopole abzuschaffen. Sie kann zugleich als Muster dienen, wie ein König Mißverhältnisse zu politischen Körperschaften beseitigen kann.

„Nie hat ein Fürst seine Unterthanen mehr geliebt wie ich, und kein Juwel, kein Schatz, kein Glück irgend einer Art könnte den Werth dieser Liebe aufwiegen. Obgleich Gott mich hoch gehoben, rechne ich es mir doch zur höchsten Ehre daß ich mit Eurer Liebe regiert habe, und danke ihm daß er mich an die Spitze eines so dankbaren Volkes stellte. Was ich von Euch forderte, wenn es die Noth verlangte, habe ich nicht geizig aufgehäuft, sondern für Euch verwandt und selbst mein Eigenthum nicht geschont. Sagt, Herr Sprecher, Allen für ihre Bewilligungen und ihre Treue solchen Dank, wie mein Herz ihn fühlt, meine Zunge aber auszusprechen nicht im Stande ist. — Ihr bedankt Euch bei mir, aber ich habe wohl mehr Grund Euch zu danken; denn ohne Eure Belehrung dürfte ich, bloß aus Mangel richtiger Kenntniß, in Irthum verfallen seyn. Zwar bestätigte ich nie eine Verleihung, die ich nicht im Allgemeinen für gut und nützlich hielt; da sich aber Manches anders gefunden hat, so danke ich den Gliedern des Unterhauses ungemein, daß keine Rücksicht sie abgehalten hat sich offenherzig auszusprechen, und daß sie nichts dulden wollten was meine Ehre, oder die Liebe meiner Unterthanen zu mir hätte vermindern können. — Ich gedenke alle Mißbräuche abzuschaffen und diejenigen zu bestrafen, welche meine Gaben rechtswidrig und zum Drucke ihrer Mitbürger mißbraucht haben; doch wird der Himmel, das hoffe ich, mir Unschuldigen ihre Schuld nicht zur Last legen: denn überall glaubte ich (des höheren Richters gedenkend, dem ich Rechenschaft ablegen muß) meinem Volke nur Gutes zu erzeigen. Auch wünsche ich nicht länger zu leben, als meine Regierung Allen zum Heile gereicht, und wenn es gleich in England mächtigere und weisere Fürsten gegeben hat, dann doch sonst und künftig keinen, der mehr Sorge und Liebe für die Seinen hegen kann." — Die lauteste Freude und die allgemeinsten Danksagungen folgten dieser Erklärung Elisabeths, und sie sorgte daß ihr Versprechen zur Ausführung gebracht wurde.

Die bürgerlichen Unruhen unter Jakob I. und Karl I., erhöhten die Theilnahme an den öffentlichen Angelegenheiten und veranlaßten eine zum Theil revolutionäre Beredsamkeit. Als Strafford nicht schuldlos, aber doch rechtswidrig und in revolutionärer Weise zum Tode verurtheilt wurde, hielt er eine rührende Rede, der ich Folgendes entnehme: „Es ist hart wenn man auf den Grund eines Gesetzes zur Verantwortung gezogen wird, welches Niemand aufzeigen kann. Wo war denn dies Feuer Jahrhunderte lang verborgen, ohne daß irgend ein Rauch es entdeckte, bis es nun hervorbricht, mich und meine Kinder zu verzehren? Es ist Weisheit für Euch ihr Lords, für Eure Nachkommen und das ganze Königreich, wenn Ihr diese blutige und unbegreifliche Lehre von willkürlich erfundenem und zusammengezählten Verrath zur Seite werft, an dem klaren Buchstaben des Gesetzes festhaltet, und in der Kunst des Verdammens und Tödtens nicht gelehrter seyn wollt, als Eure Vorfahren. Seit 240 Jahren bin ich der erste, dem dies Verbrechen zur Last gelegt wird. Laßt uns nicht diese schlafenden Löwen zu unserer eigenen Zerstörung erwecken, indem wir einige verrottete Papiere aufstöbern, die seit vielen Menschenaltern vernachlässigt und vergessen waren. Fügt nicht zu meinem andern Leiden noch hinzu, daß mein Schicksal als Beispiel und unheilbringendes Vorbild betrachtet werde, und verletzt nicht in meiner Person das wahre Interesse des Staates. Denn obgleich meine Ankläger behaupten, sie sprächen dafür, bin ich es in Wahrheit der dasselbe vertheidigt, und die Uebelstände und

Unfälle nachweiset, die aus jenem Verfahren hervorgehn müssen. Häuft nicht so viel Gefahren und Lasten auf Staatsbeamte, daß kein Mann von Weisheit, Ehre und Wohlstand, mehr mit Lust und Sicherheit dem Vaterlande dienen kann. Denn wenn Ihr Alles übergenau abmeßt, und nach Gran und Strupeln abwiegt, wird Niemand, der irgend etwas zu verlieren hat, sich künftig den Geschäften widmen." — Der Graf schloß mit den Worten: „durch die Gnade des allmächtigen Gottes bin ich belehrt worden, daß die Leiden dieses Lebens nicht zu vergleichen sind mit der ewigen Glorie, welche nachmals offenbart wird. Und so, Ihr Lords, unterwerfe ich mich frei und mit aller Gemüthsruhe Eurem Urtheile, te Deum laudamus."

Bei den heftigen Angriffen auf die Bischöfe, sagte der Dichter Waller: „die kirchliche und weltliche Verfassung Englands greifen so ineinander, daß man die eine nicht verändern kann, ohne auch auf die andere wesentlich einzuwirken. Warum soll der, so oft angeführte Satz: «wir wollen Englands Gesetze nicht ändern», hier gar nicht mehr erwähnt und betrachtet werden? Etwa weil das Volk sich dagegen ausspricht? Angriffe von dieser Seite her, fordern aber vielmehr zur größten Vorsicht auf; denn wenn sie allein schon genügen Bewilligungen herbeizuführen, was wird man da der Menge noch abschlagen dürfen? Sobald die Kirchenverfassung umgestürzt ist, werden die nächsten Bittschriften vielleicht ein Ackergesetz verlangen, und so wie man jetzo für die Abschaffung der Bischöfe mancherlei Beweise aus der Schrift hernimmt, wird es nicht an biblischen Stellen für eine Gleichheit der Ländereien und Güter fehlen! Und läßt man sich dort gegen die Bischöfe einnehmen, weil irgend ein armer Mann durch sie gelitten hat, werden hier tausend Beispiele zur Hand seyn, daß Unzählige von ihren Landlords hart behandelt wurden. Deshalb müssen wir die Ansichten dadurch berichtigen und regeln, daß wir uns für die Verbesserung, nicht aber für die Abschaffung des bischöflichen Systems aussprechen." — Es ward dennoch abgeschafft, aber nach der Rückkehr Karls II. wieder hergestellt.

Mit seiner Macht, erhöhte sich die Redegeschicklichkeit Cromwells. Als das Parlament ihm als Protektor nicht gehorchen wollte, hielt er am 12. September 1654 eine lange Strafrede, in welcher es unter Anderem heißt: „Ich habe mich selbst nicht zu meiner Stelle gedrängt, sondern eine lange Reihe göttlicher Fügungen und des Volkes Stimme hat mich dazu erhoben, und ich halte diese Rechtstitel und Zeugnisse höher als irgend ein anbrüchiges Erbrecht irgend eines Fürsten. Deshalb werde ich, wenn Gott und das Volk mir nicht meine Gewalt nehmen, mich auf keine Weise von derselben trennen. Was ich gegen das lange Parlament that, war gerecht, nothwendig, und den Wünschen des Volks angemessen; auch hat als ich jenes auflösete, kein Hund deshalb gebellt. Von der Entsagung des zweiten Parlaments wußte ich Nichts, doch ward meine Macht dadurch unumschränkt. Unterdeß arbeiteten mehre Männer, ohne meine Theilnahme, an einer neuen Verfassung, und erst nach langem Weigern entschloß ich mich zur Uebernahme des Protektorats. Vermöge dieser neuen Stellung habe ich das Parlament berufen, es hat meiner Ladung Folge geleistet und ist frei, aber nur den Bestimmungen der neuen Verfassung gemäß. Alle die Naseweisheiten und Empfindlichkeiten da draußen kümmern mich so wenig als Mücken in der Sonne; daß aber das Parlament meine amtliche Stellung in Zweifel ziehen will, da es doch nur unter meiner Autorität versammelt ist, muß mich in großes Erstaunen versetzen. Jede Verfassung bedarf gewisser Grundlagen, eine Art von Magna Charta, welche feststeht und unveränderlich ist. Demgemäß sollen die Parlamentsglieder eine Erklärung unterschreiben: daß sie dem Protektor und der Republik treu seyn, und keine Abänderung der Grundlagen der jetzigen Verfassung vorschlagen und annehmen wollen."

Unter den Rednern, welche sich in der ersten Hälfte des achtzehnten Jahrhunderts auszeichneten, verdient zunächst Erwähnung Robert Walpole. Er stand über zwanzig Jahre lang (1720—1742) an der Spitze der englischen Verwaltung, und trug wesentlich bei zu den Fortschritten seines Vaterlandes und zur Erhaltung des europäischen Friedens. Lange ward er verkannt, ungerecht angeklagt und verläumdet, bis eine genauere, unparteiische Prüfung, die Urtheile berichtigte. Sein anfangs ungebührlich heftiger Gegner, der ältere Pitt, sagte in spätern Lebensjahren: „je mehr ich über mein ehemaliges Betragen nachdenke, desto mehr tadele ich mich selbst, mich gewissen Maßregeln Walpoles widersetzt zu haben;" und Burke (gewiß ein vollgültiger Richter) schreibt: „Walpole war kein Bestecher, kein Verschwender der Staatsgelder, wie seine Widersacher behauptet haben. Ohne eben ein Genie ersten Ranges zu seyn, war er ein kenntnißreicher und einsichtsvoller, kluger, gründlicher Minister, und wußte auch anderen, sonst zu Krieg geneigten Staaten, Friedensgesinnungen einzuflößen, und nicht minder dem Könige (Georg II.), der nicht ohne Verlangen nach kriegerischem Ruhm war. Seine Maßregeln waren die Hauptursachen der schnellen und großen Fortschritte welche das englische Volk unter seiner Ministerschaft zur höchsten Stufe des Wohlstandes brachte. (Works VI, 157, andere Ausg. II, 291.)"

Walpole steht zwar als Redner, einigen der späteren Meister nicht gleich, aber durch Inhalt und Form seinen damaligen Gegnern voran.[1]) Ich gebe Auszüge aus zwei Reden, welche er, die heftigsten Anklagen siegreich zurückweisend, im Parlamente hielt. Die erste bei Gelegenheit eines durch Bolingbroke mittelbar herbeigeführten Angriffs und gesteigerten Streites über die Dauer der Parlamente. Walpole sagte, sich vertheidigend, und mit bestimmter Hinweisung auf Bolingbrokes feindliches Benehmen:[2]) (Mahon II, 266.)

„Wenn die Herren so viel sprechen von schlechten Ministern, herrschsüchtigen Ministern, von Ministern die sich höhnisch brüsten, die allen Sinn für Ehre und Tugend verloren haben;

---

1) There have been many more eloquent orators, but never I believe, a more dexterous debator. Mahon Hist. of England I, 101.

2) Bolingbroke sprach später selbst nachtheilig von Walpoles Gegnern. Mahon III, 136.

so könnten andere Männer gewiß mit gleichem, ja größerem Rechte sprechen von Antiministern, Spottpatrioten, die niemals Ehre und Tugend besaßen, und allein angetrieben werden von Neid und Rachsucht. Lassen Sie mich ferner annehmen, es gebe einen Antiminister, der sich hält für einen Mann von so großen und umfassenden Anlagen, so vielen hervorragenden Eigenschaften, daß er der einzige im Königreiche fähige Mann sey die öffentlichen Angelegenheiten zu führen, und der deshalb jeden Anderen der die Ehre hat, damit beschäftigt zu werden, einen Stümper schilt. Nehmen wir ferner an, dieser feine Herr habe (glücklich genug) für seine Partei gewonnen einige Personen von guten Anlagen, alten Familien, großem Reichthum; und wiederum Andere deren verzweifelte Ansichten hervorgehn aus vereitelten Planen und boshaften Herzen. Alle diese Gentlemen werden, in Bezug auf ihr politisches Benehmen, allein von ihm in Bewegung gesetzt; was sie öffentlich, oder in Privatkreisen sagen, ist lediglich eine Wiederholung der Worte die er ihnen in den Mund gelegt und ein Ausspeien des Giftes welches er ihnen eingeflößt hat. Und dennoch wird dieser Anführer nicht einmal von denen geachtet, die ihm blindlings folgen, gehaßt aber von allen übrigen Menschen. Nehmen wir ferner an, dieser Antiminister lebe in einem Lande, in welchem er eigentlich nicht seyn sollte, und wo er nur geduldet wird in Folge zu großer Güte und Gnade; und dennoch bemüht er sich mit aller seiner Macht und Kunst, die Quelle zu zerstören, aus welcher jene Gnade floß. In jenem Lande sucht er immerwährend Freundschaft und Gemeinschaft mit den Gesandten derjenigen Fürsten die seinem Könige am feindlichsten sind. Sollte es sich zutragen, daß einem jener Botschafter daran läge ein Geheimniß zu erfahren, dessen Kundwerdung dem Vaterlande sehr nachtheilig seyn würde, so wendet er sich an den Antiminister und dieser antwortet: ich will es ihnen verschaffen, sagen Sie mir nur was sie wünschen. Hierauf legt er eine, oder zwei Reden in den Mund einiger seiner Kreaturen, oder Neubekehrten; — und was er will wird im Parlamente beantragt. Nehmen wir ferner an dieser Antiminister sey viel gereiset, und an jedem Hofe, wo er sich für den größten Minister hielt, habe er es sich zum Geschäft gemacht die Geheimnisse zu verrathen, und aller Ehre und Treue ledig, jeden Herrn zu betrügen, dem er diente.“

Als zweite Probe möge die Rede dienen, womit Walpole einen Antrag auf seine Entlassung, damals mit Erfolg zurückwies. Er sagte: „Sir! Zur Rechtfertigung des Antrags auf meine Entfernung aus dem Ministerium, ist von verschiedenen Gentlemen bemerkt worden, daß wenn er auch angenommen würde, wohl weder mein Leben, noch meine Freiheit, noch mein Gut in Gefahr kommen dürften. Hat denn aber in den Augen dieser höchst geehrten Herrn, mein Charakter und mein guter Name kein Gewicht? Ich verhehle nicht, daß es mir sehr schmerzhaft ist im Parlament als ein Mann genannt zu werden, gegen den man eine Untersuchung anstellen müsse. — Wäre ich der Diener eines schwachen, oder despotischen Fürsten, so würde meine Rechtfertigung seyn, daß ich seinen Befehlen gehorchen mußte. Da mein gutes Glück mich aber in die Dienste eines Fürsten gebracht hat, der keinen bösen Minister bedarf und keinen brauchen will, so fällt also alle Verantwortlichkeit auf mich allein. Und hier bekommt das Bewußtseyn meiner Unschuld ein um so stärkeres Gewicht, wenn man auf die Absichten und Talente meiner Verfolger Rücksicht nimmt. Wäre ich nämlich großer Verbrechen schuldig, so fehlt es ihnen nicht an Willen und Eifer sie ans Licht zu bringen, nicht an Geschicklichkeit sie in den, ihren Absichten gemäßesten Gesichtspunkt zu stellen. Aber sie können es nicht, weil ich keine Verbrechen begangen habe. Ich frage also: welche Triebfedern haben sie gleichwohl zu diesem Angriff wider mich veranlaßt? Die Leidenschaften und Vorurtheile der verschiedenen Parteien!

Den Tories ist mein großes, mein Hauptverbrechen, der lange Besitz meines Postens; meinetwegen können sie nicht zu der Macht, der Ehre, zu allen den Vortheilen gelangen, wonach sie so begierig, so hartnäckig trachten. — Andere meiner Gegner sind Knaben in der Politik, die nichts als Verachtung verdienen würden, wenn ihre Verwegenheit sie nicht verabscheuungswürdig machte. — Diese Scheinpatrioten maßen sich an, sich ausschließlich das Volk zu nennen, und unter diesem Namen alle Gewalt an sich zu ziehen. Nach ihrem Dünkel sind der König, die Lords, die Gemeinen nur eine Faktion; sie sind die Regierung. Nach solchen Grundsätzen bedrohen sie alle Obrigkeit mit ihrer Vernichtung, und eignen sich ein Recht zu über jeden gesetzmäßigen Obern zu richten, ihm vorzuschreiben, ihm zu widerstehen. Personen der verschiedensten Ansichten und Grundsätze haben alle eine Absicht gemein: Opposition gegen die Regierung!

Die Herren erheben viel Geschrei von ihrem Patriotismus; ein ehrwürdiges Wort wenn es richtig angewandt wird. Aber es thut mir leid sagen zu müssen, es werde seit einiger Zeit so mißbraucht, daß es allen Werth verliert. Der wahre Begriff von Patriotismus ist verloren und das Wort giebt den Vorwand zu den schändlichsten Absichten. — Sir! Patrioten schießen auf wie die Schwämme. Ich könnte ihrer funfzig zwischen vierundzwanzig Stunden schaffen, ich habe viele in einer Nacht geschaffen. Man darf nur jemanden ein unbilliges und trotziges Verlangen abschlagen, plötzlich springt der Patriot hervor. Ich habe mich nie gefürchtet derlei Patrioten zu machen, aber ich verachte alle ihre Bestrebungen. Persönliche Rachsucht und getäuschte Ehrsucht erzeugen diesen vorgegebenen Patriotismus. Es ist nicht ein Einziger unter ihnen dessen besondere Absichten ich nicht zuverlässig weiß, und die Beweggründe warum er sich unter die Schaar der Opponenten begeben hat.

Man sagt: ich hätte die Majorität nur durch Bestechung! Sir, wäre nur ein einziger Fall angeführt, wo ich irgend einem Mitgliede des einen, oder des anderen Hauses eine Belohnung für seine Stimme angeboten, oder irgend einen mit dem Verluste einer Stelle wegen seiner Stimme bedroht hätte, so wäre doch einiger Grund für diese Beschuldigung angeführt. — Ich habe eine zu hohe Meinung von der Scharfsicht meiner Gegner, und schließe daher daß sie sich bewußt sind über Beschwerden zu klagen, die sie nicht fühlen und daß sie ihr eigenes Interesse und nicht das allgemeine vor Augen haben. — Führten die Herrn wohl ein einziges Beispiel an von übermäßiger Macht die ich mir anmaße? von Einfluß den ich auf alle Klassen des Volkes ausüben soll? von Tyrannei womit ich diejenigen unterdrücke, welche mir widersprechen, von Freigebigkeit womit ich diejenigen belohne, welche mich unterstützen?

Um zum Schluß zu kommen, Sir, ob ich gleich immer auf die Ehre des Zutrauens, daß Sr. Majestät zu mir hat, stolz seyn werde; so werde ich doch immer bereit seyn, mich aus seinem Rathe und von seiner Person zu entfernen, so bald Er es gut findet. Daher würde ich mich um den Ausgang dieser Debatte wenig bekümmern, wäre es nicht wegen des Eingriffs, der durch den Antrag auf die Vorrechte der Krone gethan wird. Ich muß aber der Meinung seyn, daß eine Adresse an S. Majestät um Verabschiedung eines seiner Diener, ohne auch nur ein einzelnes, spezielles Verbrechen gegen ihn anzuführen, einer der größten Eingriffe ist, welche jemals in die Rechte der Krone gethan wurden!" —

Als sich Walpole zwei Jahre später zurückzog und seine Gegner an das Ruder kamen, gingen die Sachen schlechter, denn zuvor, und sie gestanden das Unrecht ihres früheren Benehmens. (Burke II, 291.)

73.

Von der Mitte des achtzehnten, bis in das neunzehnte Jahrhundert hinein, finden wir in England bewunderswerthe Staatsmänner und Redner; ich nenne vor Allen die beiden Pitts, Fox, Sheridan und Burke. Es kann nicht die Absicht seyn, über ihre Verwaltung, oder ihre Lebensereignisse hier umständlichen Bericht zu erstatten; es genügt zu bemerken, daß beide Pitts und Burke nicht bloß einen tadellosen, sondern einen durchaus löblichen Wandel führten, wogegen an der Lebensweise von Fox und Sheridan allerdings viel zu rügen blieb. Bevor ich jedoch diese Männer durch Mittheilungen aus ihren Reden zu schildern suche, ist es rathsam einige Bemerkungen vorauszuschicken.

Erstens: die im englischen Parlamente beobachteten Formen waren keineswegs immer sehr höflich und human, sondern verletzten oft gar sehr die Regeln der Billigkeit und des Anstandes. Man muß sich daran gewöhnen, ohne Alles musterhaft finden zu können.

Zweitens: es kann sich auf Seiten der Regierung, oder der Opposition ein Uebergewicht von Weisheit und Patriotismus finden; aber es ist gar kein Grund vorhanden, dies löbliche Uebergewicht immer bei der letzten vorauszusetzen. Vielmehr bleibt auch hier das Tadeln leichter, als das Bessermachen, und wer dies wirklich versteht, kommt über kurz oder lang wirklich an die Regierung.

Drittens: die Opponirenden nehmen gewöhnlich alle rhetorischen Kunstmittel zu Hülfe und ihre Reden glänzen durch einzelne Stellen; während die Reden der Regierenden meist inhaltsreicher sind und seyn müssen, und sich deshalb schwieriger durch kurze Auszüge hinreichend charakterisiren lassen.

Der ältere Pitt, nachmalige Graf Chatham (geb. 1708, gest. 1778) ist allgemein anerkannt als einer der uneigennützigsten, beredtesten, kräftigsten, kühnsten, thatenreichsten Männer, die je an der Spitze einer Verwaltung standen. Aus unzähligen, hiefür Zeugniß Ablegenden, will ich nur die Urtheile dreier Männer, eines Deutschen, eines Engländers und eines Franzosen anführen. König Friedrich II. schreibt (III, 260): „Pitts Beredsamkeit und sein erhabenes (élevé) Genie erhoben ihn zum Idol des Volks; er war der beste Kopf Englands. Durch die Kraft seines Wortes hatte er das Unterhaus unterjocht, er herrschte daselbst, er war (so zu sagen) dessen Seele. An die Spitze der Verwaltung gekommen, verwandte er alle Macht seines Genius, sein Vaterland zur Herrin des Meers zu erheben, die Thätigkeit auf dem Festlande zu erhöhen, ja alle Zweige der Verwaltung neu zu beleben."

[Bouterwek VIII, 444.]

Lord Chesterfield erzählt: „Herr Pitt verdankte sein Steigen zu den ersten Stellen und der größten Macht im Königreiche, lediglich seinen Talenten. Sie ersetzten ihm Geburt und Reichthum. Denn als ein jüngerer Bruder aus einem neuen Hause, hatte er jährlich nur eine Einnahme von 100 Pfund Sterling. — Seine Gesundheit versagte ihm gewöhnliche Vergnügungen, sein Genius hielt ihn ab von Zerstreuungen der Jugend: vom 16. Jahre litt er schon an ererbtem Podagra. Sein Privatleben war unbefleckt von Lastern, von irgend einer Niedrigkeit; alle seine Gefühle waren freisinnig und edel. Seine herrschende Leidenschaft war Ehrgeiz. Er zeigte sich stolz, befehlerisch, ungeduldig des Widerspruchs. Sitten und Gewandtheit fehlten ihm keineswegs, doch bemerkte man ein großes Selbstgefühl auf seine überlegenen Talente. Er war höchst angenehm und lebhaft in Gesellschaften; er hatte eine solche Beweglichkeit des Witzes, daß er sich jeder Art des Gesprächs anzupassen wußte. Auch für Dichtkunst besaß er eine sehr glückliche Anlage, machte aber nur selten davon Gebrauch. Er kam jung in das Parlament und zeigte sich bald den ältesten und geschicktesten Mitgliedern gleich. Seine Beredsamkeit war nicht minder groß in der streng begründenden, und der deklamatorischen Weise. Seine schrecklichen Angriffe sprach er aus mit solcher Kraft, Würde und Haltung, daß er selbst diejenigen einschüchterte, die ihm gern entgegen getreten wären. Die Waffen entfielen ihren Händen, und sie sanken zusammen unter dem Uebergewicht seines Genius!"

Der Abt Raynal schreibt: „William Pitt, war seit seiner Jugend der Liebling dreier Königreiche, wegen seiner Rechtlichkeit, Uneigennützigkeit, Eifer gegen Ausartung, und unverletzbaren Anhänglichkeit an die Interessen seines Vaterlandes. Er hatte eine Leidenschaft für große Dinge, besaß eine unwiderstehliche Beredsamkeit, und einen zugleich unternehmenden und festen Geist. Sein Ehrgeiz war, sein Vaterland über alle Länder der Erde zu erheben und sich mit ihm. Bis auf die Verwaltung Pitts waren alle Unternehmungen der Engländer in fernen Gegenden unglücklich, denn sie waren schlecht eingeleitet. Er hingegen entwarf seine Plane weise und zweckmäßig, ordnete seine Vorbereitungen rasch, vorsichtig, und dem Ziele angemessen, traf eine kluge Wahl unter den zu vertrauenden Männern; — genug er hob den Muth Englands dergestalt, daß seine Verwaltung eine ununterbrochene Kette von Eroberungen zeigte."

Von den frühern Reden Chathams sind nur sieben unvollständig aufbewahrt worden. In der ersten sagt er: „das Halten eines zahlreichen Heeres ist die Ursach unserer Unzufriedenheit, und unserer Unzufriedenheit halber, hält man ein starkes Heer, welches verhältnißmäßig dreimal so viel kostet wie in Deutschland, oder Frankreich. (Anecdotes I, 21.) Ich glaube drei Viertheile unserer Soldaten haben keine andere Strapatzen ausgehalten als Schmuggler zu fangen und Pöbel auseinander zu jagen." —

Noch lebhafter sprach er sich über eine Bill aus, die Bemannung der Flotte betreffend. „Ein Gesetz, welches Grausamkeiten vorschlägt, wie sie kein wildes Volk kennt, keine Sklaverei geduldet, keine Tyrannei erfunden hat, kann man nicht hören ohne Zorn, nicht daran denken ohne Abscheu. Diese Tyrannen der Verwaltung vertreiben sich die Zeit mit Unterdrückung ihrer Mitbürger, anfallen die Freiheit der schon mit Steuern Ueberbürdeten, plündern zuerst und sperren dann ein, ergreifen jede Gelegenheit die öffentliche Noth zu erhöhen, benutzen das Elend des Kriegs zu neuen Unterdrückungen, sind zu unwissend um furchtbar zu seyn, und verdanken ihre Gewalt nicht ihrer Brauchbarkeit, sondern dem Gelde und zufälligem Glücke."[1]) — In seiner Antwort sagte Horaz Walpole: „Furchtbare Töne, wilde Deklamationen, zuversichtliche Behauptungen, luftige Perioden, mögen auf Junge und Unerfahrne Eindruck machen. Auch hat der ehrenwerthe Gentleman seine Redeweise vielleicht mehr von denen seines Alters angenommen, als von

1) Anecdotes of Chatham I, 35.

solchen die mehr Gelegenheit hatten Kenntnisse zu erwerben, und ihre Empfindungen mit besserem Erfolge vorzutragen u. s. w." Walpole rügte hierauf noch die theatralische Haltung, die Heftigkeit einzelner Ausdrücke, das Uebertriebene der Bewegungen u. dergl.

Pitt erwiederte: „den mir, mit so viel Geist und Zartheit gemachten Vorwurf meiner Jugend, will ich weder entschuldigen, noch läugnen, sondern begnüge mich mit dem Wunsche daß er allmählig abnehme, und daß ich nicht, ungeachtet aller Erfahrung unwissend bleibe. Ob man überhaupt die Jugend jemand zum Vorwurf machen könne, will ich nicht entscheiden; gewiß aber wird das Alter verächtlich, wenn es alle Gelegenheiten ungenutzt vorübergehen läßt, und Laster noch vorzuwalten scheint, nachdem die Leidenschaften aufgehört haben. Der Elende, welcher die Folgen von tausend Irthümern erblickt, und doch fortfährt zu fehlen (blunder), dessen Alter nur Eigensinn zu seiner Dummheit hinzufügt, ist gewiß ein Gegenstand des Abscheus, oder der Verachtung, und verdient nicht daß sein graues Haupt ihn vor Beschimpfung schütze. — Noch mehr aber muß man den verabscheuen, welcher in dem Maaße als er an Alter zunimmt, sich von der Tugend entfernt, lasterhafter wird bei weniger Versuchung, sich preisgiebt für Geld dessen er nicht genießen kann, und den Rest seines Lebens zum Untergange seines Vaterlandes verwendet." (I, 33—43.)

Gleich leidenschaftlich sprach Pitt für die Entlassung Walpoles. Er sagte: „der Minister welcher eine günstige Gelegenheit versäumt die Macht seines Vaterlandes zu befördern, oder den Reichthum zu vermehren, muß als ein Feind seiner Mitbürger betrachtet werden. Welch Verdammungsurtheil ist jedoch über den auszusprechen, welcher ein zum Siege fähiges Heer zum Untergange verräth, das Volk in Armuth stürzt durch Unternehmungen die es hätten bereichern können, und Heere anwirbt um sie durch die Pest umkommen zu lassen? (I, 47.)"

Späteren, weniger leidenschaftlichen und besser begründeten Reden des gereifteren Staatsmanns, über die amerikanischen

Angelegenheiten, ist Folgendes entnommen:[1]) „Der Gedanke, Amerika sey im Unterhause mittelbar (virtually) vertreten, ist der verächtlichste Gedanke, der je in eines Menschen Kopf kam; er verdient keine ernstliche Widerlegung. Amerika hat das Recht sich durch seine Versammlungen selbst zu besteuern. Dies Königreich hat das Recht die Kolonien zu binden hinsichtlich des Handels, der Schiffahrt, der Manufakturen, kurz in Bezug auf jeden Gegenstand; — nur darf man ihnen, ohne ihre Zustimmung ihr Geld nicht aus der Tasche nehmen.“ (I, 430.)

Diese künstliche Unterscheidung Pitts, wonach England den Amerikanern zwar keine direkte Steuern auflegen durfte, wohl aber Handelssteuern, Zölle u. dgl., konnte jenseits des Meeres keinen Beifall finden, während man in England klagte daß Pitt den Aufstand der Amerikaner veranlasse. Er antwortete kühn: „Ich freue mich daß Amerika widersteht! Drei Millionen Menschen, so todt gegen alle Gefühle der Freiheit, daß sie sich freiwillig in Sklaverei begeben, würden Werkzeuge seyn alle Uebrigen zu verknechten. Nicht den Amerikanern schmeichle ich, ich spreche für England! — Man hat viel geredet von Amerikas Macht: in einer guten Sache, auf einem gesunden Boden ist Englands Macht im Stande Amerika zu Atome zu zermalmen. Fiele Amerika für eine gerechte Sache, so würde es fallen wie ein starker Mann, es würde die Säulen des Staates umfassen und die Verfassung mit zu Boden werfen. — Nicht überall haben die Amerikaner mit Klugheit und Mäßigung gehandelt; wollt ihr sie strafen daß sie durch eure Ungerechtigkeit zur Thorheit getrieben wurden? Laßt Klugheit und Mäßigung zuerst von dieser Seite kommen!“ (I, 440—445.)

„Mylords (sagte Pitt ein anderes Mal) ich rathe Amerika milder zu behandeln; denn der Tag ist nicht fern, wo es nicht

---

1) Yet so vivid and impetuous were his bursts of oratory, that they seemed even beyond his own control; instead of his ruling them, they often ruled him. Mahon Hist. of England III, 15. Tauchnitz edit.

bloß in den Waffen, sondern auch in den Künsten mit diesen Königreichen wetteifern kann. Ich werde, wenn gleich mich schwere Krankheit fesselt, diese hochwichtige Angelegenheit nie verlassen; ich will an die Thür des schlafenden und verwirrten Ministeriums klopfen, und es erwecken zu einem Gefühl für diese große Gefahr. (II, 250, 257.) — Strafe nicht drei Millionen für das Vergehen von vierzig, funfzig Personen! Macht durch diese ungerechte Strenge die Wunden nicht unheilbar, reizt sie nicht auf zu unlöschbarem Zorn!"

„Wenn ich die Gründlichkeit der Berathungen, die Kraft des Scharfsinns, die Weisheit der Beschlüsse betrachte, und zugleich die Verwickelung der schwierigsten Verhältnisse, so steht kein Volk, keine Körperschaft dem Congresse von Philadelphia voran. Alle Versuche solchen Männern Sklaverei aufzulegen, bei einem so mächtigen, continentalen Volke den Despotismus einzuführen, ist eitel, ist verderblich. Wir werden zuletzt nachgeben müssen, laßt es uns thun, bevor wir gezwungen sind. — Eine Eroberung Amerikas ist ganz unmöglich! Möget ihr alle Ausgaben, alle Anstrengungen vermehren, jeden Beistand anhäufen den ihr kaufen oder borgen könnt, handeln und tauschen mit jedem kleinen, erbärmlichen deutschen Fürsten, der seine Unterthanen zur Schlachtbank eines fremden Herrschers sendet, eure Anstrengungen werden immerdar eitel und ohnmächtig seyn. — Wäre ich ein Amerikaner, wie ich ein Engländer bin, und fremde Mannschaft landete in meinem Vaterlande, ich würde die Waffen nie niederlegen, nie, nie, nie! (II, 269, 293—299, 304.)"

Trotz aller Gründe, Warnungen, Bitten, Drohungen, Weissagungen beharrten Ministerium, Parlament, König hinsichtlich Amerikas auf irriger Bahn, bis man dessen Unabhängigkeit anerkennen mußte. Als Chatham, dessen Verwaltung Großbrittanniens Macht und Ansehn auf dem ganzen Erdenrunde siegreich erhöht hatte, dies nicht mehr hintertreiben konnte, sank er, von Schmerz überwältigt im Parlamente zusammen, und starb bald nachher auf seinem Landgute Hayes in Kent, den 11. Mai 1778.[1]) (II, 354.)

74.

Wenden wir uns von dem großen Vater, zu seinem mindestens ebenso großen Sohne. William Pitt, der jüngere, ward geboren 1759 zu Hayes in Kent, und starb den 23. Januar 1806, an dem Tage wo er 25 Jahre zuvor ins Parlament eingetreten war. Vom 24. Lebensjahre an, leitete er (mit nur kurzen Unterbrechungen) die Angelegenheiten Großbritanniens, obsiegend über die heftigsten und talentvollsten Gegner.

[Bouterwek VIII, 447.]

Es ist nicht der Ort hier zu entwickeln, ob, und in wie weit die Bewunderer, oder die Gegner der französischen Revolution in größerem Rechte waren, ob Krieg nothwendig, ob sicherer Friede eher erreichbar war. Ganz Europa spaltete sich hienach in große Parteien, die sich mit allen materiellen und geistigen Mitteln bekämpften. Gewiß gehörten Größe des Charakters, Festigkeit des Willens, Uneigennützigkeit und Reinheit des Wandels, umfassende Kenntnisse und erstaunliche Arbeitskraft dazu, eine so unermeßliche Aufgabe, wie die William Pitts zu lösen und weit die Mehrzahl seiner Mitbürger, so viele Jahre lang an seine Fahne zu ketten. Unser Zweck ist jedoch hier zunächst nur, Pitt als Redner kennen zu lernen. Einräumen muß man, daß er sich seltener zu rhetorischen Ergüssen fortreißen ließ, wie Burke, Fox und Sheridan; hingegen sind seine Reden im Durchschnitt weit die geordnetsten und inhaltreichsten, wie es sich für den herrschenden Staatsmann gebührt.

Heftigen, ja fast zügellosen Angriffen gegenüber, vertheidigte er sich indeß mit siegreicher Ueberlegenheit, und nie fehlte es

---

1) Eine Prüfung des gesammten politischen Lebenslaufs Chathams gehört nicht hieher: siehe Macaulays essay.

ihm bei Behandlung wichtiger Gegenstände an Scharfsinn der Einsicht, und Wärme des Gefühls. Als Burke schon im Jahre 1782 eine seiner Reden verspottete und sie ein Gemisch von Heuchelei, Widersprüchen und Thorheit nannte (Speeches I, 17) erwiederte Pitt: „Der gegenwärtige Augenblick erfordert Ernst, nicht Scherz. Die heiteren Blumen einer glänzenden Fantasie haben ihre geeignete Jahreszeit zu Lust und Erholung. Alsdann würde ich glücklich seyn Theil zu nehmen, an den Freuden der fruchtbaren Einbildungskraft, welche so lange die Lust und das Wunder dieses Hauses waren, aber ich kann nicht einstimmen, mich nicht hergeben zu der Bewunderung «der schönen Mücken welche in den Sonnenstrahlen spielen»; wenn mein Geist mit den ernsten und wichtigen Gegenständen beschäftigt ist, welche jetzt dem Hause vorliegen; noch kann ich die Unangemessenheit (indiscretion) des Witzes billigen, welcher so unverständig mit dem guten Sinn und dem gesetzten Urtheile des ehrenwerthen Herrn davon rannte. — Ich bin aufgestanden um das Haus zu Nüchternheit und Ernst zurückzubringen und ihm zu sagen, daß weder die Zeit geeignet, noch der Gegenstand passend ist, für Ausstellungen einer bunten Fantasie, und muthwillige Reize theatralischer Bezauberung. Vielmehr ist es ihre Aufgabe und ihre Pflicht, den Stab des Zauberers zu zerbrechen, die Wolken (so schön sie auch sind) welche man über ihren Häuptern gesammelt hat, zu zerstreuen, und ernst und feierlich die sehr gefährliche Lage des Vaterlandes zu betrachten und sich zu bemühen durch die Kraft vereinter Weisheit, Geschicklichkeit und Erfahrung, das Königreich aus so vielen Schwierigkeiten zu befreien durch das Abschließen eines ehrenvollen Friedens.“

Auf einen ähnlichen Angriff Sheridans antwortete Pitt (I, 22): „Niemand bewundert mehr als ich, des ehrenwerthen Herrn Geschicklichkeiten (abilities), seine eleganten Einfälle, die heiteren Ergüsse seiner Fantasie, seine dramatischen Wendungen, seine epigrammatischen Spitzen; und wenn sie für die rechte Bühne aufgespart würden, müßten sie allgemeinen Beifall gewinnen. Hier ist aber nicht der rechte Ort für Ausstellung von derlei Elegantien, und ich muß um Erlaubniß bitten, die Aufmerksamkeit des Hauses zur ernsten Betrachtung des vorliegenden, wichtigen Gegenstandes hinzulenken."

In derselben Weise wies Pitt Angriffe von Fox zurück (I, 25) und fügte hinzu: „Nie werde ich mich in politische Feindschaften einlassen, ohne politischen Grund und ohne öffentliche Zustimmung. Der besonnene und dauerhafte Triumph der Vernunft, über schwachen und gemeinen Wankelmuth der Parteileidenschaften, der stete Triumph der Tugend, über bloßen Erfolg, möge der meine seyn, jetzt und für mein ganzes Leben. Niemals soll ihn ein Wechsel der Grundsätze beflecken."

Durch die Verbindung von Fox mit Lord North kam jener eine Zeitlang zur Leitung der öffentlichen Angelegenheiten. Seine Bill über die neue Verwaltung Indiens fand aber den größten Widerspruch, weil sie die königliche Macht wesentlich zu verringern, und die Befugnisse der, bisher urkundlich Berechtigten, übermäßig zu verletzen schien. Nachdem Fox gezwungen war deshalb abzutreten, und Pitt wiederum Haupt des Ministeriums ward, verwarf dennoch das Unterhaus die von ihm über jenen Gegenstand eingebrachte Bill. Pitt legte aber sein Amt nicht nieder (wie man erwartete und forderte) sondern lösete das Parlament auf, und bekam durch die neuen Wahlen ein ganz entschiedenes Uebergewicht. Ich theile Proben aus den Reden mit, welche er über diese Angelegenheiten hielt.

„Der sehr ehrenwerthe Herr (Fox) dessen Talente und Beredsamkeit auch dem Ungestalteten Grazie verleihen würden, hat sich an ihre Leidenschaften gewendet, und den traurigen Zustand der unglücklichen Einwohner Indiens an ihr Herz gelegt: — ein Zustand den jeder tief bedauern und zu verbessern bestrebt seyn muß. Sollte aber der ehrenwerthe Herr zum Schutz der in Asien Bedrückten dadurch vorgehn, daß er die Unterdrückung in Europa beispiellos vermehrt? (I, 61.) — Ich habe mich gegen das Haus und die ganze Welt verpflichtet zu zeigen, welche furchtbare Richtung diese Bill einschlägt gegen Alles was einem

Engländer theuer und heilig ist; ihren feindlichen Einfluß darzuthun, welchen sie auf die Verfassung und die Freiheiten des Landes hat, und durch unläugbaren Augenschein zu erweisen, daß die Grundsätze auf denen sie beruht falsch und gefährlich sind."

„Ich hoffe, daß man meine Bill (welche ich der von Fox entgegen aufstelle) redlich und unparteiisch prüfen und am wenigsten verwerfen wird, ehe man ihren Inhalt kennt. Ich biete minder gewaltsame und doch wirksame Maßregeln, welche unsere östlichen Besitzungen sichern, ohne das Eigenthum der ostindischen Gesellschaft einzuziehen und die mangelhafte Verwaltung verbessern, ohne urkundliche Rechte zu vernichten. Ich vertraue man wird meinen Plan nicht mißbilligen weil er minder gewaltsam ist und ihm fehlen jene Eil, jene umsichgreifenden Grundsätze, jener ungeheure Einfluß, jener maßlose Ehrgeiz, jene verfassungswidrigen Tendenzen der Bill meines Gegners. (I, 71.)"

Als Pitts Bill dennoch verworfen ward, fügte er hinzu: „weder unbegründete Verläumdung, noch ungemäßigte Beleidigungen werden mein Gemüth außer Fassung bringen, und ich bin es meiner Würde schuldig jetzt weder auf rasche Verläumdungen, noch auf bescheidene Fragen zu antworten." (I, 90.) — „Keine Mehrzahl (sagte er bald darauf) hat ein Recht dem Ministerium vorzuschreiben, was es unter gegebenen Verhältnissen thun solle. Dies Haus hat kein Recht die königlichen Rechte zu beaufsichtigen. Vielmehr ist jeder Zweig der gesetzgebenden Macht eingesetzt, die gesetzliche und verfassungsmäßige Uebung der Rechte aller andern zu sichern. Ich hoffe deshalb, Niemand werde behaupten, der König müsse zur Ernennung von Pairs, oder zum Wechseln seiner Minister, erst die Erlaubniß des Unterhauses einholen. (I, 191.) — Kann man mir beweisen, daß die Niederlegung meines Amtes, Frieden und Glück des Landes befördern würde, so bin ich augenblicklich dazu bereit. Ich will aber meine Stelle nicht aufgeben, um mich der Gnade des ehrenwerthen Herrn (Fox) zu unterwerfen. Er nennt mich einen Minister bloß dem Namen nach, eine bloße Puppe geheimen Einflusses. Sir, weil ich nicht bloß ein Namenminister von der Ernennung dieses Herrn, weil ich keineswegs seine Puppe werden will, entsage ich nicht; verächtliche Ausdrücke werden mich nicht dazu vermögen; nie werde ich meiner Ehre, meinem Rufe entsagen. Ich läugne daß ich auf dem Boden geheimen Einflusses stehe; ich will meinen eigenen Boden nicht aufgeben, um mich unter seinen Schutz zu begeben, um von seiner Hand eine Ernennung zu empfangen, um zu werden ein sich selbst verdammender, hülfloser, unnützer Minister in seinem Gefolge; ein Minister, dem Herrn vielleicht brauchbar, aber ganz unbrauchbar für meinen König und mein Vaterland."

„Man spricht vielleicht die gehässige Beschuldigung gegen mich aus, ich sey der Minister und Freund der königlichen Prärogative. Aber trotz der Vorwürfe mit welchen ich deshalb bestürmt werde, scheue ich mich nicht zu gestehen: ich bin ein Freund der gesetzlichen Rechte des Königs! Sie sind auch ein Theil der Rechte des Volks, und nie war das Volk bereiter für sie eifersüchtig zu wachen und sie zu vertheidigen. Hat dies Haus eine Negative bei Ernennung der Minister, so übertragt ihr ihm die vollziehende Gewalt. (I, 91—100.)"

Ich habe schon bemerkt, daß neue Parlamentswahlen Pitt (und man darf sagen mit Recht) ein entschiedenes Uebergewicht verschafften, welches er nie wieder verlor. Ueber die wichtige Frage, die Abschaffung des Sklavenhandels betreffend, sagte Pitt: „Ich wünsche dem Hause, dem Lande, der Welt Glück, daß dieser Handel nunmehr verdammt, daß seine Verurtheilung ausgesprochen ist, daß dieser Fluch der Menschheit im rechten Lichte betrachtet wird, daß die größte Schmach unseres Nationalcharakters künftig dahinfällt. Und (was noch wichtiger ist) die ganze Menschheit wird von dem größten praktischen Uebel befreit, das sie bedrückte, von dem härtesten und ausgedehntesten Unglück, dessen die Geschichte erwähnt. Doch dürfen wir die Frage nicht bloß nach theoretischen Grundsätzen und begeisterten Gefühlen entscheiden, sondern müssen auch die praktische Ausführbarkeit ins Auge fassen, und wie der Zweck in der kürzesten Zeit und auf die sicherste Weise zu erreichen ist. (I, 364.) — Warum will man den Sklavenhandel langsam, allmählig abschaffen? Ist er eine entsetzliche, unheilbare Ungerechtigkeit, warum will man auch nur um eine Stunde zögern? Das Uebel entspringt unter uns selbst; wir können unsere Gewissen nicht beruhigen, wenn wir, irreligiös und gottlos, die Lösung der Frage weiter hinaus schieben. Welch größeres Uebel könnte eintreten, als das eben schon vorhandene? daß jährlich 70—80,000 Menschen aus ihrem Vaterlande hinweggeschleppt werden, durch eine Verbindung der gebildetsten Völker, welche den erleuchtesten Theil der Erde bewohnen; — vor Allem aber unter der Sanktion der Gesetze eines Volks, welches sich das freiste und glücklichste nennt!"

„Wären die elenden Sklaven auch Verbrecher (was keineswegs erwiesen und erweislich ist), sollen wir uns so weit erniedrigen ihre Henker zu seyn? Veranlassen wir nicht Krieg, Raub, Plünderung, Menschendiebstahl in Afrika? Senden wir nicht Mittel und Waffen zu all diesen Freveln? Uebersteigen diese nicht alle Gränzen der Einbildungskraft? — Denkt denn niemand auch an das Schicksal der in Afrika Zurückbleibenden? Verwandtschaft, Freunde, jede Anhänglichkeit, jeder Trost des Lebens wird zerrissen. Statt jenen Welttheil zu bilden, zu erziehen, haben wir entsetzliches Elend dahingebracht durch falsche Handels- und Regierungsgrundsätze, durch Vernachlässigung aller Pflichten! Wie sollen wir dies unermeßliche Uebel wieder gut machen? Wie können wir auf Vergebung des Himmels hoffen, wenn wir nicht von all den Mitteln Gebrauch machen, welche uns die Vorsehung noch in ihrer Gnade gelassen hat, die Schuld und Schande fortzuschaffen, welche uns jetzt überdeckt! Wir müssen die Tage und Stunden zählen, hiefür Genugthuung und Ersatz zu geben, und uns selbst zu ehren, indem wir den Einwohnern Afrikas den Rang freier menschlicher Wesen wiedergeben und ihn gebührend anerkennen." (I, 381—387, 391—395.) — Nach langem Zögern und vielen Schwierigkeiten ward der Plan Wilberforces, Pitts und ihrer Gleichgesinnten endlich durchgesetzt.

Wollte ich aus den Reden, welche Pitt in vielen Jahren über die Verhältnisse zu Frankreich und die französische Revolution gehalten hat, auch nur sehr kurze Auszüge vorlegen, so würde ich das mir vorgesteckte Maaß weit überschreiten; und dies um so mehr, weil bei Erwähnung der anderen englischen Redner, davon nochmals die Rede seyn muß. Es möge also nachstehende Probe genügen. Am ersten Februar 1793, nach der Hinrichtung Ludwigs XVI. und der Kriegserklärung Frankreichs gegen England, sagte Pitt: „Ich muß die Aufmerksamkeit vor Allem hinlenken auf das unglückselige Ereigniß, auf die furchtbare Verletzung aller Grundsätze der Religion, Gerechtigkeit und Menschlichkeit, welches ein allgemeines Gefühl des Zornes und Abscheus im ganzen Lande hervorrief, und ohne Zweifel in jedem gebildeten Volke erzeugte. — Es ist unsere Pflicht feierlich zu bezeugen daß, nach allen Grundsätzen der Gerechtigkeit und Ehre, jene That die schändlichste und gräßlichste ist von denen, welche die Geschichte bezeugt. — Wir sehn in diesem Falle zusammengedrängt die Wirkung von Grundsätzen, welche Alles auflösen das durch göttliche und menschliche Gesetze zeither geheiligt war. Anmaaslich sich stützend auf betrügerische und zerstörende Theorien, haben sie alle Wohlthaten verworfen welche hervorgehn aus Vernunft, Erfahrung und Offenbarung. — Wir müssen Grundsätze bekämpfen und zerstören, welche jedes Glück, jeden Segen dessen wir genießen, aufs Aergste bedrohen. Wir danken dieses Glück, diesen Wohlstand (dem nichts in der Weltgeschichte gleich kam) unserer gemischten Verfassung. Es ist unsere erste Pflicht dieselbe zu verehren und aufrecht zu halten, welche, aus weisen und gerechten Gründen, die Unverletzlichkeit des Monarchen anerkennt. Zu gleicher Zeit sind wir durch die Verantwortlichkeit der Verwaltung, durch ein regelndes System weiser Gesetze, durch eine Mischung aristokratischer und demokratischer Gewalt bei der Gesetzgebung und Rechtspflege, geschützt gegen den Mißbrauch unumschränkter Gewalt, und ebenso gegen die noch weit gefährlichere Ansteckung der Zügellosigkeit des Volkes. Die Billigkeit unserer Gesetze, die Freiheit unseres politischen Systems, wurden von allen unseren Nachbarn beneidet. In unserem Lande ist niemand durch Reichthum und Rang über die Gesetze erhaben, und wiederum steht der Aermste und Geringste unter ihrem Schutze. Es sey erlaubt unsere Lage zu vergleichen mit der gemäßigten Zone, welche durch die Gunst der Vorsehung bewohnbar und erfreulich ist, entfernt von polarischen Frösten, und der furchtbaren Hitze der tropischen Gegenden. Der Wechsel der Jahreszeiten und die Mannigfaltigkeit des Klimas tragen bei zur Kraft und Gesundheit der Einwohner und zur Fruchtbarkeit des Bodens; Pest, Hungersnoth, Erdbeben u. dgl. und alle ihre schrecklichen Folgen sind unbekannt.

So ist die Lage, die glückliche Lage Großbritanniens! Welch einen glänzenden Contrast bildet es im Vergleiche mit dem Lande, welches ausgesetzt ist den entsetzlichen Folgen des unerträglichen, empörerischen, zerstörenden Geistes, der, wohin er auch dringe, Untergang und Trostlosigkeit mit sich führt. Diese Ansteckung kann in unserem glücklichen Lande nicht stattfinden, wenn sie nicht vorsätzlich und künstlich eingeschleppt wird. Jene Grundsätze sind kein natürliches Erzeugniß Großbritanniens, und es ist unsere erste Pflicht, unser hauptsächlichster Zweck, ihr Entstehen, ihre Fortschritte in diesem Lande, ja bei allen Völkern Europas zu hemmen. (I, 399—401.)"

Eine der größten, nach vielen Widersprüchen im Jahre 1801 glücklich durchgeführte Unternehmung Pitts, ist die engere Vereinigung Irlands mit Großbritannien; sowie im Jahre 1706 die Vereinigung Schottlands mit England zu Stande gekommen war. Bei dieser Gelegenheit erörterte man sehr viele wichtige Fragen des Staatsrechts, wie schon folgende kurze Mittheilungen aus den Reden Pitts ergeben.

„Ich weiß nicht welche Ideen der ehrenwerthe Herr (Fox) hegen mag, oder was er hofft und welche Hülfe er von der Lehre erwartet: daß nämlich das Parlament in dieser Angelegenheit zu berathen und zu beschließen nicht befugt sey. — Ich weiß, diese Lehre führt unmittelbar zu dem Systeme des allgemeinen Stimmrechts, wonach ein jeder durch Wahl seiner Vertreter an der Regierung Theil haben soll. Und dies führt zurück zu dem gesammten Systeme des Jacobinismus, von dem ich hoffte es werde in ganz Europa verworfen werden, sobald man es nur näher kennen lernt. Läugnet ihr, an dieser Stelle, jene Befugniß des Parlaments (welches das ganze Volk des Landes frei und vollständig vertritt) so hat es ein Ende mit aller Autorität und Obrigkeit."

„Es wird niemand läugnen, daß bei einer so wichtigen Frage, welche man geneigter ist durch Leidenschaft als durch Vernunft zu entscheiden, wo ein mißverstandener Nationalstolz einwirkt, daß da viel Mißverstand und Mißdeutung unvermeidlich ist. — Dennoch glaube ich die Maaßregel beruhe auf so klaren, erweisbaren Gründen des Nutzens, sey so berechnet die Stärke und Macht des gesammten Reichs zu vermehren, bringe insbesondere Irland so viele Vortheile, daß zur schließlichen Annahme derselben nichts nöthig ist, als eine deutliche, gemäßigte, vollständige Darlegung, und eine vorurtheilsfreie, leidenschaftslose Prüfung. — Irlands Volk wird stolz seyn uns zur Seite zu stehen, in dem großen Kampfe den wir auszufechten haben. Nämlich der Kampf der Freiheit gegen Despotismus, des Eigenthums gegen Plünderung und Raub, der Religion und Ordnung, gegen Gottlosigkeit und Anarchie."

„Es ist eine grobe Umkehrung der ächten Grundsätze politischer Weisheit, daß neben jeder vorhandenen Regierung, im Volke eine ruhende Souverainität vorhanden sey, welche man bei jeder Gelegenheit (oder vielmehr unter jedem Vorwande) wecken, und für Parteizwecke in Thätigkeit setzen könne. In diesen falschen Grundsätzen liegt der Samen zu allem Elend, Zerstörung, Untergang, welche sich jetzt über einen so großen Theil der Erde verbreitet haben. — Wann der höchsten Gewalt (in welchen Händen sie sich auch befinde), nicht mehr zu gehorchen sey, ist eine der schwersten Fragen, und von der höchsten Verantwortlichkeit. Das falsche und gefährliche Blendwerk von der Souverainität des Volks, bleibt in Wahrheit ein Hauptbestandtheil des Jakobinismus, eine der beliebtesten Betrügereien den Verstand zu mißleiten, den Leidenschaften zu schmeicheln und die Massen zu entflammen, welche nicht geeignet sind die Dinge zu prüfen und gründlich einzusehen. Bei jeder Gelegenheit und in welcher Gestalt diese Lehre erscheine, muß jeder Freund bürgerlicher Ordnung ihr widerstehn und sie bekämpfen, zum Frieden und zum Glücke der Menschheit."

Schon im 47. Lebensjahre erlag Pitt den rastlosen Anstrengungen, und auch wohl den Schmerzen über das Mißlingen seiner, mit der größten Ausdauer verfolgten Lebensplane. Erst sieben Jahre später erreichten seine, auf gleicher Bahn beharrenden Nachfolger, das glänzende Ziel: den Sturz der französischen Weltherrschaft. Wie man auch über die von William Pitt eingeschlagenen Mittel und Wege denke, kein Unbefangener wird im Allgemeinen läugnen können, er sey einer der größten Redner und Staatsmänner gewesen, von denen die neuere Geschichte berichtet.

75.

Ich erwähne unter Pitts Gegnern zuerst Sheridan (geb. 1751, gest. 1816). Er war ohne Zweifel ein Mann von großen Anlagen, die ihn auch befähigten zwei der besten (wenn gleich an die Karikatur streifenden) Lustspiele: die Nebenbuhler und die Lästerschule, zu schreiben. Bald aber vernachlässigte er diese ästhetische Laufbahn, weil Ehrgeiz, Eitelkeit und Gewandtheit ihn zur politischen hintrieben. Auch gewann er hier bald sehr großen Beifall, durch Scharfsinn, Gegenwart des Geistes, Bitterkeit der Angriffe, Witz und Lebendigkeit der Darstellung. Hingegen fehlte es ihm an Fleiß, Ausdauer, erschöpfender Kenntniß, unbefangener praktischer Betrachtung der Gegenwart, und richtigem Einblick in die Zukunft. Hiezu kam leider ein unwürdiger Lebenswandel, der ihn allmählig so sinken ließ, daß selbst seine besten Freunde ihn nicht rechtfertigen und retten konnten. Unzählige kurze Reden und Bemerkungen eignen sich hier zu keiner Mittheilung. Die gerühmteste und längste dauerte $5^1/_2$ Stunde und betraf den Nabob von Oude, ist jedoch nicht ganz aufbewahrt worden. Der Gegenstand liegt uns so fern, der Einzelnheiten und der hiedurch herbeigeführten ähnlichen Scheltworte und rhetorisirenden Wiederholungen sind so viele, daß ich mich beschränke zum Beweise Nachstehendes auszuheben.

„Der sehr ehrenwerthe Herr (W. Pitt) hat sich heute nicht allein mit der äußersten Heuchelei und Gemeinheit benommen, sondern auch so beleidigend (insulting) und parlamentswidrig gesprochen, wie ich es nie gehört habe. (Speeches I, 62.) — Vergeudet das Parlament seine Zeit, wenn es Untersuchungen anstellt über die Unterdrückungen, welche gegen Millionen unglücklicher Personen in Indien geübt wurden? Wenn es den kühnen Verbrecher, welcher der ärgsten Thaten, entsetzlicher Tyrannei und habsüchtigster Plünderung schuldig ist, zur verdienten und exemplarischen Strafe zieht? — Es liegen Beweise vor von den schwärzesten Verbrechen, der schändlichsten und überlegtesten Tyrannei, der offenbarsten und schamlosesten Bestechung, der härtesten und zermalmendsten Unterdrückung, der ärgsten und beispiellosesten Grausamkeit. — Herr Hastings ist schuldig der gewaltsamsten und unersättlichsten Habsucht, der kalten und überlegten Verrätherei, der nutzlosen und unveranlaßten Unterdrückung, des unverantwortlichen und niedrigen Treubruchs, der unmännlichen und unbarmherzigen Grausamkeit. — Sie können nicht sehen das Schlagen der Herzen, das Beben der Lippen, das Tränseln der Thränen, die laute und zugleich zitternde Freude von Millionen, welche ihre heutige Abstimmung für immer retten wird, von der Grausamkeit einer verderbten Gewalt. Wenn sie aber auch nicht die unmittelbaren Wirkungen sehn können, ist aber der wahre Genuß ihres Wohlwollens nicht dadurch erhöht, daß dieser Segen ungesehn ertheilt wird? Wird nicht die Allmacht Britanniens zum Wunder der Völker erwiesen, indem es seinen kräftigen Arm über die Tiefe ausstreckt und durch sein Wort, sein fiat, entfernte Millionen vom Untergange errettet? Der Dank des erretteten Volkes, wird sich nicht in leerer Luft zerstreuen! Nein, wir werden (wenn ich das Bild wagen darf) den Himmel selbst zu unserem Bevollmächtigten (proxy) einsetzen, um für uns die Segnungen ihrer frommen Erkenntlichkeit und die Gebete ihrer Dankbarkeit zu empfangen. — Also, Herr, mit Zuversicht mache ich den Antrag: Warren Hastings werde angeklagt und zur Untersuchung gezogen! (I, 224—228, 241.) (impeached.)"

76.

Charles James Fox (geb. 1748, gest. 1806) war weit der bedeutendste Gegner Pitts, aber wesentlich von ihm verschieden: jener geboren zum herrschen, dieser zum opponiren. Jener voll der begründetsten Sachkenntniß, aus einem Stück, ein Fels in Ungewittern, siegreich durch Vollendung der Form und reichen Inhalt seiner Reden, uneigennützig, edel und würdig im öffentlichen, wie im Privatleben. Fox hingegen thätig nach verschiedenen Richtungen, geistreich, liebenswürdig, wohlwollend, ein eifriger Beförderer dessen was er für recht und gut hielt, tiefsinnig und oberflächlich, ernst und leichtsinnig; verführt durch Fantasie und Leidenschaft, bis zur Uebung des Ungebührlichen und zur Vertheidigung des Unmöglichen oder Schädlichen. Er war kein Demokrat, kein Freund gewaltsamen Umsturzes; aber nicht selten mit den edelsten Absichten begeistert für täuschende Ideale, und geblendet durch den Schein plötzlicher erstaunlicher Weltverbesserung. Das, was Fox für die Lichtseite, für das Lebensprinzip der Dinge hielt; war in der That oft nur die Kehrseite. Seine abweichende Richtung und Betrachtungsweise erhöhte aber die Einsicht der Unbefangenen und den Widerstand unter ihrem mächtigen Führer Pitt. Ohne diesen Widerstand würde aus einer Herrschaft von Fox, für die öffentlichen Angelegenheiten und für ihn selbst wohl große Gefahr entstanden seyn: denn auf revolutionairer Bahn, sehen sich oft die Edelsten zu dem fortgerissen, was sie Anfangs gar nicht bezweckten, sondern mißbilligten. Bleiben wir indeß bei unserer Aufgabe, Fox als oft improvisirenden, sehr talentvollen Redner kennen zu lernen; — denn als Geschichtschreiber ist er hinter der Erwartung zurückgeblieben.

Ueber die amerikanischen Angelegenheiten, sagte er im Jahre 1778: „der Krieg gegen Amerika ist ein Krieg der Leidenschaft; er wird dort von den mächtigsten Tugenden gestützt, Liebe der Freiheit und des Vaterlandes. Und zu gleicher Zeit von denjenigen Leidenschaften des menschlichen Herzens, welche Muth, Stärke und Ausdauer geben: nämlich den Geist der Rache für das jenen von euch angethane Unrecht, der Vergeltung für erlittene Bedrückungen, des Widerstandes gegen die von euch ausgeübte Gewalt. Alles vereint sich, sie für diesen Krieg zu beleben, und solch ein Krieg ist endlos: denn was irgend Begeisterung und Hartnäckigkeit dem Menschen eingeben kann, findet ihr jetzt in Amerika. Es kommt nicht darauf an woraus diese Begeisterung entspringt, ob durch den Namen der Religion, oder der Freiheit; die Wirkungen sind dieselben. Dieser Geist ist nicht zu bezwingen, er ist bereit Schwierigkeiten, Druck, Gefahren zu ertragen! (Speeches I, 137.)"

Als Fox im Jahre 1782 gezwungen war aus dem Ministerium auszutreten, sagte er, mit nicht verhehltem Zorne: „Ich hege keine Feindschaft wider die im Amte bleibenden Personen, aber ihr Benehmen ist, meines Erachtens, in hohem Grade tadelnswerth und verwerflich. Sie besitzen eine Seelengröße, welche die gewöhnlichen Gefühle der Menschen weit überragt; denn sie denken nicht an Versprechungen die sie gaben, nicht an Verbindungen welche sie eingingen, noch an Grundsätze die sie aufrecht hielten, noch an das System welches sie aufgestellt hatten. Sie sind Leute die kein Versprechen bindet, kein Grundsatz der Ehre festhält: sie würden funfzig Grundsätze der Ehre, um der Macht willen aufgeben, funfzig Versprechungen vergessen, sobald sie nicht mehr für ihre Zwecke nöthig sind." (II, 75.)

Als sich aber Fox bald nachher sehr unerwartet mit seinem vieljährigen von ihm arg geschmähten Gegner, Lord North, verband und wieder in das Ministerium eintrat, suchte er dies sehr getadelte Benehmen folgendergestalt zu rechtfertigen. „War es jemals an der Zeit früheren Groll zu vergessen, alte Vorurtheile aufzugeben, so geschieht dies jetzt mit Recht. Die Lage des Landes erfordert eine Verbindung, eine Coalition der Parteien. Wo so viel auf dem Spiele steht, ein so großer Zweck zu erreichen ist, bin ich bereit selbst meinen Gegnern die Hand zu reichen und eine Verwaltung zu bilden, auf welche das Land mit Hoffnung und Vertrauen blicken kann. (Speeches II, 153.)" — Diese Hoffnung ging jedoch nicht in Erfüllung, und in Folge seiner indischen Bill, kam Pitt an das Ruder. Zur Vertheidigung der ihr entgegengesetzten Vorschläge sagte indeß Fox unter Anderem: „meine Bill bezweckt die ärgste Tyrannei zu vernichten. Daß nämlich eine Hand voll Menschen (obgleich selbst frei) den niedrigsten und verabscheuungswürdigsten Despotismus über Millionen ihrer Mitbrüder ausüben; daß Unschuld ein Opfer der Unterdrückung wird; daß Industrie arbeitet für Räuber; daß der harmlose Landmann schwitzen soll, nicht zu seinem eigenen Besten, sondern für den Luxus und die Habsucht von Tyrannen; mit einem Worte, daß dreißig Millionen Menschen, von der Vorsehung mit den Gaben der Menschheit versehen, unter einem System von Despotismus stöhnen sollen, wie es in der Geschichte nie dagewesen ist." (II, 238.)

„Was ist der Zweck aller Regierung? Gewiß das Glück der Untergebenen. Andere mögen eine andere Ueberzeugung hegen; dies ist die meine, ich erkläre es laut. Was sollen wir von einer Regierung denken, deren Glück aus dem Elend ihrer Unterthanen entspringt, deren Vergrößerung emporwächst aus dem Jammer der Menschen? So ist die Regierung der ostindischen Gesellschaft, über die Eingebornen von Hindostan, und der Sturz dieser schändlichen Regierung ist der Hauptzweck meiner Bill! — Der sehr ehrenwerthe Herr Pitt sagt: er setze seinen Charakter zum Pfande daß sie gefährlich sey. Ich ergreife jenes Wort und setze Charakter, gegen Charakter. Ich wage mein Alles für die Vortrefflichkeit dieser Bill, ich wage Alles was mir theuer ist, was die Menschen am Höchsten schätzen: den Charakter der Rechtschaffenheit, der Talente, der Ehre, des gegenwärtigen Rufes, des künftigen Ruhmes. Ich wage dies und Alles sonst mir Werthe, für die constitutionelle Sicherheit, die verbesserte Verwaltung, die Billigkeit, die Weisheit dieser Maaßregel. (I, 261.) — Die Dinge sind jetzt zu einer Crisis gekommen, welche es unmöglich macht ohne Wärme zu sprechen. Zartheit und Rückhalt sind verbrecherisch, wo die Interessen Englands auf dem Spiele stehen. Die streitigen Punkte treffen das Herz, und es wäre kleinmüthig und unmännlich Gegenstände in sanfte und betrügerische Farben einzuwickeln, die das Haus und das Land mit Zorn und Schrecken erfüllen sollen." (II, 266.) — Die Geschichte dieser, sowie vieler Angelegenheiten erweiset, daß nur das Mögliche, Ausführbare, für den Staatsmann das Rechte ist: „le meilleur est l'ennemi du bien."

Bei einer andern wichtigen Frage gingen die Ansichten ähnlicherweise auseinander: nämlich ob man die Beschränkungen der Dissenter und Katholiken mindern, oder ganz aufheben solle?[1]) — Fox sagte bei dieser Gelegenheit: „kein Grundsatz kann dem gemeinen Menschenverstande, der Vernunft und Gerechtigkeit angemessener seyn, als daß die Menschen sollen beurtheilt werden nach ihren Handlungen, und nicht nach ihren Meinungen. Handlungen muß man abwarten, und nicht sie vermuthen als mögliche Folgen bekannter Gesinnungen. Wäre das Gegentheil dieses Grundsatzes jemals wie eine Maxime der Regierung angenommen, würde es den Samen von Eifersucht und Mißtrauen aussäen, der Privatbosheit Raum geben, die Gemüther der Menschen gegeneinander aufreizen, zum Errathen von Meinungen anfeuern, hieraus arge Folgerungen ziehen lassen, um endlich

---

1) Da der König dem Antrage ganz entgegen war, so würde Pitts Zustimmung, seine Entlassung nach sich gezogen haben. Der rechte Augenblick war noch nicht gekommen. Hughes III, 35.

zu erweisen daß Beschränkungen und Fesseln nöthig seyen. (IV, 3.)"

„Man hat die Mäßigung der Kirche gepriesen; hievon giebt es aber viele Ausnahmen, obgleich Mäßigung und Duldung das Glück aller Menschen und die Sicherheit der Kirche befördern. Niemand kann über die religiösen Ueberzeugungen eines Andern besser urtheilen, als dieser selbst. Zur Unterstützung einer herrschenden Religionsansicht, zur Vertilgung aller abweichenden hat man (jede Duldung verwerfend) Folter und Tod angewandt. Und doch gründet sich Duldung auf dem breiten und freisinnigen Boden der Vernunft und Philosophie. Sie besteht in einem gerechten Mißtrauen in unsere eigenen Meinungen, und empfiehlt Nachsicht und Liebe gegen alle Welt. Sobald die Kirche als eine Partei handelte und sich in Politik mischte, wirkte sie immer nachtheilig und oft gefährlich für die Verfassung. Indem sie Eide, Ceremonien, Kirchenbesuch u. dgl. vorschrieb, erzeugte sie nur unermeßliche Heuchelei." (IV, 5, 10, 57, 64, 151, 421.)

Daß die französische Revolution, gleichwie ganz Europa, so auch die größten Männer Englands entzweite, werde ich bald nachher erzählen.

77.

Edmund Burke (geboren in Dublin 1730[1]), gestorben 1797), war einer der außerordentlichsten Männer unserer, ja aller Zeiten. Selbst diejenigen, welche, einen anderen Standpunkt einnehmend, ihn aufs Heftigste angriffen und herabwürdigten, können die Größe seines Geistes und Charakters nicht läugnen. Einige seiner Lehren und Ansichten theilten sämmtliche Parteien, keine theilte sie alle: schon daher entstand Lob und Tadel. Burkes unabhängiger Geist war nicht geeignet sich irgendwie geduldig einer unbedingten Abhängigkeit zu unterwerfen,

1) Oder 1728. Mahon V, 153.

und in dem Maaße als seine, durch Gedanken, Gefühl und Fantasie übermächtige Beredsamkeit, Viele zur höchsten Bewunderung fortriß, fanden sich talentreiche und geistesarme Gegner gleich sehr verletzt. Ehe wir von dem wichtigsten Theile seines Lebens, von Burkes politischer Wirksamkeit reden, müssen wir seine merkwürdige Jugendschrift erwähnen: „philosophische Untersuchung über den Ursprung und die Ideen des Erhabenen und Schönen." — Sie enthält nicht dunkele, abstruse Untersuchungen über die letzten Gründe philosophischer Aesthetik; aber sie ist desto verständlicher und behandelt Gegenstände, welche ganz vernachlässigt waren, in mannigfaltiger vieles Einzelne lehrreich hervorhebender Weise. Ich theile Einiges im Auszuge mit.

„Bei einer oberflächlichen Betrachtung scheinen wir untereinander sehr weit abzuweichen in unseren Gedanken (reasonings), wie in unseren Vergnügungen. Aber ungeachtet dieser Verschiedenheit (welche ich mehr für scheinbar, als für wirklich halte) ist es wahrscheinlich daß Maaß und Regel der Vernunft und des Geschmacks, für alle Menschen dieselbe sey. Wenigstens wird dies für Wahrheit und Falschheit anerkannt. Nicht so einig ist man über allgemeine und feste Grundsätze, welche den Geschmack betreffen. Gewöhnlich setzt man voraus, diese zarte, ätherische Fähigkeit sey zu flüchtig, als daß man sie mit Regeln und Definitionen fesseln könne. Hätte wirklich der Geschmack keine festen Grundsätze, wäre die Einbildungskraft von keinen gewissen, unwandelbaren Gesetzen beeinflußt, so müßte man unser Unternehmen als unnütz und thöricht verurtheilen, Regeln für Willkür aufzustellen, und Gesetzgeber seyn zu wollen für Einfälle und Grillen.

Ich verstehe unter Geschmack, die Fähigkeit, oder die Fähigkeiten des Geistes, über Werke der Einbildungskraft und der schönen Künste und Wissenschaften zu urtheilen. Ich behaupte daß es allgemeine Regeln für eine solche Beurtheilung giebt, so paradox dies auch erscheint bei einer oberflächlichen Betrachtung, der großen Verschiedenheit der Geschmacksurtheile. — Die

Einbildungskraft ist unfähig etwas durchaus Neues hervorzubringen; sie kann bloß die Anordnung der Ideen verändern, welche sie durch die Sinne empfangen hat. Doch ist die Einbildungskraft das ausgedehnteste Land für Freuden und Leiden, die Region für Hoffnung und Furcht, und für alle damit verbundenen Leidenschaften.

Manche Menschen haben ein so stumpfes Gefühl, ein so kaltes und pflegmatisches Temperament, daß man kaum sagen kann, sie wären in ihrem ganzen Leben einmal aufgewacht. Auf derlei Leute machen die ergreifendsten Gegenstände nur einen schwachen und dunkeln Eindruck. Andere sind unaufhörlich bewegt durch grobe und bloß sinnliche Vergnügungen, oder so beschäftigt mit den niedern Plackereien des Geizes, oder so erhitzt durch die Jagd nach Ehre und Auszeichnung, daß ihre Gemüther (abgenutzt durch die steten und heftigen Stürme dieser Leidenschaften) kaum durch die zarten und verfeinerten Spiele der Einbildungskraft in Bewegung zu setzen sind. Diese Menschen werden (nur durch eine verschiedene Ursache) ebenso einfältig und unempfindlich, als jene ersten.

Unser Geschmack wird ebenso verbessert, wie unser Urtheil: durch Mehrung der Kenntnisse, stete Aufmerksamkeit und häufige Uebung. Wer diese Bildungsmittel verabsäumt, wird rasch aburtheilen, nicht vermöge höherer Erleuchtung, sondern in Folge oberflächlicher Anmaßung.

Was irgendwie geeignet ist die Gedanken von Noth (pain) und Gefahr hervorzurufen, das heißt was in irgend einer Weise schrecklich ist (terrible), oder mit schrecklichen Gegenständen in Verbindung steht, oder dem Schrecken analog wirkt, ist eine Quelle des Erhabenen; das heißt es bringt die stärkste Erregung hervor, welche der Geist zu fühlen fähig ist. Ich sage die stärkste Erregung (emotion), weil ich glaube die Eindrücke von Sorge und Pein sind mächtiger, als die des Vergnügens.

Menschen handeln oft richtig nach ihren Gefühlen, welche nachmals aus Grundsätzen nur schlecht raisonniren. Man sollte erwarten, auf diesem Boden würden Künstler die besten Führer seyn; sie sind aber meist zu sehr mit der Praxis beschäftigt, und die Philosophen haben nur wenig gethan, oder nur mit Bezug auf ihre eigenen Entwürfe und Systeme. Kritiker endlich, suchen in der Regel die Gesetze für die Kunst an unrechter Stelle. Oft giebt die leichte Beobachtung der gewöhnlichsten Dinge das beste Licht; während der größte, diese Beobachtung vernachlässigende Scharfsinn, uns im Dunkeln läßt, oder was noch schlimmer ist uns durch falsches Licht in die Irre führt. — Die höchste Wirkung des Erhabenen ist Erstaunen (astonishment); geringere Stufen sind Bewunderung, Verehrung, Achtung. — Die Ideen der Ewigkeit und Unendlichkeit gehören zu den ergreifendsten; und doch begreifen und verstehen wir wohl nichts so wenig, als Ewigkeit und Unendlichkeit.

Von allen Eigenschaften Gottes, macht seine Allmacht den größten, unmittelbarsten Eindruck. Es gehört schon einiges Nachdenken, einiges Vergleichen dazu, uns über seine Weisheit, Gerechtigkeit und Güte zu verständigen. Die Ueberzeugung von der Wirksamkeit dieser Eigenschaften, kann den Schrecken nicht ganz überwinden, welcher natürlich vor einer Gewalt entsteht, der nichts zu widerstehen im Stande ist.

Die Lehre von Verhältnissen, Proportionen, genügt nicht um festzustellen was schön sey; denn bei gleichen Proportionen, sind Gegenstände schön, oder häßlich. — Die Menschen haben eine unglückliche Neigung sich selbst, ihre Ansichten, ihre Werke, zum Maaßstabe der Vortrefflichkeit aller Dinge zu machen. Die Natur entschlüpft aber ihrer Zucht und ihren Fesseln.

Die Schönheit ist kein Werk unserer Vernunft, bezieht sich nicht auf etwanigen Nutzen, weicht oft ab von unseren Maaßen und Regeln; sie ist meist eine Eigenschaft körperlicher Dinge, welche durch Vermittelung der Sinne, mechanisch auf den menschlichen Geist wirken. Erhabene Gegenstände sind ihrer Ausdehnung nach groß, schöne verhältnißmäßig klein. Schönes soll sanft und geglättet seyn; das Große ist meist rauh und vernachlässigt; das Schöne vermeidet die gerade Linie, oder weicht doch unmerklich von ihr ab, das Große liebt in vielen

Fällen die gerade Linie, oder erwählt starke Abweichungen; das Schöne soll nicht dunkel seyn, das Große ist oft finster und düster; das Schöne zeigt sich leicht und zart, das Große fest und gediegen."

Einer Schrift Burkes über den Zustand des Volkes, entnehme ich das Folgende: „Dieselbe Sonne, welche die ganze Natur vergoldet, die ganze Schöpfung erheitert, scheint nicht über getäuschten Ehrgeiz. Hier ist etwas, das Dunkelheit verbreitet, und Traurigkeit und Trübsinn einflößt. In diesem beklagenswerthen Zustande des Gemüths, finden die Menschen einen Trost darin, Andere mit dieser Milzsucht anzustecken. Auch gereicht ihnen ein gewöhnliches Vorurtheil zum Vortheil, daß nämlich die am lautesten über öffentliche Verhältnisse Klagenden, am Besorgtesten seyen für das allgemeine Wohl. Können derlei Personen für sich Erleichterung und Nutzen gewinnen, so sind sie leichtlich ganz sorglos über die Mittel und die Folgen."

In einer anderen Schrift, über die gegenwärtige Unzufriedenheit, sagt Burke: „Es ist ein, bis auf einen gewissen Grad bedenkliches Unternehmen, die Ursachen öffentlicher Unordnungen zu prüfen. Denn gelingt eine solche Untersuchung nicht, so hält man den Urheber für schwach und einen Phantasten; berührt er wahrhafte Beschwerden, so kommt er Personen von Gewicht und Einfluß nahe, welche über die Entdeckung ihrer Irthümer eher erzürnt sind, als dankbar für die Gelegenheit dieselben zu verbessern. Sollte er verpflichtet seyn die Günstlinge des Volks zu tadeln, so wird er betrachtet wie ein Werkzeug der Mächtigen; tadelt er diese, so schilt man ihn das Werkzeug einer Partei. Doch, bei allen Pflichtübungen muß man etwas wagen. In Augenblicken von Unruhe und Tumult, bekleidet unser Gesetz gewissermaßen einen jeden, mit obrigkeitlicher Gewalt. Sollte jemand so glücklich seyn die Ursachen öffentlicher Uebelstände alsdann zu entdecken, so mag er vielleicht den Herrschern des Tages mißfallen, aber er wird gewiß der Sache der Regierung nützen. — Gewiß hat es zu allen Zeiten Klagen und übelgelaunte Stimmungen gegeben; aber politischer Scharfsinn unterscheidet eine Klage, welche bloß im Allgemeinen die menschliche Schwäche bezeichnet, von denen welche Symptome sind einer besondern Unordnung in unserer Luft und Jahreszeit.“ —

„Ich bin keineswegs der Meinung, daß das Volk niemals Unrecht habe; vielmehr hat es oft und sehr arg Unrecht gehabt in diesem, und in anderen Ländern. Doch meine ich, daß in allen Streitigkeiten zwischen demselben und den Herrschern, die Voraussetzung, die Präsumtion für das Volk mindestens gleich steht. — Selten irren die Menschen in ihren Gefühlen über öffentliche Mißleitung; selten ergründen sie richtig die Ursachen der Uebelstände.“

„Obgleich Ehrgeiz im Allgemeinen an denselben Gesichtspunkten festhält, bedient er sich doch nicht immer derselben Mittel, und hat im Einzelnen nicht dieselben Zwecke. Ein großer Theil der Ausstattung alter Tyrannei ist zu Lumpen abgetragen und das noch Uebrige aus der Mode gekommen. Auch sind wenige Staatsmänner so plump und ungeschickt in ihren Geschäften, daß sie in dieselben Schlingen verfallen sollten, welche ihren Vorgängern Unglück brachten. — Jedes Zeitalter hat seine eigenen Sitten, und seine Politik ist davon abhängig. So werden gegen eine reife und vollständig ausgebildete Verfassung nicht dieselben Angriffe gemacht werden, wie gegen eine die noch in der Wiege liegt und deren Wachsthum man schon in ihrer Kindheit hemmen möchte.“

„Bevor Männern hohe Staatsämter anvertraut werden, sollten sie durch ihr Benehmen einen solchen Grad von Achtung ihrer Mitbürger erlangt haben, daß darin eine Art von Pfand und Sicherheit läge, sie würden jene Stellung nicht mißbrauchen. — Wer den politischen Himmel zu durchforschen versteht, wird einen bevorstehenden Sturm an einer am Rande des Horizonts stehenden Wolke erkennen, die nicht größer ist als eine Hand; er wird in den nächsten Hafen einlaufen. Für bürgerliche und politische Weisheit lassen sich keine bestimmten Regeln aufstellen; diese Gegenstände unterliegen keiner scharfen Definition. Obgleich indeß Niemand durch einen festen Strich, die Gränze von Tag und Nacht feststellen kann; so sind Licht und Finsterniß doch im Ganzen hinreichend unterscheidbar. Desgleichen ist es für einen Fürsten nicht unmöglich eine solche Art der Regierung aufzufinden, und solche Personen für die Verwaltung, daß das Volk in hohem Maaße befriedigt werde; — und dies ohne ein ängstliches und mühseliges Suchen nach einer abstrakten, allgemeinen Harmonie, welches oft die Mittel für gewöhnliche Zufriedenheit vernachlässigt, die ohne Grübeln zu Gebote stehen. — Alle unpraktische Tugend ist unächt, und eher wage man es in Fehler zu verfallen, indem man einen Weg einschlägt der zu kräftigem wirksamen Handeln führt, als wenn man seine Tage, ohne Tadel und Nutzen vertrödelt."

„Die Regierung ist ein praktisches Ding, eingesetzt für das Glück der Menschen; nicht um ein Schauspiel ganz allgemeiner Einförmigkeit zu geben, und die Plane fantastischer Politiker zu verwirklichen. — Fragt man mich: was eine freie Verfassung (government) sey, so antworte ich: für einen praktischen Zweck diejenige, welche das Volk (in seinen Verhältnissen) dafür hält. Es giebt Leute welche die Lehre von einer freien Verfassung so spalten und zerlegen, als wäre es eine abstrakte Frage über metaphysische Freiheit und Nothwendigkeit, und nicht eine Frage sittlicher Klugheit und natürlichen Gefühls. — Bürgerliche Freiheit ist nicht, wie Manche euch haben überreden wollen, ein Ding was verborgen läge in den Tiefen unverständlicher Wissenschaft. Sie ist ein Segen und eine Wohlthat, nicht eine abstrakte Spekulation; sie erlaubt verschiedene Gestalten und Abstufungen, nach Maßgabe der Stimmung und der Verhältnisse jeder Gemeine. Das sogenannte Aeußerste der Freiheit ist nirgends und soll nirgends seyn; es zerstört Tugend und Genuß. Um besessen zu werden, muß Freiheit beschränkt seyn. — Es liegt im Interesse der Regierung daß Besserungen bei Zeiten eintreten, im Interesse des Volkes daß sie gemäßigt sind. Denn nur das Gemäßigte hat Dauer und Kraft zum Wachsthum. Was Männer, mehr eifrig als besonnen, bei überheißen Aenderungen wohl bezeichnen als reinen Tisch machen (making clear work), ist im Ganzen gewöhnlich so roh, hart und unverdaut, gemischt mit so viel Unklugheit und Ungerechtigkeit, so zuwider der menschlichen Natur und menschlichen Einrichtungen, daß die hiefür Anfangs so eifrige Menge, zuerst einen Widerwillen gegen das Gethane bekommt. Dann wird ein Theil der abgestellten Beschwerden aus der Verbannung zurückgerufen, um ein Besserungsmittel gegen die Verbesserungen zu werden. (Biographical introduction LV, LVI.)"

In Bezug auf die amerikanischen Angelegenheiten trat Burke nicht bloß der Opposition bei, gegen die Maßregeln der Regierung; sondern machte auch scharfsinnige Vorschläge für Besserung und Versöhnung, die aber (gleich allen anderen) von der Mehrheit des Parlaments verworfen wurden, bis die Amerikaner ihrerseits zu spät gemachte Anträge zurückwiesen. Ich muß mich begnügen aus vielen Reden und Verhandlungen, nur das Folgende mitzutheilen. „Was in der Welt (sagte Burke) steht der bewundernswerthen amerikanischen Entwickelung gleich? Lassen wir alles Andere zur Seite, betrachten wir nur wie das Volk von Neuyork neuerlichst den Wallfischfang betrieben hat. Während wir ihnen zu den stürzenden Eisbergen folgen, und sehen wie sie in die fernsten gefrornen Theile der Hudsonsbai und der Davisstraße vordringen; hören wir daß sie auch die entgegengesetzte Region polarer Kälte erforschen, daß sie bei den Antipoden, der gefrornen Schlange des Südens verkehren. Die Falklandsinseln (welche für nationalen Ehrgeiz allzu fern zu liegen schienen) sind nur eine Stufe und ein Ruheplatz für weitere, siegreiche Unternehmungen. Und die äquinoktiale Hitze schreckt sie so wenig zurück, als der verdoppelte Winter beider Pole. In jedem Meere sieht man ihre Schiffe, jedes Klima ist Zeuge ihrer Anstrengungen. Weder die Ausdauer Hollands, noch die Thätigkeit Frankreichs, noch der gewandte und sichere Scharfsinn englischer Unternehmungen, hat diese höchst gefährliche Weise harter Betriebsamkeit so weit getrieben wie dies junge Volk, das noch nicht zu den Jahren fester Mannheit gekommen ist. (Introduction LXVI.) — Nichts in der Geschichte der Menschheit kommt diesen Fortschritten gleich. Wenn ich ein Auge werfe auf ihren blühenden Handel, auf ihre gebildete und bequeme (commodious) Lebensweise, so scheinen mir diese Amerikaner alten Völkern anzugehören welche zur Vollkommenheit kamen, durch eine lange Reihe glücklicher Begebenheiten, durch einen Zug erfolgreicher Betriebsamkeit, durch Jahrhunderte dauernde Anhäufung von Reichthümern; — nicht aber Kolonien von gestern, welche tausend Meilen von aller Bildung, mehr hinausgestoßen, als weggesandt an die kahle, unfruchtbare Küste einer trostlosen Wildniß. (On american taxation.)"

„Alle Anwendung von Gewalt wirkt nur kurze Zeit. Sie kann einen Augenblick lang unterjochen, beseitigt aber nicht die Nothwendigkeit nochmals zu bezwingen, und ein Volk wird nicht regiert, wenn man es immer wieder erobern muß. (Conciliation with America.) Mißlingt Gewalt, so bleibt keine Hoffnung der Versöhnung. Gewalt und Ansehn wird bisweilen durch Güte gewonnen; sie können aber nicht als Almosen erbettelt werden, von einer verarmten und geschlagenen Macht."

Mehrere seiner besten Lebensjahre verwandte Burke mit höchster Anstrengung zur Erforschung der ostindischen Angelegenheiten und zur Führung des Prozesses wider Warren Hastings. Es ist aber in dieser Sache so erstaunlich viel gesprochen und geschrieben worden, und es hält so schwer sich in asiatische Verhältnisse und Ereignisse hineinzudenken, und ihren Gang dem Gedächtnisse einzuprägen, daß ich es mir versagen muß längere Auszüge mitzutheilen. Als Probe von der Lebendigkeit und Kraft burkescher Schilderungen möge nur die Erzählung vom ersten Feldzuge Hyder Alis hier Platz finden.

„Als Hyder Ali zuletzt fand, daß er mit Männern zu thun hatte, die entweder keine Verträge eingehn, oder vollzogene nicht halten wollten und entschlossene Feinde gegenseitigen menschlichen Verkehrs waren (?), so beschloß er in der dunkelen Einsamkeit seines für solche Dinge fähigen Geistes, das ganze Carnatik in ein dauerndes Denkmal seiner Rache zu verwandeln, und ewige Verwüstung als eine Schranke zwischen sich und denen hinzustellen, gegen welche die Heiligkeit der, die Welt zusammenhaltenden sittlichen Grundsätze, keinen Schutz gewährten. Er gewann zuletzt solch Vertrauen zu seiner Macht und den gesammelten Mitteln, daß er von seinem schrecklichen Beschlusse gar kein Geheimniß machte. Nachdem er alle Streitigkeiten mit Feinden und Nebenbuhlern beigelegt hatte (sie begruben ihren gegenseitigen Groll in dem gemeinsamen Abscheu gegen die Fremden), so zog er von allen Seiten herbei was wilder Zorn seinen neuen Anfängen in der Kunst des Zerstörens hinzufügen konnte. Er vereinte allen Stoff der Wuth, der Verheerung, des Elends in eine schwarze Wolke, welche eine Zeit lang an den Abhängen der Berge hing. Während die Urheber all dieser Uebel müßig und einfältig nach dem drohenden Meteor, das ihren ganzen Gesichtskreis verdunkelte, hinschauten, platzte es plötzlich und ergoß seinen gesammten Inhalt über die Ebene des Carnatik. Nun erfolgte eine Scene des Elends, wie sie kein Auge gesehen, kein Herz empfunden, keine Zunge angemessen ausgesprochen hat. Alle Gräuel früherer Kriege, die man kannte und von denen man hörte, waren milde im Vergleiche mit dieser Zerstörung. Ein Sturm allgemeinen Feuers verbrannte jedes Feld, verzehrte jedes Haus, zerstörte jeden Tempel. Die elenden Einwohner, fliehend aus ihren brennenden Häusern, wurden zum Theil niedergehauen; andere ohne Rücksicht auf Geschlecht, Alter, ohne Ehrfurcht vor Rang, oder geheiligten Beruf; Väter losgerissen von den Kindern, Männer von den Frauen, eingehüllt in einen Wirbelsturm der Reiterei, und zwischen den stachelnden Speeren der Treiber, und dem Stampfen verfolgender Pferde, hingeschleppt als Sklaven in ein unbekanntes, feindliches Land! Wem es gelang diesem Sturme zu entgehn, rettete sich in umwallte Städte, aber entkommend dem Feuer, dem Schwerte, der Verbannung, fiel er in die Klauen der Hungersnoth. (Introduction LXX.)“

Da nach vieljährigem, durch die weitläufigen Formen und andere äußere Gründe hingeschlepptem Prozesse, Hastings freigesprochen ward, so ist man geneigt Burkes und seiner Genossen ganzes Bestreben für verkehrt, leidenschaftlich und unnütz zu halten. Gewiß war Hastings ein Mann, dem verläumderisch und unwahr viel zur Last gelegt ward, der geschichtlich nicht mit dem für kleine Leute passenden Maßstabe gemessen und beurtheilt werden darf: er war ein Herrschergeist wie Alexander, Cäsar, Karl der Große, Cromwell, Peter I., Bonaparte. Nächst Clive hat er, mit erstaunlich geringen Mitteln, viele, durch verdammliche Anarchie und Tyrannei, der Auflösung entgegen gehende elende Staaten besiegt, und in bewundernswerther Weise ein neues großes Reich gegründet, welches weiterhin zu beherrschen die Engländer nicht verschmäht haben und nicht verschmähen konnten. In diesem kühnen Sinne sagte Hastings am Schlusse seiner Vertheidigungsrede (Hughes Hist. of England III, 128): „Dem Hause der Gemeinen Englands, in deren Namen ich angeklagt bin die indischen Landschaften verwüstet zu haben, wage ich zu antworten, daß dieselben (wie ihre Abgeordneten beharrlich bezeugen) unter allen Staaten Indiens die blühendsten sind. Und ich habe sie dazu gemacht! Den Werth dessen was Andere erwarben habe ich erhöht und Eurer dortigen Herrschaft erst Gestalt und Festigkeit gegeben. Ich sicherte dieselbe; ich sandte zugleich wirksam und sparsam, Heere durch unbekannte und feindliche Gegenden, zur Unterstützung Eurer Besitzungen, zum Abhalten von Unehre und Erniedrigung, oder zum Schutze gegen völligen Verlust. Kriege die nicht ich, sondern Ihr und Andere veranlaßtet, habe ich mit Erfolg geführt, indische Fürsten gewonnen durch zeitgemäße Begünstigung, durch Ueberraschung, durch Unterhandlungen, und den Frieden siegreich hergestellt. Alles gab ich Euch, und Ihr habt es gelohnt durch Gütereinziehung, Schmach und peinliche Anklagen."

So hoch wir aber auch Hastings, und die in Indien ähnlich wirkenden Häupter anschlagen, so berechtigt wir sind ihn in die Reihe der oben genannten Männer aufzunehmen; bleibt doch

Burken ein wesentliches Verdienst. Jenem Verkleinerungsmaßstabe gegenüber, treibt nämlich umgekehrt eine sich anmaßend hinstellende Partei, Götzendienst mit dem bloßen Talente, verlangt einen Cultus des angeblichen Genius, und betet die vollendete Thatsache an, ohne alle Rücksicht auf Recht, Sitte, Tugend und Religion. So einseitigen Uebertreibungen widersprechend ward Burkes Rechtsgefühl, seine Begeisterung (ja seine Leidenschaft) für das als recht Erkannte, ein sehr heilsamer Wegweiser (zunächst für Hastings Nachfolger), eine sehr nützliche Hemmung des unsittlichen Uebermuths, eine Bestätigung des richtigen Lehrsatzes daß schlechte Mittel nicht zu vorgeblich guten Zwecken anzuwenden sind, und selbst die höchsten Gaben der Menschen einer Regelung, Verklärung und Heiligung bedürfen, wenn sie nicht nach kurzem Glanze, in dunkele, verderbliche Nacht hinabsinken sollen.

Weit mehr und furchtbarer als von den indischen Angelegenheiten, ward die europäische Menschheit von der französischen Revolution ergriffen; allein weder im Allgemeinen noch im Einzelnen auf dieselbe Weise. Man konnte indeß vermuthen daß Männer wie Burke und Fox, die in wichtigen Dingen lebenslang einstimmig gewirkt und sich gegenseitig aufs Höchste geachtet hatten, hierüber gleiche Ansichten ergreifen und festhalten würden. Tiefer liegende Gründe führten indeß zu einem entgegengesetzten Ergebniß.

Burke hatte von Fox gesagt: „zu dem ausgezeichnetsten Verstande gesellt sich bei ihm der höchste Grad natürlicher Mäßigung. Er hat ein äußerst kunstloses, aufrichtiges, offenes, wohlwollendes Gemüth, ist durchaus uneigennützig, milde und versöhnlich bis zum Fehlerhaften; in seiner ganzen Constitution findet sich kein Tropfen von Galle.“ — Fox bezeugte über Burke: „wenn ich alle politische Einsicht die ich aus Büchern und durch Wissenschaft lernte und was ich der Kenntniß der Welt und der öffentlichen Angelegenheiten verdanke; wenn ich dies Alles in eine Wagschale lege, und in die andere das, was ich durch meines Freundes Unterricht und Umgang erwarb, so weiß ich nicht wohin sich das Uebergewicht neigt. Ich habe von diesem Freunde mehr gelernt, als von allen anderen Menschen mit denen ich jemals verkehrte. (Fox speeches IV, 46, 52.)"

Während Fox, voll Bewunderung für die französische Revolution, sich den glänzendsten Hoffnungen hingab, ward Burke von Abscheu durchdrungen und ergriffen von den furchtbarsten Besorgnissen. Seine Betrachtungen über die französische Revolution und die im Parlamente von ihm und Fox gehaltenen Reden, enthüllten täglich mehr welche unausfüllbare Kluft beide trennte, und Sheridan äußerte nach seiner rhetorisch übereilten und verletzenden Weise: Burke sey ein Verräther der guten Sache und ein Vertheidiger des Despotismus. Als Fox verkündete: die neue Verfassung Frankreichs sey das erstaunlichste und glorreichste Gebäude der Freiheit, was jemals auf dem Grunde menschlicher Rechtlichkeit (integrity) in irgend einer Zeit, oder in irgend einem Lande sey errichtet worden (IV, 199); — kam es im Parlamente zu offenem Bruche zwischen ihm und Burke. Fox meinte zwar, die hervortretende Verschiedenheit der Ansichten, thue der Freundschaft keinen Eintrag, aber Burke erwiederte: ich kenne den Preis meines Benehmens, ich habe meine Pflicht gethan für ein großes Opfer, für den Verlust meines Freundes. — Thränen stürzten Fox aus den Augen, er konnte nicht Fassung finden zum Reden; gleich erschüttert war Burke. — Für ernste und gefühlvolle Männer war dies kein gemeiner, unnützer Zank, sondern eine herzzerreißende Scene, eine tiefsinnige, tragische Offenbarung, wie so lang Vereintes und Verwachsenes, durch die entsetzliche Macht der Weltbegebenheiten unvermeidlich auseinandergerissen werde, und nach verschiedenen Zielen strebe. Beide Männer, Burke und Fox, bewegten sich seitdem auf entgegengesetzten Bahnen; und nur in einzelnen Augenblicken, z. B. nach der Hinrichtung Ludwigs XVI., stimmten sie überein im Verabscheuen des heillosen Frevels.

Als viele der früheren Freunde Burkes sich von ihm in verletzender Weise öffentlich lossagten, schrieb er seine Berufung von den neuen, an die alten Whigs, aus welcher ich Nachstehendes mittheile. — „Es giebt eine Faktion, welche keinen Zweifel läßt, über die Natur und die Ausdehnung des Uebels, welches sie hervorbringen will. Sie erklären es offen und entschieden, ihre Absichten sind nicht zweideutig. Sie empfehlen und befördern den Umlauf höchst abscheulicher und verrätherischer Schmähschriften, gegen Alles was zeither von unserem Volke geliebt und geehrt wurde. Widerspricht es der Pflicht eines guten Unterthans solch Verfahren zu verdammen? Ist es Unrecht das Volk von England aufmerksam zu machen, wieviel es leiden würde, wenn eine so gottlose Faktion in diesem Lande dieselbe Macht bekommen sollte, welche sie in dem benachbarten so treulos an sich gerissen, und so abscheulich mißbraucht haben? Ich läugne daß die jetzige Gestaltung der Dinge in Frankreich irgendwie den ehrwürdigen Namen einer Republik verdiene. Es ist nur ein wilder Versuch die Anarchie methodisch einzurichten, Unordnung festzustellen und zu verewigen. Es ist ein schnödes, gottloses, ungeheuerliches Treiben ganz außerhalb einer sittlichen Entwickelung. Es ward erzeugt durch Verrath, Betrug, Falschheit, Heuchelei und unveranlaßten Mord. Durch das Schrecken solcher Ermordungen hat man eine große Zahl der Reichstagsabgeordneten vertrieben, um den falschen Schein einer Mehrzahl hervorzubringen. Diese erkünstelte Majorität hat eine Verfassung fabricirt, welche die größte Tyrannei in sich schließt, und deren Bewunderer nicht Freunde der Freiheit sind, sondern der niedrigsten Sklaverei."

„Die englischen Bewunderer der 48,000 Republiken, welche den französischen Bund bilden, preisen sie nicht für das, was sie sind, sondern was sie werden sollen. Jene sprechen nicht wie Politiker, sondern wie Propheten. Ich bin kein Feind von Republiken und habe ihr Wesen sorgfältig erforscht. Das Ergebniß meiner Forschung ist jedoch daß weder England noch Frankreich, ohne unendlichen Schaden, in die Form einer Republik zu bringen sind; daß vielmehr jeder republikanische Bestandtheil, der sich mit Sicherheit einführen ließe, auf Monarchie gegründet seyn muß. Alle republikanisch Gesinnte haben keinen anderen Punkt der Vereinigung, als die Krone."

„Zu sagen: die Revolutionaire haben Geist, — ist nichts gesagt zu ihrem Lobe. Der ungemäßigte Geist der Thorheit, Blindheit, Unsittlichkeit, Gottlosigkeit verdient keine Empfehlung. Wer sein Haus in Brand steckt, weil seine Finger angefroren sind, kann nicht für einen tüchtigen Lehrer in der Methode gelten, unsere Wohnungen mit angenehmer und heilsamer Wärme zu versehen."

„Nehmen wir nicht frühere Studien kluger und erfahrner Männer zu Hülfe, so bleiben wir immerdar Anfänger. Alle Menschen müssen wo und wie lernen; aber diese neuen Lehrer möchten uns die gesammte Weisheit aller Menschen rauben, um uns zu blinden Schülern ihrer besonderen Anmaßung zu machen. Sie wissen nichts von dem sehr frühen Daseyn und der uralten Widerlegung all ihrer Narrheiten."

Noch im Jahre 1796 gab Burke eine Schrift heraus: wider den königsmörderischen Frieden mit Frankreich, worin es heißt: „Täuschen wir uns nicht! Wir sind erst am Anfange großer Kämpfe! Es giebt eine muthige Weisheit; aber auch eine falsche, kriechende Klugheit, das Ergebniß nicht der Klugheit, sondern der Furcht. Die Regeln und Definitionen der Klugheit sind selten genau, niemals ganz allgemein. Ich läugne nicht daß in kleinen, schwachen Staaten ein zeitgemäßer Vergleich mit dem Mächtigern, ein Mittel, ja das einzige Mittel gewesen ist, ihr schwächliches Daseyn hinzuhalten: aber ein großer Staat wird zu sehr beneidet, zu sehr gefürchtet, als daß er in Erniedrigung Sicherheit finden könnte. Macht, Ansehn, Vorrang sind Dinge, die sich nicht erbetteln lassen, und wer bei Anderen um Gnade bittet, wird nie Gerechtigkeit durch sich selbst erlangen. — Es ist eine unabänderliche Einrichtung der Dinge, daß niemand groß handeln kann, der nicht Kraft hat groß zu leiden."

„Ich nenne diejenige Regierung königsmörderisch, welche es als ein festes Naturgesetz, als ein Grundrecht des Menschen hinstellt, daß jede Verfassung die nicht Demokratie sey, eine

Usurpation sey, daß hienach alle Könige im Unrecht sind, und schon deshalb sollten umgebracht werden mit ihren Weibern, Familien und Anhängern. — Ich nenne Atheismus durch Veranstaltung (by establishment), wenn man das Daseyn Gottes und eine sittliche Weltregierung nicht anerkennt, wenn man allen Gottesdienst verwirft, wenn man das Christenthum durch förmliche Gesetze abschafft, wenn man alle Geistlichen verfolgt mit kalter, steter, schonungsloser Grausamkeit, mit jeder Art von Gütereinziehung, Gefängniß, Verweisung und Tod; wenn die Kirchen geschlossen und niedergerissen werden, wenn die etwa übrig bleibenden nur benutzt werden zu einer heillosen Vergötterung von Ungeheuern, deren Laster und Verbrechen unter Menschen nicht ihres Gleichen haben; wenn an die Stelle der Religion geselligen Wohlwollens und persönlicher Selbstverläugnung, sie ruchlose, gotteslästerliche, unanständig theatralische Gebräuche einführen zur Ehre ihrer verdorbenen, geschändeten Vernunft; wenn sie Altäre errichten ihrer verdammlichen, blutigen Republik, wenn sie Schulen und Seminarien auf öffentliche Kosten gründen, um die Menschen von Geschlecht zu Geschlecht mit den schrecklichen Grundsätzen ihrer Gottlosigkeit zu vergiften; — so nenne ich dies durch Anordnungen gegründeten Atheismus. — Hiezu kommt ihr praktischer Kannibalismus. Sie verschlangen, als Nahrung ihrer Wildheit, Theile des Körpers der von ihnen Ermordeten, tranken das Blut ihrer Opfer, und zwangen die Geopferten, das Blut der vor ihren Augen umgebrachten Verwandten zu trinken. Unter Kannibalismus verstehe ich auch alle die namenlosen, unmännlichen, abscheulichen Beschimpfungen der Leichname ihrer Schlachtopfer."

„Diese sogenannten Philosophen sind Fanatiker, mit durch und durch erkälteten Herzen; sie betrachten bei ihren Versuchen die Menschen nicht anders als Mäuse in einer Luftpumpe, oder in einem mit tödtlichem Gase angefüllten Gefäße. Einer der Hauptpropheten dieser Art ist der Abt Sieyes. Er hat ganze Nester voll Verfassungen fertig, bezettelt, sortirt und numerirt, jeder Jahreszeit, jedem Einfalle angemessen. Einige wo das

Unterste oben, einige wo das Oberste unten steht, einige einfarbig, andere geblümelt, einige ausgezeichnet durch Einfachheit, andere durch Verwickelung, einige mit Blut, andere mit boue de Paris befleckt, einige mit andere ohne Direktoren, einige mit Räthen von Alten andere mit Räthen von Jungen, andere ohne allen Rath; einige wo die Wähler die Repräsentanten, andere wo die Repräsentanten die Wähler ernennen; einige in langen Röcken, andere in kurzen Mänteln, einige mit Pantalons, andere ohne Hosen, einige mit fünf Schilling Vermögen, andere ohne alles Vermögen: — so daß kein Constitutionsträumer unbefriedigt von seiner Bude geht, vorausgesetzt daß er Muster liebt von Plünderung, Unterdrückung, willkürlichen Verhaftungen, Confiskationen, Verweisungen, revolutionairen Gerichten und gesetzlich, bedächtig beschlossenem Mord, und zwar dies in allen Gestalten in die es gebracht werden kann."

Es mögen hier noch einige zerstreute, lehrreiche Aeußerungen Burkes Platz finden. „Es giebt nur einen Beruf um die Menschen zu regieren, und das ist Weisheit und Tugend. Jedem, der Macht in irgend einem Grade besitzt, kann der Gedanke nie lebendig und heilig genug vor dem Sinne schweben, daß er nur ein anvertrautes Gut verwaltet, und von seiner Verwaltung, dem großen Machthaber, dem einzigen Herrn, Stifter und Gründer aller Gesellschaft, ernste Rechnung abzulegen hat. Neigung zum Erhalten und Geschicklichkeit zum Verbessern, sind die beiden Elemente deren Vereinigung den großen Staatsmann bildet. Niemand soll die Verbrechen des Staates anders als mit schüchterner Hand enthüllen, oder seine Verbesserung mit seiner Zerstörung beginnen; sondern jeder Bürger zu dessen Fehlern nahen, wie man zu den Wunden eines Vaters tritt, mit frommer Zärtlichkeit und zitternder Besorgniß. Wir sollen die unnatürlichen Kinder des Vaterlandes verabscheuen, die mit rascher Hand ihren alten Vater in Stücke zerhacken und in den Zauberkessel verruchter Schwarzkünstler werfen, um durch giftige Kräuter und wilde Zauberformeln das väterliche Leben verjüngt wieder herzustellen, und den entflohenen Geist zurückzurufen."

„Ein Staat dem es an allen Mitteln der Veränderung fehlt, entbehrt auch der Mittel der Erhaltung; doch fühle ich eine unüberwindliche Abneigung, meine Hand zum Zerstören irgend einer bestehenden Regierungsangelegenheit zu bieten, um irgend einer noch so scheinbaren Theorie willen. Daß die höchste Gewalt in der Majorität liege, und diese in jedem Augenblicke das Recht habe zu thun, was ihr beliebt, ist ein Grundirthum. Wo nur noch ein Funke von Religion ist, von natürlicher, oder geoffenbarter, laßt uns ihn lieben, dulden, anblasen, daß er sich zur heiligen Flamme entwickele. Das stärkt den Bund gegen die Knechte der Finsterniß, welche Alles zerstören möchten, was Gott in Schönheit und Ordnung gegründet hat.“

Ich habe es bis zuletzt verspart, von Burkes Betrachtungen über die französische Revolution zu sprechen. Es ist dem Umfange nach das größte, dem Inhalte nach das wichtigste, der Form nach das beredteste seiner Werke. Mehr als irgend eine andere Schrift, hemmte es den gefährlichen, sittenlosen Strom der Revolution; und wenn Burken vorgeworfen ward, er hebe zornig und leidenschaftlich nur die Schattenseiten hervor, und nicht die Gründe weshalb, nicht das Gute, was daraus, oder daneben entstanden sey, so darf man antworten: er war nicht der Geschichtschreiber der Revolution, sondern der Demosthenes wider dieselbe, und Demosthenes behält für alle Zeiten seinen unübertrefflichen Werth, obgleich Philipp bei Chäronea siegte. Jenes Werk Burkes ist zwar bekannter, als andere seiner Reden und Schriften; ich darf jedoch nicht unterlassen, wenigstens eine mit Recht bewunderte Hauptstelle, zum Beweise seiner außerordentlichen Beredsamkeit mitzutheilen. Sie handelt von den Ereignissen des 5. und 6. Oktobers 1789. Er sagt:

„Ich bin überzeugt, daß sehr viele von den Mitgliedern der Nationalversammlung, selbst von denen die zur Majorität gehören, trotz dem Zujauchzen der Revolutionsgesellschaft so empfinden wie ich. — Unglücklicher König! Unglückliche Versammlung! Welch ein geheimes Grauen mußte Alle, die noch Menschlichkeit und Mäßigung kannten, anwandeln, als sie einige ihrer Gefährten einen Tag, vor dem die Sonne am Himmel scheu zurückzutreten schien, «einen schönen Tag (Bailly)» nennen hörten! Was mußten sie fühlen als Andere (Mirabeau) sich erkühnten zu versichern, «daß das Fahrzeug des Staats jetzt rascher als je an das Ziel seiner Wiedergeburt gelangen würde», wenn sie bedachten daß der rauhe schneidende Wind des Mordes und Hochverraths, der jenen Triumph ankündigte, dieses Fahrzeug beflügeln sollte. — Was mußten sie fühlen, als sie mit anscheinender Ruhe und innerem Abscheu, von der Hinrichtung unschuldiger Edelleute, in ihren Schlössern sagen hörten: (Barnave) «daß das Blut welches man vergossen hatte, nicht das reinste seyn möchte!» — Was mußten sie fühlen, als sie sich genöthigt sahen, ihren gefangenen König in einer Neujahrsadresse zu bitten, daß er die stürmische Periode des vergangenen Jahres in Rücksicht auf alles das Gute, welches er seinem Volke stiften würde, vergessen möchte? Als sie ihm in dieser merkwürdigen Adresse versicherten, daß sie ihm, wenn nur alles dieses Gute erst erreicht seyn würde, auch treu und ergeben seyn, das heißt, daß sie ihm gehorchen wollten, wenn er gar nicht mehr würde befehlen können! — Wahrlich wer auf solche Weise getröstet wird, wie dieser unglückliche König, muß tief gefallen seyn. Wenn der schmerzstillende Trank der Vergessenheit mit derlei Bestandtheilen vermischt wird, dann dient er gerade dazu, eine quälende Schlaflosigkeit zu erzeugen, und die eiternde Wunde einer nagenden Rückerinnerung zu nähren. So dem verzweifelten Kranken den Opium reichen, nachdem man ihn mit allen Bitterkeiten des Spottes und der Verachtung gewürzt hat, heißt, ihm statt des Balsams verwundeter Gemüther, den Becher menschlichen Elends, voll bis an den Rand an seine Lippen halten, und ihn gewaltsam bis auf die Hefen austrinken lassen."

„Freilich wird sich der König von Frankreich, aus Bewegungsgründen die ebenso dringend sind, als die in der Neujahrsadresse mit so vieler Feinheit berührten, Mühe geben jene Begebenheiten und diese Adresse zu vergessen. Aber die Geschichte, die ihr dauerndes Protokoll über gute und böse Thaten führt, und ihr furchtbares Censuramt auf Herrscher aller Art ausdehnt, die Geschichte wird weder jene Begebenheiten noch die Epoche dieser merkwürdigen Verfeinerung in allen menschlichen Verhältnissen vergessen. Die Geschichte wird es aufbewahren: daß am Morgen des sechsten Oktobers 1789 der König und die Königin von Frankreich nach einem Tage voll Verwirrung, Schrecken, Gräuel und Blutvergießen sich niedergelegt hatten, um unter dem Panier ausdrücklich verpfändeter Sicherheit, die ermattete Natur durch wenige Stunden der Erholung und einer fieberhaften melancholischen Ruhe zu erquicken. Aus diesem Schlafe schreckte die Königin die Stimme des Wächters an der Thür auf, der ihr zuschrie daß sie sich retten sollte, daß dies der letzte Dienst wäre den er ihr leisten könnte, daß er seinen Tod vor Augen sähe, daß er jetzt unterläge. — Augenblicklich ward er niedergehauen! Eine Rotte heilloser Räuber und Mörder brach, triefend von Blut in das Zimmer der Königin ein, und durchstach mit hundert Bajonetten und Dolchen das Bette, von welchem diese verfolgte Frau nur soeben geflohen war, um auf Wegen, welche die Kannibalenbande nicht kannte, ihre letzte Zuflucht zu den Füßen eines Königs und eines Gemahls zu nehmen, der sein eigenes Leben nicht einen Augenblick in Sicherheit sah."

„Nachdem dieses vollbracht war, zwangen sie diesen König und diese Königin, und ihre zarten Kinder (die sonst der Stolz und die Hoffnung eines großen, edelmüthigen Volkes gewesen wären) das Heiligthum des glänzendsten Palastes der Welt, schwimmend in Blut, besudelt durch Mördersußtapfen, mit zerstückelten Gliedern und verstümmelten Leichnamen besäet, zu verlassen. Von hier führte man sie in die Hauptstadt ihres Reiches. Zwei junge Edelleute von den besten Familien waren ausgesondert worden, als das Mordschwert, ohne Veranlassung und ohne Ansehen, unter den braven, treuen, schuldlosen Leibwächtern des Königs gewüthet hatte. Diese beiden unglücklichen Jünglinge wurden mit allem Pomp einer gerichtlichen Execution, öffentlich zu Block geschleppt, und im großen Schloßhofe barbarisch enthauptet. Ihre Köpfe auf Spieße gesteckt, eröffneten den Zug, und die königlichen Gefangenen, die ihnen folgten, wurden langsam dahergezogen, mitten unter dem schmetternden Gejauchze und dem gellenden Zetergeschrei, und den scheußlichen Tänzen, und den niedrigsten Schmähworten und den wüthendsten Verwünschungen höllischer Furien, die die lügenhafte Gestalt der verworfensten Weiber angenommen hatten. — Nachdem sie so, auf der langsamen Folter einer Reise von drei Meilen, die in sechs grausame Stunden ausgereckt wurde, alle Qualen des nahen Todes, und mehr als die Bitterkeit des Todes geschmeckt, Tropfen für Tropfen geschmeckt hatten, wurden sie unter einer Leibwache von denselben Soldaten, welche die Anführer dieses unglaublichen Triumphs gewesen waren, in eins der alten Schlösser von Paris eingesperrt, das nunmehr in eine Bastille für Könige war verwandelt worden."

„Ich höre, und ich bin froh zu hören (denn wer wünscht nicht, die, welche bestimmt sind zu leiden, mit Würde leiden zu sehen) daß die edle Frau welche der zweite Gegenstand des unmenschlichen Triumphs war, jenen Schreckenstag und alle folgenden Tage, und die Einschränkung ihres Gemahls und ihre eigne Gefangenschaft und die Verbannung ihrer Freunde, und den Schimpf der Adressen, und die ganze Last ihres gehäuften Elends mit heiterer Geduld trägt, so erträgt, wie es sich für ihren Rang und ihre Abkunft, wie es sich für die Tochter einer Herrscherin schickt, die durch Muth und Standhaftigkeit berühmt geworden ist; daß sie den edelen Stolz dieser Mutter geerbt hat; daß die Gesinnungen einer römischen Matrone in ihrer Brust wohnen; daß sie in der letzten Noth wenigstens der letzten Schmach entrinnen wird."

„Es sind jetzt sechszehn oder siebenzehn Jahre, als ich die Königin von Frankreich (damals noch des Dauphins Gemahlin) zu Versailles sah: und nie hat wohl dieser Erdkreis, den die leichte Göttergestalt kaum zu berühren schien, eine holdere Erscheinung begrüßt. Ich sah sie, nur soeben über dem Horizont aufgegangen, der Schmuck und die Wonne der erhabenen Sphäre in der sie jetzt zu wandeln begann, — funkelnd wie der Morgenstern, voll von Leben und Schönheit und Hoffnung! O! welch eine Verwandelung! Und welch Herz müßte ich haben, um in schnöder Unempfindlichkeit eine solche Erhebung und einen solchen Fall anzusehen. Damals, als sich zu allen ihren Ansprüchen auf schwärmerische, stumme, anbetende Liebe, der Anspruch auf Verehrung eines Volkes gesellte, damals hätte ich mir wohl nicht träumen lassen, daß sie je genöthigt seyn würde das scharfe Gegengift der Schmach in ihrem Busen zu verstecken: damals konnte ich wohl nicht ahnden daß ich es erleben sollte, in einer Nation, die sonst der Hauptsitz der Ehre, der Galanterie und der Rittertugenden gewesen war, solche Unglücksfälle über eine solche Frau ausbrechen zu sehen. Ich hätte geglaubt zehntausend Schwerter müßten aus ihren Scheiden fahren, um einen Blick zu bestrafen, der sie zu beschimpfen drohte!"

Dieser begeisterte Hymnus ist läppisch, lächerlich, abgeschmackt, unwürdig, sklavisch gescholten worden! — So weit hat man es gebracht, alles Persönliche zu verachten, alles Lebendige, alle Theilnahme zu ertödten, um leblose, eiskalte Begriffe ausschließend zu verehren. Pietät, Anhänglichkeit, Aufopferung ist so Gesinnten verschwunden; sie betrachten einen König wie eine unbedeutende, wo möglich ganz zu entbehrende Einzelnheit unter vielen Millionen, eine Königin wie ein Weib, dem freigesinnte Männer keine Achtung bezeigen dürften. Folgerecht sind alsdann eure Väter, Mütter, Brüder, Schwestern, Kinder, auch nur bedeutungslose Einzelnheiten, deren zweifelhafter Werth erst zu erforschen ist, um zu wissen ob sie von Rechts, oder Beliebens wegen, Anspruch machen können auf Liebe, Achtung, Sorgfalt, Gehorsam. — Wie trocken, kahl, gemüthlos wird eine solche Welt! Einem Walde vergleichbar, wo alle Blätter, Blüten und Zweige der Bäume abgeschlagen, verdorrt, verbrannt sind, um dem gefällten, rinden- und schmucklosen Stamme, einen kopflosen Hut aufzusetzen, und als Symbol neu erkannter Freiheit und Liebesbegeisterung götzendienerisch anzubeten.

Blicken wir jetzo noch einmal zurück auf die vorübergeführten britischen Redner und Staatsmänner:

Walpole,	geb. 1676,	gest. 1743,	alt 69	Jahre.
Chatham,	— 1708,	— 1778,	— 70	—
Burke,	— 1730,	— 1797,	— 67	—
Sheridan,	— 1751,	— 1816,	— 65	—
Fox,	— 1748,	— 1806,	— 58	—
W. Pitt,	— 1759,	— 1806,	— 47	—

Bei diesem Rückblick ergreift uns zunächst ein tiefes Gefühl tragischer Wehmuth. Walpole ward von Leuten verläumdet und verdrängt, die nicht im Stande waren ihn zu ersetzen. Chatham (dessen Ruhm die ganze Erde umfaßte) konnte durch wohlbegründeten, beredten Widerspruch, eine spätere Verwaltung nicht auf den rechten Weg zurückbringen, und erlag dem Schmerze daß die Kolonien, welche er von französischer Herrschaft befreit hatte, für England verloren gingen. Sein großer Sohn, W. Pitt, erlitt ein ähnliches Schicksal, und trat in einem Augenblicke vom Schauplatze ab, wo alle seine Plane und Hoffnungen vereitelt schienen. — Sheridan grub sich selbst die Grube, in welcher sein schönes Talent leider zu Grunde ging. — Fox, von Natur und durch Verhältnisse zum Opponiren hingedrängt, sah zuletzt (an die Spitze der Regierung gestellt) daß seine irrigen Hoffnungen nicht in Erfüllung gingen, und er die Bahn seines großen Gegners einschlagen mußte. — In dem Maaße als Burkes Warnungen begründeter erschienen und seine Weissagungen eintrafen, ward er mehr angegriffen, verkannt und in und außerhalb des Parlaments von Leuten verhöhnt, die nicht werth waren ihm die Schuhriemen aufzulösen. Auch er erlag dem Schmerze über die Wendung der öffentlichen Angelegenheiten und dem Verlust seines einzigen, hoffnungsvollen Sohnes.

So eitel, so nichtig, so kummervoll (möchte man schließen) ist das Leben, Denken, Wirken, selbst der größten Männer! —

Was bleibt übrig als bejammern, entsagen, verzweifeln! — — Nein, und abermals Nein! Jene Heroen fielen nicht durch fremde Gewalt, ein nutzloses Opfer auf blutigem Altar; sie opferten sich selbst damit aus ihrer Asche der Phönix einer neuen Zeit erstehe. Ihre Leiden und Schmerzen haben Früchte getragen, sie haben erzogen, ermuthigt, verklärt, beglückt. Sie zerstreuten arge Irthümer, verhinderten heillose Unordnung, bekräftigten wichtige Wahrheiten. Sie sind wegweisende Feuersäulen für spätere Nachfolger, Märtyrer für die Entwickelung der Menschheit, Propheten der Zukunft! — Gehet hin und thut desgleichen!

78.

Wir sind auf unserem litterarischen Spatziergange in eine höchst ernsthafte Gegend gekommen, wo die größten Männer, die mächtigsten Staaten, einer finstern Allgewalt des unwiderstehlichen Schicksals zu erliegen schienen. Es ergreift uns ein Gefühl, als sey es unmöglich, mindestens unwürdig, nach einem so erhabenen Trauerspiele, auf irgend etwas Geringeres überzugehen. — Wo finden wir denn aber einen richtigen Maaßstab für das, was wir bedeutend und unbedeutend, erhaben oder gering nennen können, ja nennen sollen? Darf die Zeit, welche einem großen Trauerspiele folgt, ohne Inhalt bleiben, in Unthätigkeit hingebracht werden? Oder müssen Einzelne, wie Völker, mit verdoppelter Anstrengung neue Standpunkte, neue Lebensbahnen aufsuchen und muthig auf denselben fortschreiten? Zum Ernste soll sich heiterer Muth gesellen, und das Erhabene, durch das Schöne dem Menschen näher gebracht und für ihn verständlicher werden.

Deshalb wollen wir die erfreuliche Gegend der Dichtkunst wieder betreten, die wir lange zur Seite ließen. Bleiben wir zunächst in England, dessen Reichthum hinsichtlich dieser edlen Entwickelung des menschlichen Geistes, auch für die neuere Zeit, anzuerkennen ist. Doch müssen wir uns auf das Wichtigste beschränken.

Es sey erlaubt die Bemerkungen, welche ich bereits an einigen Stellen über den Roman machte, theilweise zu wiederholen, dann aber noch Einiges hinzuzufügen. Den in Versen abgefaßten Romanen des früheren Mittelalters (welche man auch Epopeen nannte) folgten noch viel längere und breitere in Prosa, wo gränzenlose Willkür für die höchste Poesie galt und alles Natürliche und Verständige gemein und trivial hieß. Wunder, Riesen, Zauberer u. dgl. spielten die Hauptrolle, und Ritter, Prinzen, Prinzessinnen u. s. w. dachten, fühlten, lebten, handelten ganz außerhalb dessen, was für wirkliche Menschen möglich und nützlich ist. Diesen luftigen, haltungslosen Bau (gleichwie die langweiligen, allegorischen Romane), stürzte der Don Quixote des Cervantes. — In Spanien folgte nun eine Reihe von Bettlern und Spitzbubenromane, das volle Gegentheil des frühern Ueberschwenglichen. Natürlich aber konnte dies Allzugeringe, auf die Dauer den ästhetischen Bedürfnissen der Menschen ebenso wenig genügen.

Ganz andere Romane entstanden zur Zeit Ludwigs XIV. Sein Hof mit vielen Gesetzen der Etikette, des erkünstelten Anstandes, der plattirten Sittlichkeit, lag all diesen Werken zum Grunde; die spanischen Bettler u. s. w. wurden von Prinzen und Prinzessinnen verdrängt und die endlosen, langweiligen Liebesgeschichten spielten im Oriente, der wesentlich aussah wie das bunt illuminirte Paris. Diese Prinzen und Prinzessinnen kamen aber mit Recht bald aus der Mode, gleichwie die Zauberer, Riesen, Bettelleute und Spitzbuben. — Es war ein Bedürfniß, ein Fortschritt daß die englischen Romanschreiber, der wirklichen Welt ihr Recht widerfahren ließen, und Familie und Bürgerthum zu Ehren brachten. Dem verdienten Beifalle folgten aber Zweifel. Durch einen Ueberschwall von Worten und Mangel an Ereignissen und Thaten, wurden Richardsons bürgerliche Romane ermüdend, und das Uebermaaß des allzu Populairen in Fielding, erzeugte den Vorwurf der Plattheit und Frivolität.

Angenommen aber diese Zweifel und Vorwürfe seyen ganz unbegründet, so blieben doch die Nachahmer dieser beiden Behandlungsarten, hinter den Erfindern derselben weit zurück, und Sterne stand so originell und vereinzelt da, daß Versuche ihm nachzufolgen noch mehr mißlingen mußten. — Wenn nun alle diese bezeichneten Richtungen verbraucht waren, welche konnte und sollte man einschlagen? Darüber war man trotz vielen Hinundherredens keineswegs ins Klare gekommen: man bedurfte eines Columbus um das Ei auf die Spitze zu stellen; — dieser Columbus war Walter Skott! (1771—1832).

[Walter Skott von Eberty.]

Er ist der Schöpfer des historischen Romans in einer neuen, eigenthümlichen Form. Das Geschichtliche ward nach einem größeren Maaßstabe behandelt, nahm neue Dimensionen an, bildete einen bedeutenden Hintergrund, oder gab den wesentlichen Inhalt zu einer fortlaufenden Entwickelung. Mit windiger Fantasie erfundenen, in Wahrheit unmöglichen Wesen, ward keine Stelle eingeräumt, und ebenso wenig Kreaturen die zu gering sind um auf dem Boden der Poesie einheimisch zu werden. Wirkliche Könige und Königinnen treten auf den Schauplatz, und ihre edlen, oder verdammlichen Umgebungen, ja alle vorgeführten Personen, sind nicht eingehüllt in langweiligen Wortschwall, sondern scharf charakterisirt, und durch eigenthümliches Handeln eingreifend in den Gang des Ganzen.

Kein Wunder, daß Werke den größten Beifall erhielten, welche Wahrheit und Dichtung zu einem bisher ungekannten Ganzen zu verbinden suchten, welche eine Reihe merkwürdiger Personen und einen Reichthum von Situationen und Ereignissen vorüberführten, wogegen das Wunderbarste der Ritterromane lächerlich, die Pinselei der Liebesromane widrig, das schwatzende Bürgerthum langweilig erschien.

Der Bewunderung Walter Skotts folgte jedoch in unseren Tagen eine ungerechte Vernachlässigung, und das schlechtere Neue wird mehr gelesen, als das ältere Gute. Gewiß sind nicht alle Werke Skotts von gleichem Werthe, und beklagenswerthe Unfälle trieben ihn in späterer Zeit zu übereilten Arbeiten. Dennoch bleibt er ein wahrer Dichter von seltenen Eigenschaften. Er weiß das Verwickeltste lichtvoll zu ordnen, seinen Personen Leben einzuhauchen, und selbst dem schöpferisch Hinzugefügten, Ungeschichtlichen, die Kraft der Wahrheit so zu verleihen, daß man vergißt dasselbe von wirklichen Thatsachen, durch anatomische, oder chemische Aesthetik zu sondern. Skott bleibt oft überraschend ohne Künstelei, anziehend trotz mancher Länge; und obgleich der Verfasser fast nirgends selbst hervortritt, fühlt man hindurch daß er ein sittlicher, harmonisch gebildeter Mann ist. Diese Harmonie des eigenen Seyns hindert nicht in den Werken auch die herbesten Dissonanzen anzuschlagen, dann aber kunstgemäß aufzulösen; ja für alle Töne, Rhythmen, Abstufungen der menschlichen Gedanken und Gefühle finden sich Beispiele in Skotts Romanen, vom heitersten Scherze, durch alle Arten der Sentimentalität und Nichtsentimentalität, bis zum furchtbar Erhabenen, Herzzerreißenden; und dann wiederum zur reinen, erquickenden, beglückenden Schönheit.

Es ist hier nicht der Ort, die leicht aufzufindenden, oft ausgesprochenen Mängel Skotts herzuzählen; gewiß finden sie sich in ungleich höherem Maaße, und durch neue vermehrt, bei vielen seiner schwächeren Nachahmer. Wenn aber einer der geschicktesten, wenn Manzoni sein eigenes gelungenes Werk, die Verlobten[1]), selbst verwarf, weil die ganze Aufgabe des geschichtlichen Romans irrig und zweckwidrig sey, so verdient diese eigenthümliche Ansicht, eine kurze Prüfung.

Schon die Benennung: geschichtlicher Roman, weiset hin auf eine große, kaum zu überwindende Schwierigkeit. Die geschichtliche unantastbare Wahrheit, soll verbunden, verschmolzen, verquickt werden, mit der dichterischen Erfindung. Kein Theil soll durch dies Bestreben leiden, jeder soll verbessert, veredelt, verklärt werden, unbeschadet seiner Eigenthümlichkeit. — Ist dies möglich? — Befragen wir die Erfahrung, so möchte man es

1) Raumer, Italien I, 118.

verneinen. Wenn Walter Skott (der Meister) z. B. gar viel erfand, das dem Charakter des Königs Richard Löwenherz nicht geradehin widerspricht, so ist das Erfundene doch ganz ungeschichtlich. Auch Manzoni behauptet für seinen ausgezeichneten Roman: das Geschichtliche und Erfundene wachse nirgends lebendig zusammen, sondern falle auseinander.

Gewiß bleibt es fraglich: ob auch dem Geschichtschreiber freistehe Poetisches zu Hülfe zu holen, um *seinem* Werke mehr Reiz und Leben zu verleihen? Und sobald man dies verneint, liegt die Folgerung nahe daß der Dichter auch nicht berechtigt sey, für seine willkürlichen Zwecke, die Wahrheit der Geschichte zu verletzen.

Wenn jedoch Zweie dasselbe thun (sagt das Sprichwort) ist es nicht dasselbe; und verwandt damit ist der Vers: wenn die Könige bauen, haben die Kärner zu thun! — Deren giebt es nur zu viele, beiderlei Geschlechts. — So redt' ich wenn ich *Christus* wär', sagt Bahrt bei Goethe: — und so müssen denn Kaiser und Kaiserinnen, Könige und Königinnen, Fürsten und Fürstinnen, Dichter, Bildhauer, Maler, Musiker, Naturforscher u. s. w. denken, fühlen, reden, schreiben, handeln, Liebschaften anknüpfen und auflösen, heirathen und Kinder in die Welt setzen, und dergleichen mehr, — wie es den bärtigen oder unbärtigen Romanschreibern beliebt. Sie verfahren mit einer unglaublichen Kühnheit und Anmaßung, und das Alles verschlingende Publikum bestärkt sie auf dieser Bahn zu verharren und sich in Schnellgeburten zu überbieten. Denn trotz scheinbarer Mannigfaltigkeit wird diese Fabrikwaare über dieselbe Schablone zusammengeflickt, oder zusammengeschmiert. Der Sinn für ächte Geschichte, für biographische Wahrheit geht ganz verloren: beide gelten für langweilig, inhalts- und bedeutungslos, so lange ihnen nicht die Schminkpflästerchen dieser neuen Dekorationsmalerei aufgeklebt worden; — ja das Aufgeklebte wird dargeboten als die eigentlich höhere, geschichtliche Wahrheit, oder als das Ideal einer Biographie, wie sie seyn sollte. Die natürliche Form der Erzählung, ist von derlei sich breit machenden Kunststücken fast ganz verschwunden. Aufgelöset in kurze, dialogische Zeilen, in endlose Gespräche, füllet das einen Band, was sonst kaum Stoff gäbe für wenige Seiten, und die meisten Leser vergessen, daß dieser angeblich poetische Heckerling, aus Stroh und Unkraut geschnitten und mundrecht gemacht wird.

Für diese Mängel unzähliger, schwächerer Nachfolger, ist Walter Skott so wenig verantwortlich, als Michel Angelo und Bethoven für die ihrigen; — aber ebenso wenig genügt die Berufung auf große Männer, um die eigenen Irthümer und Blößen zu verdecken.

79.

Sowie Walter Skott einerseits viele Nachfolger fand, so wurden andere Schriftsteller dagegen abgeschreckt, auf derselben Bahn einen Wettkampf zu beginnen. Schwer aber blieb es einen neuen, eigenthümlichen, ansprechenden Weg aufzufinden und mit Erfolg zu betreten. Thomas Moore verlegte den Schauplatz mit kühner Hand in den Orient. Was die Romane des Mittelalters und aus der Zeit Ludwigs XIV. für morgenländisch ausgaben, war ganz willkürlich erfunden und ohne alle geschichtliche und geographische Grundlage; oder es erwuchs fabelhaft auf dem Boden europäischer Höfe und Zustände. Moore suchte durch fleißige Studien das Morgenland kennen zu lernen, und im Denken und Fühlen sich dorthin zu verpflanzen. Zu Hülfe kam ihm das fast allgemeine Vorurtheil: Asien sey für die Dichtkunst ein weit günstigerer Boden, als Europa. Hier erscheine Alles abgeschwächt, erkältet, farblos, prosaisch, im Vergleiche mit dem dort Mächtigern, Glühendern, Gläuzenden, Poetischen. Man dürfe sich dies nur aneignen, um jedes europäische Gedicht zu übertreffen. Als nun aber die sogenannten größten arabischen, persischen, türkischen Dichter zugänglich gemacht und dem Publikum vorgelegt wurden, entstanden bei manchem Unbefangenen erhebliche Zweifel über die Wahrheit jener Lobpreisungen. — Ich glaube die ausgesprochenen Zweifel und Bedenken sind vollkommen begründet, doch ist hier nicht der Ort sie zu erörtern und die großen Vorzüge der europäischen Dichtkunst zu beweisen.

Moore hatte schon Gedichte mancherlei Art herausgegeben, als er ein großes orientalisches Werk, Lalla Rookh, zu schreiben unternahm. Aber ehe es geschrieben war, bot man ihm (in Rücksicht auf seinen bereits erlangten Dichterruhm) sogleich 3000 Guineen[1]), und das Werk erlebte mehr als 20 Auflagen, ward in mehre Sprachen übersetzt und bei glänzenden Hoffesten zum Grunde gelegt. Gegen Zeugnisse solcher Art erscheinen Einwendungen thöricht, oder abgünstig. Dennoch darf ich sie nicht verschweigen. Das Werk hat zuvörderst keine organische Einheit, es zerfällt vielmehr in einzelne, gesonderte Theile. Der erste heißt, der verschleierte Prophet. Dieser, seiner entsetzlichen Häßlichkeit halber verschleierte Prophet Mokanna, ist ein religiöser und politischer Betrüger, der viele Männer und Weiber an sich zieht. Ja eine, Namens Zulika, unterwirft er sich durch einen Eid dergestalt, daß sie ihren wiederkehrenden frühern Liebhaber, Azim zurückweiset. In einem drauf folgenden Kriege wird Mokanna erschlagen, Zulika behängt sich mit seinem Schleier, wird von Azim für Mokanna gehalten und erstochen. — Der wesentliche Inhalt der ganzen Erzählung erscheint unschön, unpoetisch, und ist durch gar vieles, unnützes Hinundherreden obenein langweilig.

Im zweiten Theile: die Peri und das Paradies betitelt, wird jener (um wieder in das Paradies zu kommen) von einem Engel aufgegeben, die Gott angenehmste Gabe aufzusuchen. Wir können um so weniger die vielfachen, meist vergeblichen Bemühungen der Peri aufzählen, jene poetisch theologische Aufgabe zu lösen; da die ganze Geschichte nur eine Nebensache ist, während die Hauptsache ihren eigenen Gang geht. Lalla Rookh, welche nämlich den König der Bucharei heirathen soll, verliebt

1) Milton erhielt für sein verlornes Paradies fünf Pfund Sterling.

sich auf der langen und langweiligen Reise, in den Erzähler Feramorz, und dieser folgt (keineswegs zurückbleibend) ihrem Beispiele. Jetzt beginnt (da der Vorsatz der Lalla ihren Liebhaber nicht wieder zu sehen, bald hintangestellt wird) der dritte Theil, oder die dritte Erzählung, von den Feueranbetern.

Die vierte Erzählung beschreibt das Rosenfest von Kaschemir und Nurmahals Schicksal. Neben manchen Vorzügen findet sich auch hier eine unruhige Häufung und verwirrende Pracht der Bilder (welche Aehnlichkeiten und Wiederholungen nur schwach verdeckt) und ein Wortreichthum der mehr in die Breite, als in die Tiefe geht. So könnte man folgende Verse aus Lalla Rookh wohl auf den Verfasser selbst anwenden:

Shining on, shining on, by no shadow made tender,
Till Love falls asleep in its sameness of splendour. (VII, 19.)

Durch Spontinis Musik ist die Dichtung von Nurmahal auf eine höhere Stufe gehoben worden. — Zur großen Freude der Lalla Rookh ergiebt sich (wie ein kurzer prosaischer Anhang berichtet) daß Feramorz, ihr Geliebter, zugleich ihr Bräutigam und eben der König der Bucharei ist.

Alles zu Allem gerechnet hat der gesammte morgenländische, von einem talentvollen Dichter benutzte Prachtapparat, kaum bis in die europäische Region der Dichtkunst hinangeführt, und mancher Leser dürfte die anspruchsloseren Dichtungen Moores, über Lalla Rookh hinaufsetzen.

Wenn seine Satiren auch nicht überall gerecht sind, so halten sie sich doch fern von menschenfeindlicher Bitterkeit, und auf die Bemerkung daß die Briefe der Familie Fudge aus Frankreich und Paris, dem sentimental journey Sterne's weit nachstehen, läßt sich erwiedern, daß zu einem solchen Vergleiche keine Veranlassung vorliegt und Moore gar keine Nachahmung bezweckte. Das Gedicht über die Liebe der Engel wird bei denen wenig Beifall finden, welchen alle Allegorien mißfallen; viele der kleineren Gedichte Moores (insbesondere unter den irischen Melodien) sind dagegen von der größten Zartheit und Innigkeit; unbeschadet der Heiterkeit, ja der Kühnheit, welche alle pedantische Ziererei verschmäht.

80.

Kein einziger* der großen Dichter (nur vielleicht Camoens ausgenommen) erlebte so mannigfaltige Schicksale als Lord Byron; — und diese Schicksale hatten wiederum den größten Einfluß auf Form und Inhalt seiner Werke. Daher muß ich ausnahmsweise einiges über sein Leben (zur Verständigung) mittheilen.

[Leben Byrons von Moore und Eberty.]

Byron ward am 22. Januar 1788 in London geboren. Sein Vater stammte aus einem alten Geschlechte, war aber durch unordentliche Wirthschaft so heruntergekommen, daß er Miß Catharine Gordon heirathete, hauptsächlich um seine Umstände zu verbessern. Nachdem er binnen kurzer Zeit auch ihr Vermögen durchgebracht hatte, trennten sich beide Eheleute, und ihr einziger Sohn blieb bei der Mutter, die ihn abwechselnd verhätschelte, oder (in fast wahnsinnigem Jähzorne) mißhandelte. So fehlte es dem zugleich gutmüthigen und heftigen Knaben an aller wahren Erziehung, an allen herzlichen Familienverhältnissen, und an einer wahren Heimath. Auf der Schule las er viel durcheinander, gehörte aber keineswegs zu den fleißigen, ordentlichen Schülern. Doch mochte ihn auch manche Pedanterie des Unterrichts zurückschrecken. Jugendliche Gedichte (meist elegischen Inhalts, oder Uebertragungen und Nachahmungen alter Schriftsteller) welche Byron drucken ließ, fanden im edinburger Review eine unbillig harte Beurtheilung, ja es ward ihm jede dichterische Anlage abgesprochen. Hierüber gerieth er in den höchsten Zorn und schrieb eine Satire: „englische Dichter und schottische Recensenten", — welche sein Talent (jedoch nur in einer untergeordneten, einseitigen Richtung) offenbarte. Neben Gelungenem enthält die Schrift auch Ungerechtes, Ueberheftiges, welches Byron später selbst tadelte.

Zu diesen aufregenden Ereignissen trat manches Andere hinzu, was seine schlafenden Leidenschaften zum gewaltsamen Ausbruch führte, und ihn, trotz aller sinnlichen Genüsse, vereinzelte und verstimmte. Von Natur, oder durch anfängliche Vernachläs-sigung, bekam er einen verunstalteten Fuß, was ihn (bei son-stiger Schönheit und Eitelkeit) lebenslang ärgerte und quälte. Im Oberhause fand Byron so wenig Theilnahme, daß er bald von einer politischen Laufbahn zurückgeschreckt ward.

Byrons sehr ungeordneter Lebenswandel konnte ihn wohl eine Zeit lang zerstreuen, aber einem von Natur reichen Ge-müthe nicht genügen. Schon im 22. Lebensjahre entwarf er auf seiner ersten Reise zwei meisterhafte Gesänge des Child Harold, und schrieb gleichzeitig an Hodgson: (I, 322) „Sie werden mich sehr verändert finden. Ich meine nicht dem Leibe, sondern den Sitten nach; denn ich fange an einzusehen, daß nichts als Tugend in dieser verd— Welt ausdauert. Des Lasters (das ich in seiner angenehmen Mannigfaltigkeit gekostet habe) bin ich ziemlich überdrüßig und will, nach der Rückkunft von meiner Reise, alle meine zuchtlosen Bekanntschaften aufge-ben, und ohne Wein und Weiber leben.“ — Dieser löbliche Vorsatz kam allerdings nicht zur Ausführung, weshalb hier ins-besondere etwas von seinem Verhältniß zu den Frauen gesagt werden muß.

„Die Frauen (berichtet Moore sein Biograph [I, 137]) waren von Anfang bis zu Ende, die herrschenden Sterne seines Schicksals.“ —

Dieser Text bedarf eines Commentars. Daß Byron nie von einer einzigen, treuen, lebenslänglichen Liebe beherrscht ward, versteht sich von selbst, und ebenso daß der Wechsel ihn jetzt zu Edlem und Würdigen, dann aber auch zu Gemeinem und Un-würdigen führte. Sein dichterischer Geist verwandelte oft (aber nicht immer) das letzte, bald aber kam die Wahrheit an den Tag.

Andere große Dichter, die auch am Wechsel Gefallen fan-den, beherrschten ihre verschiedenen Geliebten und wurden ihnen nie unterthan; sie verstanden derlei Verhältnisse geschickt anzuknüpfen, und abzubrechen sobald sie ihrer überdrüßig waren. Byron hingegen besaß nichts von dieser aushelfenden Gewandtheit: er stürzte sich meist unbesonnen in seine Liebeleien und blieb abhängig, hingegeben, bis der durch ihn selbst erzeugte, schnell verschwindende Zauber, meist in sehr unangenehmer, widerwärtiger Weise zerbrochen ward. — Eine unglückliche Jugendliebe wirkte wohl auf diese späteren Lebensereignisse; denn noch wenige Monate vor seinem Tode sagte er: (I, 255) „mag mein Herz still stehen, da es Andere nicht mehr bewegen kann, und wenn ich auch nicht geliebt werde, laßt mich noch lieben."

Anders war freilich Byrons Stimmung als er an Hodgson schrieb: „ich habe noch eine Bitte, nämlich, erwähnen Sie in Ihren an mich gerichteten Briefen, niemals eine Frau, vermeiden Sie jede Anspielung auf das andere Geschlecht. Ja ich mag kein Wort mehr lesen, das weiblichen Geschlechts ist." (II, 118). — Ein Gefühl, daß kein Verhältniß zu einem weiblichen Wesen, den Mann seinem Berufe entfremden solle, brachte wohl Byron zu dem Geständnisse: „selbst in Gesellschaft des geliebtesten Wesens, sehne ich mich oft allein zu seyn. Etwas nach Form und Inhalt erschaffen, gewährt das innigste Leben." (VIII, 135.) — Andere Stimmungen ergeben sich aus folgenden Aeußerungen. „Die Gegenwart von Frauen sänftigt mich: sie üben einen sonderbaren Einfluß. Ich kann dies um so weniger erklären, da ich sonst von dem zweiten Geschlechte keine hohe Meinung habe (III, 7). Ich bemühte mich zeitlebens mein Herz zu verhärten, noch ist es mir aber nicht ganz gelungen. (III, 87.) Es bleibt ein Unglück, daß wir weder mit, noch ohne Weiber leben können. (II, 233.) Und doch müssen wir zuletzt mit einer Heirath enden! (II, 235.)"

Und so geschah es! Byrons Freunde glaubten (und er glaubte es zum Theil selbst) daß eine Heirath das beste, ja vielleicht einzige Mittel sey, seiner wilden, ungeordneten Lebensweise ein Ende zu machen. Alle täuschten sich. Miß Milbank war (nach Byrons eigenem Geständnisse, III, 204; IV, 219) schön, wohlerzogen, geistig begabt, tugendhaft, liebenswürdig in jeder Beziehung; — aber nicht geeignet (und kein weibliches Wesen hätte es damals vermocht) diesen verwilderten Pegasus zu regeln und zu zähmen. — Als ich Lady Byron 21 Jahre später mehre Male sah und mit ihr nach den, löblicher Weise durch sie gegründeten Schulanstalten fuhr, war ihre Unterhaltung sehr verständig, und ihr Aeußeres noch einnehmend (z. B. schöne Augen, Hände, Füße) und ihre an Lord King verheirathete Tochter Ada ein zartes, edles Wesen.

Schon am Hochzeittage (2. Januar 1815) hätte Lord Byron gern die Heirath rückgängig gemacht: er brachte es nicht einmal bis zu einer höflichen Anhänglichkeit, viel weniger bis zu einer dauernden Verehrung der Vorzüge seiner Gattin. (III, 140.) Doch ging (zufolge der gewöhnlichen Erzählung) die Trennung nicht von ihr aus, sondern von ihren Aeltern. (III, 199.) Hiefür braucht man weder geheime Gründe vorauszusetzen, noch allen erfundenen Anklagen wider Byron Glauben beizumessen. Gewiß war er ein schlechter Ehemann, wofür umständlichere Beweise vorzulegen, hier nicht passend erscheint. Zu erwähnen ist jedoch, daß seine Gattin eine reiche Erbtochter, er aber dergestalt verschuldet war, daß man ihm seine Sachen und Bücher abpfändete und verkaufte; ja er wäre selbst eingesperrt worden, wenn ihn nicht seine Lordschaft gegen Gefängniß geschützt hätte. Es stand also in Aussicht, er werde seiner Frau Vermögen ebenso durchbringen, wie sein Vater das seiner Mutter.

Sonderbar daß Byron um diese Zeit noch den Großmüthigen spielte, und weder von seinem Verleger, noch aus dem Vermögen seiner Frau Geld annehmen wollte; beide Vorsätze wurden aber bald beseitigt. (III, 287.)

Diese, auf Moores Forschungen gegründete Darstellung, bedarf jedoch einer erheblichen Berichtigung, da wir keinen Grund haben die, von der durchaus ehrenwerthen Lady Byron dagegen erhobenen Einwendungen zu bezweifeln. Sie erzählt nämlich im Wesentlichen (VI, 278): „meine Aeltern wußten wenig, oder nichts von meinem Mißverhältnisse zu Lord Byron, und blieben schon deshalb weit entfernt eine Auflösung unserer Ehe zu wünschen. Sein Gemüthszustand, sein Benehmen war indeß von der Art, daß man eine geistige (vielleicht bis zum Selbstmorde führende) Krankheit voraussetzen durfte. Mit Zustimmung der Verwandten Byrons, beobachtete ihn ein tüchtiger Arzt, Baillie, und ich schrieb ihm (dessen Weisung folgend) einen milden, beruhigenden, später mißgedeuteten Brief. Erst jetzt unterrichtete ich meine Aeltern von diesen Besorgnissen, und diese, welche Byron immer mit der größten Freundlichkeit und Zartheit behandelt hatten, hofften und wünschten natürlich seine Herstellung und die Fortdauer unserer Ehe. Als nun aber weitere Beobachtung ergab daß Lord Byron nicht irre, sondern für sein Benehmen völlig zurechnungsfähig sey, erklärte ich (aus zureichenden Gründen), daß ich mich niemals wieder in seine Gewalt zurückbegeben würde. Meine Aeltern und befreundete Rechtskundige, welche ich jetzt mit allen Verhältnissen und Thatsachen bekannt machte, billigten meinen Entschluß." —

Der früheren Vergötterung des Dichters Byron, folgte jetzt eine so bittere Anklage und Verdammung, daß er sich entschloß England zu verlassen und neue Reisen anzutreten. Ein schwächerer Geist wäre an dem Allem zu Grunde gegangen, seine Kräfte wurden dagegen in Wahrheit gesteigert, und zwei ursprüngliche, unvertilgbare Richtungen (Melancholie des Denkens und Ausgelassenheit des Handelns) wirkten mit fast beispielloser Gewalt. Einerseits entwarf er nämlich, in kurzer Frist, mannigfaltige, dichterische Werke; andererseits ergab er sich (besonders in Venedig) einem höchst anstößigen, ausschweifenden Leben. Dies mußte aber bald trübe Unzufriedenheit mit sich und der Welt, und eine Sehnsucht nach besseren Verhältnissen herbeiführen. (IV, 112; V, 96.) Zu dieser Erlösung trug wesentlich die Gräfin Guiccioli bei, welche durch Geist und Herz allerdings die Schaar seiner Tagesliebschaften überragte, und ihn auf Jahre hinaus festhielt. Allein dies ganze Verhältniß, die Mißhandlung ihres nur allzu gutmüthigen Mannes, die daraus folgende

Trennung u. s. w. widersprachen so sehr dem, was Sitte und Anstand mit Recht fordern, daß auch hier keine ungetrübte Heiterkeit ungestört vorherrschen konnte. Gewiß fühlte Byron (trotz aller Vorliebe für die Guiccioli) sehr wohl das Unsichere, Drückende, ja Unwürdige seiner Lage.

Daher schrieb er an Hoppner (IV, 275, 277): „meine Anhänglichkeit (an die Guiccioli) hat weder die Blindheit des Anfangs, noch die mikroskopische Genauigkeit des Schlusses solcher Verbindungen. Zeit und Stunde muß entscheiden, was ich thue. — Ich werde hart eingeschult, um zu lernen wie man einen Shawl zusammenfaltet, und werde gelobt wenn ich nicht die unrechte Seite auswärts lege. Bisweilen bringe ich einen falschen, oder zwei statt eines; was alle Diener verwirrt bis jeder sein Eigenthum wieder erhält. Ravenna ist eine schrecklich moralische Stadt. Ihr dürft keines Menschen Frau ansehen, ausgenommen die eures Nachbars; geht ihr eine Thür weiter, so werdet ihr gescholten und geltet für treulos. Eine sogenannte Freundschaft soll fünf bis funfzehn Jahre dauern, und unterliegt unzähligen, mühevollen Gesetzen. Der Mann wird in der That ein Stück weiblichen Eigenthums."

Zu dieser gerechten Mißstimmung Byrons über mangelhafte, ungenügende häusliche Verhältnisse, kam die Ueberzeugung daß sein dichterischer Ruhm sinke. „Ich bin, schreibt er, (VI, 14, 42), so heruntergekommen an Beliebtheit und Verkauf meiner Werke, wie irgend ein Schriftsteller. Lebe ich indeß noch zehn Jahre, so werden Sie sehen daß es mit mir nicht aus ist. Ich denke nicht an Litteratur, denn das ist nichts und war wohl niemals mein Beruf. Ich werde ganz etwas Anderes leisten, wenn Zeit und Glück es begünstigen."

Diese neue Bahn konnte nur eine politische seyn, und da Versuche einer italienischen Revolution mißlangen, trieb ihn all das Angedeutete, sowie geschichtliche Begeisterung und Hoffnung unwiderstehlich nach Griechenland. Obgleich sich bald ergab, daß auf einer politischen Bahn noch mehr Täuschungen obwalten und Hindernisse eintreten, als auf der litterarischen, blieb Byron

Byron seinen Planen und Zwecken getreu. Er stellte, um Griechenlands willen, alle sonstigen Neigungen und Leidenschaften bei Seite: er opferte Besitzthum, Dichterruhm, Gesundheit, Leben. Wer kann mehr thun? Wer hat nur so viel gethan? Er starb in Missolunghi den 19. April 1824, im 36. Lebensjahre. Raphael lebte 37, Mozart 35 Jahre. Man darf Byron diesen beiden Meistern, als einen dritten zugesellen, und muß erstaunen welche Zahl unübertrefflicher, unsterblicher Werke sie bei so kurzer Lebensdauer zu Staude brachten!

Wenden wir uns jetzt nach diesen Andeutungen über das fast romanhafte Leben Byrons, zu seinen dichterischen Werken, so sind diese von der größten Mannigfaltigkeit, lyrischen, dramatischen und epischen Inhalts. Schon in den lyrischen Gedichten Byrons erkennt der unbefangene Leser, ein bedeutendes Talent. Uebersetzungen und Nachahmungen der Alten (des Anakreon, Euripides, Catull, Tibull, Virgil) zeigen Fleiß und löbliche Theilnahme; und in den eigenen Gedichten offenbart sich schon früh, der nie ganz verschwindende, melancholische Zug Byrons; z. B. wenn es heißt:

Oh! when shall the grave hide for ever my sorrow?
Oh! when shall my soul wing her flight from this clay?
The present is hell, and the coming to morrow
But brings, with new torture, the curse of the day. (VII, 33.) —

Und:

Few are my years, and yet I feel
The world was never design'd for me; — — —
I loved, but those I loved are gone;
Had friends — my early friends are fled;
Hew cheerless feels the heart alone
When all its former hopes are dead. (VII, 174.) — Und:

My heart is sad, my hopes are gone,
My blood runs coldly through my breast;
And when I perish, thou alone
Wilt sigh above my place of rest! (VII, 298.)

Spätere lyrische Gedichte Byrons an seine Frau und Schwester, an Napoleon u. A. zeigen tiefes Gefühl neben ernster Kraft, und die hebräischen Melodien sind in ihrer Art noch nicht übertroffen.

Eine andere Reihe von Schriften Byrons hat man als satirische bezeichnet. Dahin gehört die schon erwähnte: „englische Dichter und schottische Recensenten, hints from Horace, the Waltz und curse of Minerva. (Vol. IX.)“ Die letzte enthält, nach einer glänzenden Beschreibung der Lage Athens, einen sehr heftigen Angriff auf Lord Elgin, wegen Hinwegführung der Bildwerke des Parthenon. Zu seiner Vertheidigung ist gesagt worden, dieselben seyen dadurch von völligem Untergange gerettet worden. Der schon öfter erwähnte Einwand: daß Satiren in der Regel, weder den bessernden Ernst der Sittenlehre, noch die schöne Heiterkeit der Dichtkunst zeigen und erreichen, läßt sich auch hier nicht zurückweisen.

Die Besorgniß Byrons, daß sein Dichterruhm sinke, bezog sich auf den vielfachen Tadel der über seine dramatischen Werke ausgesprochen ward. Dies hing zusammen mit den von ihm befolgten, theoretischen Grundsätzen. Er läugnete nicht die große Begabung Shakspeares, behauptete indeß, dieser Meister sey das schlechteste, nie nachzuahmende Vorbild. Hingegen verehrt Byron die Dichter aus der Zeit der Königin Anna und erhebt Pope bis in den Himmel, als den ersten aller englischen Dichter. Faßt man dies und Aehnliches ins Auge, so kann man sich des Gedankens nicht erwehren: Byron habe eingesehn er könne Shakspeare nicht übertreffen, und deshalb einen ganz anderen Weg, als den besseren angepriesen und eingeschlagen. (XIII, 56, 59.) Daher seine Verehrung des angeblich regelrechten Dramas und der sogenannten Einheiten, welche doppelt verkehrt und thöricht erscheint, da er seine Dramen gar nicht zur Aufführung bestimmte. (V, 203.) Mit großem Rechte sagte deshalb Shelley: „wir sprachen gestern Abend viel über Poesie, und waren wie gewöhnlich verschiedener Meinung, — ja ich glaube mehr als je. Er stellt sich (affects) ein System der Kritik zu beschützen, welches allein zum Hervorbringen des Mittelmäßigen taugt, und obgleich alle seine besseren Gedichte trotz jenes Systems und in Widerspruch mit demselben erzeugt sind, erkenne ich doch die gefährlichen Folgen desselben in dem Dogen von Venedig. Wenn Byron von jenem Systeme nicht abläßt, so werden seine künftigen Bestrebungen beschränkt und eingeengt bleiben. (V, 218.)"

Das erste nach jenen Grundsätzen zugeschnittene Trauerspiel war Marino Faliero, der Doge von Venedig. (XII.) Die Handlung ist mühselig auf 24 Stunden zusammengedrängt, und eben dadurch unvollständig, ja unbegreiflich. Denn nur frühere Thatsachen und eine allmählige Entwickelung (von der wir nichts sehen, sondern nur beiläufig hören), können des Dogen Entschluß erklären und entschuldigen. So abgerissen hingestellt, erscheint er thöricht, ja ungerecht; so daß man sich weder für ihn, noch für die geringhaltigen Verschwörer, noch für die herben Sieger von Herzen interessiren kann. Allgemeine moralische Betrachtungen, rhetorisch glänzende Kunstmittel, reichen nicht aus um begeisterte Theilnahme zu erwecken und die Leidenschaften aristotelisch zu reinigen. Auch sind mehrere Scenen zu einer ermüdenden Länge ausgedehnt, ohne daß die Entwickelung angemessen und ächt dramatisch fortrückte.

Ein zweites Trauerspiel Byrons, Sardanapal (geschrieben 1821) leidet zwar auch noch an den Folgen jenes irrigen Systems, und ist durchzogen von undramatischen Gesprächen; aber die Charaktere des Sardanapal, Salemenes und der Myrrha sind eigenthümlich aufgefaßt und löblich durchgeführt.

Ich übergehe einige andere dramatische Versuche Byrons, welche wenig, oder nichts beitrugen seinen Dichterruhm zu vermehren, oder auch nur zu erhalten; wogegen sein Manfred (trotz aller etwa aufzufindenden Mängel), ein Werk ist was jeden tiefer Denkenden und Fühlenden aufs Mächtigste ergreift und zu neuen Offenbarungen führt. Diese Melancholie zeigt sich nicht bloß verneinend, unfruchtbar, unerzeugend; ja die finsterste Nacht hebt für den rechten Leser, nicht den Glauben und das Wissen vom Lichte auf. Unmöglich kann man sich weiter von all den götzendienerisch verehrten Lehren und Regeln für die

Dramatik, von den fesselnden Einheiten entfernen, als es hier geschieht, und gern erkennt man in dem freien Fluge wiederum den wahren Dichter. Ganz eigenthümlich, ja fast einzig ist Manfreds Verhältniß zu Geistern und bösen Wesen. Er hat sich ihnen nicht hingegeben, nicht verschrieben (wie in allen ähnlichen Fabeln) sondern ist ihrer Herr geworden durch Anstrengung und Kraft seines Geistes. Sie sind ihm, er nicht ihnen unterthan; Alles wächst von innen heraus; Sorge, Hoffnung, Noth, Strafe, Untergang ist sein eigenes Werk.

Man hat es vielfach getadelt daß Byron einen solchen Charakter wie Manfred' aufgestellt habe. Ich kann diesem Vorwurfe nicht beistimmen. Manfred ist ja nicht ein heiteres Musterbild empfohlen zur Nachahmung; sondern ein Beweis daß auch in edelen Naturen ein Keim von Krankheiten verborgen liegt, der bis zur Zerstörung des Geistes hinanwachsen kann, sobald er nicht zur rechten Zeit mit sittlichen und religiösen Mitteln bekämpft wird. Es giebt so viele Trauerspiele, wesentlich herbeigeführt durch äußere Verhältnisse; warum soll nun eine mögliche, ja wirkliche psychologische Entwickelung für unerlaubt gelten? Vielmehr hat Byron auf diesem ungewöhnlichen Wege, eine tragische Reinigung der Leidenschaften bezweckt und erreicht.

Wenn Manfred als ein psychologisches Trauerspiel zu bezeichnen ist, dann Cain als ein metaphysisches: allerdings hat aber eine Verschmelzung des Poetischen und Metaphysischen sehr große Schwierigkeiten. Dieser Umstand hat die Beurtheiler keineswegs nachsichtig und milde gemacht, sondern ihren Zorn erhöht und ihre Anklagen vermehrt. Der Dichter ist indeß gerechtfertigt (V, 313), wenn er einen jeden seinem Charakter gemäß reden und handeln läßt, und Byron behauptete mit Recht, Lucifer könne nicht predigen wie ein rechtgläubiger Bischof von London. So weit es die Aufgabe erlaubt, vertreten Abel, und besonders Adah, die fromme Seite, und gewiß wird niemand durch Lucifers und Cains lange Erörterungen auf falsche Wege verlockt. Wohl aber kommt etwas sehr

Wichtiges an den Tag: daß nämlich dem menschlichen Geiste gewisse Gränzen gesetzt sind, welche er weder überschreiten kann, noch soll. Die Fragen über Wesen und Zulassung des Bösen und des Unglücks, über menschliche Freiheit, Nothwendigkeit, Vorherbestimmung, Weltregierung, Schöpfung und Ewigkeit u. dgl. können (wie wir schon öfter bemerken mußten) niemals vollständig und genügend beantwortet und gelöset werden; und das letzte Ergebniß aller Verhandlungen im Cain, ist ein sittliches zur Demuth und Gottesfurcht hinweisendes Ergebniß.

Wenden wir uns jetzt zu den Werken Byrons, welche man am bequemsten als epische bezeichnen kann, so treten uns zuerst vier Gesänge von Childe Harold's pilgrimage entgegen, welche seinen Dichterruhm sogleich bis zur höchsten Stufe steigerten. Und in der That waren diese Gesänge so eigenthümlich, daß man in der Litteraturgeschichte bis dahin nichts Aehnliches gesehn hatte. Glänzende Naturschilderungen, tiefsinnige Betrachtungen, scharfe geschichtliche und politische Urtheile, stehen in dieser Reisebeschreibung verträglich und wohlgeordnet nebeneinander. Alle Robinsonaden und Wundergeschichten angeblich Reisender erscheinen dagegen unbedeutend, und ohne persönliches Leben. An Childe Harold schließt sich eine lange Reihe anderer Gedichte an, welche, bei aller Verschiedenheit, doch den hochbegabten Geist zeigen, hier aber als bekannt nicht näher zu schildern und zu beurtheilen sind.

Erst am Schlusse bietet uns Byron wieder ein umfangreicheres Werk, den Don Juan. Gern hat man auch hier das sehr große Talent des Dichters anerkannt, ihm aber vorgeworfen, daß neben vielem Schönen, leider zahlreiche unschöne Zweideutigkeiten und Unanständigkeiten das Werk entstellen. Byron hat hierauf geantwortet: daß sich deren, bei andern geduldeten, ja gepriesenen Dichtern, noch mehrere fänden, und allein der Prozeß der Königin von England dem Publikum viel ärgere vorgelegt habe. Nicht minder anstößig als das Gerügte ist das willkürliche, und schon deshalb tadelnswürdige Unspringen vom Edelsten, zum Gemeinsten, das übermüthige Vernichten oder untereinander Aufheben des einen und des anderen. Auch ist der Uebermuth oft wohl nur der einer kalten Bitterkeit und Verzweiflung, und eben deswegen unpoetisch, ja unsittlich. Die Bemerkung: dies Verfahren sey satirischer Zwecke halber nothwendig geworden und dadurch gerechtfertigt, erscheint ganz ungenügend.[1])

Leider ergiebt sich also, daß diesem hochbegabten Manne, diesem Dichtergeiste ersten Ranges, doch im Leben und in seinen Werken, die höchste Harmonie der Verklärung mangelt, welche über widerwärtige Gegensätze erhebt, alle Dissonanzen auflöset und segensreich nach allen Richtungen wirkt. Und wenn bei dem

---

1) Es sind Gründe vorhanden Byrons Don Juan aufs Höchste zu loben nnd aufs Bitterste zu tadeln; — ein Beweis daß er nicht den vollkommenen Dichterwerken beigezählt werden kann. Die Lobredner heben hervor: die Lebendigkeit, den Glanz, die Innigkeit, die Furchtbarkeit vieler Schilderungen; sie finden den heiteren Uebermuth Byrons besser, als den Ingrimm Juvenals und Swifts; sie behaupten es sey kein Grund vorhanden Byron härter zu beurtheilen, als viele andere hochgerühmte Schriftsteller; auch nehme das als unsittlich Bezeichnete, in dem großen Werke nur einen kleinen Raum ein, u. s. w.

Man entgegnet: wahrhaft große Dichter würden solch einen Stoff, solch eine Persönlichkeit für ein umfassendes Werk nicht gewählt, sondern zornig zurückgewiesen, oder doch anders behandelt haben. Ueberall herrscht Willkür, nirgends eine poetische und verständige Organisation. Kein Plan, kein Ebenmaaß der Theile, überlange, ungehörige Episoden, die trotz aller Reiz- und Kunstmittel unangenehm und langweilig erscheinen. Sittenlosigkeit wird als natürlich, ja als nothwendig, berechtigt und geistreich hingestellt; Tugend und höhere Begeisterung dagegen kaum im Hintergrunde angedeutet oder vielmehr als unwahr, lächerlich und thöricht dargestellt.

Legt man den glänzenden Schmuck aufgetragener Poesie zur Seite, so sinkt nur zu Vieles in die Region der Gemeinheit hinab. Byrons Heiterkeit ist nicht heiter, sein scheinbarer Ernst nicht ernst genug, und unbefangene Beurtheiler müssen finden, daß man Heuchelei und Ziererei, nicht durch Frechheit bekämpfen und überbieten soll. Der einzige tragische, im Hintergrunde stehende, zu bejammernde Charakter, ist der unglückliche, unharmonische Dichter selbst. Dieser Mangel einer höheren, in sich einigen Verklärung und Versöhnung, giebt sich auch kund in den bitteren, ungerechten Ausfällen gegen Mutter, Frau, Bekannte, Dichter, Feldherrn und Staatsmänner.

Meister das Licht den Schatten weit überwiegt, so hat sich ihm eine Reihe kleinerer Geister angeschlossen, sich einseitig nach ihm gebildet. Anstatt durch Lernen, Erkennen, Handeln, eine feste und würdige Stellung in der bürgerlichen und litterarischen Welt zu erwerben und vollgültig zu behaupten, hat man unthätige Kopfhängerei, Weltschmerz, Europamüdheit, und ähnliche plattirte Fratzen, als Beweis und Kennzeichen einer, über alle Umgebungen erhabenen Natur anmaaslich geltend gemacht. Das in solcher Weise Geleistete, oder Versuchte, entbehrte jedoch höherer Lebenskraft; und nach kurzem, unangenehmen Geräusch, sind diese Raketen und Schwärmer, in die dunkele Nacht der Vergessenheit hinabgesunken.

So wurden wir allerdings gezwungen Einzelnes zu rügen, was uns auf der langen Bahn der Litteraturgeschichte als mangelhaft entgegen trat. Indeß sind (wie wir wiederholen müssen) diese Mängel, Leiden, Abwege, Rückschritte u. s. w., doch weit weniger verletzend und betrübend, als auf der Bahn der politischen Geschichte: — und während die Schöpfungen der Krieger und Gesetzgeber allmählich in den Hintergrund treten, oder ganz verschwinden, wirken große Dichter, Redner, Philosophen, Geschichtschreiber mit fast unverminderter Kraft, und belehren, erfreuen, befeuern zahlreiche Geschlechter bis in die spätesten Zeiten!

Sechste Abtheilung.

81.

Wir haben gesehen in wie betrübender Weise die deutsche Litteratur Jahrhunderte lang nicht fortschritt, und weniger Muster des Vortrefflichen, als Beweise der Mattigkeit und Ausartung darbot. Man mußte sich freuen daß Opitz und die schlesische Schule in den gräulichen Zeiten des dreißigjährigen Krieges, Zeichen erwachenden Lebens gaben, und obgleich der vielbesprochene Streit zwischen Gottsched, Bodmer, und den Schweizern sich nur in niedern Regionen der Poesie bewegte, lagen doch in ihm Keime fortschreitender Entwickelung. Ja diese trat in einem solchen Maaße und solcher Schnelligkeit ein, wie sie niemand vorhersehen und weissagen konnte.

[Bouterwek XI, 21—38.
Monnard Gesch. der Schweiz II, 7.]

Scharfsinnige Männer haben löblicher Weise nach den Ursachen einer so erstaunlichen Erscheinung geforscht; doch reichen alle äußeren Verhältnisse nicht hin zur vollen Begründung und Erklärung; sondern entscheidend ist (wie ich zu wiederholen so oft gezwungen bin) das Geheimniß einer höheren Fügung, welche bisweilen den Völkern und Zeitaltern, Genien ersten Ranges versagt, bisweilen in größerer Zahl zu unerwarteter Verherrlichung schenkt.

Klopstock steht an der Spitze dieser neuen Entwickelung deutscher Dichtkunst, und überragt (trotz der bereits gerügten Mängel) durch Sprache, Umfang des Geleisteten, Adel der Auffassung und Gesinnung, weit alle seine Vorgänger. Seine

Einwirkung war eine heilsame und folgenreiche. Daß sie aber nicht alleinherrschend und durch Einseitigkeit schädlich, sondern zu dem großen Bau ein viel mannigfaltiger, mehr umfassender Grund gelegt wurde, dies Verdienst haben Männer, deren Anlagen und Richtung von denen Klopstocks wesentlich verschieden waren.

[Bouterwek XI, 68.]

82.

Drei Männer treten uns zunächst als die begabtesten und einflußreichsten entgegen: Gotthold Ephraim Lessing (1729—1781), Johann Gottfried Herder (1744—1803) und Christoph Martin Wieland (1733—1812). Beginnen wir mit Lessing als den am frühsten Gebornen, und zu früh Verstorbenen. Wir finden ihn in sehr verschiedenen Richtungen thätig, rasch übergehend von einem Gegenstande zum anderen, und seine Zeit und Kraft zersplitternd; — worauf seine äußeren Verhältnisse unläugbar wesentlichen Einfluß hatten. Dennoch wird unsere obige Behauptung von der entschiedenen Wichtigkeit einer hohen persönlichen Begabung hiedurch keineswegs widerlegt; vielmehr ist bewundernswürdig daß Lessing (wohin er auch Kraft und Neigung wandte) sich überall zur Meisterschaft emporarbeitete und siegend und schaffend einwirkte, auf Dichtkunst, Kritik, Alterthumswissenschaft, Philosophie, Theologie und Geschichte. Sehr natürlich stieß er hiebei auf Widersprüche mancherlei Art, und ward in Streitigkeiten verwickelt, die von beiden Seiten mit großer Lebhaftigkeit geführt wurden; von der seinen jedoch mit entschiedener Ueberlegenheit der Sprache und Darstellung, der Gelehrsamkeit, des Scharfsinns, und Witzes. Wie eigenthümlich er jedoch hierüber dachte, zeigen folgende Worte: „die Wahrheit gewinnt bei jedem Streite. Dieser hat den Geist der Prüfung genährt, hat Vorurtheil und Ansehn in einer beständigen Erschütterung erhalten; kurz, hat die beschränkte Unwahrheit verhindert sich an der Stelle der Wahrheit festzusetzen." (X, 107.) — Lessing war überzeugt, daß was seinen Geist vorzüglich erhebe, auch durch ihn der Welt am meisten nützen werde. (II, IX.)

[Bouterwek XI, 128.]

Noch tiefsinniger und lehrreicher offenbart sich Lessings ganzes Wesen in folgender Stelle: (V, 146) „Nicht die Wahrheit in deren Besitz irgend ein Mensch ist, oder zu seyn vermeint, sondern die aufrichtige Mühe welche er angewandt hat hinter die Wahrheit zu kommen, macht den Werth des Menschen. Denn nicht durch den Besitz, sondern durch die Nachforschung der Wahrheit erweitern sich seine Kräfte, worin allein seine innere wachsende Vollkommenheit besteht. Der Besitz macht ruhig, träge, stolz. — Wenn Gott in seiner Rechten alle Wahrheit, und in seiner Linken den einzigen immer regen Trieb nach Wahrheit (obschon mit dem Zusatze, mich immer und ewig zu irren), verschlossen hielte, und spräche zu mir, wähle! Ich fiele in Demuth in seine Linke, und sagte: Vater gieb! die reine Wahrheit ist ja doch nur für dich allein!"

Gehn wir nach dieser allgemeinen Andeutung über zur Betrachtung seiner einzelnen Werke, und zwar zunächst der poetischen, so hat Lessing sich selbst, mit übergroßer Strenge, fast alle Fähigkeit dazu abgesprochen. Er sagt: „ich bin weder Schauspieler, noch Dichter. Man beweiset mir zwar mannichmal die Ehre, mich für den letztern zu erkennen. Aber nur, weil man mich verkennt. Aus einigen dramatischen Versuchen, die ich gewagt habe, sollte man nicht so freigebig folgern. Nicht jeder, der den Pinsel in die Hand nimmt und Farben verquistet, ist ein Maler. Die ältesten von jenen Versuchen sind in den Jahren hingeschrieben, in welchen man Lust und Leichtigkeit so gern für Genie hält. Was in den neuern Erträgliches ist, davon bin ich mir sehr bewußt, daß ich es einzig und allein der Kritik zu verdanken habe.[1]) Ich fühle die lebendige Quelle nicht

1) „Nicht jeder Liebhaber ist Kenner. — Man hat keinen Geschmack,

in mir, die durch eigene Kraft sich empor arbeitet, durch eigene Kraft in so reichen, so frischen, so reinen Strahlen aufschießt: ich muß Alles durch Druckwerk und Röhren aus mir herauf- pressen. Ich würde so arm, so kalt, so kurzsichtig seyn, wenn ich nicht einigermaßen gelernt hätte, fremde Schätze bescheiden zu borgen, an fremdem Feuer mich zu wärmen, und durch die Gläser der Kunst mein Auge zu stärken. (XXV, 376.)"

Mit großer Bescheidenheit übergab Lessing seine Gedichte dem damals als Kritiker überschätzten Ramler, welcher sie nach seiner Weise änderte und angeblich verbesserte. Dennoch legte Lessing kein Gewicht auf diese früheren Versuche (Lieder, Oden, Erzählungen). Sie sind nicht ohne Beweise seines Geistes, zeigen jedoch mehr Scharfsinn, als Begeisterung; obwohl auch diese Richtung eine eigenthümliche Art von Gedichten erzeugen kann. Unter den Sinngedichten sind einige unbedeutend, viele gedrängt und treffend. In seiner Abhandlung über das Epigramm sagt Lessing: „es zerfällt in zwei Theile, in deren erstem unsere Aufmerksamkeit auf irgend einen besondern Vorwurf rege gemacht, unsere Neugierde nach irgend einem einzelnen Gegenstand gereizt wird; und in deren anderem Theile unsere Aufmerksamkeit ihr Ziel, unsere Neugierde einen Aufschluß findet. (I, 102.) Am schicklichsten nennt man die Theile des Epigramms, Erwartung und Aufschluß. (I, 110.) Eins ohne das Andere giebt kein vollkommenes Sinngedicht. Ebenso wenig sind Inschriften und Ueberschriften, welche bloß allgemeine Lehrsätze enthalten, oder Thatsachen erzählen, wahre Sinngedichte. (I, 113.) Die Fabel bietet mit der Erwartung sogleich auch den Aufschluß, macht einen einzigen Eindruck, und ist keiner Folge verschiedener Eindrücke fähig. (I, 130.)" —

Es giebt elegantere, umständlicher erzählte und verzierte Fabeln als die Lessings; aber keine in so gedrängter Kürze le-

---

wenn man nur einen einseitigen Geschmack hat. Der wahre Geschmack ist der allgemeine, der sich über Schönheiten von jeder Art verbreitet." (Dramat. I, 15.)

bendig zeichnende und belehrende. Gleich scharfsinnig ist in ihrer Art seine kritische, gelehrte Abhandlung über das Wesen der Fabel.

Wenden wir uns itzt zu Lessings dramatischen Werken so erscheint Miß Sara Sampson gewissermaßen nur wie eine Vorübung zu einem vollkommneren Trauerspiele, galt aber damals für das beste unter den in Deutschland erschienenen. Die Reden sind viel zu lang, und das vollste Gegenstück zu dem griechischen Wechsel, Vers um Vers. Obgleich Gründe genug ausgesprochen sind sich für die Personen zu interessiren, steigert sich die Theilnahme doch nicht bis zu einer wahrhaft tragischen und erschütternden. Daß sich der erbärmliche Mellefort zuletzt ersticht, ist keine genügende Nemesis und erhebende Katastrophe. Die zweideutige Marwood hätte ihren Zorn eher an ihm auslassen können und nicht ungestraft bleiben sollen. Für eine Tragödie im höheren Sinne, erscheinen die Personen zu gering, zu ordinair; auch Goethe hat seiner Stella durch einen tragischen Schluß nicht in eine höhere Region hinaufhelfen können.

In Emilia Galotti ist Sprache, Handlung, Verwickelung, Charakterzeichnung sehr viel vollendeter, als in Miß Sara Sampson. Hingegen ist die Katastrophe, die Tödtung Emiliens, nicht genügend motivirt, und was in Rom (Lessing wollte erst eine Virginia schreiben) unter ganz anderen Verhältnissen als einzige Rettung erscheinen konnte, wird hier einem kleinen Prinzen gegenüber eine Thorheit, ja fast ein Verbrechen.[1]) Und was Emilie über ihre Verführbarkeit sagt, erhöht unsere Zweifel und Vorwürfe. Setzen wir diese jedoch bei Seite, und folgen willig dem ganzen Gange des Stücks, so bleibt es spannend und ergreifend. Meisterhaft ist der Charakter Marinellis gezeichnet und gehalten, und wie viel großartiger erscheint Orsina, als die Marwood.

1) Ein schärferes Urtheil bei Claudius I, 130, und in Engels Philosophen für die Welt.

Sowie man Miß Sara Sampson als Vorstudie zu Emilia Galotti betrachten kann, so Lessings Lustspiele als Vorstudien zu Minna von Barnhelm, welches Werk nicht bloß in Preußen, sondern überall seine Lebenskraft erweisen und behaupten wird.

Im nächsten Verhältniß zu den dichterischen Werken Lessings, stehn die kritischen und antiquarischen. Seine Dramaturgie widersprach siegreich den falschen Auslegungen des Aristoteles, und erlösete die Deutschen von den französischen Fesseln, in welche sie sich (gutmüthig und thöricht zugleich) hatten schlagen lassen. Sie eröffnete ihnen den Blick in die bis dahin fast unbekannte Wunderwelt Shakspeares; sie verdient durch Form und Inhalt daß man sie immer wieder lese, und nur den Kritiken A. W. Schlegels und L. Tiecks gebührt eine ähnliche Berücksichtigung.

Der einzelne Inhalt der antiquarischen Briefe (Streitigkeiten mit Klotz) hat an Interesse verloren, während die Form noch immer durch ihre Gewandtheit und Schärfe anzieht. Gegen den, über die letzte ausgesprochenen Tadel, sagt Lessing (XI, VII): „wenn die Wage auf der einen Seite, worauf das Unrecht liegt, zu sehr überschlägt, so muß man sich aus aller Leibeskraft auf die andere Seite legen, um das Gleichgewicht, oder wo möglich das Uebergewicht des Rechts wieder herzustellen.“

Gleichwie die antiquarischen Briefe, beweiset auch der Laokoon (oder über die Grenzen der Malerei und Poesie) Lessings Scharfsinn, Gelehrsamkeit, und das löbliche Bestreben, Mißverständnisse, sowie falsche Theorie und Praxis zu bekämpfen. Es ist hier nicht der Ort das Einzelne des Werks vorüberzuführen; es genügt einige merkwürdige Aussprüche mitzutheilen. — „Alles Stoische (IX, 20) ist untheatralisch; aber Gebrauch und Gefühl wie der Schmerz auszudrücken sey, verschieden bei verschiedenen Völkern. — Den Alten war die Schönheit das höchste Gesetz der bildenden Künste. Was sich mit ihr nicht verträgt, muß gänzlich weichen, oder doch untergeordnet werden. (29, 30.) —

Der Künstler soll die Gränzen kennen, welche die Grazien seiner Kunst setzen. (36.) Die Gesetze der Malerei, der epischen und dramatischen Dichtkunst sind verschieden. (51.) Körper sind die eigentlichen Gegenstände der Malerei, fortschreitende Handlungen der eigentliche Gegenstand der Poesie. (222.) Raum ist das Gebiet des Malers, Zeitfolge das Gebiet des Dichters. (250.) — Reiz ist Schönheit in Bewegung und darum dem Maler weniger bequem als dem Dichter. (300.) Reiz am unrechten Orte ist Affektation und Grimasse. (Dramat. I, 35.) — Die höchste körperliche Schönheit existirt nur in dem Menschen, und auch in diesem nur vermöge des Ideals. (X, 5.)"

Auf gewissen Kunstausstellungen sehen wir alles Mögliche gemalt, Könige, Prinzen, Minister, Ordensritter, Räuber, Bettelleute, Lumpengesindel, Röcke, Kragen, Kleider aller Art, Atlas, Pelze, Gold, Edelstein, u. s. w.; — aber nichts in höherem Sinne Schönes, keinen menschlichen und zugleich idealisirten Körper. Nur die Bildhauerei hat hiefür noch Sinn und Verstand, Theorie und Praxis.

Lessings Neigung das Zweifelhafte zu untersuchen, das Angegriffene zu vertheidigen, veranlaßte ihn wohl Aufsätze zu schreiben über die Ewigkeit der Höllenstrafen und die Dreieinigkeitslehre. Auch seine Rettungen des Rufes hart angeklagter Männer entstanden nicht zur Beschönigung des Verdammlichen, oder aus bloßem Kitzel des Widerspruchs. Vielmehr zeigt Lessing strenge Gerechtigkeitsliebe und seltene Unbefangenheit des Urtheils, verbunden mit Scharfsinn der Auffassung und lebendiger siegreicher Darstellung. Schon hier findet man in Hinsicht auf Religion kühne Unparteilichkeit, Empfehlung der Duldung, Einsicht in das Wesen, die Vorzüge und die Mängel der verschiedenen Bekenntnisse, — ganz im Widerspruche mit einseitigen theologischen Auffassungen. „Ich kann mir (sagt Lessing) keine angenehmere Beschäftigung machen, als die Namen berühmter Männer zu mustern, ihr Recht auf die Ewigkeit zu untersuchen, unverdiente Flecken ihnen abzuwischen und die falschen Verkleisterungen ihrer Schwächen aufzulösen. — Auch dem Teufel muß man nicht zuviel thun. (III, 13, 58, 194.)"

Lessings Anstellung als Bibliothekar in Wolfenbüttel gab Veranlassung zu einer Reihe gelehrter Arbeiten, die jedoch (gleichwie die antiquarischen Briefe) jetzt vorzugsweise der Sachverständigen Theilnahme erwecken. So veröffentlicht er ein unbekanntes Werk des Berengarius Turonensis über die Abendmahlslehre. Hiebei hatte Lessing die seinem Charakter zusagende Freude, einen ungerecht Angeklagten zu vertheidigen; auch ruft er in diesem Sinne aus: „das Ding, das man Ketzer nennt, hat eine sehr gute Seite. Es ist ein Mensch der wenigstens mit seinen eigenen Augen sehen will. (XIII, 12.)"

Andererseits fühlte Lessing daß derlei Beschäftigungen für seinen reichern Geist nicht paßten. Er schreibt an Ramler: „mein böser Geist lockt mich mit Berengariis und solchen Lumpereien in das weite Feld. Kaum daß ich mir noch zutraue, etwas Besseres bearbeiten zu können, als solchen Bettel." — (XXVII, 34.) In einer verschiedenen und doch auch verwandten Stimmung schreibt Lessing an Nicolai: „beim Niederschreiben des Berengar habe ich das meiste Vergnügen gehabt und ist mir die Zeit am wenigsten lang geworden. Warum soll ich mich mit andern Dingen lieber martern, und doch am Ende nichts Rechtes herausbringen. Mein Spartakus soll darum doch noch eher fertig werden, als wir in Deutschland ein Theater haben. (XXVII, 320.)" Und an Heyne: „Sie prophezeiten mir einmal daß mir jener Fund des Berengarius theuer zu stehn kommen werde; indem es mir an solchen Untersuchungen Geschmack machen würde, die mich um meine Zeit brächten, und sich nur selten belohnen würden. Da haben Sie die Erfüllung dieser Prophezeiung! Wenn Sie so gütig sind und glauben, daß ich wohl etwas Besseres hätte schreiben können, so vergessen Sie nicht daß ein Bibliothekar nichts Besseres schreiben soll. Der bin ich einmal, und möchte es nicht gern bloß dem Namen nach seyn. (XXIX, 438.)"

Die Gespräche über die Freimaurerei (Ernst und Falk) entstanden wohl ebenfalls nicht ohne äußere Veranlassung. Wie bei der Theologie, hat sich Lessing auch hier nicht gescheut an dies noli me tangere Hand anzulegen. Wie auch Eingeweihte darüber denken mögen, die Vollendung der Form dürfte keiner läugnen. Unter Anderem sagt Lessing: „das Totale der Glückseligkeit aller Glieder, ist die Glückseligkeit des Staats. Mehrere Staaten sind natürlich, nothwendig und in keinem lassen sich Uebel ganz vermeiden. Doch kann man die Staaten deshalb nicht abschaffen wollen, wodurch nur größere Uebel hereinbrechen würden. Vielmehr kommt es darauf an die Gegensätze, die Verschiedenheiten auszugleichen, wodurch die Menschen sich fremd werden. Dies bezwecken die Freimaurer, welche Männer aufnehmen ohne Rücksicht auf Vaterland, Religion, Stand u. s. w."

Die Freimaurerei würde also nur dann der Kirche (und mit Recht) entgegentreten, wenn diese, statt Frieden zu stiften, selbst Trennung, Haß und Feindschaft hervorriefe. Die Freimaurerei ist aber, in verschiedenen Ländern, in ähnliche Irthümer und Irrwege verfallen.

Großen Beifall erhielt Lessings Schrift über die Erziehung des Menschengeschlechts. Sie widerspricht der unwahren Lehre von stetem Rückschritte, und der langweiligen Lehre von stets gleichartigen Umtrieben. Sie erklärt lehrreich die Vergangenheit, und weiset tröstlich hin auf weitere Fortschritte. Doch kann man fragen: warum rückte die Erziehung so langsam fort? warum umfaßte sie nur einen so kleinen Theil der Erde, warum zeigt sich so wenig Fähigkeit und guter Wille erzogen zu werden?[1]) Daß Lessing Confucius und Buddha nicht erwähnte, sondern nur Judenthum und Christenthum, ist begreiflich; die Muhamedaner könnten aber klagen, daß er ihre einfache Dogmatik (welche auch viele Völker erzog) weder lobend erwähnte, noch tadelnd beseitigte. In der Rettung des Car-

1) Mendelssohns Widerspruch, Jerusalem II, 45.

danus findet sich dagegen eine geistreiche Zusammenstellung aller Religionen.

Lessings Schriften über **Religion und Theologie** sind von der größten Wichtigkeit. Erstens durch die Lebendigkeit und Ueberlegenheit der Sprache und Form: denn wer schrieb damals mit solcher Klarheit, Präcision und Gewandtheit. Hat ihn doch seitdem kaum Einer erreicht, niemand ihn übertroffen.

[Eschenburg VIII, 1, 262.]

Zweitens durch die Kühnheit des Inhalts, und die bis auf den heutigen Tag fortdauernde Wirkung.[1]) Pedantische Fesseln wurden zerbrochen, und etwanige Irthümer und Uebertreibungen Lessings, fanden damals und später ihre Berichtigung und ihr Gegengewicht. Mit der Heftigkeit und den unwissenschaftlichen Verfolgungsversuchen seiner Gegner, steigerte sich die Schärfe seiner Antworten; aber trotz vieler ihm bereiteten Leiden, konnte er am Schlusse mit Recht sagen: (17, 362) „ich muß es vor aller Welt bekennen, daß es mich noch keinen Augenblick gereut hat, die berüchtigten Fragmente herauszugeben.“[2]) Diese Fragmente des Reimarus (über den Zweck Jesu und seiner Jünger) welche Lessing damals herausgab, waren der Mittelpunkt aller Streitigkeiten. Es ist nicht der Zweck ihren Inhalt hier umständlich mitzutheilen, oder in die genaue Prüfung der Erzählungen von Christi Auferstehung einzugehn. In Wahrheit fragt der Gläubige nach keinen Beweisen, und dem wissenschaftlichen Zweifler erscheinen alle ungenügend. Folgende Stellen aus Lessings hieher gehörigen Schriften dürften zu seiner näheren Charakteristik dienen.

---

1) L'Evangile n'est pas une lettre morte, que rien ne change et ne modifie. S'il en était ainsi, un jour ou l'autre il cesserait d'être compris, faute d'analogie avec les idées nouvelles, amenées par le cours des siècles et des évènements: c'est plutôt une pensée vivante, active et admirablement propre au mouvement et au progrès: — c'est le livre de tous les temps, parceque ce n'est pas un livre qui ait parlé une fois pour toutes. Damiron Hist. de la Philos. I, 138.

2 Siehe Strauß, Reimarus.

„Ist der Name Christ nicht weitläufig, nicht bezeichnend genug? Wir sind Christen, biblische vernünftige Christen. Den wollen wir sehen, der unser Christenthum des geringsten Widerspruchs mit der gesunden Vernunft überführen kann. (V, 13) — Der Buchstabe ist nicht der Geist, und die Bibel ist nicht die Religion. Es mag von ihr noch so viel abhängen, so kann doch unmöglich die ganze Wahrheit auf ihr beruhen. (19.) — Man hat sich kein Gewissen daraus gemacht, Zweifel für Unglauben, Begnügsamkeit mit dem was die Vernunft sagt, für Ruchlosigkeit auszuschreien. Dort hat man jeden Gottesgelehrten zum Pfaffen, hier jeden Weltweisen zum Gottesläugner herabgewürdigt. (21.) — Es giebt, leider, der Männer genug, welche itzt die Religion so vertheidigen, als ob sie von ihren Feinden ausdrücklich bestochen wären, sie zu untergraben. (24.) — Ob eine Offenbarung seyn kann und seyn muß, und welche von so vielen die darauf Anspruch haben, es wahrscheinlich sey, kann nur die Vernunft entscheiden. (26.) — Die Gefangennehmung, oder Ergebung der Vernunft, ist nur das Bekenntniß ihrer Gränzen, sobald sie von der Wirklichkeit der Offenbarung überzeugt ist. (30.) — Wer die Gottheit Christi nicht mit ins neue Testament bringt, wer sie nur aus dem neuen Testament holen will, dem ist sie bald abdisputirt. (VI, 63.) — Wer gewisse Beweise einer Sache bezweifelt, bezweifelt deshalb die Sache selbst nicht. (82.) — Ich bin Liebhaber der Theologie, nicht Theolog. Ich habe auf kein gewisses System schwören müssen. (83.) — Die Bibel enthält offenbar mehr, als zur Religion gehört. Es ist bloße Hypothese, daß die Bibel in diesem Mehreren gleich unfehlbar sey. Das mündlich offenbarte Christenthum, ist weit früher gewesen als das aufgeschriebene. (84, 89, 100.) — Ich dächte nur das müßte zum Christenthume gehören, was den Katholiken und Protestanten gemein ist. (113.) — Die Schwächen der Bibel, halte ich nicht für Schwächen der Religion. (138.) — Ich habe noch immer die besten Christen unter denen gefunden, die von der Theologie am wenigsten wußten. (143.) — Dürfen unsere lutherischen

Pastores, unserem Forschen und der Mittheilung des Erforschten Schranken setzen, so bin ich der Erste der die Päpstchen mit dem Papste vertauscht. (163.) — Wenn man der evangelischen Kirche verwehren will, noch weiter in sich selbst zu wirken und alle fremdartige Materie von sich zu stoßen, wird sie auf einmal ebenso weit hinter dem Papstthume seyn, als sie jemals noch vor ihm gewesen. (17, 369.) — Nachdem ich viele Bücher zur Vertheidigung der christlichen Religion gelesen, suchte ich ebenso begierig jede neue Schrift wider die Religion auf und schenkte ihr eben das geduldige, unparteiische Gehör, das ich sonst nur den Schriften für die Religion schuldig zu seyn glaubte. Je bündiger mir der Eine das Christenthum erweisen wollte, desto zweifelhafter ward ich. Je muthwilliger und triumphirender mir es der Andere ganz zu Boden treten wollte, desto geneigter fühlte ich mich, es wenigstens in meinem Herzen aufrecht zu halten. (17, 73.) — Ich schreibe über eine Hypothese: die Evangelisten bloß als menschliche Geschichtschreiber betrachtet. Die Religion Christi ist mit den deutlichsten Worten, in den Evangelisten enthalten. Die christliche (das allmählig entstandene Dogma) hingegen ist so ungewiß und vieldeutig, daß es schwerlich eine einzige Stelle giebt, mit welcher zwei Menschen, so lange als die Welt steht, den nämlichen Gedanken verbunden haben. (86.) — Die beste geoffenbarte, oder positive Religion, ist die, welche die wenigsten conventionellen Zusätze zur natürlichen Religion enthält, die guten Wirkungen der natürlichen Religion am wenigsten einschränkt. (17, 301.)" — Diese Unterscheidung festhaltend erklärt Lessing: „ich verstehe unter der christlichen Religion alle diejenigen Glaubenslehren, welche in den Symbolis der ersten vier Jahrhunderte der christlichen Kirche enthalten sind. (VI, 29.)"

Gewiß ist Lessing (zufolge sehr bestimmter Erklärungen) oberflächlichen und zugleich unduldsamen Aufklärern ebenso abgeneigt, als hochmüthigen, verfolgungssüchtigen Theologen. Ueberall aber sucht er Licht und Geist in die Gegenstände hineinzubringen und herauszudeuten, das Unverständige und Triviale zur Seite schiebend. Wie sehr, bei äußerer, scharfer Ueberlegenheit, Lessing der innern Tiefe und Milde nicht entbehrte, zeigen (neben dem liebevollen, rührenden Testamente Johannis) viele Stellen seiner Werke, insbesondere die folgenden. (V, 298.)

„Habe ich meine Muße (sagt Lessing) nicht zum Besten angewandt: was thut das? Mein Vorsatz war es wenigstens, sie gut anzuwenden. Ich überlasse es der Zeit, was meine aufrichtig gesagte Meinung wirken kann und soll. Vielleicht soll sie nicht soviel wirken, als sie wirken könnte. Vielleicht soll, nach Gesetzen einer höhern Haushaltung, das Feuer noch lange so fortdampfen, mit Rauch noch lange gesunde Augen beißen, ehe wir seines Lichts und seiner Wärme zugleich genießen können. — Ist das: so verzeihe Du, ewige Quelle aller Wahrheit, die allein weiß, wann und wo sie sich ergießen soll, einem unnütz geschäftigen Knechte! Er wollte Schlamm Dir aus dem Wege räumen. Hat er Goldkörner unwissend mit weggeworfen: so sind Deine Goldkörner unverloren!“

Wer wagt es, nach so demüthigem Bekenntnisse, Lessing die Lossprechung zu verweigern?

In den Briefwechsel Lessings sind viele unbedeutende Antworten seiner Freunde aufgenommen und durch Nicolais lange Noten noch verwässert. Doch erläutern sie das litterarische Treiben jener Zeit, und sind keineswegs von Hause aus für den Druck bestimmt, — was das eigenthümliche Wesen eines Briefwechsels aufhebt. Es mögen einige charakteristische Stellen hier Platz finden.

„So lange der Virtuose (sagt Lessing) Anschläge macht, Ideen sammelt, wählt, ordnet, in Plane vertheilt, so lange genießt die sich selbst belohnende Freude der Empfängniß. Aber so bald er einen Schritt weiter geht, und Hand anlegt seine Schöpfung auch äußerlich darzustellen, sogleich fangen die Schmerzen der Geburt an, welchen er sich selten, ohne alle Aufmunterung unterzieht. (18, 8.)“

(Ich finde die Freude des Ausarbeitens und Gestaltens noch

größer, als die des Sammelns; aber nach der Geburt tritt oft, wo nicht Mißfallen über das Kind, doch Gleichgültigkeit gegen dasselbe ein.)

„Nimm meinen brüderlichen Rath an und gieb den Vorsatz ja auf vom Schreiben zu leben. (XXX, 39.) — Es ist leichter (im Drama) zum Mitleiden zu bewegen, als lachen zu machen. Man lernt eher, was Glück und Unglück, als was sittlich und unsittlich, anständig und lächerlich ist. (42.) Studire fleißig Moral, lerne dich gut und richtig ausdrücken und kultivire deinen eigenen Charakter: ohne das kann ich mir keinen guten, dramatischen Schriftsteller denken. (55.) Du hast zu wenig Philosophie und arbeitest viel zu leichtsinnig. Um die Zuschauer so lachen zu machen, daß sie nicht zugleich über uns lachen, muß man auf seiner Studirstube sehr lange ernsthaft gewesen seyn. Man muß nie schreiben, was einem zuerst in den Kopf kommt. Du hättest dich einer ernsthaften bürgerlichen Beschäftigung widmen sollen; auch die glücklichste Autorschaft, ist das armseligste Handwerk. Ich stecke hier in Schulden bis über die Ohren und sehe schlechterdings noch nicht ab, wie ich mit Ehren wegkommen will. (68, 82, 83.) Ich rathe dir sehr weniger zu schreiben, das ist weniger drucken zu lassen, und desto mehr für Dich zu studiren. (98.)"

„Was eine besondere Heiterkeit des Geistes, was eine besondere Anstrengung erfordert, was ich mehr aus mir selbst ziehen muß, als aus Büchern, damit kann ich mich jetzt nicht abgeben. Ich fühle es, daß mir schon die Umarbeitung meiner alten Schriften mehr Zeit kosten wird, als der ganze Bettel werth ist. (99.) — Wenn Dir um sonst nichts bange ist, als daß ich mich durch das schale Lob der Theologen dürfte verführen lassen, mich mehr mit ihren Quisquilien und Ungereimtheiten zu beschäftigen, so kannst Du meinetwegen ganz ohne Sorgen seyn. (128.) Ich hasse alle Leute welche Sekten stiften wollen, von Grund meines Herzens. Denn nicht der Irthum, sondern der sektirische Irthum, ja sogar die sektirische Wahrheit, machen das Unglück der Menschen, oder würden es machen, wenn die Wahrheit eine Sekte stiften wollte. (310.)"[1])

„Es ist recht gut eine Zeitlang in einer großen Bibliothek zu studiren, aber sich darin vergraben ist eine Raserei. (238.) — Das Theater wird mir von Tage zu Tage gleichgültiger. (151.) Ich habe weder in Wolfenbüttel, noch in Hamburg, über keine Zeile meiner Tragödie eine Seele können zu Rathe ziehen: gleichwohl muß man wenigstens über seine Arbeit mit jemand sprechen können, wenn man nicht selbst darüber einschlafen soll. Die bloße Versicherung, welche die eigene Kritik uns gewährt, daß man auf dem eigenen Wege ist und bleibt, wenn sie auch noch so überzeugend wäre, ist doch so kalt und unfruchtbar daß sie auf die Ausarbeitung keinen Einfluß hat. (167.) Wer hat Lust nach Empfindungen in der Ferne umherzujagen, wenn er in der Nähe nichts um sich sieht, was ihm deren auch nur Eine gewähren könnte? Ich habe gearbeitet, mehr als ich sonst zu arbeiten gewohnt bin, aber lauter Dinge, die (ohne mich zu rühmen) auch wohl ein größerer Stümper ebenso gut hätte machen können. (214.) Kein Mensch unterzieht sich gern Arbeiten, von welchen er ganz und gar keinen Vortheil hat, weder Geld, noch Ehre, noch Vergnügen. (224.)"

Lessing mag (wie jeder Mensch) Einzelnes verschuldet haben, aber welche Reihe unverschuldeter Leiden traf den edelen Dulder! Drückende Nahrungssorgen, das Verdienstlichste am herbesten bekrittelt, überall angegriffen und verläumdet von Gegnern, einsam unter gleichgültigen Nebenwohnern, kaum begriffen und verstanden von seinen Freunden; — Alle verkannten daß der Kern seines Lebens, auf Liebe zur Wahrheit und Gerechtigkeit beruhte.

Frau und Kind (die Freude seines gestörten Lebens) werden ihm rasch entrissen, und sein großartiger Schmerz durchbricht erschütternd den mannhaften Versuch ihn zu unterdrücken. Er schreibt an Mendelssohn: „mit mir ist es aus, und jeder dich-

1) Aehnlich Herder. Werke zur Theologie I, VIII.

terische Funken (deren ich ohnedies nicht viele hatte) ist in mir erloschen!" (27, 43.) — Und seine letzten Worte (an denselben gerichtet): „auch ich war einst ein gesundes, schlankes Bäumchen, und bin jetzt ein so fauler, knorriger Stamm! Ach lieber Freund, diese Scene ist aus! Gern möchte ich Sie freilich noch einmal sprechen!" — Welch eine Tragödie!

Wie verschieden sind Richtungen und Schicksale der Menschen, der Gelehrten, der Schriftsteller. Man vergleiche Dante und Petrarka, Spinoza und Leibnitz, Lessing und Goethe! Dieser, Goethe, im Schoße des Glücks, sorgenfrei (ja allgenugsam) ohne Leiden und Schmerzen (er müßte diese sich denn selbst bereiten) allgemein anerkannt und bewundert in der Nähe, wie in der Ferne, in großen Kreisen waltend und herrschend wie ein Fürst! — Und Lessing?!

Eine Dornenkrone hat sich Lessing selbst geflochten! Die zeitlichen Dornen verschwinden, die Krone bleibt so hoch gestellt daß alte leidenschaftliche Angriffe und neue Kritteleien sie ihm nicht entreißen können. Nathan ist nicht blos ein durchaus eigenthümliches, in sich vollendetes Werk der schönen Litteratur, er ist auch eine That, welche auf diesem Boden nicht ihres Gleichen hat.

Wenn Lessing sagt (XXX, 505: „es kann wohl seyn, daß mein Nathan im Ganzen wenig Wirkung thun würde, wenn er auf das Theater käme, was wohl nie geschehn wird;" — so dachte er wahrscheinlich daß unduldsame Eiferer es verhindern würden. Sonst war die Besorgniß ohne Grund; denn wie könnte ein so ergreifendes Werk, wie könnten so scharf gezeichnete, lebendige Personen, in so anziehenden, spannenden Verhältnissen, nicht darstellbar, nicht theatralisch seyn? Die Erfahrung hat das volle Gegentheil bewiesen.

Aber (wendet man ein) das Ganze ist zu lehrhaft, mithin unpoetisch. — Lehrhaft, ja; unpoetisch, nein! Und was hat Nathan gemein mit langweiligen Lehrgedichten?

Lessing (sagt man weiter) hat das Christenthum unbillig behandelt, seine großen, alle andern Religionen überflügelnden

Vorzüge nicht in das rechte Licht gestellt, und dadurch irrige und gefährliche Urtheile hervorgerufen. —

Ich glaube nicht, daß durch das Lesen, oder Darstellen des Nathan, ein einziger Christ jemals Jude, oder Muhamedaner geworden ist. Die Verherrlichung des Christenthums war keineswegs der Zweck Lessings; sie war mit seinem Zwecke in demselben Drama durchaus nicht zu vereinigen, und ein vollkommener Christ erscheint ihm als ganz untheatralisch. (Drama I, 18.) Deshalb läßt er, hier mit Recht, den Werth oder Unwerth jeder Dogmatik (der einfachen, wie der verwickelten) ganz zur Seite; er zeigt dagegen (ihm das Wichtigste) die Möglichkeit, die Pflichtmäßigkeit, die Würde der Tugend und Sittlichkeit, für alle Religionen. Dem Standpunkte Lessings unter den Christen gemäß, mußte er aber, ganz natürlich, schärfer aussprechen und darstellen, wie weit ihre Ansichten und ihr Thun sich nur zu oft vom wahren Christenthum entfernten. — Saladin, Nathan, die Erzählung von den Ringen waren geschichtlich gegeben, an schlechten heuchlerischen Patriarchen fehlte es damals leider nicht, und auch nicht an Tempelherrn geringer als der von Lessing dargestellte. Die Bevorzugung einer Religion hätte die Erzählung von den Ringen und den Zweck des Werkes vernichtet. Andere mögen an anderer Stelle thun, was ihnen löblich und nöthig erscheint.

Lessing hat meisterhaft, in einem zugleich künstlichen und natürlich einfachen Drama erwiesen, daß Eitelkeit, Eigenliebe, Hochmuth, Aberglaube, Haß und Verfolgungssucht in angeblich religiösen Dingen überall verdammlich sind; daß Juden, Muhamedaner und Christen hievon gleich überzeugt seyn können und sollen; daß nicht bloß Philipp II., Torquemada und Alba, sondern auch Luther und Calvin, nebst ihren Anhängern, aus dem Nathan lernen könnten und sollten.

Nathan vereinigt die Begeisterung der siegreichen Vernunft, des edelen Gemüths, der Gerechtigkeit und Friedensliebe, der ächten Milde und des löblichen Zornes, der weltgeschichtlich tiefen Einsicht, mit der seltenen Kraft lebendige Menschen zu schaffen. Ich wiederhole es: Nathan ist Poesie im höchsten Sinne des Worts, er ist zugleich eine weltgeschichtliche That, Bahn brechend und beruhigend fortwirkend durch alle Zeiten!

83.

Herders Vielseitigkeit geht schon daraus hervor, daß seine Werke in drei große Abtheilungen zerfallen, für Religion und Theologie, für Philosophie und Geschichte, für schöne Litteratur und Kunst. Es ist nicht unsere Aufgabe, Herder in die Tiefe dieser Wissenschaften zu folgen und zu beurtheilen, sondern nur Einiges behufs seiner Charakteristik als Schriftsteller vorzulegen.
[Bouterwek XI, 478.]

Zuvörderst verdienen zwei seiner frühern Werke Erwähnung: vom Geiste der ebräischen Poesie, und die älteste Urkunde des Menschengeschlechts. Beide erweisen einen seltenen Sinn für das Morgenland und die Dichtungsweise verschiedener Völker; beide haben wesentlich dazu beigetragen, den Werth der damals oft gering geschätzten Bibel zu erkennen. Sprache und Darstellung entfernen sich aber weit von der einfachen Klarheit Lessings. Dies falsche Streben dichterische Prosa zu schreiben, führt zum Gesuchten, Schwülstigen, Unverständlichen; Herder glaubt sich zu erheben, wenn er auf Stelzen einhergeht. Daher wagte ich in meiner Spreu zu sagen: „es giebt keinen größeren Gegensatz als zwischen dem bestimmten, scharf gezeichneten, gedankenreichen, zum Ziele treffenden, sonnenhellen Style Lessings und der Darstellung Herders, welcher den, ohnehin unbestimmten Kern, mit allerlei farbigen Wolken, mit Gedankenstrichen und Ausrufungszeichen, mit Schnitzwerk und Gekräusel aller Art umhüllt und vermeintlich schmückt. (183.)“

Später minderten sich diese Uebel bei Herder, indeß leidet ebenfalls daran eine spätere Schrift: „Auch eine Philosophie zur Geschichte der Menschheit.“ Die Fantasie überflügelt das hier erforderliche strenge Denken, und mit Unrecht werden dichterische

Gebilde über ein goldenes patriarchalisches Zeitalter, wie geschichtliche Thatsachen aufgeführt, geschichtliche Zeiten hingegen übermäßig in Schatten gestellt. Im Style noch immer mehr Worte und Gefühle, als fester Inhalt, zu viel sforzato, zu viel Accente und punktirte Noten; schon das Uebermaaß des gesperrt Gedruckten, hebt die bezweckte Wirkung auf. Ich gebe eine Periode zur Probe.

„Sowie nun das, bei dem großen Vorrathe von Kräften und Fähigkeiten, den wir entwickelt vor uns finden, bei dem schnellern Laufe unserer Säfte und Regungen, Lebensalter und Gedankenplane, wo Eins das Andere wie eine Wasserblase, die andere zu verfolgen und zu zerstören eilt, bei dem so oft mißhelligen Verhältnisse zwischen Kraft und Besonnenheit, Fähigkeit und Klugheit, Anlage und gutem Herzen, die ein Jahrhundert des Verfalls immer bezeichnen — wie's bei dem Allem Absicht und abwägende Weisheit scheint: eine große Masse kindischer Kräfte, durch kurze, kraftlose Dauer des Lebensspiels zu mäßigen und zu sichern; gehörte nicht auch allein jenes erste, stille, ewige Baum- und Patriarchenleben dazu, um die Menschheit in ersten Neigungen, Sitten und Einrichtungen zu wurzeln und zu gründen. (II, 243.)"

Mit Recht werden Herders Ideen zur Geschichte der Menschheit als sein, am Besten gedachtes und geschriebenes Hauptwerk bezeichnet. Man hat ihn und Heeren getadelt, daß sie das Wort Ideen zum Titel ihrer Werke wählten. Gewiß haben sie und ihre Leser, den bezweckten Sinn und die Bedeutung des Worts genauer und leichter verstanden, als Platon und dessen Erklärer. Bei aller Aehnlichkeit sind jene beiden Werke sehr verschieden. Neuere Forschungen und Entdeckungen haben Vieles im Herder näher bestimmt, oder auch widerlegt; während vorsichtigere und gründlichere Behauptungen Heerens nicht selten bestätigt wurden.

Herder liebt es gewisse Sätze als überaus wichtig hervorzuheben und an die Spitze zu stellen; sie sind aber nicht selten leere Allgemeinheiten, deren weitere wortreiche Erläuterung, trotz der Fantasie und des poetisirenden Schmuckes, ohne scharfe Gestaltung, zuweilen ermüdet und die Aufmerksamkeit schwer fesselt. Herder legt die Naturgeschichte, der Menschengeschichte zum Grunde und befaßt in dieser Vieles, was frühere Historiker mit Unrecht verschmähten. Erst Voltaire erweiterte geistreich, aber nicht immer unbefangen den Gesichtskreis, und das deutsche Werk steht ihm in deutscher Weise löblich erregend und belehrend gegenüber. Hier durften Teleologie, Psychologie, Lebenskräfte, Religion u. s. w. nicht fehlen, und die Eigenthümlichkeit der Auffassung und Richtung giebt sich gleich Anfangs kund, wenn Herder sagt: „Es ist die schönste Eigenschaft meiner, Gott nachahmenden Vernunft, seinem Plane nachzugehen, und mich der himmlischen Vernunft zu fügen. Auf der Erde werde ich also keine Engel des Himmels suchen, deren keinen mein Auge je gesehn hat; aber Erdenbewohner, Menschen werde ich auf ihr finden wollen, und mit Allem vorlieb nehmen, was die große Mutter hervorbringt, trägt, nährt, duldet, und zuletzt liebreich in ihren Schoß aufnimmt.“ —

„Die Kraft die in mir denkt, ist, ihrer Natur nach, eine so ewige Kraft, als jene die Sonnen und Sterne zusammenhält. — Der Bau des Weltgebäudes sichert den Kern meines Daseyns, mein inneres Leben, auf Ewigkeiten hin. Wo und wer ich seyn werde, werde ich seyn der ich jetzt bin, eine Kraft im System aller Kräfte, ein Wesen in der unabsehlichen Harmonie einer Welt Gottes. (III, 6—8.)“ — Wir fahren fort in unsern Auszügen.

„Das Menschengeschlecht auf Erden, ist eine und dieselbe Gattung. (IV, 70.) — Es giebt eine lebendige, organische Kraft; ich weiß nicht woher sie gekommen, noch was sie in ihrem Innern sey. Aber daß sie da sey, daß sie lebe, daß sie organische Theile sich aus dem Chaos einer homogenen Materie zueigne, das sehe ich, das ist unläugbar. (96.)“

„Die Weltgegend verändert die Bildungen aller Völker äußerst langsam; durch die Vermischung mit fremden Nationen, verschwinden dagegen in wenigen Geschlechtern alle mongolischen, sinesischen, amerikanischen Züge. (103.) — Oberägypten ist (zufolge jeder vernünftigen Geogenie) eher bewohnt gewesen, als das untere Aegypten. (V, 113.) — Kein europäisches Volk hat einen weiteren, schöneren Weltstrich, als diese Griechen bepflanzt. (142.) Alles hing bei den Griechen an der kühnen Idee, daß Götter mit ihnen verwandte, höhere Menschen, und Helden niedere Götter seyen; diesen Begriff aber hatten ihre Dichter gebildet. (164.) — Das delphische Orakel, wie großen Nutzen hat es in Griechenland gestiftet. (172.) — Das Geschlecht der Weiber, so schöne Muster jeder Tugend es auch in Griechenland hervorgebracht hat, blieb nur ein untergeordneter Zweck des männlichen Lebens; die Gedanken edler Jünglinge gingen auf etwas Höheres hinaus. (174.) — Die reine Vernunft und Wissenschaft hat durch Aristoteles so gewonnen, daß er in ihrem Gebiete, als ein Monarch der Zeiten dasteht. (193.) — In der Geschichte der Menschheit ist Homer der einzige seiner Art, und der Unsterblichkeit würdig, wenn etwas auf Erden unsterblich seyn kann. (152.)"

„Mit Karthago fiel ein Staat, den die Römer nie zu ersetzen vermochten. (262.) Rom ist nicht mehr, und auch bei seinem Leben, mußte es jedem edeln Manne seine Empfindung sagen, daß Fluch und Verderben sich mit allen diesen ungeheuern, ehrsüchtigen Siegen auf sein Vaterland häufte. (268.) Der Kriegsgeist Roms mußte sich zuletzt selbst verderben und das Schwert in seine Eingeweide kehren, das er so oft auf unschuldige Städte und Nationen gezückt hatte. (279.) Fester und größer ist nie ein Kriegsstaat gewesen, als es der Staat der Römer war; seine Leiche ward aber je durch Jahrhunderte hindurch, schrecklicher zu Grabe getragen. (281.)"

Herders Darstellung des Christenthums würden Manche itzt wohl den Vorwurf machen, sie sey zu rationalistisch. Sie beginnt mit den Worten: „Siebenzig Jahre vor dem Untergange des jüdischen Staates, ward in ihm ein Mann geboren, der sowohl in dem Gedankreich der Menschen, als in ihren

Sitten und Verfassungen eine unerwartete Revolution bewirkt hat, Jesus! Arm geboren ob er wohl vom alten Königshause seines Volkes abstammte, u. s. w. (VI, 51.)"

„Um den Ketzereien und Systemen zu entkommen (fährt Herder fort), wählte man das schlimmste Mittel: Kirchenversammlungen und Synoden. Wie viele derselben sind eine Schande des Christenthums und des gesunden Verstandes! Stolz und Unduldsamkeit riefen sie zusammen, Zwietracht, Parteilichkeit, Grobheit und Bübereien herrschten auf denselben, und zuletzt waren es Uebermacht, Willkür, Trotz und Kuppelei, oder ein Zufall, die unter dem Namen des heiligen Geistes für die ganze Kirche, ja für Zeit und Ewigkeit entschieden. (VI, 63.)"

„Vielleicht giebt es kein öderes Feld der Litteratur, als die Geschichte der christlichen Wort- und Schwertübung, die dem menschlichen Verstande seine eigene Denkkraft, den Urkunden des Christenthums ihre klare Ansicht, der bürgerlichen Verfassung ihre Grundsätze und Maßregeln dergestalt geraubt hatte, daß wir zuletzt andern Barbaren und Saracenen danken müssen, daß sie durch wilde Einbrüche die Schande der menschlichen Vernunft zerstörten. (93.)"

„Woher kommt es daß in den Schriften der Kirchenväter sich so wenig reine Moral, und oft das Beste mit dem Schlechtesten, das Gold mit Unrath vermischt findet? Woher daß man in diesen Zeiten auch von den vortrefflichsten Männern, die noch so viele griechische Schriftsteller zu ihrem Gebote hatten, kein Buch nennen kann, das, ohne alle Rücksicht auf Composition und Vortrag, bloß in der Moral und dem durchgehenden Geiste des Werks, Einer Schrift der sokratischen Schule an die Seite zu setzen wäre? Woher daß selbst die ausgesuchten Sprüche der Väter, so viel Uebertriebenes und Mönchisches an sich haben, wenn man sie mit der Moral der Griechen vergleicht? Durch die neue Philosophie war das Hirn der Menschen verrückt, daß sie statt auf der Erde zu leben, in Lüften des Himmels wandeln lernten; und wie es keine größere Krankheit geben kann, als diese, so ists wahrlich ein beweinenswerther

Schade, wenn sie durch Lehre, Ansehn, Institute fortgepflanzt und die lauteren Quellen der Moral, auf Jahrhunderte hindurch trübe gemacht wurden.“ (96.)

„Gewiß hat der Bischof von Rom für die christliche Welt viel gethan: er hat, dem Namen seiner Stadt getreu, nicht nur durch Bekehrung eine Welt erobert, sondern sie auch durch Gesetze, Sitten und Gebräuche, länger, stärker und inniger als das alte Rom die seine regiert. Gelehrt hat der römische Stuhl nie seyn wollen; er überließ dies Vorrecht andern: aber auch die gelehrtesten Stühle unter sich zu bringen, und nicht durch Philosophie, sondern durch Staatsklugheit, Tradition, kirchliches Recht und Gebräuche, die Welt zu regieren, das war seyn Werk und mußte es seyn, da er selbst nur auf Gebräuche und Tradition beruht.“ (116.)

„Weder Mönche noch Krieger nähren ein Land, und da bei jener Einrichtung für den erwerbenden Stand so wenig gesorgt war, daß vielmehr Alles in ihr dahin ging, Bischöfen und Edeln die ganze Welt leibeigen zu machen; so sieht man, daß damit dem Staate seine lebendigste Triebfeder, der Fleiß der Menschen, ihr wirksamer, freier Erfindungsgeist auf lange geraubt war.“ (195.)

„Amerika raucht noch von dem Blute seiner Erschlagenen, denn Christi Kreuz ward dahin als Mordzeichen getragen. — Und ihr, zahllosen Opfer der Inquisition im südlichen Frankreich, in Spanien und in andern Welttheilen, eure Asche ist entflogen, eure Gebeine sind vermodert; aber die Geschichte der an Euch verübten Gräuel, bleibt eine ewige Anklägerin der in Euch beleidigten Menschheit.“ (219.)

„Das Reich der Araber hatte keine Constitution; das größte Unglück für den Despoten sowohl, als für seine Sklaven. (253.) Muhameds Religion hat durch das Verbot des Weins, der Völlerei und dem Zanke zuvorkommen, durch das Verbot unreiner Speisen, Gesundheit und Mäßigung fördern wollen. Desgleichen hat sie den Wucher, das gewinnsüchtige Spiel, auch mancherlei Aberglauben untersagt, und mehrere Völker aus einem rohen und verdorbenen Zustande auf einen mittleren Grad der Cultur gehoben; daher auch der Moslem den Pöbel der Christen in seinen groben Ausschweifungen, insonderheit in seiner unreinen Lebensweise tief verachtet. Die Religion Muhameds prägt den Menschen eine Ruhe der Seele, eine Einheit des Charakters auf, die freilich ebenso gefährlich als nützlich seyn kann, an sich aber schätzbar und hochachtungswürdig bleibt; — dagegen die Vielweiberei, die sie erlaubt, das Verbot aller Untersuchungen über den Koran, und der Despotismus den sie im Geistlichen und Weltlichen feststellt, schwerlich andere, als böse Folgen nach sich ziehen mögen.“ (258.)

„Wenn in der Menschengeschichte keine Vernunft herrscht, wenn tolle Unternehmungen gleich klugen, ungerechte Handlungen den gerechten gleich, oder mehr als sie gelten; warum lesen und sprechen wir von der Geschichte?“ (VII, 53.)

„Ueber die Bekümmerungen um ein künftiges Leben, verlieren Thoren das Gegenwärtige. Warum kann man das künftige Leben nicht ebenso ruhig abwarten, als einen künftigen Tag? (58.) Nicht die Wissenschaft des Zukünftigen und die Spekulation über dasselbe, ist die Lektion meines Lebens, sondern der Gebrauch des Gegenwärtigen. Dazu habe ich Mittel und Kräfte. (61.) Doch lernt selbst der Ungläubige einsehn, wie nothwendig dem Menschengeschlechte, Glaube an eine fortgehende Zukunft sey, selbst sogar den Fall gesetzt, daß diese nicht vorhanden wäre. (72.) Glaube muß die Hoffnung der Fortdauer nach dem Tode allein bleiben, demonstrirte Wissenschaft kann sie nie werden. (74.) Die Perfektibilität ist keine Täuschung, sie ist Mittel und Endzweck zur Ausbildung alles dessen, was der Charakter unseres Geschlechts, Humanität verlangt und gewährt.“ (135.)

„Die Religion Christi, die er selbst hatte, lehrte und übte, war die Humanität selbst. Nichts anders als sie; sie aber auch im weitesten Inbegriff, in der reinsten Quelle, in der wirksamsten Anwendung. Christus kannte für sich selbst keinen edleren Namen, als daß er sich den Menschensohn, das ist, einen Menschen nannte.“ (133.)

„Je gegründeter ein Staat in seinen Prinzipien, je geordneter, heller und stärker er in sich selbst ist, desto weniger läuft er Gefahr vom Winde jeder Meinung, von jedem Pasquill eines aufgebrachten Schriftstellers bewegt und erschüttert zu werden. Um so mehr wird derselbe auch Freiheit der Gedanken und (mit einiger Einschränkung, nach seiner Situation und Lage) Freiheit der Schriften gönnen, bei der die Wahrheit am Ende doch gewinnt. Nur Tyrannen sind argwöhnisch, nur geheime Bösewichter furchtsam. Ein offener Mensch der recht thut und auf seinen Grundsätzen fest ist, läßt Alles über sich sagen. Er wandelt am Tage und nutzt selbst die ärgsten Lügen seiner Feinde.“ (361.)

Obgleich Herders Ansichten und Lehren nicht minder kühn und vom Herkömmlichen abweichend waren, als die des vorsichtigen Gibbon und des gereizten Lessing, ist er doch nie so verketzert worden, wie diese. Theils hatten sich die Ansichten geändert, theils überzeugte man sich daß die Vertheidigung der angegriffenen Punkte zweckmäßiger in anderer Weise zu führen sey.

Wir kommen itzt zur dritten Abtheilung der herderschen Werke, für schöne Litteratur und Kunst. Herder war kein schaffender Dichter ersten Ranges, es gelang ihm nicht poetisch lebendige Personen zu erschaffen. Seine dramatischen Versuche sind schwach, wenn wir vergleichen seine Alceste mit der des Euripides, seinen Prometheus mit Aeschylus (und Goethe), seinen Brutus mit Shakspeares Cäsar, oder seine lange Aurora mit Bürgers kurzem ergreifenden Sonett „grauer Tithon“. Auch die Paramythien enthalten meist nur antike Scenen modernisirt und sentimentalisirt.

[Eschenburg I, 301, IV, 227.]

Herders Talent zu reflektiren ist größer als das zum erzählen und darstellen; fast nie ist er ein eigenthümlich erzählender Historiker. Seine kritischen Arbeiten hatten zu ihrer Zeit erheblichen Werth und brachten Nutzen; jetzt sind Bücher und Streitigkeiten meist veraltet und können (in solcher Breite verhandelt) nicht mehr interessiren. Auch möchte gegen manche Urtheile mit Recht nicht Weniges einzuwenden seyn. Mit der größten Geschicklichkeit und Zartheit der Empfindung machte dagegen Herder Dichtungen anderer Zeiten und Völker den Deutschen zugänglich, und traf aus vielen Legenden eine zweckmäßige Auswahl. Allen voran stehen die trefflichen Romanzen vom Cid.

Die kritische Philosophie, welche die Aufmerksamkeit fast aller ausgezeichneten Zeitgenossen auf sich zog, hat auch Herdern lebhaft angeregt, ja in Zorn gesetzt. Seine Metakritik und Kalligone, zwei weitläufige, unbequem geschriebene Werke, sind lediglich gegen Kant gerichtet: „sie protestiren gegen jedes, der Vernunft und Sprache, ebenso unkritisch, als unphilosophisch aufgedrängte Satzungenpapstthum; sie protestiren gegen die dialektischen Nebelkünste der Hägsa (dieser bösen Hexen) (Metakritik I, 25.)“

Es ist begreiflich und auch wohl zu entschuldigen daß Herder (welchem man seit Lessings Tode fast die erste Stimme in allen kritischen Beurtheilungen zugestanden hatte) durch die, ohne alle Rücksicht auf ihn, von so Vielen angestimmten Triumphgesänge, verletzt ward. Seine heftigen (nicht bloß gegen anmaßende und thörichte Anhänger Kants gerichteten), sondern fast jedes Verdienst des Meisters selbst läugnenden Angriffe, fanden schon damals gleich heftige Widersprüche, und noch jetzt behaupten Sachverständige, daß Herder, der schweren Aufgabe welche er sich gesteckt, keineswegs gewachsen war.[1])

Von Herders sehr zahlreichen **Predigten** sind nur wenige gedruckt, es sey daß er selbst sie nicht für bedeutend hielt, oder das Publikum sie gleichgültig aufnahm.[2]) Und doch zeichnen sie sich aus durch edle Einfalt der Gedanken und des Styls, welcher

---

1) Auch gegen Heeren zeigte sich Herder unbillig.

2) Proben deutscher Kanzelberedsamkeit von Mosheim, Jerusalem, Spalding und Zollikoffer. Eschenburg VIII, 2, 609.

keine Spur des Aufgebauschten, falsch Poetischen, Ueberschwänglichen an sich trägt. Wir geben Proben.

„Die Zeiten sind vorbei, da man das Christenthum fast allen Geschäften und Ständen der Welt entgegensetzte. Die Zeiten sind vorbei, da man lebendig zum Himmel fuhr und auf Erden zu wohnen vergaß, da man der menschlichen Gesellschaft und den Pflichten des Vaters, der Mutter, des Freundes, des Menschenfreundes entsagte, um nur in Zellen und Klöstern, in Wüsten und Einöden, in den und jenen Kleidern, ein Heiliger, — und auch leider nichts als ein Heiliger zu werden. Es ist jetzt offenbar daß die christliche Religion eigentlich keinen Stand mache, oder aufgebe, und selbst die Sitten keiner Lebensart eigentlich verändere; sondern nur überall so geistig eindringe, daß sie allenthalben Wärme ausbreiten, und jedem Stande die Sitten reinigen, und jedem Charakter das Herz veredeln könne, ohne deswegen Stand und eigenthümlichen Charakter im Mindesten aufzuheben. (II, 30.) — Kirche, Gottesdienst und andächtiges Hören der Predigt, soll keine unthätige, schläfrige Gewohnheit seyn. Unser Leben soll kein schlaftrunkener Taumel von Gefühlen werden, welche die Seele nur zerstreuen, oder langweilig beschäftigen; hiezu soll der Gottesdienst keineswegs hinwirken. Wir müssen hören, denken, empfinden, fassen, — um zu t h u n." (43.)

„Keine Tugend, kein Gutes darf lediglich nach einer einzigen, sehr eigensinnigen Form hingestellt und angebildet werden. (54.) Wir müssen bei aller Bildung unserer selbst und Anderer nach Vorbildern, ja nicht bloß auf das Fremde, Seltene, auf das Uebergroße sehen, sondern auf das Gegentheil, auf das Nahe, auf das Natürliche und uns näher Andringende, auf das Wahre." (58.)

„Keine Thorheit der Menschen ist so groß, und doch giebt es kaum eine häufigere Thorheit, als nie das zu sehn, was sie sind; sondern immer etwas sehn zu wollen, was sie nicht sind, was sie nicht seyn können. Unter Hunderten (sagt man) ist keiner recht auf seiner Stelle, und unter Tausenden (könnte man hinzusetzen) keiner, der auf seiner Stelle seyn will. Wir haben Alle fast immer ein fremdes Ideal, ein für uns ungehöriges Muster im Kopf: dem beneiden wir dies, jenem das; in diesem wünschen wir uns hier-, in jenem dorthin; auf der Stelle wollen wir die, auf jener, jene Tugend ausüben; — nur eben auf unserer, üben wir keine aus." (66.)

„Das Lob des empfindsamen Herzens, des feinen Gefühls, ist fast das Einzige, das Höchste, was sich gewisse müßige Menschen, in unserem weichen, müßigen Jahrhundert erstreben. (73.) Kopf und Herz sind für einander da, und sollen zusammen wirken. Sonst ermattet man binnen kurzer Zeit, unter allem Schönen; man eckelt und schwindelt unter all dem süßen Wohlgeruch, und die ganze Menschheit erschlafft. Empfindsame Herzen! und schlechte Menschen in Handlungen! Vielwisser, Lautpreiser schöner Handlungen, — und selbst Nichtsthuer! — Wir sind hier auf der Erde, nicht bloß zu bewundern und uns mit schönen Empfindungen zu speisen, sondern zu thun, zu handeln." (74.)

„Ueberall wo der Mensch sieht, muß er auch urtheilen, lieben, oder hassen, bewundern oder verachten; er ist immer Richter und Beurtheiler fremder Handlungen, als ob er selbst dächte, selbst handelte. Da liegt nun aber gleich auch ein tiefer Quell zu falschen Urtheilen, zu Anmaßungen, zu Ungerechtigkeiten." (112.)

„Zwei Wege führen zu nichts Gutem: jener, an aller Tugend zu verzweifeln; dieser, trotz aller Vernunft und Empfindung, die seinige für die einzige zu erkennen. (118.) — Religion ist das beste, das edelste Hülfsmittel zur Tugend, aber noch nicht die Tugend selbst. (134.) — Es giebt keine Furie, die dem Wachsthume der Menschen an wahrer Vollkommenheit und Thätigkeit schädlicher werden könnte, als die Grübelei, das Hirngespinnst unnützer Spekulationen und Befehdungen über die Tugend. Wenn ein Mensch es einmal so weit gebracht hat, über die heiligsten Pflichten, über die wärmsten Thätigkeiten, als über bloße Theorien mit dem kältesten Blute zu raisonniren;

was läßt sich da je ausraisonniren, und was läßt sich wieder rein weggrübeln! Neunundneunzig Gründe auf einer, neunundneunzig auf der andern Seite, — und in der Mitte bleibt Nichts!! — Die Seele ermattet, wird irre, thut nichts!" (138.)

„Wir alle sind Christen; wir bekennen also mit diesem Namen schlechthin, daß wir eine Offenbarung Gottes durch Jesum annehmen; daß wir mit dem bloßen Lichte der Natur in Allem nicht so weit kommen können, als wir zu unserer Beruhigung bedürfen; daß wir die Bibel für eine Vollfüllung, ein Supplement dieses Lichts ansehen, daß wir (was sie sagt) durchweg für göttlich erkennen, es also glauben, ihm also gemäß uns betragen, und durch die Versprechungen, welche uns dieses göttliche Buch für dieses und ein zukünftiges Leben mittheilt, gewiß und fürwahr glücklich zu werden erwarten." (IV, 337.)

„Wie elend ist unser Grübeln und Zweifeln darauf gewandt, wenn wir über den Ursprung der Welt aus Nichts und zu Etwas, über Zeit und Ewigkeit, wie sie sich trennen und ineinanderfließen, über den Untergang und das Weltende, über die Dreieinigkeit in Gott und seiner Wirkung außer sich, über das Wesen der menschlichen Seelen und aller Geister grübeln wollen, und uns darüber zanken und verketzern, und daraus die Schrift bestreiten, oder radbrechen! Da wir vielmehr bekennen sollten, von dem Allem nichts zu wissen, nichts zu begreifen." (348.)

„Es ist kein Grundsatz der Religion, dem Denken abzusagen; es ist vielmehr ihr Verfall und der wahre Verfall der Menschheit. (356.) — Laßt uns zum Lesen des göttlichen Wortes volle Aufrichtigkeit und ein gutes Herz mitbringen: dies gehört mehr dahin, als ein außerordentlicher Verstand, oder eine glühende Einbildung. — Niemand bringe zur Bibel ein Herz das mit Vorurtheilen behaftet ist, es sey nun gegen die Bibel, oder für diesen und jenen Lehrbegriff seiner Kirche; denn sonst wird er freilich bloß sehen, was er sehen will, und wohl gar ärger werden als er war, mit sehenden Augen nicht sehen, mit fühlendem Herzen sich verhärten. (367.) — Es ist leider unter den Menschen so üblich geworden, Andacht und Seelenschlaf, Frömmigkeit und Gedankenlosigkeit zu verwechseln." (368.)

„Wenn Stunden eintreten, da ich an allen Dingen der Welt meinen Geschmack verloren, wenn ich in Verlegenheit und Angst des Herzens bin, dann soll mich das Wort Gottes trösten, was so Viele getröstet hat, so vielen Elenden Balsam auf ihre Wunden, Trost in den Stunden ihres Kummers gab. Das soll auch mein Herz leicht machen, mich die Menschen lieben lehren, mich näher mit meinem Gott verbinden, mich zufrieden und guter Dinge machen; es sey ein Licht auf meinem Wege." (371.)

Wenn man Herders Schriften lieset, so kommt man zu der Ueberzeugung er habe stets ein heiteres, zufriedenes, glückliches Leben geführt; — es wird aber behauptet, ja erwiesen, daß dem nicht so war. Dies zwingt uns zu der unabweisbaren Annahme, daß die Gründe seiner Unzufriedenheit und Mißstimmung von innen heraus kamen, und wir deshalb das deutsche Volk und die deutschen Regierungen nicht anklagen dürfen.

84.

Ueber Wieland sind unzählige Urtheile ausgesprochen worden, vom begeistertsten Lobe, bis zum bittersten Tadel, so daß man verzweifeln möchte die mittlere Wahrheit aufzufinden. Weit die beste Hülfe scheinen diejenigen darzubieten, welche scharfsinnig und mit gründlicher Unparteilichkeit das Lobenswerthe vom Tadelnswerthen sondern, und nach Beseitigung des Letzten, Wieland darstellen und überreichen, — wie er seyn sollte. — Nach anfänglicher Freude, geräth man aber bei diesem Verfahren in neue Noth. Der Anatom, welcher mit seinem Messer das Verwerfliche herausschneidet, der Chemiker, welcher durch ausgegossene Säuren, das Fremdartige und Ungehörige ausscheidet, der Scharfsichtige, welcher durch sein Mikroskop Ungesehenes zu Tage fördert, kommen ohne Zweifel zu sehr lehrreichen Ergebnissen; allein das Eigenthümlichste ist oft entflohen und das Uebrigbleibende nur ein todtes Präparat. Statt des lebendigen und Leben erschaffenden Künstlers, sieht man lediglich die Glieder des grausam zerstückelten Dichters, membra disjecti poetae, welche schwerlich in einem Kessel der Medea zu neuem Leben und größerer Einheit herzustellen sind. Hiezu kommt, daß jeder der so gesinnten Kritiker, sich anderer Messer und Säuren bedient, wodurch die Metzelei noch schrecklicher wird. Mit Beseitigung der Anatomie, Chemie und des Mikroskops, wollen wir (unserer einseitigen Natur gemäß) versuchen uns mit Wieland, wie mit einem ganzen lebendigen Menschen zu verständigen, und seine zu einander gehörigen Eigenschaften theilnehmend zu begreifen. Es ist nicht unseres Amtes ihn umzuarbeiten und seine Haut zu wandeln. Den Tadel jedoch, daß wir selbst die soeben ausgesprochenen Grundsätze nicht überall befolgen, müssen wir als gerecht anerkennen.

[Bouterwek XI, 99.]

Der erste und wichtigste aller ihm gemachten Vorwürfe betrifft seine Sittenlehre. Man sagt: Unfähig, oder abgeneigt höhere, tiefsinnige, heilige Grundsätze und Ansichten zu begreifen, erhebt er sich nicht über die gemeinste Genußlehre und ist ein bloßer Eudämonist. — Da wir weiter unten mehre Male unabweisliche Veranlassung haben, diesen Tadel schärfer zu prüfen, so bemerken wir hier nur vorläufig, daß es sehr erhebliche Gründe giebt, ihm nicht kurzweg beizustimmen. Wir legen indeß kein großes Gewicht auf unsere persönliche Meinung, und werden deshalb vielmehr Wieland selbst sprechen und sich vertheidigen lassen.

Daß Wieland, nach anfänglicher Täuschung, zur rechten Selbsterkenntniß über seinen schriftstellerischen Beruf kam, gereicht ihm zum Lobe; auch berücksichtigen wir demgemäß nur die ihm wahrhaft zugehörigen, ihm eigenthümlichen Werke; — jedoch nicht nach der Zeitfolge ihrer Entstehung, sondern nach ihrem poetisch litterarischen Zusammenhange. Beginnen wir mit den prosaischen Schriften, die Romane voranstellend. Der erste, Don Sylvio von Rosalva erschien im Jahre 1764. Wie Don Quixote durch Ritterromane, ist Don Sylvio durch Feenmärchen, der Wirklichkeit entrückt worden, und wie jenem Sancho Pansa, ist diesem Pedrillo zugesellt. Allerdings steht die Copie, oder Variation, weit hinter dem Originale zurück; doch erlaubte dieses eine Art von Nachahmung, und die Belesenheit Wielands in den Feenmärchen, führte zu mancher Eigenthümlichkeit. Auch gab es im Jahre 1764, schwerlich in Deutschland einen nach Form und Inhalt vorzüglicheren Roman.

Die Abderiten.

So hoch auch manche Kenner dies Werk stellen, ist doch der Zweifel ausgesprochen worden, ob dasselbe (neu aufgelegt in Taschen- oder Lexikonformat) viele ausdauernde Leser finden würde? Eine gewisse Quantität Narrheit läßt sich jeder gefallen, der bei Verstande ist, oder es zu seyn glaubt; im Uebermaaße aufgetischt vergeht der Appetit, und die Anfangs am Begierigsten zugriffen, rufen zuletzt: toujours perdrix! Hiezu kommt daß ein abgeschlossenes, folgerechtes Narrenthum, oder Schlaraffenland am leichtesten Eingang und Beifall findet; eine Mischung aus Fabelei und angeblicher Geschichte aber schwer zusammenwächst und Bedenken erregt. So z. B. wenn Demokrit, Hippokrates und Euripides (historische Charaktere) unter die abderitischen Narren versetzt werden und endlos mit ihnen verkehren. Es mag Wahrheit und Dichtung seyn, hält aber schwerlich die rechte, lebendige Mitte.

An die Abderiten reihen sich viele Schriften an, welche sich wesentlich auf griechischem Boden bewegen, ohne daß indessen Wieland jemals die Absicht hatte, alle Beziehungen und Hindeutungen auf andere Länder und Völker ganz zu vermeiden. Noch weniger kann man behaupten, Wieland sey nur ein Nachahmer der Franzosen, deren Auffassung und Behandlung ganz verschieden erscheint; — wie denn überhaupt Schlegels Bericht, von dem über Wieland verhängten Concurs, als Scherz gut genug, geschichtlich hingegen unwahr, oder doch höchst einseitig ist, da Wieland mehr schöpferische Kraft und Originalität besitzt, als seine Tadler und Nachahmer.

Wieland betrachtete den Agathon als eins seiner wichtigsten Werke, und verbesserte dasselbe unermüdlich in mehreren Ausgaben. (1766—1794.) Dennoch versichern Mehrere: er habe hier eine gemeine Genußlehre, mit Zurücksetzung der Tugend aufgestellt und angepriesen. Wir möchten vielmehr behaupten: er habe aus übergroßer Besorgniß vor Mißverständnissen dieser Art, das Gegentheil fast zu oft und zu breit eingeschärft. Wir sind verpflichtet, jenen Anklägern gegenüber, Beweise vorzulegen.

„Bei vernünftigen und ehrlichen Lesern (sagt Wieland, Agathon I, 19) kann kein Zweifel eintreten, daß ich den Sophisten Hippias für einen schlimmen und gefährlichen Mann, und sein System (insofern, als es den ächten Grundsätzen der Religion und Rechtschaffenheit widerspricht) für ein Gewebe von Trugschlüssen ansehe, welches die menschliche Gesellschaft zu Grunde richten würde, wenn es moralisch möglich wäre, daß der größere Theil der Menschen darin verwickelt würde. — Die Sophisten lehrten die Kunst, die Leidenschaften anderer Menschen zu erregen; Sokrates die Kunst seine eigenen zu dämpfen. Jene lehrten, wie man es machen müsse, um weise und tugendhaft zu scheinen, dieser lehrte wie man es sey. (I, 2, 1, 64.) — Hippias hatte Redner gebildet, die durch eine künstliche Vermischung des Wahren und Falschen, und den klugen Gebrauch gewisser Figuren, einer schlimmen Sache den Schein und die Wirkung einer guten Sache zu geben wußten; Staatsmänner, welche die Kunst besaßen mitten unter den Zujauchzungen eines bethörten Volkes, die Gesetze durch die Freiheit, und die Freiheit durch schlimme Sitten zu vernichten, um ein Volk welches sich der heilsamen Zucht des Gesetzes nicht unterwerfen wollte, der willkürlichen Gewalt ihrer Leidenschaften zu unterwerfen: — kurz, er hatte Leute gebildet, die sich Ehrensäulen dafür aufrichten ließen, daß sie ihr Vaterland zu Grunde richteten.“ (I, 2, 1, 70.)

Diese Stellen erweisen hinreichend, welche sittlichen Grundsätze Wieland für die höchsten hielt; was ihn jedoch nicht hindern durfte, das System des Hippias und der Sophisten von ihrem Standpunkt aus zu entwickeln. Die Frage, ob er neben diesen allgemeinen Beurtheilungen, dasselbe in einzelnen Thatsachen zu verlockend und verführerisch darstellte, oder sich in den Gränzen des Schönen und Erlaubten hielt, wird nach Maaßgabe, der Strenge oder Nachsicht der Leser, verschieden beantwortet werden.

Daß Wieland platonischen Schwärmereien und Träumereien nicht gewogen ist, hat keinen Zweifel; räumt er denn aber der natürlichen Sinnlichkeit jemals so viel Recht ein, als wenn Platon Gemeinschaft der Weiber empfiehlt, oder doch duldet, und wenn er jungen Männern, zum Lohne ihrer Trefflichkeit und im Verhältniß derselben, mehrere Mädchen zuweiset? — Durch die Art wie der Dichter, des Pythagoreers Archytas Lehre und Thun lobend darstellt, bezweckt er ohne Zweifel den höchsten Werth der Tugend nochmals darzulegen. Ja ein Grübler könnte fragen: ob denn auf die Liebschaft Agathons mit der Danae, nicht ein zu tadelndes Gewicht gelegt sey; oder als ob Werth und Unwerth eines, höherem Berufe zugewiesenen Mannes, auf derlei Geschlechtsgeschichten beruhe?

Lange Romane (z. B. Clarissa) drehen sich ermüdend um ähnliche Keuschheitsfragen; und selbst in Jakobis so geistigem Woldemar, bilden sie den nie verschwindenden, unangenehm störenden Hintergrund.

In dem angeblichen Nachlaß des Diogenes von Sinope, konnte Wieland diesen nicht füglich zur Bestätigung seiner Lebensansichten gebrauchen. Er mußte also gemildert werden, wobei aber des Cynikers Folgerichtigkeit in Gefahr geräth. Wieland legt ihm z. B. Nachstehendes in den Mund: „Jede öffentliche, oder Privattugend hat zum Gegenstand etwas Gutes zu befördern, oder etwas Böses zu verhindern; — und analysirt ihr dieses Gute und Böse, so löset sich immer jenes in Schmerz, dieses in Vergnügen auf. (XIII, 144.) — Wenn ich einem Fürsten zu rathen hätte, so würde ich ihm nichts eifriger empfehlen, — als sein Volk in gute Laune zu setzen. Kurzsichtige Leute sehen nicht, wieviel auf diesen einzigen Umstand ankömmt. Ein fröhliches Volk thut Alles was es zu thun hat, munterer und mit besserem Willen, als ein dummes und schwermüthiges, und (unter uns gesagt, ihr Hirten des Volkes) es leidet zwanzigmal mehr, als ein anderes. (146.) — Wenn wir die Musen und Grazien aus unseren Gränzen verbannen, was für Ergötzungen wollen wir an die Stelle der ihrigen setzen? In Kurzem wird Euer Witz plump, Eure Gemüthsart rauh und ungesellig, Eure Tugend wild, spröde nnd menschenfeindlich seyn. — Ihr werdet aus lauter Langerweile anfangen die Regierung nach falschen Begriffen zu bekritteln, Intrigen anzuzetteln und Staatsveränderungen zu träumen." (154.) — So läßt Wieland den Diogenes denken und sprechen; beruhigen wir uns dabei, ohne historisch-kritische Einwendungen zu machen.

Bei Entwerfung des Peregrinus Proteus hatte Wieland wohl eine doppelte Absicht, nämlich ihn gegen ungerechte Anklagen in Schutz zu nehmen, und zugleich gegen alle Schwärmerei eine Anklage zu erheben. Dahin deutet gleich Anfangs folgende Stelle: „Keine Thorheit, wie unschuldig sie auch scheinen mag, kann einen Freibrief gegen den Spott verlangen, der beinahe das einzige wirksame Verwahrungsmittel gegen ihren schädlichen Einfluß ist. (XXVII, 35.) — Manche Meinung, die kein guter Mensch ihrer selbst wegen verfechten würde, wird durch den thörichten Gebrauch, welchen alberne, oder brennende Köpfe von ihr machen, belachenswürdig. (36.) — Wer zum Menschen geboren wurde, kann nichts Edleres, Größeres und Besseres seyn, als ein Mensch, und wohl ihm wenn er weder mehr noch weniger seyn will." (37.)

Daß Wieland durch Erfahrungen und Thorheiten seiner Zeit, mit zu dieser, und einigen nachher zu erwähnenden Schriften veranlaßt ward, hat keinen Zweifel; seine Andeutungen sind jedoch nicht ungebührlich verletzender Art. Ob Wieland an anderen Stellen seiner Werke, Peregrinus anders auffaßte, giebt keinen Grund zum Tadel; im Roman war er dazu vollkommen berechtigt.

Agathodämon hat den Zweck Apollonius von Thana gegen manche (wie Wieland glaubt) ungerechte Beschuldigungen zu vertheidigen. Nächstdem aber wird das ächte Christenthum aufs Höchste gepriesen, seine Ausartung streng angeklagt, für seine unerschöpfliche, unzerstörbare Lebenskraft aber Zeugniß abgelegt.

Menander und Glycerion ist ein kleiner Roman in wohlgeschriebenen Briefen, voller Liebe und Liebelei. Mit großem Rechte hat Wieland den Menander nicht als einen sehr ernsthaften, melancholisirenden Mann dargestellt, sondern als einen Lustspieldichter, der (wie die Ueberreste seiner Werke im Terenz zeigen) sich um die Grundsätze einer strengen Sittenlehre wenig kümmerte. Aehnlich gesinnt sagt seine Freundin Glycera: „Ich kenne nichts Mühseligeres, als aus Schonung gegen Andere, Liebe heucheln zu müssen, wenn die Trunkenheit bei dem einen, und die Täuschung bei dem anderen Theile schon lange aufgehört hat.“ (95.) — Und Glyceras Freundin Leontion, schreibt ihr über Menanders Untreue: „Wie kann dich das wundern? Ist er nicht ein Mann und ein Dichter? Giebt es eitlere Geschöpfe unter der Sonne als die Männer, und etwas eitleres unter den Männern als die Dichter?“ (107.)

Krates und Hipparchia. Sonderbar daß man Wieland so oft vorgeworfen hat: er ziehe das Edle zum Gemeinen hinab, und stelle das Sinnliche hinauf über das Geistige. — Umgekehrt bemüht er sich oft, gegebene Charaktere so sehr zu veredeln als es nur irgend möglich ist; so z. B. die beiden Hauptpersonen dieses kleinen, ungemein eigenthümlichen, wohlgeschriebenen Romans. Ueberhaupt schreibt Wieland in späteren Lebensjahren weit bessere Prosa als zuvor, und die überlangen, allzuverwickelten Perioden sind ganz verschwunden.

Die Fabel (oder die Wahrheit) daß ein junges, schönes, reiches, gebildetes Mädchen, einen älteren, häßlichen Mann aufrichtig liebt und heirathet, ist so ungewöhnlich, so unwahrscheinlich, daß sie zur Beglaubigung einer sehr kunstreichen psychologischen Entwickelung bedurfte, und durch Wieland gefunden hat. Ich enthalte mich aller nahe liegenden Erörterungen über leibliche und geistige Beziehungen, über Regeln und Ausnahmen, über Ausdauer und Wandelbarkeit, Glück und Reue: — denn alles Allgemeine verliert hier seine Bedeutung, und jeder einzelne Fall ist einzig in seiner Art. — Hipparchia selbst schreibt: „Krates ist ein lebendiger Beweis (316), wieviel ein leiblich häßlicher Mann von Geist und Gefühl, eben dadurch daß es ihm nicht einfallen kann den Narcissus spielen zu wollen, gewinnt, wenn man zugleich sieht daß er durch seine Gestalt nicht in die mindeste Verlegenheit gesetzt wird."

Wir sprechen in unserer Reihefolge erst itzt von Wielands Aristipp, weil er nach Umfang und Inhalt bedeutender ist als mehrere der bereits erwähnten kleinern Romane. Der Dichter zeigt in diesem Werke seines reiferen Alters, eine sehr genaue Kenntniß des griechischen Alterthums, und hat die, oft dürftigen geschichtlichen Thatsachen, durch passende Erfindungen zu höherer Mannigfaltigkeit und Einheit abgerundet. Sehr strenge Richter werden auch hier wiederum mancherlei anstößig Genanntes hinwegwünschen. Wir bemerken wiederholentlich: es ist ein Zeichen großer Verdienste und eigenthümlicher Lebenskraft eines Schriftstellers, wenn man durch bloßes, kinderleichtes Ausstreichen einzelner Stellen seiner Werke, allen Tadel beseitigen könnte. Fraglich aber bleibt es: ob nicht dem unbefangenen Kenner, wie der großen Mehrzahl, die alten, unbeschnittenen Ausgaben zuletzt doch nicht lieber seyn würden, als die auf das angeblich moralische Bett des Prokrustes gelegten und in usum Delphini arrangirten?!

Wir bemerkten schon oben, und müssen es hier wiederholen: der Eudämonismus, die Glückseligkeitslehre Wielands wird so oft angegriffen, als wäre es der höchste Zweck menschlichen

Bestrebens, mit unfruchtbarer Melancholie sich für diese Unterwelt unablässig zu peinigen. Und doch bestimmte schon Aristoteles das Verhältniß von Glück und Tugend richtig und erschöpfend: während fast alle Späteren, Hochgerühmten, die eine oder die andere Hälfte empfahlen, als wäre sie das Ganze. Es giebt einen platten Epikureismus, zu dem der Dichter nicht hinabsinken soll; aber andererseits sind unpoetisch die Stoiker, die strengen Ascetiker, Mönche, Puritaner, Bilderstürmer und ähnlich Gesinnte. Mit dieser Ansicht steht die Behauptung nicht im Widerspruch, daß eine ästhetische Erziehung der Menschen keineswegs ausreiche, sondern einer zweiten, sittlichen Hälfte bedürfe.

Wenn der Dichter und Geschichtschreiber, sowie löbliche, so auch verdammliche Charaktere darstellt, so erfüllt er nur seine Pflicht, und es wäre unbegreiflich wie man ihm Alles zur Last legen und zuschreiben könnte, was die verschiedensten Personen sprechen und thun.

Trotz aller Vorliebe Wielands für die Blütezeit des griechischen Alterthums, konnte er doch die Schattenseiten nicht unberücksichtigt lassen, wodurch eine Lebendigkeit und Mannigfaltigkeit in das Werk kömmt, welche bei einer bloß lobenden, oder bloß tadelnden Behandlung unmöglich bleibt.

Mit ungewöhnlichem Scharfsinn ist z. B. das Große und Kleinliche in den hellenischen Spielen entwickelt, und in einem Gespräche mit Aristofanes dessen Verhältniß zu Sokrates. Ebenso erörtert Lais ihr Verhältniß zu den griechischen Frauen dergestalt, daß, wenn nicht die Nothwendigkeit, doch das natürliche Entstehen des Lebens der Hetairen begreiflich wird. Wieland verhehlt indessen nicht ihr fast immer unglückliches Schicksal, während in neuern Zeiten selbst Frauen ein liederliches Leben führten, ja deshalb fast bewundert wurden.

Der Charakter der Lais ist sehr eigenthümlich aufgefaßt und meisterhaft entwickelt; doch erkennt man durch Schönheit, Glanz, Reichthum, Uebermuth, Freude und Scherz hindurch, den tragischen Faden, der sie aus lichter Höhe in unvermeidliches Dunkel hinabzieht.

Mit Recht ist ein Liebesverhältniß des Aristipp zu Lais kurz und vorübergehend behandelt; er bleibt dagegen stets ihr aufrichtiger Freund, obgleich seine Rathschläge nicht vermögend sind ihre Natur zu ändern. Sie schreibt ihm in dieser Beziehung: „Sokrates will mich überzeugen, daß die Natur mich ganz eigentlich zu einer Lehrerin und Priesterin, ja noch mehr, zu einer unmittelbaren Darstellerin des Ideals der Tugend, mit einem Worte zur personifizirten Tugend selbst bestimmt und ausgerüstet habe; und daß es also die erste meiner Pflichten sey, die Erreichung dieses hohen Ziels, zum großen Geschäfte meines Lebens zu machen.“ (XXXIII, 3, 250.)

An einer andern Stelle schreibt Aristipp der Lais: „Einen aus den Elementen, oder Grundzügen des sittlich Schönen richtig zusammengesetzten Charakter nennen wir schön, weil, und insofern er sich uns, als ein mit sich selbst harmonisches und in sich selbst vollendetes Ganze darstellt. Das Schönste in dieser Art wäre also unstreitig ein ganzes Leben, welches aus lauter schönen Gesinnungen und Thaten zusammengesetzt, uns das Anschauen der reinsten Harmonie aller Triebe und Fähigkeiten eines Menschen zu Verfolgung des großen Zwecks, der möglichsten Selbstveredlung und der ausgebreitesten Mittheilung gewähren würde. Ein solcher Charakter in einem solchen Leben dargestellt, würde für die Formen und Proportionen des sittlichen Menschen eben das seyn, was der Kanon des Polykletus für die richtigsten Verhältnisse des menschlichen Körpers.“ (XXXIV, 2, 306.)

So gewiß Aristipp und Lais die am umständlichsten behandelten und mit Vorliebe dargestellten Charaktere sind, hat das Werk doch außerdem einen reichern, mannigfaltigeren Inhalt: z. B. über die politischen Verhältnisse von Athen, Syrakus und Cyrene, über Wissenschaften, Philosophie und Kunst. Es enthält sehr scharfsinnige Untersuchungen über den Charakter und die Lehren des Sokrates, das Wesen der Schönheit, das Gastmahl, den Phädon, die Republik Platons. Dessen große Verdienste werden anerkannt, Männer wie Hippias und Aristipp konnten aber seine Mängel nicht unberührt lassen, z. B. überkünstliche Spekulationen und ganz unpraktische Vorschläge.

Fragen wir: warum die Romane Wielands ungeachtet vieler Vorzüge, jetzt nur wenig gelesen werden, so lassen sich dafür verschiedene Gründe angeben. Erstens, jeder Roman erwächst, (wie gesagt) mehr oder weniger aus den Stimmungen der Zeit, haben sich diese geändert, so sinkt Theilnahme und Verständniß. — Zweitens, die Lesewelt trachtet vorzugsweise nach dem Neuen, und zieht es, wenn es auch an sich offenbar schlechter, aber in der Tagesmode seßhaft ist, dem unbekannt gewordenen Aelteren vor. — Drittens, leiden Wielands Romane allerdings hin und wieder an einer übergroßen Breite und Weitläufigkeit. So ist z. B. die Darstellung und Kritik der Republik Platons gewiß weitläufig; allein das was Wieland lobend, oder tadelnd, dem Aristipp und Speusippus in den Mund legt, erweiset andererseits ohne Zweifel sehr ernstes Studium, und kann nur diejenigen verletzen, oder ihnen geringhaltig erscheinen, welche alles und jedes im Platon götzendienerisch bewundern, und den ersten und größten seiner Kritiker, den Aristoteles ebenfalls verdammen.

Wenden wir uns jetzt zu denjenigen Werken, wo die Form des Romans zwar noch nicht ganz verschwindet, aber das Lehrhafte entscheidend in den Vordergrund tritt. Jedoch sind die Ansichten und Charaktere der Sprechenden, im goldenen Spiegel gut festgehalten und dargestellt. Daß die Geschichte im fabelhaften Asien spielt, hilft über manche Schwierigkeit hinweg und beseitigt manche Einrede; aber das Fernhalten von wirklichen Zuständen, Vorzügen und Bedürfnissen, dies Entwickeln oft gestaltloser Allgemeinheiten, hindert eine tiefere, praktische Wirkung. Doch enthält das vernachlässigte Buch des Deutschen, mehr nützliche Wahrheiten, als jene, allzu wirksame Schrift des französischen Sophisten.

In einem Anhange zum goldenen Spiegel, der Geschichte

des weisen Danischmend, berücksichtigt Wieland die Ideen Rousseaus mehr denn zuvor, indem er die sogenannten natürlichen Verhältnisse der Menschen ins schönste Licht stellt. So läuft das Ganze hinaus auf die bekannten oft variirten Träumereien von einem goldenen Zeitalter. Wir werden später sehen, wie ernst und gründlich Wieland in seinen eigentlich politischen Schriften diese Dinge behandelt; jetzt dürfen wir wohl nicht länger verschieben von seinen metrisch-poetischen Werken zu sprechen.

Die Dramen und Singspiele (Alceste und Rosemunde) machen wohl die wenigsten Ansprüche, und sind in der That zu wortreich und zu handlungsarm.

Der neue Amadis. Es ist hart einen zwanglosen Erguß heiterer Laune aus ernstem Standpunkte zu beurtheilen. Doch giebt der Dichter hiezu eine Art von Erlaubniß, indem er selbst erklärt, die auftretenden Helden wären alle mehr, oder weniger Narren, und die Heldinnen (bis auf eine, oder zwei) die abgeschmacktesten Personen von der Welt.

Idris und Zenide, sagt Tieck (Köpke II, 182) ist heiter und anmuthig, und gewiß Wielands bestes Werk. — So wichtig mir auch jedes Urtheil meines Freundes ist, kann ich mir doch dieses nicht aneignen. Meine Einwendungen richten sich nicht gegen die Freiheiten des Versmaßes; auch kann ich nicht tadeln daß das Gedicht kein Ende hat, denn welches Gedicht dieser Art hätte wohl ein künstlerisch nothwendiges Ende? Deshalb gewann Fortinguerra seine Wette, als er behauptete, Ariosts rasender Roland lasse sich mühelos fortsetzen. Ich klage, daß wenn die Ritter erbärmlich aufeinander losschlagen, und nächstdem versöhnt miteinander essen und trinken; daß wenn die Wangen der Damen mit Lilien und Rosen, ihre Zähne mit Perlen, u. dergl. mehr verglichen werden: — trotz der bittern und süßen Worte und Thaten, keine Person wahrhaft lebendig wird, und das bunte Schattenspiel nicht hinreicht an ihre Wirklichkeit zu glauben, und sich für sie zu begeistern.

Musarion. Eine Art Bekenntniß des Dichters, durch

Leichtigkeit der Sprache, Geschicklichkeit der Erfindung und Eleganz der Darstellung verschönert, hinweisend auf die rechte Mitte zwischen stoischer Apathie, und gestaltloser Schwärmerei. Die Sinne vom Geiste, und der Geist von allem Sinnlichen getrennt, sind unvollkommen und Stückwerk. Der Dichter sagt:

Mein Element ist heitre, sanfte Freude,
Und Alles zeigt sich mir in rosenfarbnem Lichte! (84.) —

Was nährt die Tugend mehr? erweitert und verfeint
Des Herzens Triebe so, als glänzende Gedanken
Von unseres Daseyns Zweck? Das Weltall ohne Schranken,
Unendlich Raum und Zeit, die Sonne die uns scheint,
Ein Funke nur von einer höhern Sonne.
Unsterblich unser Geist, Unsterblichen befreundt,
Und, ahmt er Göttern nach, bestimmt zu Götterwonne! (93.) —

Gesundes Blut, ein unbewölkt Gehirn,
Ein ruhig Herz und eine heitere Stirn. (98.) —

(Phanias) den Irrenden bedaurt und nur den Gleißner flieht,
Nicht stets von Tugend spricht, noch von ihr sprechend glüht,
Doch ohne Sold und aus Geschmack sie übte u. s. w. (100.)

Wir sind weit entfernt dem edeln, heiteren Dichter gegenüber, uns auf das hohe Pferd eines Splitterrichters zu setzen; wir wiederholen vielmehr Goethes Worte, wo Phanias als der erste im Maskenzuge auftritt:

Wer von dem höchsten Fest nach Hause kehrt,
Und findet was Musarion gelehrt:
Genügsamkeit und tägliches Behagen,
Und guten Muth das Uebel zu verjagen,
Mit einem Freund, an einer Liebsten froh, —
Das Größte und Kleinste wünscht es immer so.
Gesteht, es war kein eitles Prangen,
Mit diesem Bild den Schauzug anzufangen.

An einer andern Stelle (Recension von Sulzer XXXIII, 10) sagt Goethe: „Ueber die Moralität seiner Schriften ist der Verfasser des Agathon und des Musarion, bei allen gesunden Köpfen längst gerechtfertigt.“

Sinibald und Clelia.

Eine spannende, verwickelte, vielleicht zu verwickelte Erzählung, wo die Begebenheiten sich ohne psychologische und ethische Betrachtungen und Zweifel thatsächlich aneinander reihen, und der Verfasser seinem Talente in den fließendsten Versen freien Lauf läßt.

Gandalin, oder Liebe um Liebe.

Eine so reizende, meisterhaft erzählte, rasch fortschreitende rührende Erzählung, daß sie Fragen über Liebescasuistik und Ironie, gar nicht, oder erst so hintennach aufkommen läßt, daß sie den unmittelbaren Eindruck nicht im mindesten stören.

Erzählungen, Märchen, und der Hexameron von Rosenhain.

Das außerordentlich große Talent Wielands für diese Gattung der Dichtkunst, wird mit Recht allgemein anerkannt, und obgleich seine Erzählungen nicht alle gleichen Werth haben, umfassen sie doch einen sehr großen Kreis, vom Ernstesten, zum Heitersten, von Geron dem Adlichen bis zu Pervonte. In Hinsicht auf den Letzten ist tadelnd bemerkt worden (Löbell 266): „der Mißgriff, das Märchen mit einem dritten Theile, mit einem unpassenden, lehrhaft moralischen Anhange zu beschweren, hat sich gerächt durch die eintönige ermüdende Breite, in die der Dichter hier gerathen ist, so daß weder der Inhalt, noch Behandlung und Form dem Anfange entsprechen." — Ich kann (gleich mehreren Lesern und Leserinnen) diesem Urtheile nicht beitreten, sondern finde den getadelten dritten Theil unterhaltend, mannigfaltig, gelungen, und zu der poetischen und moralischen Abrundung und Vollendung durchaus nothwendig.

Da es jedoch nicht meine Absicht ist auf eine Kritik des Einzelnen einzugehen, nicht meines Amtes jedes Wort Wielands aus wahren, oder einseitigen sittlichen Standpunkten anzugreifen, oder zu vertheidigen, so beschränke ich mich auf einige allgemeine Bemerkungen.

1) Kein deutscher Dichter besitzt eine solche Leichtigkeit Verse zu machen. Er verfährt aber dabei (wendet man ein) sehr leichtsinnig, und ohne Rücksicht auf strenge Regeln der Metrik. Er gebraucht Jamben statt Spondeen, erlaubt sich Anapästen an unrechter Stelle, und nimmt sich in seinen Strophen so ungebührliche Freiheiten, daß das Wesen derselben (insbesondere der achtzeiligen Stanze) zerstört wird.

Dies Urtheil erscheint mir, wenn nicht ungerecht, doch gewiß unbillig. Jede Sprache hat ihre natürlichen Gesetze, welche man berücksichtigen und nicht dem, nur scheinbar besseren Verfahren anderer Sprachen nachsetzen darf. Mit Unrecht verwarf also Klopstock den Reim, mit Unrecht sollten antike Sylbenmaße allein herrschen, oder die Einförmigkeit der Reimverschlingung in der achtzeiligen Stanze, für Deutsche unbedingte Regel werden. Will man auch nicht berücksichtigen daß die deutsche Sprache viel ärmer an Reimen ist, als die italienische, so ist doch die Bemerkung nicht ohne Grund, daß jene Stanze durch ihre unabänderliche Einförmigkeit könne ermüdend werden. Ja meines Erachtens lernt der Deutsche, Horazens Natur und Wesen weit besser kennen, aus Wielands freien Jamben, als aus steifleinenen Hexametern strengerer Verskünstler. Dasselbe gilt von seinen trefflichen prosaischen Uebersetzungen.

2) Man hat getadelt, daß in Wielands Werken der Kampf zwischen Natur und Sitte, Leidenschaft und Gesetz, Sinnlichem und Geistigen, Genuß und Entsagung, zu oft und breit hervortrete. Der Tadel ist gerecht, sobald die Darstellung wirklich zu breit, und dadurch langweilig wird; allein die Aufgabe ist von der größten Wichtigkeit, hat alle Dichter und Philosophen (ja alle Menschen) seit Anbeginn der Zeiten beschäftigt, und wird sie fernerhin beschäftigen. Es giebt für sie keineswegs bloß eine normale, für alle und jede Persönlichkeiten unbedingte Lösung; sondern unzählige, sehr heitere und sehr ernste, muthige und feige, tugendhafte und sündliche, natürliche und künstlich gezierte u. s. w. Lassen wir uns Wielands, im Ganzen gelungene Variationen gefallen.

3) Bestimmter lautet ein hier nochmals ausgesprochener, und deshalb hier nochmals zu prüfender Tadel. Wieland sey in seinen Gedichten zu sinnlich, zweideutig, unanständig. — Für die auf diesem Boden erwachsenden Fragen, giebt es bereits unzählige Antworten. Es sey erlaubt noch eine hinzuzufügen.

Diejenigen welche an Allem Anstoß nehmen (wie mönchische Büßer), oder Alles erlauben (wie liederliche Lebemänner) stehen außerhalb des eben zu prüfenden poetischen und sittlichen Kreises. Aber auch innerhalb desselben bleiben viele Schwierigkeiten und Abstufungen.

Alles Sinnliche hat seine Berechtigung, jedoch keine unbedingte, unbegränzte; besonders dann nicht wenn von Menschen die Rede ist, bei denen das Sinnliche mit dem Geistigen nicht bloß in Verbindung treten kann, sondern sich harmonisch ausbilden soll. Es ist lächerlich und thöricht alle Beziehungen auf Geschlechtsverhältnisse zu verdammen, während doch natürliche unentbehrliche Thatsachen, unschuldige Freuden, löbliche Zwecke damit unabtrennlich zusammenhangen, und sehr viel Witz und Scherz unschuldig und heiter darauf beruht. Ist der angebliche Witz aber unwitzig, wird der Scherz platt und eckelhaft, so sind beide schlechthin zu verdammen. Manche gerühmte Schriftsteller haben sich von derlei Auswüchsen nicht frei gehalten z. B. Aristofanes, Rabelais und Lenz. Eine Pendelschwingung nach mehr, oder weniger hin, muß jedoch erlaubt bleiben, und Wielands Kühnheiten oder Liebhabereien gehen nicht so weit wie die schon erwähnte Weibergemeinschaft Platons, oder Goethes Blocksberg.

Wenn man nach der soeben bezeichneten, mehr körperlichen Seite, oft zu streng, spröde, zipp und zierig ist, so ist man nach der andern, wo oft wahrhaft sittliche Grundsätze unverschämt verletzt werden, viel zu nachsichtig und gleichgültig. Lügen und Trügen, Treulosigkeit, Wortbruch und Infamien mancherlei Art, können durch witzige Zweideutigkeiten, und spannende, künstliche Intrigen nicht gerechtfertigt, ja nicht einmal entschuldigt werden. Alles wahrhaft Unsittliche ist (in solcher Weise eingeschmuggelt und aufgetischt) immer anstößig und unanständig, und während Tristan Shandy kaum einer Vertheidigung bedarf, sind nur wenige Novellen des Boccacio, frei von den soeben gerügten Mängeln. Ja man darf fragen: ob sich gegen Schillers Räuber und Goethes Wahlverwandtschaften, nicht viel erheblichere Bedenken und Einwendungen erheben lassen, als gegen Wielands Agathon und Musarion.

Oberon.

Kein epischer Dichter hat den Stoff seines Werks ganz durch sich selbst erfunden, sondern Sagen, Ereignisse, frühere Behandlungen u. s. w., mehr oder weniger gesammelt, benutzt, umgearbeitet. So liegt dem Oberon auch ein älteres Gedicht, Hüon von Bordeaux zum Grunde. Wieland aber hat dasselbe mit dem größten kritischen und poetischen Talente wesentlich verbessert, langweilige Wiederholungen weggeschnitten, Albernes zur Seite geworfen, und erst Zusammenhang und eine höhere Einheit in das haltungslos Zerstreute hineingebracht. Er zeigt sich also als wahrer Dichter, und bringt durch Zurückstellung pedantischer Strenge, in den metrischen Versbau eine Beweglichkeit und Mannigfaltigkeit, welche den unbefangenen Leser erfrischt und mit Unrecht getadelt wird.

[Dunlop, 123.]

Ob der Oberon Wielands und Shakspeares ganz derselbe ist, erscheint uns gleichgültig; der Dichter ist vollkommen berechtigt ein so fantastisches Wesen für seine Wünsche und Zwecke umzugestalten und zu benutzen. Ebenso halten wir es für unpassend, streng nach den Gründen der Vorurtheile, Zuneigungen, Abneigungen, Handlungen u. s. w. Oberons zu fragen, und eine seltene Folgerichtigkeit von dem Feenkönige zu verlangen. Vielmehr stimmen wir Wieland bei wenn er sagt: „die Art wie die Geschichte Oberons und der Titania in die Geschichte Hüons und Rezias eingewebt worden, scheint mir (mit Erlaubniß der Kunstrichter) die eigenthümlichste Schönheit des Plans und der Composition des Gedichts zu seyn.“

Es lag nicht an der ungeschickten Wahl Sherasmins, wenn die von ihm vorgetragene Geschichte ihren Zweck verfehlte, und Oberons Forderung von Keuschheit und Treue steht nicht unklar und getrennt nebeneinander, sondern ist einfach und verständlich. Ganz richtig geht die Prüfung nicht mit der Uebertretung des ersten Verbots zu Ende, vielmehr bewährt sich erst nachher die ächte, ausdauernde Liebe und Treue.

Der Triumph des Christenthums wird in dem Gedichte mit Recht gar nicht bezweckt, also auch nicht erreicht, und wie durch Ironie (in der neuen Bedeutung, ein fast immer mißverstandenes Wort) Alles könne ins Reine und Feine gebracht, aller Tadel beseitigt werden, bleibt mir unverständlich.

In dem viel längeren Roland Ariosts ist die Mannigfaltigkeit der Ereignisse und die Zahl der auftretenden Personen viel größer als im Oberon; aber die Ereignisse folgen dort ohne allen Zusammenhang aufeinander, und die Personen unterscheiden sich mehr durch das, was ihnen äußerlich widerfährt, als was sie wahrhaft Charakteristisches thun. Im Oberon herrscht eine weit größere Einheit der Fabel als im Roland, und ein löblicher Fortschritt der Erzählung und Handlung. Ferner giebt die bestimmte Hinweisung auf Tugend, Sittlichkeit, Selbstbeherrschung, Liebe und Treue, dem Gedichte (neben dem gern Geglaubten Wunderbaren), eine edle Würde und erweckt wohlverdiente Theilnahme.

Wir enthalten uns die großen Schönheiten des Gedichts im Einzelnen aufzuzählen, voraussetzend daß es jeder gelesen hat (oder lesen wird). Jedenfalls bleibt Oberon ein dauerndes Meisterwerk, welches den Dichter und der deutschen Litteratur Ehre bringt.

Die meisten Gebildeten unserer Tage, kennen höchstens die prosaischen und metrischen Dichtungen Wielands, und lassen die philosophischen, theologischen und politischen Schriften unberücksichtigt, obgleich diese sehr eigenthümlich und mannigfaltig sind. Wir halten es um so mehr für unsere Pflicht aus ihnen einiges Charakteristische auszuheben. Doch kann dies bei der Mannigfaltigkeit des Vorliegenden, nicht in einer strengen Ordnung geschehn.

Den Uebergang aus Poesie zur Prosa, bilden gewissermaßen die Göttergespräche (Band 25). Die ersten sind veranlaßt durch Lucian und in dessen Style, die letzten beziehen sich auf die französische Revolution bis 1793. Wieland sucht (wie es das Gespräch mit sich bringt) jeder Ansicht gerecht zu werden; indeß ist die gesammte Haltung doch antirevolutionair. Folgendes legt er verschiedenen Personen in den Mund.

„Jupiter. Völker haben freilich ihre Kindheit so gut wie einzelne Menschen, und so lange sie so unwissend, so schwach und so unverständig wie Kinder sind, müssen sie auch wie Kinder behandelt, und durch blinden Gehorsam gegen eine Autorität die ihnen keine Rechenschaft schuldig ist, regiert werden. Allein Völker bleiben so wenig als einzelne Menschen immer Kinder. Es ist ein Verbrechen wider die Natur, sie durch Gewalt, oder Betrug, oder (wie gewöhnlich) durch beides, in einer ewigen Kindheit erhalten zu wollen: aber es ist Unsinn und Verbrechen zugleich, sie auch immer als Kinder zu behandeln, wenn sie bereits zu Männern gereift sind. (143.)

Juno. Ich beharre auf meinem alten homerischen Orakel: „Vielherrscherei taugt nichts.“ — Die Völker sollen die Vortheile der Freiheit unter einer väterlichen Regierung genießen; nichts kann billiger seyn: aber sie sollen sich nicht selber regieren, nicht das unentbehrliche Joch der Verhältnisse und Pflichten abwerfen, und eine Gleichheit einführen wollen, die nicht in der Natur der Menschen, noch der Dinge ist, und die Betrogenen nur in einem Augenblicke der Trunkenheit glücklich machen kann, um sie beim Erwachen ihr wirkliches Elend desto schrecklicher fühlen zu lassen. (153.)

Numa. Eine Gesetzgebung für ein frei gewordenes Volk, das durch lange Kultur so weit von der ursprünglichen Einfalt der Natur entfernt worden ist, daß Vorurtheile nichts mehr über seinen Kopf, religiöse Gefühle wenig, oder nichts mehr auf sein Gemüth vermögen, ist eine schwere Aufgabe, deren

Auflösung jetzt zum ersten Male versucht wird. — Zwar hört es sich einem Redner sehr angenehm zu, der (von der göttlichen Schönheit der Tugend, und von der heroischen Größe des Mannes, der kein Opfer für sein Vaterland zu kostbar findet, bloß für Andere lebt und immer für Andere zu sterben bereit ist) mit Gefühl und Begeisterung spricht: aber kein verständiger Gesetzgeber wird die Verfassung eines Staats lediglich auf sein Vertrauen in die Weisheit und Tugend seiner Bürger gründen. (185.) — Ich würde mich wenigstens hüten ein eingeführtes Gesetz eher abzuschaffen, als bis ich gewiß wäre, daß ich es auch nicht einen einzigen Tag nöthig haben könnte. — Ich würde, wenn ich nothwendig voraussehen müßte, daß meine Gesetzgebung einer ansehnlichen und mächtigen Partei nicht angenehm seyn könne, mich sehr hüten diese Partei noch absichtlich ohne alle Noth zu erbittern; sondern sie vielmehr auf alle nur ersinnliche Weise zu gewinnen, und für die Aufopferungen, die sie dem Staate machen mußte, zu entschädigen suchen. Ich würde nicht Alles auf einmal thun wollen, sondern eine Verbesserung nach und nach die andere herbeiführen lassen. (205.)

Semiramis: Vor allen Dingen setze ich etwas Unwidersprechliches voraus: daß die Monarchie die natürlichste, und eben darum die einfachste, leichteste und zweckmäßigste aller Regierungsformen sey. (230.)

Die Königin Elisabeth. Augenscheinlich ist nichts übrig, als daß man sich je eher, je lieber entschließe, zu thun was man schon längst hätte thun sollen. Eine Konstitution von wenigen, auf die allgemeine Vernunft und die Natur der bürgerlichen Gesellschaft gegründeten Artikeln, ist das unfehlbare, leichte und einzige Mittel allen heilbaren Uebeln der politischen Gesellschaft abzuhelfen, die möglichste Harmonie zwischen den Regenten und den Unterthanen herzustellen, und den Wohlstand der Staaten auf einer unerschütterlichen Grundlage zu befestigen." (273.)

In einer eigenen Abhandlung hat Wieland Rousseaus

Behauptungen über den ursprünglichen Zustand der Menschen bekämpft. Er sagt daselbst unter Anderem: „Das wilde, ungesellige, dumme, Eicheln fressende Thier, das er seinen Menschen nennt, würde in Ewigkeit keine Sprache erfunden haben, wie die Sprache Homers und Platons ist. (XIV, 175.) — Nein lieber Rousseau so arme Wichte wir immer seyn mögen, so sind wir es doch nicht in einem so ungeheuren Grade, daß wir nach den Erfahrungen so vieler Jahrhunderte noch vonnöthen haben sollten, neue, unerhörte Experimente zu machen um zu erfahren was die Natur mit uns vorhabe. (251.) — Die Thorheit des Philosophen Jean Jacques, so wenig wie sie der Menschheit Ehre macht, ist doch am Ende weiter nichts als lächerlich; aber diejenige welche uns Swift in Gullivers Reisen aufdringen will, ist hassenswürdig.“ (200.)

Wieland war immer ein Gegner der Schwärmerei und des Aberglaubens. Das Nachstehende ist einer lesenswerthen Abhandlung entnommen: über den Hang der Menschen an Magie und Geistererscheinungen zu glauben. „Was ists Wunder, wenn Priester geschäftig gewesen sind, den Glauben an übermenschliche Wesen und übernatürliche Wirkungen zu befördern, da selbst ein großer Theil der Philosophen diesen Glauben begünstigten, und eine Geisteslehre, in welcher alle Artikel des populairen Aberglaubens Unterstützung finden, zur Grundlage und zu den Hauptpfeilern des Lehrgebäudes gemacht haben. (XXIV, 76.) — Irthümer, die den Menschen Jahrtausende lang beherrscht haben, sind nicht so leicht zu verdrängen. Sie nehmen alle möglichen Gestalten an, und bedienen sich aller möglichen Kunstgriffe, wodurch eine des Lichtes noch ungewohnte Vernunft hintergangen werden kann. (79.) — Die Natur (gleich als ob sie eifersüchtig sey, sich über ihren verborgenen Mysterien von sterblichen Augen beschleichen zu lassen) erscheint immer wundervoller, geheimnißreicher, unerforschlicher, je mehr sie gekannt, erforscht, berechnet, gemessen und gewogen wird. (80.) — Je weiter die Gränzen unserer Kenntnisse hinausgerückt werden, desto weiter dehnt sich auch der Kreis des Möglichen vor unseren Augen aus, und vielleicht ist es gerade der größte Naturforscher, der sich am wenigsten untersteht, etwas, das nicht augenscheinlich in die Klasse der viereckigen Dreiecke gehört, für unmöglich zu erklären. (82.) — Der Mensch lernt allmählig bescheidener von seinen Einsichten denken, und wird immer furchtsamer zu entscheiden was die Natur könne, oder nicht könne, je öfter er schon in seinen raschen Urtheilen, durch nachfolgende Erfahrungen beschämt worden ist. (83.) — Die Zeiten der größten Verfeinerung, des größten Luxus, und der ungezähmtesten Liederlichkeit, sind von jeher immer diejenigen gewesen, wo die schelmischen Schlauköpfe die von allem diesem, zur Erreichung ihrer geheimen Absichten Vortheil zu ziehen, das beste Spiel haben. (90.) — Eben darum, weil der Hang zum Uebernatürlichen, der Wunsch mehr zu wissen und zu können, als Menschen wissen und können sollen, das arme menschliche Geschlecht von jeher allen diesen Betrügern in die Hände geliefert, ihm dadurch unzerreißliche Ketten angelegt und unheilbare Wunden geschlagen hat; — eben darum nenne ich diesen Hang, diesen Glauben, diesen Wunsch, — die schwache Seite der menschlichen Natur; und eben darum ist es so nöthig, daß wir uns da, wo die größte Gefahr ist, durch die untrüglichen Grundsätze, welche Natur, allgemeine Erfahrung, und allgemeiner Menschenverstand darbieten, auch am stärksten zu befestigen suchen.“ (92.)

Wir lassen hier sogleich den wesentlichsten Inhalt einer merkwürdigen Abhandlung folgen, welche Wieland „über den freien Gebrauch der Vernunft in Glaubenssachen“, geschrieben hat. Er sagt: „Wer bloß die Partei der Wahrheit hält, kann es schwerlich irgend einer Partei in der Welt recht machen. (XXIX, 6.) — Doch giebt es ein unfröhliches Gefühl, wenn man nicht umhin kann, sich selbst zu sagen, daß man, mit allem guten Willen, durch Bekanntmachung seiner besten Gedanken über gewisse Gegenstände etwas zum gemeinen Wohl der Menschheit beizutragen, am Ende doch nur immer leeres Stroh dresche, Wasser mit einem Siebe schöpfe, in den

Sand schreibe, Böcke melke und Mohren bleiche. (9.) — Nichts was Menschen jemals öffentlich gesagt, geschrieben und gethan haben, kann sich eines Privilegiums gegen die kaltblütige und bescheidene Untersuchung und Beurtheilung der Vernunft anmaßen. (21.) — Es giebt Wahrheiten und Irthümer, die auf das Wohl oder Weh des menschlichen Geschlechts einen sehr großen, einen entscheidenden Einfluß haben: und diese sollen und müssen unermüdet und unerschrocken von allen ihren Seiten, nach allen ihren Beziehungen und Wirkungen beleuchtet, und dem stärksten Feuer der Prüfung so lange ausgesetzt werden, bis sie von allen Schlacken des Irthums gereinigt, als feines gediegenes Gold aus dem Tiegel kommen, und alsdann (ohne Möglichkeit eines vernünftigen Widerspruchs) den kostbarsten und herrlichsten Schatz der Menschheit ausmachen.“ (24.)

„Es ist sonderbar, ja mehr als sonderbar, daß die Jünger eines Meisters wie Christus, in so kurzer Zeit sich von seinem Sinne und Geiste, von seinen Grundsätzen und seinem Beispiele so himmelweit entfernen konnten, um in wenigen Jahrhunderten ihm geradezu entgegen zu arbeiten, das Werk das er angefangen hatte, wieder umzureißen, und das Reich des Aberglaubens und Fanatismus, welches er zu zerstören gekommen war, unter andern Namen und Dekorationen, furchtbarer und der Menschheit verderblicher als es jemals gewesen war, wiederherzustellen. (42.) — Alle Untersuchung hört auf, wo jeder Zweifel für eine Eingebung des Teufels erklärt wird, die nur mit Fasten, Beten, Abtödtung des Fleisches, und gänzlicher Unterbrechung alles Denkens bekämpft werden muß, und die Vernunft wird zu einem völlig unbrauchbaren Werkzeuge gemacht, sobald uns ihr freier Gebrauch in die dunkeln Kerker der Inquisition, und aus diesen auf den Scheiterhaufen führt. (52.) — Den Menschen kann nicht geholfen werden, wenn sie nicht bessere Menschen werden; sie können nie besser werden, wenn sie nicht weiser werden und richtig denken lernen; sie werden nie richtig denken lernen, so lange sie nicht frei denken dürfen, die Vernunft nicht in alle ihre Rechte eingesetzt ist, und Alles was in ihrem Lichte nicht bestehen kann, verschwinden muß." (61.) —

„Weder die allererste christliche Gemeine, noch irgend eine folgende, hatte ein Recht zu bestimmen, wie ihre Mitchristen die dunkelen und verschiedener Deutung fähigen Stellen der Reden Christi, und die Schriften seiner Apostel zu verstehen seyen. Christus selbst hat keine Glaubensformel festgesetzt." (119.)

Euthanasia. (Bd. 37.)

Eine längst vergessene Schrift „Geschichte der wirklichen Erscheinung meiner Gattin nach dem Tode, von Wöhts, gab Wieland Veranlassung, drei Gespräche über die Unsterblichkeitslehre zu schreiben, welche sich durch eine kunstreiche Form und durch Scharfsinn der Entwickelung auszeichnen.

Nie wird dieser Gegenstand sein großes Interesse verlieren, immer wird die Untersuchung ungebührlich gehemmt werden, so lange jeder seine eigene Ansicht und Betrachtungsweise für unfehlbar hält, jede davon abweichende, aber als gottlos, oder abergläubig verdammt. Wieland entwickelt nicht bloß eine Ansicht, sondern läßt davon abweichende mit erheblichen Gründen vertreten; doch darf man annehmen daß der Hauptredner, Willibald, die Ueberzeugung hege: eine persönliche Fortdauer des Menschen nach dem Tode, lasse sich nicht genügend erweisen, weder durch Wissenschaft und Erfahrung, noch durch Syllogismus und Induktion, noch durch Psychologie oder Physiologie. Aber dies Ungenügende der Ergebnisse, treibt zu neuen Untersuchungen, wo sich jeder gern das aneignet, was seinen Wünschen und Hoffnungen am meisten zusagt. Mit großem Scharfsinn sucht Wilibald zu erweisen daß die Beschränkung der unveränderlichen Persönlichkeit auf die Zeit dieses Lebens, keineswegs die nachtheiligen Folgen für die Sittlichkeit haben würde, welche man befürchtet.

Den Mangel jener spekulativen und empirischen Beweise anerkennend, haben viele fromme Christen behauptet: die Unsterblichkeitslehre beruhe auf dem Glauben, und dieser sey gegründet auf eine höhere Offenbarung. Wer diese Lehre zurückweiset, wird sich vielleicht dem alten Spruche anschließen, daß die Zukunft uns durch göttliche Weisheit verborgen bleibe.

Ich theile den Schluß des letzten Gespräches mit (262): „Das Bewußtseyn daß man nie Böses, immer nur das Gute gewollt und nach Vermögen gethan hat, setzt das Gemüth vornämlich in den letzten Stunden des Lebens, in eine heitere Stille, die ich einen Anfang der Seligkeit (welche uns die Religion verspricht) nennen möchte. Wer sich in diesen Augenblicken Gutes bewußt ist, traut der ganzen Natur Gutes zu, ist ohne Furcht und Sorge für die Zukunft, und erwartet getrost und gelassen was da kommen wird. Eine solche Seele senkt sich, wie ein Kind in den Busen der Mutter, mit voller Zuversicht in den Schooß der Unendlichkeit, und schlummert unvermerkt aus einem Leben hinaus, worin sie nie wieder erwachen wird. — Diese schönste und beste Art zu sterben, hängt von einer Bedingung ab, die immer in unserer Gewalt ist; warum sollten wir uns vergebliche Mühe machen, den undurchbringlichen Vorhang wegzuziehen, der das Leben nach dem Tode vor uns verbirgt? — Von Allem was guten Menschen gewiß ist, das Gewisseste, bleibt doch immer daß sie sich nicht betrügen können, wenn sie in ruhiger Ergebung, und gleichsam mit geschlossenen Augen, bis zum letzten Athemzuge das Beste hoffen!“

Außer den schon erwähnten Schriften, betreffen mehrere, umfangreiche Gespräche, die französische Revolution. Wir haben Wieland nicht den ausgezeichneten Dramatikern beizählen können, aber den Dialog behandelt er in so meisterhafter Weise, daß kaum ein anderer Deutscher ihm hierin gleichgestellt werden kann. Und was den Inhalt anbetrifft, so hat sich Wieland mit seltener Unparteilichkeit über die wichtigsten politischen Fragen jener Zeit sehr belehrend, ja weissagend ausgesprochen. Er steht löblich theilnehmend voran, vielen gleichgültigen, leidenschaftlichen, vorurtheilsvollen Dichtergenossen, Staatsmännern und

Philosophen, welche die Vergangenheit nicht kannten, die Gegenwart falsch beurtheilten, und von der Zukunft Unmögliches hofften, oder fürchteten. Wir können leider nur Weniges aus den reichhaltigen Gesprächen, als charakteristische Probe mittheilen.

„Die Franzosen (sagt Wieland) haben in der Trunkenheit ihrer Freude das Joch der Monarchie abgeschüttelt zu haben, den diamantnen Zaum vergessen, womit die Göttin der Freiheit und Gleichheit, die Triebe der Leidenschaften ihrer Unterthanen fesselt; haben nicht bedacht, daß nur die reinste Liebe der Tugend, oder die Macht einer zur anderen Natur gewordenen Gewohnheit, den Despotismus der Gesetze erträglich machen kann.“ (XXIX, 361.)

„Wenn die Zahl der französischen Edelleute, in deren Herzen noch ein lebendiger Funke des alten Ritter- und Heldengeistes glüht, auch noch so klein wäre, was gewönne die Nation dabei, wenn sie durch einen Schlag mit Merlins Zauberpritsche, auf einmal alles Bewußtseyn ihrer Herkunft, alle Erinnerung an den Ruhm ihrer Vorfahren aus ihrem Gedächtnisse und alle Bilder und Denkmäler derselben, aus den Sälen, Gallerien und Kapellen ihrer Schlösser herauszaubern könnte? Und um was würde Frankreich gebessert seyn, oder sich mehr Gutes von ihnen zu versprechen haben, wenn sie alle sammt und sonders von diesem Augenblick an, vermöge der besagten Zauberpritsche, von lauter Kesselflickern und Scherenschleifern abzustammen glaubten?“ (Löbell, 309.)

„Die sogenannte Volkssouverainität, wird zur unerträglichsten Usurpation und Tyrannei, sobald die Menge, oder die physische Macht, ihre Ueberlegenheit zu einem Titel macht, sie nach Willkür auszuüben. (XXIX, 362.) — Denn was vermag die Autorität gegen die Macht, wenn diese in den Händen von Menschen ist, für welche eine jede Konstitution immer den unverzeihlichen Fehler haben wird, daß sie eine öffentliche Autorität anordnet, und diese Menschen den Gesetzen unterwirft.“ (364.) —

„Eine der wichtigsten Folgen der außerordentlichen Ereignisse der letzten vier Jahre, ist unstreitig diese: daß bei dieser Gelegenheit eine Menge unwahrer, halbwahrer, übertriebener und gefährlicher Sätze, die in vielen Köpfen gar seltsam durcheinander brausen; aber auch viele Wahrheiten von der höchsten Wichtigkeit, viele wohlgegründete Zweifel gegen Manches das man sonst für ausgemacht hielt, eine Menge Fragen und Antworten über Gegenstände, woran einem jeden gelegen ist, eine Menge praktischer Sätze über Gesetzgebung, Regierung, Menschenrechte und Regentenpflichten in allgemeinen Umlauf gekommen, und bis zu den untern Volksklassen durchgedrungen sind, die ehemals nur als Geheimlehre das Eigenthum einer kleineren Zahl von Eingeweihten waren, und worüber sogar sich diese nur unter vier Augen ganz herauszulassen pflegten. (373.) — Wer nicht den neufranzösischen Begriff von Freiheit und Gleichheit für den einzig wahren erkennt, heißt ein Feind des menschlichen Geschlechts, oder ein verächtlicher Knecht, der von den engbrüstigen Vorurtheilen der alten politischen Abgötterei zusammengedrückt, seine Knie vor selbstgemachten Götzen beugt und freiwillig Fesseln trägt, die er, sobald er nur wollte, wie versengte Zwirnsfäden von sich schütteln könnte." (405.)

„Die Hoffnung durch die Demokratie glücklich zu werden, ist die lächerlichste aller Chimären. Denn hiezu müßte das französische Volk nicht bloß moralisch besser, es müßte gänzlich umgeschaffen werden. Dieser unbeschreibliche Leichtsinn, diese unbändige Hitze, diese Unbeständigkeit, Hoffahrt und Eitelkeit, dieser in den bekannten horazischen Versen, so treffend gezeichnete Jünglingscharakter, der die französische Nation vor allen anderen auszeichnet, ist mit der Demokratie ganz unverträglich. Wie sollte sie sich selbst regieren, ihr eigener Gesetzgeber und Unterthan zugleich seyn können. (461.) — Die Menschenkinder können nur dadurch glücklich werden, wenn sie vernünftiger und moralischer werden. (463.) — Wer kein tiefes Gefühl von seinen Pflichten hat, kann auch keinen richtigen Begriff von seinen Rechten haben. (468.) — Erst verschlingt der Privatpatriotismus den allgemeinen, und endlich der Privateigennutz wieder den Privatpatriotismus. (478.) — Patriotismus ist die natürliche Frucht, einer auf die Gerechtigkeit der Gesetze und die Zuverlässigkeit ihrer Vollziehung gegründeten Zufriedenheit des Volks mit seinem Zustande, unter welcher Regierungsform es auch seyn mag." (487.) —

Ist es erlaubt von Wielands Werken einen Schluß auf seine Persönlichkeit zu machen, so dürfen wir annehmen: er sey gewesen ein heiterer, zufriedener, nie von außen zum Uebermuth gesteigerter, nie zur Verzweiflung, oder dauernder Mißstimmung hinabgedrückter Mann, lebenslustig ohne sittliche Verirrungen, genügsam bei beschränkten Mitteln, ein treuer Anhänger der ihn schätzenden Fürsten. Diese Annahmen werden geschichtlich bestätigt; und wenn ihm die Herausgabe einer Zeitschrift, des Merkur, Sorgen und Verdruß bereitete, so ist dies ein Schicksal dem niemand entgeht, der solch ein Geschäft übernimmt.

Wir theilen zum Schlusse einige Stellen aus einem Sendschreiben mit, welches Wieland an einen jungen, begabten Dichter richtete. Es scheint uns auf Wielands Charakter und Lebensansicht ein, zur Theilnahme aufforderndes Licht zu werfen.

„Wer nur alsdann Verse macht, wenn er sonst auf der Gotteswelt nichts zu thun weiß, wird gerade so ein Dichter seyn, wie einer, der sich nur in verlornen Stunden mit Malerei abgeben wollte, ein Rafael seyn würde. (XXIV, 12.) — Sie werden auch Thorheiten begehn, die nur ein D i c h t e r begehn kann, werden mit dem glücklichsten Kopfe, mit dem besten Herzen alle Augenblicke in einem f a l s c h e n Lichte vor der Welt stehen, immer Klagen und Vorwürfe hören, und doch immer n u r s i c h s e l b s t S c h a d e n t h u n; und wie sie es auch anstellen mögen, um die Welt zu überzeugen daß sie ein unschuldiges, harmloses, wohlmeinendes Wesen sind, wird man sie doch immer wie ein Wunderthier anstaunen, in dessen Art zu denken und zu sehn die Leute sich nicht finden können, und in dessen Verstand und Herz, alle Augenblicke mächtige Zweifel gesetzt werden." (14.)

„Der unbemerkte, schmale Pfad durchs Leben, der ewige

Wunsch aller Seelen, die zum stillen Genuß der Natur und zum Leben mit ihren eigenen Ideen geboren sind, wird für Sie der Baum des Tantalus werden. Eine verhaßte Celebrität, der Sie unmöglich entgehn können, wird Ihre Ruhe vergiften und einen unsäglichen Schwall von tausend nichtswürdigen, aber desto beschwerlichern kleinen Plagen über Sie ergießen, die Ihnen nicht einmal die arme Täuschung übrig lassen werden, sich für das Vergnügen das Sie der Welt machen, wenigstens mit Liebe belohnt zu glauben." (15.)

„Ich sehe Sie auf einem Wege der Sie, wahrscheinlicher Weise, nicht zum Tempel des Glücks führen wird, und doch habe ich nicht das Herz Sie zurückzuhalten. (29.) — Wie es Ihnen auch ergehen mag, versprechen Sie mir mit Mund und Hand, sich niemals über den Neid Ihrer Nebenbuhler und Zunftgenossen, über die Gleichgültigkeit der Großen und über den Undank des Publikums zu beschweren." (31.) —

„Ich bin mit meinem Loose in jeder Betrachtung zufrieden. Von meiner Jugend an habe ich die Kunst mehr geliebt, als was man Glück, und Ruhm nennt. Auch darf ich nicht läugnen, daß ich, indem ich den größten Theil meines Lebens im Dienste der Musen zugebracht, mehr für mich selbst, als für Andere gethan habe.

Du machst, o Muse, doch das Glück von meinem Leben,
Und hört Dir niemand zu, so singst Du mir allein." (36.)

[Da der Raum fehlt vielerlei Zeugnisse für und wider Wieland aufzunehmen, stehe zum Schlusse hier nur das entscheidend wichtige Urtheil Goethes: „Gar viele Menschen sind noch jetzt an ihm irre, weil sie sich vorstellen, der Vielseitige müsse gleichgültig, und der Bewegliche wankelmüthig seyn. Man bedenkt nicht, daß der Charakter sich nur durchaus auf das Praktische bezieht. Nur in dem was der Mensch thut, was er zu thun fortfährt, worauf er beharrt, darin zeigt er Charakter, und in diesem Sinn hat es keinen festern, sich selbst immer gleicheren Mann gegeben, als Wieland. Wenn er sich der Mannigfaltigkeit seiner Empfindungen, der Beweglichkeit seiner Gedanken überließ, so zeigte er eben dadurch die Festigkeit und Sicherheit seines Sinnes. Der geistreiche Mann spielte gern mit seinen Meinungen, aber, ich kann alle Mitlebenden als Zeugen auffordern, niemals mit seinen Gesinnungen."

Es schien mir rathsam Lessing, Herder und Wieland, als Chorführer der litterarischen Entwickelung jener Zeit in ungetrennter Folge aufzuführen und hiemit meine Mittheilungen abzuschließen. Mich ermunternd hat man aber gesagt: es wäre unbillig andere, wenn auch nicht gleich große, doch keineswegs deshalb unbedeutende deutsche Männer, ganz unerwähnt zu lassen. Bleiben auch nur wenige von ihnen für alle Zeiten lebendig, so haben sie doch den Besten ihrer Zeit genügt, und dies soll litterarhistorisch dankbar selbst von Späteren erkannt werden.

Dieser Aufforderung nachgebend, will ich versuchen, wenigstens einige der noch ungenannten und zum Theil unbekannten deutschen Schriftsteller, in aller Kürze vorüberzuführen.[1]) Welche Reihefolge die beste sey, ist schwer zu entscheiden: nachstehende chronologische Uebersicht giebt indeß eine Art von Leitfaden.

	geb.	gest.		
Joh. Elias Schlegel	1718.	— 1749,	alt 31	Jahre.
Hagedorn	1708.	— 1754,	— 46	—
v. Cronegk	1731.	— 1756,	— 25	—
v. Kleist	1715.	— 1759,	— 44	—
Winkelmann	1717.	— 1768,	— 51	—
Gellert	1715.	— 1769,	— 54	—
Rabener	1714.	— 1771,	— 57	—
Hölty	1748.	— 1776,	— 28	—
Haller	1708.	— 1777,	— 69	—
Mendelssohn	1729.	— 1786,	— 57	—

1) Die schon in der Vorrede erwähnten Verhältnisse, und die Kürze der Zeit, erlaubten nicht neuere Schriftsteller anderer Völker mit gleicher Umständlichkeit zu behandeln.

	geb.	gest.			
Geßner .	1730.	— 1787,	alt	57	Jahre.
Lenz . . .	1750.	— 1792,	—	42	—
Bürger .	1748.	— 1794,	—	46	—
Möser .	1720.	— 1794,	—	74	—
Uz . . .	1720.	— 1796,	—	76	—
Hippel .	1741.	— 1796,	—	55	—
Ramler .	1715.	— 1798,	—	83	—
Heinse .	1749.	— 1803,	—	54	—
Engel . .	1741.	— 1802,	—	61	—
Gleim .	1719.	— 1803,	—	84	—
Claudius	1740.	— 1815,	—	75	—
Klinger .	1752.	— 1831,	—	79	—

85.

• Johann Elias Schlegel, stand Anfangs unter Gottscheds Leitung, entledigte sich aber gutentheils der ihn hemmenden Fesseln. Seine Lustspiele sind allerdings zu breit, und nicht reich genug an einer für mehrere Zeiträume ausdauernden Komik; aber es gab damals eben keine besseren. Uebersetzungen und Bearbeitungen nach Sofokles und Euripides erweisen fleißiges Studium, und blieben wohl nicht ohne günstigen Einfluß auf seine Trauerspiele Canut und Hermann. Diese übertreffen weit gleichzeitige Arbeiten, z. B. Cronegks Codrus, und Olinth und Sophronia; noch mehr aber Klopstocks Hermannsschlacht. Edle Kraft, Gedankenreichthum, Geschicklichkeit der Anordnung ist vorhanden; doch würde insbesondere Hermann, durch Abkürzungen gewinnen. Im Canut charakterisirt sich der ehrgeizige Ulfo wie folgt (I, 223.):
[Bouterwek XI, 178.]

„Soll er (Canut) allein die Welt mit seinen Thaten füllen?
Sein Name wird genannt, und meiner bleibt im Stillen.
Es ist ihm nicht genug, daß er befehlen kann,
In Allem thut er mehr als jeder Unterthan.

Wer findet unter ihm Gelegenheit zu siegen?
Ihn preiset man allein im Frieden und in Kriegen.
Nur er heißt tapfer, groß, fromm, gütig, klug, geübt.
Er wird allein geehrt, er wird allein geliebt,
Sein Geist, den nichts umschränkt, will allen Ruhm umfassen,
Uns, die wir schlechter sind, will er nichts übrig lassen.
Was bleibt mir, soll mich nicht zu leben ganz gereun,
Zur Ehre für ein Weg, als der, sein Feind zu seyn?
Ist Stärke, Muth, Verstand an denen denn verloren,
Die kein parteiisch Glück zu Königen geboren?
Hab ich zur Ewigkeit nicht so viel Recht, als er?
Vom Schicksal kömmt der Thron, von uns die Ehre her.
Er bleibe was er ist, ein König von sechs Reichen! —
An Macht geb ich ihm nach! — an Ruhm will ich nicht weichen!"

Als Adelheid, Hermanns Mutter, Thusnelden fragt: ob sie nicht dessen römisch gesinnten Bruder Flavius, durch irgend ein Liebeszeichen ermuntern und für die deutsche Sache gewinnen wolle, antwortet Thusnelde (350):

„Du scherzest Adelheid, und prüfest mein Gemüth.
Der ist ein fauler Held, den nur die Liebe zieht;
Den edler Thaten Reiz nicht von sich selbst beweget,
Und der im Schlafe liegt, bis ihn ein Blick erreget.
Es ist ein Eigennutz der Sklavensinne führt,
Und nicht ein Göttertrieb, der Heldenseele rührt,
Wenn man nur Gutes thut um Liebe zu erjagen,
Und sich nur groß bezeigt, ein Herz davon zu tragen.
Dem Himmel sey gedankt, daß noch mein Vaterland
Der Krieger nicht bedarf, die ich ihm zugewandt.
Was willst du, daß ich Kunst und Schmeichelei verschwende?
Die Freiheit meines Volks hofft nicht auf solche Hände.
Mein Herz ist nicht für den, der seine Pflicht vergißt.
Du weist, wem meine Treu auf immer heilig ist."

Der römisch gesinnte Segest, sagt zu Adelheid (359):

„Meinst du weil Hermann sich der Wuth zum Führer stellt,
Daß drum ein großes Heer den Aufruhr unterhält?
Du suchst das deutsche Volk in einem tollen Haufen,
Der nach dem Treffen geht, um in den Tod zu laufen.
Ich, und die starke Schaar, die sich zu mir gewandt,
Wir machen Deutschland aus, wir sind das Vaterland!
Wir sind des steten Streits, der wilden Freiheit, müde,
Und was man ferner wünscht, ist sanfter Dienst und Friede.

Wir stehen dem Lager nah, doch stehen wir in Ruh.
Ich hörte dem Geräusch erzürnter Waffen zu!
Doch auch verräthrisch Blut kann ich nicht sehen lernen;
Das Mitleid trieb mich an, hieher mich zu entfernen."

Adelheid antwortet:

Ist dies verräthrisch Blut, das für die Freiheit träuft?
Ist das ein tolles Volk, das so zum Treffen läuft?
Die edler Muth regiert, die nennest du Verräther,
Und Sklaven schmückt dafür der Name meiner Väter?
Ihr, die ihr Knechtschaft wünscht, und träge Werke thut,
Wofern auf Eurer Scham das deutsche Volk beruht,
So wohnt in Deutschland nicht die Hoheit großer Seelen,
Von der die Barden oft, doch ach, umsonst erzählen;
So sind die Deutschen nichts, als Knechte voller Trug,
Nur zu der Bosheit kühn, und zum Gewinnste klug;
So ist das deutsche Volk, die schlechtste Last der Erde,
Und unwerth daß es noch ein Volk geheißen werde.
Doch Deutschlands Name kömmt auf deine Rotte nicht,
So groß ihr Führer auch von ihrer Anzahl spricht.
Das Land wird immer noch ein ähnlich Bild der Alten,
Ein würdiges Geschlecht Thuiskons aufbehalten.
Die sind das deutsche Volk! — Nennt ihr euch was ihr seyd,
Erkaufte Sklaven Roms voll fauler Niedrigkeit
Mit diesem Namen steht, mit ruhigen Gewehren,
Das zornige Geräusch der Waffen anzuhören!
Mit diesem Namen geht, verachtet eure Pflicht!
Der Name spricht euch frei, indem der Deutsche ficht.

86.

Friedrich von Hagedorns Werke sind 1757 in drei Bänden erschienen, welche enthalten moralische Gedichte, Epigramme, Fabeln, Oden und Lieder. Er war ein belesener, in vielen Sprachen unterrichteter Mann, was ihn auch veranlaßte ältere und neuere Gedichte nachzuahmen und zu bearbeiten. Man kann ihn den eigentlich schaffenden Dichtern nicht beizählen; doch hielten ihn Gefühl und Verstand frei von geschmacklosen, oder übertriebenen Richtungen. Statt umständlicher Beurtheilungen wollen wir lieber Einiges aus seinen Gedichten mittheilen.

[Eschenburg V, 76.
Bouterwek XI, 48, 59.]

Die Glückseligkeit.

Es ist das wahre Glück an keinen Stand gebunden;
Das Mittel zum Genuß der schnellen Lebensstunden,
Das was allein mit Recht beneidenswürdig heißt,
Ist die Zufriedenheit und ein gesetzter Geist.
Das ist des Weisen Theil. Die Nerven und die Stärke. (I, 18.)

An einen Freund.

Der Vorzug, den der Stand dem äußern Glück verleiht,
Giebt Menschen nicht zugleich die höchste Trefflichkeit.
Nur der ist wirklich groß und seiner Zeiten Zierde,
Den kein Bewundern täuscht, noch lockende Begierde,
Den Kenntniß glücklich macht, und nicht zu schulgelehrt,
Der zwar Beweise schätzt, doch auch den Zweifel ehrt,
Vollkommenheit besitzt, die er nicht selbst bekennet,
Nur edle Triebe fühlt, und Allen Alles gönnt,
Der das ist, was er scheint, und nur den Beifall liebt,
Den seinen Tugenden, Recht und Gewissen giebt. (I, 58.)

Arsinoe. (I, 182.)

Die Kennerin der Fehler und der Sünden
Arsinoe, kann nichts unsträflich finden,
Nicht Chloens Witz, nicht Juliens Gestalt.
Sie ist mit sich, mit Andern unzufrieden,
Nie wird ihr Mund im Unterricht ermüden.
Fragt nicht warum; — Arsinoe wird alt!

Das Schäfchen und der Dornenstrauch.

Ein Schäfchen kroch in dicke Hecken,
Dem rauhen Regen zu entgehn.
Hier konnt' es freilich trocken stehn,
Allein die Wolle blieb ihm stecken.
Beglückt ist, den dies Schaf belehrt. —
Bethörte Had'rer laßt euch rathen,
Vertraut die Wolle nicht den scharfen Advokaten;
Oft ist was ihr gewinnt, nicht halb der Kosten werth.

Die Küsse. (II, 134.)

Als sich aus Eigennutz Elisse
Dem muntern Corydon ergab,
Nahm sie für einen ihrer Küsse,
Ihm Anfangs dreissig Schäfchen ab.

Am andern Tag erschien die Stunde.
Daß er den Tausch viel besser traf;
Sein Mund gewann von ihrem Munde,
Schon dreißig Küsse für ein Schaf.

Der dritte Tag war zu beneiden:
Da gab die milde Schäferin,
Um einen neuen Kuß mit Freuden
Ihm alle Schafe wieder hin.

Allein am vierten gings betrübter,
Indem sie Herd und Hund verhieß
Für einen Kuß, den ihr Geliebter
Umsonst an Doris überließ.

Das Daseyn. (III, 50.)

Ein dunkler Feind erheiternder Getränke,
Ein Philosoph trat neulich hin
Und sprach: Ihr Herren, wißt ich bin,
Glaubt mir, ich bin! — Ja, ja! Warum? — Weil ich gedenke! —
Ein Säufer kam und taumelt ihm entgegen,
Und schwur bei seinem Wirth und Wein:
Ich trink', o darum muß ich seyn,
Glaubt mir, ich trink', ich bin. Wer kann mich widerlegen?

An die Freude.

Freude, Göttin edler Herzen!
Höre mich!
Laß die Lieder die hier schallen,
Dich vergrößern, Dir gefallen!
Was hier tönet, tönt durch Dich.

Muntre Schwester süßer Liebe!
Himmelskind!
Kraft der Seelen! halbes Leben!
Ach! was kann das Glück uns geben,
Wenn man dich nicht auch gewinnt?

Stumme Hüter todter Schätze
Sind nur reich.
Dem der keinen Schatz bewachet,
Sinnreich scherzt und singt und lachet,
Ist kein karger König gleich.

Gieb den Kennern, die Dich ehren,
Neuen Muth!
Neuen Scherz den regen Zungen,
Neue Fertigkeit den Jungen,
Und den Alten neues Blut!

Du erheiterst holde, Freude,
Die Vernunft!
Flieh auf ewig die Gesichter
Aller finstern Splitterrichter,
Und die ganze Heuchlerzunft.

(Engel Werke XI, 271.)

(Vergl. Uz, Hölty, Schiller.)

87.

Johann Friedrich von Cronegk (1731—1756) würde, bei längerem Leben, als Dichter wohl noch Löbliches geleistet haben; wenigstens wurden seine Jugendwerke damals sehr gerühmt, und verdienen noch jetzt eine Erwähnung.

[Eschenburg II, 402; VII, 601.
Bouterwek XI, 186.]

Die verfolgte Komödie ist eine gewöhnliche Allegorie, wo die Tugend (gegen Laster, Dummheit, Heuchelei) das Lustspiel in Schutz nimmt und obsiegt. — Der Charakter des Mißtrauischen ist geschickt durchgeführt; ihm mangelt aber eine eigentlich poetische Seite, und des Hinundherredens ist zu viel. Dieser Tadel trifft auch die beiden Trauerspiele Olinth und Sophronia, und Codrus; welche Lessing in seiner Dramaturgie streng, jedoch nicht ungerecht beurtheilt hat. Im Codrus spielen Liebesgeschichten und Vertrauten die Hauptrolle; die Gefahr und Rettung des Vaterlandes bleibt dagegen untergeordnet.

Dennoch erhielt Codrus damals den ausgesetzten Preis für die beste Tragödie.

Zu dem Lehrgedichte, die Einsamkeiten, gaben wohl Youngs Nachtgedanken die Veranlassung. Sie zeigen eineu edeln, sittlichen Sinn, halten sich aber mehr auf dem Boden ernst verständiger Moral, als höherer Poesie. Zum Beweise folgende Stellen.

Ein Herz das schon gewohnt, erhaben zu empfinden
Ist zwar zu groß dazu, sein Glücke hier zu finden;
Der Vorschmack künftiger Lust und einer bessern Welt,
Ist was den Aufenthalt der Sterblichen vergällt. —
Doch eben dieser Geist, ist hier auf unsrer Erden
Zugleich zu groß dazu, ganz unbeglückt zu werden. (II, 9.) —

Die stille Schwermuth zeugt die göttlichsten Gedanken,
Sie hebet unsern Geist aus seinen engen Schranken.
Es herrscht ein sanfter Ernst auf heilger Weisheit Bahn,
Und zeiget uns den Weg zu bessern Welten an. (12.) —

O lernet Euren Blick vom falschen Schein entwöhnen,
Die schwerste Knechtschaft ist, den eignen Lastern fröhnen. (23.) —

Kein wahres Uebel ist, erhabner Seelen Schmerz,
Und edle Traurigkeit verbessert nur das Herz. (28.) —

O glaubt ihr Jünglinge mit unentweihter Jugend,
Der Menschheit größtes Glück sey Zärtlichkeit und Tugend. (40.)

Die Oden und Lieder Cronegks sind geistlich und weltlich, ernst und heiter, wie folgende Proben zeigen.

Abendandacht.

1) Herr es gescheh dein Wille!
Der Körper eilt zur Ruh:
Es fallen in der Stille
Die müden Augen zu.
Vergieb der Schwachheit Sünden,
Verschon mit Zorn und Straf;
Laß mich bereitet finden,
Zum Tode, wie zum Schlaf.

2) Laß fern von Schreckenbildern
Und wilder Phantasey,
Die Seele sich nichts schildern,
Was ihrer unwerth sey!

Laß frei von eiteln Sorgen
Mich wieder auferstehn,
Und auf den Kampfplatz morgen
Mit neuen Kräften gehn.

3) Doch wenn mit festem Schlummer
Des Todes letzte Nacht
Den Freuden, sammt dem Kummer
Ein schnelles Ende macht:
Herr stärk' mich wenn der Schrecken
Der letzten Stunde droht!
Mein Gott wird mich erwecken,
Ein Schlaf nur ist mein Tod.

4) Dein Heil hab' ich gesehen,
In Frieden fahr ich hin,
Weil ich beim Auferstehen
In deinem Reiche bin.
Wohl dem der bis ans Ende
Sich als ein Christ erweist!
Mein Gott in deine Hände
Befehl ich meinen Geist. (158.)

Die Verschwiegenheit.

1) Ihr fraget mich warum Arist,
Noch immer nicht verehlicht ist?
Hat er den Korb davon getragen? —
Ihr Freunde, warum fragt ihr mich?
Wer ist verschwiegener als ich? —
Ich darf's nicht sagen!

2) Warum sich Doris ehrbar stellt,
Den Fächer vor die Augen hält,
Wenn Stutzer freie Scherze wagen?
Das weiß ich, doch ich schweige still.
Wer ist's wohl den sie locken will?
Ich darf's nicht sagen!

3) Ihr wißt, Crispinens junge Frau
Ist sparsam, zänkisch und genau,
Sie weiß ihm Alles abzuschlagen.
Jedoch sie giebt ihm Geld zu Wein;
Er geht, und sie, sie bleibt allein? —
Ich darf's nicht sagen.

4) Ich weiß warum der Jude lacht,
Wenn Orgon stolze Mienen macht:
Ihr mögt den Juden selber fragen.
Das Kleid womit Herr Orgon prahlt,
Ist schön. — Doch ist es auch bezahlt? —
Ich darf's nicht sagen.

5) Ihr wißt daß Mopsa Tag und Nacht,
Der Tochter die sie streng bewacht
Räth, alle Stutzer zu verjagen.
Glaubt sie, sie möchte trotz dem Rath,
Thun, was sie sonst wohl selber that? —
Ich darf's nicht sagen. (295.)

88.

Ewald Christian von Kleist (1715—1759) ward mit Recht geliebt und gerühmt, als ein edler, in seinem Stande (als Officier) damals hochgebildeter Mann, ein treuer Freund, ein begeisterter Verehrer seines Königs, für den er auch auf dem Schlachtfelde einen ehrenvollen Tod fand. Noch mehr Beifall als seine lyrischen Gedichte und dramatischen Versuche, gewann sein Frühling. Thomsons Dichtung (welche nachzuahmen, oder zu überbieten, Kleist nicht bezweckte) ist umfangreicher und mannigfaltiger, doch zeigt auch des Deutschen Werk eine eigenthümliche Auffassung und Behandlung. Ich gebe eine kurze Probe.

[Bouterwek XI, 241.]

Es ist durch tausend Bewohner
Die bunte Gegend belebt. Hochbeinig watet im Wasser
Dort zwischen Kräutern der Storch, und blickt begierig nach Nahrung.
Dort gaukelt der Kibitz, und schreit ums Haupt des müßigen Knaben,
Der seinem Neste sich naht. Jetzt trabt er vor ihm zum Ufer,
Als hätt' er das Fliegen vergessen, reizt ihn durch Hinken zur Folge
Und lockt ihn endlich ins Feld. — Unzählbare schimmernde Würmchen
Umflattern freudig den Klee, und irren im niederen Grase,
Durch Labyrinthe von Blumen in rothen und goldenen Schatten,
Und glauben in Hainen zu irren. Zerstreute Heere von Bienen
Durchsäuseln die Lüfte; sie fallen auf Klee und blühende Stauden,

Und hangen glänzend daran, wie Thau vom Mondschein vergoldet:
Dann eilen sie wieder zur Stadt, die ihnen im Winkel des Angers
Der Landmann aus Körben erbaut. Ein Bildniß edler Gemüther,
Die sich der Heimath entziehn, der Menschen Gefilde durchsuchen,
Und dann heimkehren zur Zelle, mit süßer Beute beladen,
Und liefern uns Honig der Weisheit. —
Ein See voll fliehender Wellen
Rauscht in der Mitte der Au; draus steigt ein Eiland zu Tage
Mit Bäumen und Hecken gekrönt, das, wie vom Boden entrissen,
Scheint gegen die Fluthen zu schwimmen. — In einer holden Verwirrung
Drängt sich Hambuttengesträuch voll feuriger Sternchen, mit Quitzbaum,
Hollunder, rauchem Wachholder, und sich umarmenden Palmen.
Das Geisblatt schmiegt sich an Zweige der wilden Rosengebüsche,
Aus Wollust küssen die jungen Blüthen einander, und hauchen
Mit süßem Athem sich an. Um bunte Kränze des Erdreichs
Schleicht Brombeer langsam im Klee, zieht grüne Netze dazwischen,
Mit sich durchschlingenden Ranken. Der blühende Hagdorn am Ufer
Bückt sich hinüber aus Stolz, und sieht verwundernd im Wasser
Den weißen und röthlichen Schmuck.

89.

Winkelmann (1717—1768), ist ein erfreulicher Beweis, wie man sich aus den beschränktesten, drückendsten Verhältnissen, durch würdige Begeisterung und ausdauernden Fleiß so erheben kann, daß man den Höchstgestellten ebenbürtig erscheint, und in dem erwählten Fache als Schöpfer und Gesetzgeber aufzutreten berechtigt ist. — Auf Winkelmanns Styl, hatte das fleißige Lesen der alten Klassiker gewiß mittelbaren Einfluß; aber er war keineswegs ein vorsätzlicher Nachahmer, und wenn das Einfache aus seiner Einsicht hervorging, dann das Blühende aus seiner Begeisterung. Beides war gegründet auf richtiges Gefühl und lebendige Gelehrsamkeit.

[Eschenburg VIII, 1, 164.
Bouterwek XI, 325.]

Schon in der 1756 herausgegebenen Abhandlung, über die Nachahmung der alten Kunstwerke, ergiebt sich sein, von der damaligen Mode sehr abweichender Standpunkt. Er sagt (I,

35): „Die edle Einfalt und stille Größe der griechischen Statuen, ist sogleich das wahre Kennzeichen der griechischen Schriften aus den besten Zeiten; — und diese Eigenschaften sind es, welche die vorzügliche Größe eines Rafaels machen, zu welcher er durch die Nachahmung der Alten gekommen ist."

Wir theilen noch einige andere, Winkelmann charakterisirende Stellen, aus verschiedenen seiner Abhandlungen mit. — „Wie gelehrt zu schreiben, nicht die größte Kunst ist, so ist ein sehr fein und glatt ausgepinseltes Bild, allein kein Beweis von einem großen Künstler. (I, 241.) — Da die mehresten Menschen nur an der Schale der Dinge umhergehn, so ziehet auch das Liebliche, das Glänzende unser Auge zuerst an, und die bloße Warnung vor Irrungen, macht den ersten Schritt zur Kenntniß. (255.) — Die Kenntniß und Beurtheilung der Grazie am Menschen und in der Nachahmung desselben an Statuen und auf Gemälden, scheint verschieden zu seyn, weil hier Vielen dasjenige nicht anstößig ist, was ihnen im Leben mißfallen würde. — Die Grazie in Werken der Kunst, geht nur die menschliche Figur an, und lieget nicht allein in deren Wesentlichem, dem Stande und Geberden, sondern auch in dem Zufälligen, dem Schmucke und der Kleidung. — Aber alle fremde Artigkeit ist der Grazie, sowie der Schönheit nachtheilig. Man merke daß die Rede ist von dem Hohen, oder Heroischen und Tragischen der Kunst, nicht von dem komischen Theile derselben." (257, 258.)

Winkelmann behauptete (wie wir sahen): der Ausdruck einer edeln Einfalt und stillen Größe, sey ein allgemeines, vorzügliches Merkmal der griechischen Werke. Lessing hingegen sagte: die Schönheit sey das höchste Gesetz der bildenden Kunst bei den Griechen gewesen; und Hirt lehrte: daß einzig und allein die Charakteristik als das Prinzip der Kunst anzusehn sey. (217.) — Man darf hiezu bemerken: daß nicht alle griechischen Bildwerke Einfalt und stille Größe zeigen, daß die Schönheit einem ächten Kunstwerke niemals fehlen darf, und daß dieselbe zugleich Charakter zeigt. Charakter ohne Schönheit, wird Karikatur.

In einer gelehrten, weitläufigen Schrift über die Allegorie, sagt Winkelmann unter Anderem: „Die Allegorie ist, im weitläufigsten Verstande genommen, eine Andeutung der Begriffe durch Bilder. — Man will damit etwas sagen, welches von dem, was man anzeigen will, verschieden ist; das ist anders wohin zielen, als wohin der Ausdruck zu gehen scheint. — Später begriff man unter Allegorie Alles, was durch Bilder und Zeichen angedeutet und gemalt wird. (II, 440.) Die Allegorie soll durch sich selbst verständlich seyn, und keine Beischrift von nöthen haben. (441.) — Es ist nicht zu läugnen daß die Bedeutung von vielen allegorischen Bildern der Alten, auf bloßen Muthmaßungen beruht. Bilder, welche eine Schrift zur Erklärung nöthig haben, sind von niedrigem Range in ihrer Art, und einige würden ohne dieselben, für andere Bilder können genommen werden." (II, 177, 180.)

Man darf hier fragen: ist es wirklich die Aufgabe der Kunst, Begriffe darzustellen, und nicht vielmehr Gegenstände, Gestalten, Personen? Kommt man mit Andeutungen und Muthmaßungen zu einem natürlichen und verständlichen Ziele? Ist die Allegorie nicht immer ein erkünstelter Umweg? Entsteht in dieser Weise jemals unmittelbares, frisches Leben? — Man soll sehen, was man in Wahrheit nicht sieht; und wenn man den allgemeinen Begriffen (oder den unvollständigen, unklaren Personen) nicht verabredete, conventionelle Abzeichen, Attribute, hinzufügte, würden die meisten Allegorien unverständlich seyn, und den willkürlichsten Deutungen (oder vielmehr Mißdeutungen) ausgesetzt bleiben. Sind Allegorien in der bildenden Kunst wirklich unentbehrlich (und nicht vielmehr ein erkünstelter Auswuchs), so sind sie noch weniger in der Dichtkunst eine Steigerung und Verklärung des Poetischen; wie selbst große Meister z. B. Spenser und Calderon beweisen.

Unter allen Schriften Winkelmanns ist seine Geschichte der Kunst bei weitem die wichtigste. Denn so viel Einzelnes auch bereits hierüber war aufgefunden und mitgetheilt worden, hatte doch Keiner einen so umfassenden Plan aufgestellt, und so gründlich und meisterhaft durchgeführt. Gewiß würde Winkelmann, bei längerem Leben, dieses sein Hauptwerk unermüdlich verbessert haben; gewiß ist seitdem mancherlei aufgefunden und berichtigt worden: aber alle Nachfolger stehen auf seinen Schultern, und reinigen und schmücken das Aeußere des Palastes, den er gegründet hat.

Er hat (rufen Eiferer) seinen Glauben den heidnischen Götzen geopfert! — Tritt ein Protestant zu den Katholiken über, so sagen diese: er hat ketzerischem Irthume abgesagt. Wird ein Katholik Protestant, so heißt es: er hat, Aberglauben aufgebend, sich der Wahrheit zugewandt. — Andere verdammen jeden Religionswechsel, nicht sowohl des (zweifelhaften) Inhalts wegen, als weil festem Ausdauern und Beharren, oft ein erheblicher Werth nicht abzusprechen ist. Doch keine Regel, ohne wohlbegründete Ausnahme. Winkelmann war ein auferstandener Grieche! Hätte es ihm und der Welt mehr genützt, wenn er sich mit theologischen Streitschriften abgequält, oder sie zusammengeschrieben hätte?

Er ward (allzu gutmüthig und vertrauend) ermordet in den besten Lebensjahren, — eben so alt wie Lessing. — Aber auch Lessing ward gemordet, — nur in anderer Weise!

90.

Christian Fürchtegott Gellert (1715—1769) war ein rechtlicher, frommer, liebevoller, demüthiger Mann; jedoch (mit Recht) nicht gleichgültig gegen den Beifall der Welt. Kein hochbegabter Dichter, aber gewandt in Sprache und Versbau. Gellerts moralische Gedichte, sind eben moralisch; aber gedehnt und, bei aller Verständigkeit, hin und wieder unbedeutend. Die Oden und Lieder bieten uns keine, nur scheinbar tiefe Gedanken in künstlichen Silbenmaßen und verschränkten Wortstellungen, sprechen aber wohllautend und einfach zum Herzen. Es durchdringt sie ein wahrhaft demüthiger, frommer, christlicher Sinn; Tausende fanden darin ihre Gedanken und Gefühle verklärt ausgesprochen; sie gewährten ihnen ächten Trost, und die Zeit hat keinen Grund sich zu rühmen, welche Gellerts Lieder nicht mehr versteht, oder gar verspottet. — Ebenso haben seine Fabeln unzählige ältere und jüngere Leser erfreut.

[Bouterwek XI, 160.
Eschenburg I, 93.]

Gellert hat durch eine belehrende Abhandlung, und durch eigene Briefe, für die Verbesserung des Briefschreibens nützlich eingewirkt; doch stört es zuweilen, daß man die Absicht (wenn auch nicht die Mühe) spürt: es solle ein vortrefflicher Brief geschrieben werden, und zu Stande kommen. — Es gab (wie wir schon bemerkten) und giebt viele tadelnswerthe, abwechselnd modige Arten Briefe zu schreiben: lange gelehrte Abhandlungen, süßliche sentimentale Redereien, inhaltslose, gezierte Eleganz; — nirgends das jedesmal einfach Natürliche, und nur zu oft der Zweck des künftigen Druckenlassens nicht zu verkennen.

Ueber Schriftstellerei sagt Gellert in einem Briefe: „Es ist in der That eine rühmliche Begierde, ein Autor zu werden. Allein kaum ist man es, so ist man unruhiger als jemals; und so gern ich (in Ansehung der Welt) die Zahl der guten Skribenten vermehrt sehe, so bedauere ich oft das Schicksal eines Autors, der sich mit tausendfacher Mühe den ungewissen Beifall der Welt erkauft, der am Ende noch schwerer zu behaupten, als zu erlangen ist.“ (IV, 137.)

Gellerts allerdings mangelhafte Lustspiele würden, durch erhebliche Verkürzungen, sehr gewinnen; denn er besitzt Geschicklichkeit einzelne Charaktere aufzufassen und darzustellen und in der, nur allzu karikirten, kranken Frau, fehlt es auch nicht an heitern, lächerlichen Wendungen und Antworten.

Sind die erzählten Thatsachen, in dem Leben der schwedischen Gräfin von G., geschichtlich, so ist darüber nicht viel zu streiten; sind sie erfunden, so könnte eher zu große Verwickelung, als zu große Einfachheit auffallen.

Gellerts moralische Vorlesungen bezwecken durchaus

nicht durch tiefsinnige, nur zu oft unverständliche Forschungen, die ersten Gründe und Formeln aller Sittenlehre an das Tageslicht zu bringen. „Die Leser (verkündet er) dürfen hier keine vollständige Abhandlung der Moral, in ein neues, bequemeres, besser verbundenes Lehrgebäude suchen, keine neue Entdeckungen in dieser Wissenschaft, keine Beantwortungen spitzfindiger Zweifel, keine glücklich ausgedachte Hypothesen, keine Auflösungen problematischer strenger Demonstrationen." (X.) — Hingegen hat Gellert den Zweck, populair, verständlich, herzlich zu schreiben, keineswegs verfehlt. Folgende kurze Stellen werden Ansicht und Behandlungsart einigermaßen erläutern.

„Wir fassen die Moral oft nur mit dem Gedächtnisse, höchstens mit dem Verstande. Wir schmeicheln uns von der Schönheit der Tugend überzeugt zu seyn, und oft sind wir es nur von der Güte unseres Systems. Die Moral der Vernunft ist gut, aber nicht zureichend das Herz zu ändern und umzubilden. Dies thut allein die göttliche Kraft der Religion. Das Auge der Vernunft, welches das Licht der Religion nicht vertragen kann, ist gewiß ein blödes Auge. (VI, 2—5.) — Das Gute verlangen, das Böse scheuen, und doch die Mittel jenes zu erhalten, dieses zu vermeiden, nicht suchen und gebrauchen wollen, ist ein kindisches, widersprechendes und rebellisches Verlangen nach Glückseligkeit. — Den Verstand gehörig fragen und anhören, seine Aussprüche mit unserem Gewissen vergleichen, dazu gehört Aufrichtigkeit, Lernbegierde und eine Stille der heftigen Leidenschaften. Denn wo ist ein Gemüthszustand, ein Zeitpunkt, ein Fall zu erdenken, der nicht eine gehörige, moralische, und freie Anwendung unserer Kräfte erforderte. (13—15. — Die Moral die unsern Geist zur Tugend bildet, ist eine Wissenschaft für mehr als e i n Leben; und unser moralisches Glück ist das einzige das uns mit unserem Herzen in die Unsterblichkeit folget. Das Herz hat eigentlich nur eine Tugend; und diese ist der lebendige, kräftige, von dem Gewissen und der Vernunft erzeugte Vorsatz, überall gut und der göttlichen Bestimmung, ohne Ausnahme, gemäß zu handeln. Aus dieser Tugend des

Herzens fließen, gleich als aus einer reichen Quelle, viele Ströme einzelner Tugenden und Pflichten. (19—20.) — Tugend ist die Gesundheit der Seele. Jeder kann sich die wahre Güte der Seele erwerben, die in der Anwendung der Gesetze der Vernunft und des Gewissens besteht. (23—24.) — Jedem Herzen ist ein Unterschied des Guten und Bösen eingedrückt, der ihn nöthigt (ohne lange Beweise des Verstandes) diese, oder jene That, diese Absicht, diese Begierde als gut und edel, oder als schändlich und strafbar zu empfinden. (44.) — Es ist kein Fall zu erdenken, wo es besser wäre, nicht tugendhaft zu seyn. (52.) — Unsere heutige Moral hat vor der, der alten Griechen und Römer große Vorzüge. (54.) — Diese danken wir vorzüglich dem Lichte, das uns die christliche Religion angezündet hat. (73.) — Schämen Sie sich nie Religion zu haben; die edelsten Seelen haben sie für ihre Ehre und ihr Glück gehalten." (88.)

91.

Gottlieb Wilhelm Rabener (1714—1771) konnte (so wenig als ein Anderer) der Satire unter den Dichtungsarten einen höhern Rang verschaffen, als ihr von Natur zukommt; er hielt sie jedoch fern von der verdammlichen Persönlichkeit des Pasquils, der übertriebenen Bitterkeit Juvenals, und der Menschenverachtung Swifts. Selbst da wo seine Schilderung an Karikatur gränzt, läßt sich ein löblicher Zug von Heiterkeit und Gutmüthigkeit nicht verkennen. Er verstand Sitten, Gebräuche, Auswüchse, Verkehrtheiten, Lächerlichkeiten seiner Zeit geschickt zu beobachten, und in einer (damals noch seltenen) gebildeten Sprache zu schildern. Daher der so große Beifall, daß seine Satiren sieben Auflagen erlebten. Vieles jedoch was damals lebhaft berührte, wozu sich die lebendigen Beziehungen und Gegenbilder darboten, hat sich geändert, oder ist ganz verschwunden, so daß jene frühere Theilnahme nicht mehr statt finden kann. Schon deshalb ist es schwer etwas Kurzes und Interessantes zur Charakterisirung Rabeners aus seinen Schriften auszuwählen. Jeder Versuch muß fast mißlingen, doch wollen wir ihn anstellen.

[Eschenburg VIII, 2, 54.
Bouterwek XI, 171.]

„Ist es nicht kläglich, daß man die Jugend zur Erlernung der Geschichte, und besonders unserer gegenwärtigen Zeiten anhält? Dieses vermehrt ihre leichtsinnige Neugierigkeit, zu der sie ohnedem mehr als zu sehr geneigt ist. Aus dieser Ursache habe ich mich jederzeit davor gehütet, und ich kann mir ohne eitelen Ruhm nachsagen, daß mir dasjenige, was nach dem Raube der Helena in Griechenland vorgegangen, weit bekannter ist als die Unruhe worin Deutschland nach dem Tode des Kaisers gestürzt seyn soll. Wozu die Geographie und die zugehörigen Wissenschaften nützen, das kann ich nicht einsehn. Ich habe den Weg von der Schule zu meiner Heimath gewußt, und ich will mich auch ohne Geographie nach Leipzig finden. Ich weiß die Namens- und Geburtstage meiner gnädigen Herrschaft; ich weiß daß unser Herr Pfarrer einen Todtenkopf mit einem Kranze in seinem Petschaft hat; dieses hilft mir mehr, als wenn ich das ganze Geschlecht und alle Wappen des Kaisers von Fez und Marokko auswendig könnte. Daß ich die Rechte des Reiches und meines Vaterlandes auswendig lernen soll, solches scheint mir ein verwegenes Unternehmen zu seyn. Es sind Geheimnisse, welche man nicht erforschen, sondern der Regierung überlassen muß; zu geschweigen daß man vielmals an den Höfen nicht weiß was Rechtens ist: wie will man es in den Schulen wissen? Die flatterhafte Eitelkeit der Franzosen und die Gemüthseigenschaften der Italiener, haben mir jederzeit einen Abscheu vor ihren Sprachen gemacht. Deutsch zu lernen, klingt gar lächerlich. Unser Thorwärter in der Schule konnte gutes Deutsch reden, ungeachtet er niemals in die Lehrstunden kam, und meine Mutter verstand mich allemal, wenn ich um Geld schrieb." (I, 138.) —

„Friedlev Frohton. Dieses hoffnungsvolle Kind hat sein Leben nicht höher gebracht, als auf ein Jahr und drei Tage. Sein Vater, der Apotheker in Bergen kann sich über den frühzeitigen Verlust dieses tugendhaften Söhnleins, noch itzt gar nicht trösten. Er fand einen recht männlichen Verstand an demselben, welches ihn auch vielmals auf den zweifelhaften Gedanken gebracht hat: ob es wohl wirklich sein eigener Sohn wäre? Alle Handlungen dieses Kindes verriethen, seiner Meinung nach, eine große Seele. Wenn es auf seinem Stühlchen saß, so machte es eine so ernsthafte Miene, als ein Arzt, welcher bei dem Krankenbette sitzt, und zweifelhaft ist, ob er den Patienten an Pulvern, oder an Tropfen sterben lassen will. — Als er im Begriff war dem Kinde das letzte Klystier zu geben, starb es! Sein Vaterland bedauerte er so sehr, als sich selbst." (I, 199.)

Die bitterste Satyre auf Kriegsruhm, ist Rabeners Schilderung des, ihm bei der Belagerung Dresden betroffenen Unglücks.

„Den 19. August 1760. Mein Haus war niedergebrannt, das Gewölbe von den Bomben eingeschmissen, alles darin Verwahrte verbrannt, der unbeschädigte Keller aber von den, zum Löschen commandirten Soldaten, rein ausgeplündert. — All mein Hausrath, meine Kleider, Wäsche, Vorräthe, alle meine Bücher und Manuskripte, alle sorgfältig aufbewahrten meiner lieben Freunde, Alles war verloren." (Briefe 294.)

92.

Albrecht von Haller (1708—1777) ist selbst in seinem Hauptgedichte, den Alpen, weit mehr ein ernster, gedankenreicher, belehrender, als ein heiterer, beschreibender Dichter; und die statt der achtzeiligen, wählte zehnzeilige Stanze, vermehrt das Gewicht. Wir geben nur eine zur Probe. (S. 20.)

[Eschenburg IV, 409.
II, 208, 359.
III, 284.
Monnard II, 14.]

„Beglückte goldne Zeit, Geschenk der ersten Güte,
O daß der Himmel dich so zeitig weggerückt!
Nicht weil die junge Welt in stetem Frühling blühte,
Und nie ein scharfer Nord die Blumen abgepflückt,
Nicht weil freiwillig Korn die falben Felder deckte,
Und Honig mit der Milch in dicken Strömen lief;
Nicht weil kein kühner Löw' die schwachen Hürden schreckte,
Und ein verirrtes Lamm, bei Wölfen sicher schlief;
Nein, weil der Mensch, zum Glück den Ueberfluß nicht zählte,
Ihm Nothdurft Reichthum war, und Gold zum sorgen fehlte."

In einem anderen Gedichte: Gedanken über Vernunft, Aberglauben und Unglauben, sagt Haller: (54.)

„Unselig Mittelding von Engeln und von Vieh!
Du prahlst mit der Vernunft, und du gebrauchst sie nie,
Was helfen dir zuletzt der Weisheit hohe Lehren?
Zu schwach sie zu verstehn, zu stolz sie zu entbehren;
Dein schwindelnder Verstand zum irren abgericht,
Sieht oft die Wahrheit ein, und wählt sie dennoch nicht:
Du bleibest stets ein Kind, das meistens unrecht wählet,
Den Fehler bald erkennt, und gleich drauf wieder fehlet:
Du urtheilst überall und weißt doch nicht warum,
Der Irthum ist dein Rath, und du sein Eigenthum."

Einem Gedichte, die Tugend, ist Folgendes entnommen: (71.)

„Freund, die Tugend ist kein leerer Name,
Aus dem Herzen kommt des Guten Saame,
Und ein Gott ists, der der Berge Spitzen
Röthet mit Blitzen.
Laß den Freigeist mit dem Himmel scherzen,
Falsche Lehre fließt aus bösem Herzen,
Und Verachtung allzu strenger Pflichten,
Dient für Verrichten.

Selbst die Bosheit ungezäumter Jugend
Kennt der Gottheit Bildniß in der Tugend
Haßt das Gute, und muß wahres Weisen
Heimlich doch preisen."

Hallers politische Romane, Usong und Alfred haben den Zweck, ernsthaften Grundsätzen und Lehren über Staat und gesellige Verhältnisse, im dichterischen Gewande leichter Eingang zu verschaffen; deshalb überwiegt das Doktrinelle, auch hier das Poetische. Von den ungemein großen Verdiensten Hallers in andern Wissenschaften, kann hier nicht die Rede seyn. Bedauernswerth ist daß theologische Sorgen und Grillen ihn im späten Alter beherrschten und quälten.

Welch ein Glück daß der Himmel Männer gab wie Haller und Klopstock, um von der gedankenleeren Langeweile gottschedischer Poesie zu erlösen: aber der Garten der Dichtkunst bedurfte (wie gesagt) noch anderer Blumen und Früchte, um nicht in Einseitigkeiten verschiedener Art zu verfallen.

93.

Hölty,

(1748—1776) lieblich, herzlich, ein Meister in kleinen, gefühlvollen, anspruchlosen Liedern, hin und wieder jedoch ein Anflug von Klopstock. Ob er, bei längerem Leben, größeren Aufgaben als schaffender Dichter genügt hätte, bleibt zweifelhaft. Wir geben zu freundlicher Erinnerung einige Proben.

Trinklied im Mai.

Bekränzet die Tonnen
Und zapfet mir Wein;
Der Mai ist begonnen,
Wir müssen uns freun!
Die Winde verstummen
Und athmen noch kaum,
Die Bienlein umsummen
Den blühenden Baum.

Die Nachtigal flötet
Im grünen Gebüsch,
Das Abendlicht röthet
Uns Gläser und Tisch.
Bekränzet die Tonnen u. s. w.
Zum Mahle,
Zum Mahle
Die Flaschen herbei,
Zwei volle Pokale,
Gebühren dem Mai.
Er träuft auf die Blüten
Sein Roth und sein Weiß;
Die Vögelein brüten
Im Schatten des Mais u. s. w. (39.)

Der Landmann an seinen Sohn.

Ueb' immer Treu und Redlichkeit
Bis an Dein kühles Grab,
Und weiche keinen Finger breit
Von Gottes Wegen ab!
Dann wirst Du wie auf grünen Au'n
Durchs Pilgerleben gehn;
Dann kannst Du sonder Furcht und Graun
Dem Tod' entgegensehn.

Dann wird die Sichel und der Pflug
In Deiner Hand so leicht,
Dann singest Du beim Wasserkrug
Als wär' Dir Wein gereicht.
Dem Bösewicht wird Alles schwer,
Er thue was er thu;
Der Teufel treibt ihn hin und her,
Und läßt ihm keine Ruh u. s. w. (30.)

Aufmunterung zur Freude.

Wer wollte sich mit Grillen plagen,
So lang' uns Lenz und Jugend blühn?
Wer wollt' in seinen Blütentagen
Die Stirn in düstre Falten ziehn?

Die Freude winkt auf allen Wegen
Die durch das Pilgerleben gehn,
Sie bringt uns selbst den Kranz entgegen
Wenn wir am Scheidewege stehn.

Noch rinnt und rauscht die Wiesenquelle,
Noch ist die Laube kühl und grün,
Noch scheint der liebe Mond so helle,
Wie er durch Adams Bäume schien!

Noch macht der Saft der Purpurtraube
Der Menschen krankes Herz gesund;
Noch schmecket in der Abendlaube
Der Kuß auf einen rothen Mund.

Noch tönt der Busch voll Nachtigallen
Dem Jüngling hohe Wonne zu,
Noch strömt wenn ihre Lieder schallen,
Selbst in zerrißne Seelen Ruh.

O wunderschön ist Gottes Erde
Und werth darauf vergnügt zu seyn!
Drum will ich bis ich Asche werde,
Mich dieser schönen Erde freun! (103.)

(Vergleiche Uz und Schiller.)

Lebenspflichten.

Rosen auf den Weg gestreut,
Und des Harms vergessen,
Eine kurze Spanne Zeit
Ward uns zugemessen.

Heute hüpft im Frühlingstanz
Noch der frohe Knabe;
Morgen weht der Todtenkranz
Schon auf seinem Grabe!

Wonne führt die junge Braut
Heute zum Altare;
Eh die Abendwolke thaut
Ruht sie auf der Bahre.

Gebt den Harm und Grillenfang
Gebet ihn den Winden;
Ruht bei hellem Becherklang
Unter grünen Linden.

Lasset keine Nachtigal
Unbehorcht verstummen,
Keine Bien' im Frühlingsthal
Unbelauscht entsummen.

Schmeckt, so lang es Gott erlaubt,
Kuß und süße Trauben,
Bis der Tod, der Alles raubt,
Kommt auch sie zu rauben.

Unserm schlummernden Gebein
Von dem Tod umdüstert,
Duftet nicht der Rosenhain
Der am Grabe flüstert.

Tönet nicht der Wonneklang
Angestoßner Becher,
Noch der frohe Rundgesang
Weinbelaubter Zecher! (176.)

94.

Obgleich Uz bis zum Jahre 1796 lebte, gehörte er doch schon viel früher, nicht ohne Grund, zu den beliebtesten Dichtern. Er schrieb geistliche und weltliche Oden und Lieder, und ein Lehrgedicht in Alexandrinern: die Kunst fröhlich zu seyn. Wenn von Hunderten lyrischer Dichter, sich äußerst wenige im Strome der Zeit erhalten haben und fortdauernd gelesen werden, so ist es nicht zu verwundern, daß auch Uz zurückgetreten und nur selten gekannt ist.

[Eschenburg IV, 419; V, 80.]

Es findet sich bei ihm (unter Anderen) eine Reihe von Hauptwörtern, aus denen (je nachdem man sie mischt und durcheinander würfelt) immer wieder neue lyrische Gedichte hervorzugehn scheinen. Ich wähle aus vielen, die bei Uz eine Rolle spielen, etliche aus: Amor, Anakreon, Apollo, Arkadien, Aurora, Bacchus, Blumen, Camönen, Chloe, Chloris, Cinthia, Cipripor, Cythere, Damöt, Daphne, Daphnis, Doris, Fauna, Flora, Galathea, Glück, Hirten, Klagen, Küsse, Land-Stadtleben, Leyer, Liebe und noch einmal Liebe, Lyäus, Mai, Maiblumen, Maiwetter, Mond, Musen, Natur, Nymphen, Olymp, Pan, Parnaß, Parzen, Phyllis, Pindus, Rosen, Schäfer, Silen, Sylvia, Stadtleiden, Tempe, Treue, Untreue, Wein und noch einmal Wein, — ohne wirklichen Wein u. s. w.!

Zur Vergleichung mit Hagedorn, Hölty und Schiller möge Uzens Gedicht, an die Freude, hier Platz finden.

1.

Freude, Königin der Weisen,
Die mit Blumen um ihr Haupt
Dich auf güldner Leyer preisen,
Ruhig, wann die Thorheit schnaubt:
Höre mich von Deinem Throne,
Kind der Weisheit, deren Hand
Immer selbst in Deine Krone
Ihre schönsten Rosen band.

2.

Rosen die mit frischen Blättern,
Trotz dem Nord unsterblich blühn,
Trotz dem Südwind unter Wettern
Wann die Wolken Flammen sprühn.
Die dein lockigt Haupt durchschlingen,
Nicht nur an Cytherens Brust,
Wann die Grazien dir singen
Oder bei Lyäens Lust.

3.

Sie bekränzen dich in Zeiten
Die kein Sonnenblick erhellt,
Sahen Dich das Glück bestreiten,
Den Tyrannen unsrer Welt,
Der um seine Riesenglieder
Donnerndes Gewölke zog,
Und mit schrecklichem Gefieder,
Zwischen Erd' und Himmel flog.

4.

Dich und Deine Rosen sahen
Auch die Gegenden der Nacht,
Sich des Todes Throne nahen
Wo das kalte Schrecken wacht.
Deinen Pfad wo Du gegangen,
Zeichnete das sanfte Licht
Cynthiens mit vollen Wangen,
Die durch schwarze Schatten bricht.

5.

Dir war dieser Herr des Lebens
War der Tod nicht fürchterlich,
Und er schwenkete vergebens
Seinen Wurfspieß wider Dich
Weil im traurigen Gefilde
Hoffnung Dir zur Seite ging,
Und mit diamantnem Schilde
Ueber Deinem Haupte hing.

6.

Hab ich meine kühnen Saiten
Dein lautschallend Lob gelehrt,
Das vielleicht in späten Zeiten
Ungeborne Nachwelt hört:
Hab' ich den beblümten Pfaden
Wo du wandelst nachgespürt,
Und von stürmischen Gestaden
Einige zu Dir geführt.

7.

Göttin, o so sey, ich flehe,
Deinem Dichter immer hold,
Daß er schimmernd Glück verschmähe,
Reich in sich, auch ohne Gold;
Daß sein Leben zwar verborgen,
Aber ohne Sklaverei,
Ohne Flecken, ohne Sorgen,
Weisen Freunden theuer sey! (I, 216.)

95.

Geßner (1730—1787) war ein so edler, liebenswürdiger, einfacher Mann, daß seine Dichtungen nothwendig einen Wiederschein seiner Eigenschaften geben mußten, und er sich der einfachsten, unschuldigsten Gattung, der Idylle zuwandte. Hiezu kam, daß er, gutmüthigen und liebevollen Herzens (ganz anders wie Rousseau), sich aus den Mängeln des alltäglichen geselligen Lebens hinwegsehnte und gern in ideale Zustände versetzte. Diese hatte man seit alter Zeit den Hirten angedichtet; denn Lebensart und Arbeit der Landbauer, erschien den Poeten unpoetisch. Daher herrschen hier nicht Gedanken, sondern Gefühle, nicht herbe Thatsachen sondern süße Worte, nicht Anstrengung sondern Müßiggang, und statt objektiver Wahrheit, subjektive Erfindung.

[Bouterwek XI, 259.]

Der anfänglich fantastische Reiz der Idyllen wird allmählig schwächer, man bedarf einer kräftigen Wahrheit, einer thätigen Welt und einer Poesie die nicht verweichlicht, sondern stärkt und erhebt. 1) — Ganz natürlich und mit Recht fanden (bei der damaligen Weltstellung und Weltgesinnung) die geßnerschen Idyllen sehr großen Beifall. War aber Geßner auch der Erste für die in Deutschland neu erscheinende Art der Dichtung, so bleibt sie doch eine untergeordnete, und kann nach Ablauf der allzu sentimentalen Zeit in der Litteraturgeschichte nicht sehr hoch eingereiht werden. — Der deutsche Lafontaine, den man wegen seiner Kinderliebschaften oft tadelte, könnte sich vielleicht auf Geßners Vorbild berufen (II, 34), wenn der sechszehnjährige Damon und die dreizehnjährige Phyllis, sich seufzend an die Brust

---

1) Bemerkung eines Freundes: „Geßner ist nur für die Zeit brauchbar, wo der Mondschein eine große Rolle bei empfindsamen Seelen spielte und die Hirten sich mit dem Hüten von drei Schafen und einem Ziegenbock begnügten, und daher Zeit hatten ihre süßen Empfindungen auszusprechen, und satt wurden, ohne zu essen.“

drücken, ins hohe Gras legen und Phyllis sagt: sieh her mein Busen bebt vor Freude, denn — denk einmal — fünf lange Stunden habe ich Dich nicht gesehn!

[Eschenburg I, 431; V, 355.]

96.

Lenz (welch ein kolossaler Sprung von Geßner zu Lenz) (1750—1792) war ohne Zweifel von Hause aus ein begabter Mann; sein ganzes Leben zeigt aber auf eine bedauerliche, Mitleid erregende Weise, daß er nie verstand diese Gaben auszubilden und von Schlacken zu reinigen. Lichte Augenblicke reichten nicht hin ihm Haltung zu verschaffen und sich aufdringende Schmerzen zu beseitigen. Daher sagt er:

[Bouterwek XI, 464.]

Ach ihr Wünsche junger Jahre
Seyd zu gut für diese Welt,
Eure schönste Blüte fällt;
Unser bestes Theil gesellt
Lange vor uns sich zur Bahre. (III, 243.)

Jedoch nicht ohne seine Schuld, welche indeß aufzusuchen und nachzuweisen wir gern unterlassen. Uebertriebenen Lobeserhebungen gegenüber, ist es aber Pflicht auszusprechen, daß seine Hauptdichtungen (die Dramen) nicht bloß den Anstand verletzen, welchen gebildete Männer und Frauen mit Recht fordern; sondern (neben einzelnen geschickten Charakterschilderungen) oft gemein, widerwärtig und eckelhaft werden, ja trotz eingestreuter, angeblich edler Aeußerungen, in Schmutz versinken.

97.

Bürger (1748—1794) war eine zeitlang mit Recht der beliebteste Volksdichter Deutschlands. Eine strenge, seine Fehler hervorhebende Recension Schillers that ihm wehe, ohne jedoch damals das günstige, allgemeinere Urtheil sehr umzustimmen. Jene Mängel (insbesondere, des an einigen Stellen fehlenden Geschmacks) sind unverkennbar und jetzt anerkannt; dennoch bleiben die leuchtenderen Seiten seiner Dichtungen überwiegend. Eine gründliche, umständliche Beurtheilung Bürgers von A. W. Schlegel weiset zu richtiger Mitte hin.

[Bouterwek XI, 394.]

Bürgers Balladen sind der Mehrzahl nach so vortrefflich, daß manche Kritiker sie den Schillerschen voranstellen. Da jeder Freund deutscher Litteratur sie kennt, oder doch kennen sollte, so ist es unnöthig von ihnen hier umständlicher zu sprechen. Wohl aber darf man daran erinnern daß die Lebensereignisse Bürgers auf viele seiner (oft weniger gelesenen) Gedichte erheblichen Einfluß hatten. Er war nicht frei von Schuld, allein größer als dieselbe, war das damit verbundene Unglück. Sein Schmerz hat seine Dichtungen nicht verkümmert, sondern gereinigt, wie z. B. folgende (rührende und meisterhafte) Sonette erweisen (Werke II, 99, 216, 217):

1. Auf die Morgenröthe.

Wann die goldne Frühe, neu geboren,
Am Olymp mein matter Blick erschaut,
Dann erblass' ich, wein und seufze laut:
Dort im Glanze wohnt, die ich verloren!
Grauer Tithon! Du empfängst Auroren
Froh aufs neu', sobald der Abend thaut;
Aber ich umarm' erst meine Braut
An des Schattenlandes schwarzen Thoren.
Tithon! Deines Alters Dämmerung
Mildert mit dem Strahl der Rosenstirne
Deine Gattin, ewig schön und jung;
Aber mir erloschen die Gestirne,
Sank der Tag in öde Finsterniß,
Als sich Molly dieser Welt entriß.

2. Die Erscheinung.

Staunend bis zum Gruß der Morgenhoren
Lag ich, und erwog den freien Schwur,
Welchen mir ein Kind der Unnatur
Beispiellos gebrochen, wie geschworen. [1])
Da erschien, begleitet von Auroren [2])
Die empor im Rosenwagen fuhr
Jene Tochter heiliger Natur
Ach zu kurzer Wonne mir geboren.
Weinend, wie zur Sühne hub ich an:
„Wahn, ich fände Dich, o Engel wieder,
Zog ins Netz der Heuchelei mich nieder.“ —
„Wisse nun, o lieber blinder Mann,
Sagte sie mit holdem Flötentone,
Daß ich nirgends als im Himmel wohne!“

3. An das Herz.

Lange schon in manchem Sturm und Drange
Wandeln meine Füße durch die Welt.
Bald den Lebensmüden beigesellt,
Ruh' ich aus von meinem Pilgergange.
Leise sinkend faltet sich die Wange;
Jede meiner Blüten welkt und fällt.
Herz, ich muß Dich fragen: was erhält
Dich in Kraft und Fülle noch so lange?
Trotz der Zeit Despoten-Allgewalt,
Fährst Du fort, wie in des Lenzes Tagen,
Liebend, wie die Nachtigal, zu schlagen.
Aber ach! Aurora hört es kalt,
Was ihr Tithons Lippen Holdes sagen. —
Herz, ich wollte, Du auch würdest alt!

98.

Ramler (1715—1798) galt lange für den scharfsinnigsten und correktesten aller Dichter, so daß selbst ausgezeichnete

---

1) Seine dritte, treulose Gattin.
2) Molly.

Männer (wie Lessing) seiner Einsicht vertrauten, und er sich herausnahm aus eigener Macht fremde Werke durchzucorrigiren. War er denn aber (um zunächst bei der Form stehen zu bleiben) wirklich ein so großer Verskünstler und Kenner, oder doch Beförderer einer richtigen, metrischen Entwickelung? Abgeneigte haben sich wenigstens Nachstehendes zu bemerken erlaubt: Lesen wir die Oden, ohne Rücksicht auf das drüber gedruckte metrische Schema, so klingt Manches wie gute, ehrliche Prosa; skandiren wir nach dem Schema, so werden nicht wenige Sylben als kurz behandelt, welche wir für lang halten, und umgekehrt. Versetzungen der natürlichen Wortfolge, aufgebauschte, gedankenarme Redensarten, und Ueberschwall unnützer Mythologie, macht noch keinen Dichter. Mehrere in den Oden behandelte Gegenstände (selbst Prinzen und Prinzessinnen) sind unbedeutend; und wenn die Begeisterung, die von Friedrich II. ausging, auch Ramler ergriff, so stand er doch dem Könige nirgends gleich, — wie etwa Horaz dem August. Ebenso hat der Text zum Tode Jesu, erst durch Grauns Musik eine höhere Weihe erhalten.

[Eschenburg IV, 424.
Bouterwek XI, 247.]

Von König Friedrich Wilhelm II. sagt Ramler (angeblich in Versen): „Ihm zeigt der Klugheit Spiegel, die Folgezeit; ihm trägt der Fleiß die brennende Lampe vor. Gerechtigkeit geht ihm zur Linken, Güte zur Rechten. Ihm folgen, wachsam für seinen Thron die kriegerischen Tugenden. — Nichts ist Liebling des Himmels, dir unerreichbar!"

In einer Rede zur Eröffnung des Schauspielhauses stehen folgende, angebliche Hexameter: (?)

Durch das reiche Füllhorn unseres mildesten Königs
Unterstützt können wir nun aus Deutschlands Provinzen
Alle Kunstgenossen an uns ziehen, die ruhmvoll
Hier auf Melpomenens Bühne herrscheten, dort auf Thaliens.
Gern wird jeder biedere Künstler uns folgen, von unsern
Sitten ein Zeug' und ein Zeuge von unserm Eifer, vollkommen
In der Kunst des Roscius, Baron und Garrik zu werden u. s. w.

Den Vorwürfen, welche vielleicht wegen obiger Urtheile über

Ramler gemacht werden, stellen wir den Ausspruch eines großen, anerkannten Kenners zur Seite. A. W. Schlegel (VIII, 123) sagt: „Erbarmungswürdig ist es, wenn Ramler noch immer als der Held der Korrektheit aufgestellt wird, der all sein Lebenlang nicht hat lernen können einen ordentlichen Hexameter zu machen: (siehe obige Beispiele) der den Gedichten Anderer immerfort die unpassendsten, mattesten und übellautendsten Veränderungen aufgedrungen hat, dem man endlich in seinen eigenen Sachen wahre Schülerhaftigkeit in der Technik (wenn man damit nicht bei dem nächsten Herkommen stehen bleibt) nachweisen könnte." — Georg Forster schreibt (VII, 113): „Ramler, die Ziererei, die Eitelkeit, die Eigenliebe, in eigener Person."

99.

Heinse (1749—1803) war ein Mann von Talent und Kenntnissen, wie sich aus seinen beiden Hauptromanen, Ardinghello und Hildegard ergiebt. Allein er verstand nicht das Belehrende über Malerei und Musik mit den Begebenheiten der Dichtung genügend zu verschmelzen, und erlaubte sich mancherlei was den Forderungen zarten Anstandes widerspricht. Oder: der allgemeinere Grund des Mangelhaften lag darin, daß er, der damals bei Vielen herrschenden Ansicht nicht fern blieb, das Willkürliche und Gesetzlose, sey eben als solches poetisch.

100.

Klinger (1752—1831), nicht ohne ernste Einsicht und Kraft, aber zuweilen roh und einseitig. Aus der Reflexion soll bei ihm die Dichtung hervorgehn; während sich aus der frei schaffenden und gestaltenden Dichtung, auch allgemeinere Betrachtungen nachträglich von selbst ergeben. Er sucht, zum Beweise und zur weiteren Entwickelung eines ihm einleuchtenden verständigen Grundsatzes, später vielerlei Thatsachen und Ereignisse. Bei diesem Verfahren vermißt man aber die eigentlich dichterische Begeisterung, welche durch das Gewaltsame und Schwülstige des Styls nicht kann ersetzt werden. Auch ist es keine ästhetische Organisation, wenn der Satan, an Harun Alraschids Hofe, in höchst eigener Person auftritt und mitspricht.

Klinger erklärt sich selbst über den Zweck seiner Romane (Giafar Vorrede) in folgender Weise: „Faust scheitert durch sein allzu reizbares Gefühl, seine wilde und warme Einbildungskraft, an den Uebeln und Gebrechen der Gesellschaft, von denen er entweder bloß Zuschauer ist, oder sie selbst bewirken hilft. — Raphael sucht sie zu heilen, erträgt die Uebel die ihn selbst treffen, durch die moralische Reinheit und Güte seines Herzens, durch Resignation, deren Quelle immer der Fatalismus war und ist, man verfeinere ihn auch noch so sehr, und übertünche ihn, soviel man will, mit neuern Dogmen. — Giafar thut dasselbe, durch die Stärke der Vernunft, durch Anerkennung ihres allgemein verpflichtenden moralischen Gesetzes, gegründet auf die Freiheit und Reinheit des Willens." — Es gehört viel Dichtungskraft dazu, soviel Philosophie dichterisch zu beleben!

101.

Hippels (1749—1796) Romane: Lebensläufe in aufsteigender Linie, und Kreuzzüge des Ritters A bis Z, erweckten Theilnahme und erhielten Beifall. Denn der Verfasser war ein kluger, scharfsinniger, witziger Mann; doch erreicht er die Klarheit und Innigkeit Sternes bei weitem nicht, und nur Wenige möchten Ausdauer genug haben, jetzt diese Romane buchstäblich durchzulesen. Nicht weil die heutigen an sich besser sind, sondern weil (wie wir schon öfter zu bemerken Veranlassung hatten) fast alle Romane nur eine kurze Lebensdauer haben, die in der jedesmaligen Gegenwart wurzelt. Ja das Zeitlose und Formlose geht dem Tode am schnellsten entgegen.

Hippels Buch über die Ehe, ist nichts weniger als in strenger Folge, oder nach gewöhnlichen Gesetzen der Schriftstellerei geschrieben, aber wohlgemeint, geistreich und lehrreich. Ich gebe eine bunte Auswahl von Stellen.

„Der Vorwurf den man dem schönen Geschlecht über die Putzeitelkeit zur Last legt, trifft in reicherem Maaße die Männer. (73.) — Die wenigsten jungen Leute (wenn sie auch auf Akademien mehr thun als wetterleuchten) wissen was sie bloß lernen und worüber sie weiter denken sollen. Sie lernen Gedanken, allein sie lernen nicht denken; sie lernen Philosophie aber nicht philosophiren; sie lernen die Gesetze, allein nicht das Recht. (86.) — Wenn der Mann ungetreu ist, so ist es Unrecht; wenn es aber eine Frau ist, unnatürlich und gottlos. — Es ist nichts leichter als Kinder zu erzeugen, allein nichts schwerer als sie zu erziehen; und welch ein Frevel einem Manne fremde Kinder aufzubürden. (173.) — Einige Weiber glauben, weil sie Vermögen zum Manne gebracht, müßten sie regieren." (186.)

„Giebt es einen Stand der nicht sein Kreuz hätte? Freund, siehe diese Eheleiden als eine Gelegenheit an, die dir nützlich ist und Dir gegeben ward Deine Tugend zu gründen. (205.) — Wenn den Männern die Herrschaft im Hause zusteht, so kommt der Frau die Regierung zu. (211.) — Sehr oft liegt neben dem Tempel des Hymen, der Kirchhof der Liebe. (239.) — Ein weibischer Mann ist unendlich unerträglicher, als ein männliches Weib; er ist (wie man im gemeinen Leben sagt) nicht Fisch, nicht Fleisch, nicht gekocht, nicht gebraten; er ist an keiner Stelle, ein männliches Weib ist dagegen nur nicht an seiner Stelle. (263.) — Die Andacht ist bei Frauenzimmern oft nichts mehr und nichts weniger, als ein dunkles Gefühl eines Bedürfnisses, worauf viel gepfropft werden kann, und wo vorzüglich Liebe zu gedeihen scheint. Auch läßt sich der Fall leicht umkehren, und verschmähte Liebe hat dem Orden der Devoten unstreitig die meisten Schwestern geworben." (272.) —

„Die Ehe bringt alles aus der Genieregion ins Geleise des

gemeinen Lebens, und die hier wandeln sind die wahren Seligen; denn nur auf der Mittelstraße übt man sich das Leben in allen Punkten und Klauseln zu ertragen, und im Frühlinge, Sommer, Herbst und Winter sich gleich zu bleiben. (276.) — Die Schminke ist die abscheulichste Erfindung, die man nur nennen kann; weil sie die Schamröthe verdeckt, die nach dem Morgenroth und Abendroth, das schönste Roth in der Welt ist. (288.) — Eine späte Ehe ist oft besser, als eine Ehe im Flügelkleide." (335.)

„Wenn ihr euer Ohr durch italienische Musik zu empfindlich macht, so wird euch das Kauderwelsch der Kinderstube unerträglich seyn. (345.) — Köchinnen dürft ihr so wenig wie Putzmacherinnen seyn; allein um eure Männer einheimisch zu halten, müßt ihr die Küche und euch zu kleiden verstehn, und in beiden Stücken einfach, leicht, natürlich, und nicht Sklavinnen der Meinungen seyn. (349.) — Willst du einen Poeten heirathen? Eine wunderliche Frage! Ich habe nichts gegen einen Poeten einzuwenden; allein, glaube mir, eine gesunde Prosa ist hier immer besser, als Poesie." (365.)

102.

Justus Möser (1720—1794) ist ein durch und durch praktischer Mann, der die einfachsten und die verwickeltsten geselligen Verhältnisse geistreich und witzig auffaßt und darstellt; ein Kenner des Oertlichen und Landschaftlichen, und dadurch geschärfteren Blickes auch für größere Kreise; Feind abstrakter, übereilter Lehren und schwächlicher Empfindelei, das Vortreffliche im Alten und Herkömmlichen erkennend und hervorhebend: — obgleich nicht alles Frühere in kleinern Kreisen und kleinen Städten sich unverändert erhalten ließ, sondern Manches dem gewaltigen Strome der Zeit weichen mußte.

[Bouterwek XI, 304, 323.]

In Mösers patriotischen Fantasien ist deshalb (wie

man sagt) Einiges, wo nicht veraltet, doch von geringerem Interesse und unanwendbar: — Anderes dagegen nach Form und Inhalt meisterhaft und noch immer lebenskräftig. (Man sehe z. B. I, 24, 67 über Putzsucht; 171 Johann konnte nicht leben; II, 76, sie tanzte gut und kochte schlecht; 187 keine Beförderung nach Verdienst.)

[Eschenburg VIII, 2, 60.]

In der Geschichte von Osnabrück entwickelt Möser aus fleißigen und gelehrten Forschungen, den tiefen Sinn altgermanischer Einrichtungen; und wenn die Deutschen jener frühen Zeit schwerlich Bedeutung und Zusammenhang ganz fühlten und erkannten wie Möser es darstellt, so ist er darum nicht im Irthum, sondern schärferen Blicks und durch spätere Zeiten belehrt.

In einer Schrift über deutsche Sprache und Litteratur, sagt Möser: „manche Leute können gar nichts Nacktes leiden, und wollen die schönste Venus nicht anders, als unter einer Decke sehen. (19.) — Wir sollen auf unserem Wege, nicht auf dem anderer Völker, zu dem Ziele der Vollkommenheit fortschreiten, das die Natur für uns bestimmt hat. (20.) — Wir müssen durchaus mehr aus uns selbst und aus unserem Boden ziehen, und die Kunst unserer Nachbarn höchstens nur in soweit nützen, als sie zur Verbesserung unserer eigenthümlichen Güter und ihrer Kultur dienet.“ (33.)

Mösers Harlekin enthält eine lebendige und witzige Vertheidigung des Grotesk-Komischen, gegen ernstlangweilige Leute. „Das Leben großer Herrn (bemerkt der Verfasser) ist ein beständiger Roman. Sie sehen das wahre, gemeine Leben nie, — es sey denn auf der Bühne.“ (88.)

In einer Abhandlung über den Werth wohlgewogener Neigungen und Leidenschaften, sagt Möser: „Neigung und Verstand sind beide Gaben eines Schöpfers; sie können beide verderbt, beide aber auch natürlich, richtig und gut seyn. — Es ist so schwer wider eine Ueberzeugung, als wider eine herrschende Neigung zu handeln; unsere Ueberzeugung kann aus falschen Gründen, unsere Neigung aus unrichtigen Empfindungen entsprungen seyn. — Die Macht der Leidenschaften ist dem Tugendhaften nützlich, dem Thoren schädlich, und dem Bösen ein geflügeltes Mittel, zum Ziele des Verderbens. Ihr Gebrauch allein macht sie gut, oder böse." (11, 41.)

Wir entnehmen Folgendes aus dem Schreiben Mösers an den Herrn Vikar (abzugeben bei Herrn Rousseau). „Wir wollen die Schöpfung nicht verarmen lassen, um lauter milchbärtige Emile zu haben. (8.) — Alle Gesetzgeber und Stifter großer Staaten, sie mögen nun zu loben oder zu tadeln seyn, haben die natürliche Religion für unzureichend gehalten, eine bürgerliche Gesellschaft einzurichten, zu binden und zu führen; sie mußten deshalb zu Göttern und anderen Maschinen, oder zu einer positiven Religion ihre Zuflucht nehmen. (16.) — Diese Offenbarung mag freilich auch schon in der Natur liegen. Aber es ist doch seltsam, daß alle Weisen und alle Gesetzgeber sie nicht darin gefunden haben." (17.) —

„Die Religion ist auch eine Politik, aber die Politik Gottes in seinem Reiche unter den Menschen. (18.) — Es ist von der größten Nothwendigkeit daß wir gewisse verstärkte Glaubensartikel haben, welche den Unglücklichen trösten, den Glücklichen zurückhalten, den Stolzen demüthigen, die Könige beugen und die Krämer einschränken. (70.) — Gott hat die Seelen der Menschen nicht alle nach einem Maßstabe gemacht, so wenig als er sie alle zu Königen und Weltweisen berufen. Ein großer Theil derselben scheinet mir unfähig zu seyn gewisse Wahrheiten und Folgen zu begreifen. (23.) — Gott hat besser gethan uns seinen (religiösen) Zaum an die Seele, als an die Nase zu legen." (29.)

„Es ist schädlich durch eine öffentliche Kirchenlehre die Gleichgültigkeit aller Religionen zu behaupten. (40.) — Keine Religion darf auf bloßen Vernunftschlüssen beruhen; denn dies wäre eines jeden Menschen Vernunft zum Richter machen. (41.) — Diejenigen bringen einen Fluch über das menschliche Geschlecht, welche der Geistlichkeit ihr politisches Heiligthum (welches sich nicht anders, als auf eine göttliche Offenbarung zulänglich gründen kann) entreißen. (51.) — Die christliche Religion reicht zu allen Absichten, welche eine Gottheit mit den Menschen haben kann, auf das Vollkommenste hin." (54.)

103.

Mendelssohn (1729—1786) war ein edler, gebildeter, und zugleich bescheidener Mann. Im Phädon (196) sagt er von sich selbst: „Ich habe mir nie in den Sinn kommen lassen, Epoche in der Weltweisheit zu machen, oder durch ein eigenes System berühmt zu werden." — Er bestrebte sich den Gedanken der, damals herrschenden leibnitz-wolfischen Schule, eine bessere Form und Gestalt zu geben; und dies ist ihm allerdings gelungen, wie eine Vergleichung seines Styls, mit dem mehrerer gleichzeitigen philosophischen Schriftsteller augenscheinlich erweiset.[1]) Doch war es fast unmöglich der Trockenheit Herr zu werden, welche mit den abstrakten Begriffsbestimmungen und weitläufigen Deduktionen der damaligen Philosophie untrennlich verbunden blieb.

[Bouterwek XI, 311.]

Daß Platons Phädon dem neuen Forscher zum Beweise der Unsterblichkeitslehre nicht genügte, ist natürlich genug; daß er einige entbehrliche Abschweifungen des Griechen zur Seite ließ, muß man billigen: aber die Beweisgründe späterer Zeiten, erscheinen zwar dem Dogmatiker ausreichend, schwerlich aber dem Skeptiker, der, ohne Furcht vor Verketzerungen, zu behaupten wagt daß wir Vieles nicht wissen und nicht beweisen können. Er fühlt sich hingedrängt zum wünschen, hoffen, glauben. Daß alle Verstorbenen sich unsichtbar auf der Erde umtreiben, oder gar thätig einwirken, ist unerwiesen; daß der unveränderte

1) Hievon mögen Eingeweihte in Vorlesungen über die Geschichte der Philosophie Bericht erstatten.

Mensch, auf keinem anderen Weltkörper (nicht einmal auf dem nahen Monde) leben könne, ist durch die Naturforscher erwiesen: — mithin Grund und Stoff genug vorhanden zu einem neuen Phädon.

Mendelssohn hat in seinen Morgenstunden, die Beweise für das Daseyn Gottes, nach den Ansichten früherer Philosophen, und insbesondere der leibnitz-wolfischen Schule vorgetragen. Doch ermangelt seine Darstellung nicht der philosophischen Eigenthümlichkeit und der sprachlichen Geschicklichkeit. Es ist hier durchaus nicht der Ort, den Inhalt des Werks genauer auszuziehen und zu prüfen: es genügt einige bezeichnende Stellen mitzutheilen.

„Ohne Gott, Vorsehung und Unsterblichkeit, haben alle Güter des Lebens, in meinen Augen, einen verächtlichen Werth. Dieser Ueberzeugung danke ich alle Heiterkeit in frohen, glücklichen Tagen; sie giebt mir einzig Beruhigung bei Widerwärtigkeiten des Lebens. (133.) — Der Geist der Untersuchung muß immer von neuem rege gemacht und unterhalten werden, wenn die Wahrheit, die wir erkennen, einigen Werth haben soll. Erkenntniß ohne Untersuchung ist zuweilen von weit schlimmeren Folgen, als untersuchen ohne Erkenntniß. (141.) — Atheismus und Aberglaube, Zweifelsucht und Schwärmerei sind beides Krankheiten der Seele, die ihr den sittlichen Tod androhen.“ (142.) —

„Nach dem natürlichen Cirkellauf der Dinge, führt Wahrheit zur Beruhigung, Beruhigung zur Trägheit, und Trägheit zum Aberglauben. Alsdann ist es eine Wohlthat der Vorsehung, wenn der Geist des Zweifels und der spitzfindigsten Untersuchung rege gemacht wird, um durch Verwerfung aller Grundsätze, auf den Rückweg der Wahrheit wieder hinzuführen. (143.) — Das Vermögen das Beste einzusehn, zu billigen und zu wählen, ist wahre Freiheit, und ein Vermögen dieser Erkenntniß, Billigung und Wahl zuwider zu handeln, ist, nach meinen Begriffen, ein wahres Unding. Will jemand diese Bestimmtheit der freien Wahl, Nothwendigkeit, Zwang, oder Fatalität nennen, so sey ihm dieses vergönnt, insofern er dadurch den Unterschied nicht aufzuheben gedenkt, der in der Sache liegt." (198.)

„Man hat oft irrig, entweder die Erhabenheit des göttlichen Wesens, oder dessen Herablassung übertrieben, und Gott bald von aller Mitwirkung ausgeschlossen, bald in alle menschliche Handlungen so eingeflochten, daß er auch an den menschlichen Schwachheiten Theil nehmen mußte." (262.)

Ein drittes Werk Mendelssohns war sein Jerusalem, oder über religiöse Macht und Judenthum. So scharfsinnig gedacht, so vortrefflich es auch geschrieben war, fand es doch noch mehr Widerspruch als Phädon und die Morgenstunden. Keineswegs unnatürlich: denn es behandelte nicht nur Gegenstände über die man von jeher gestritten hatte, sondern stellte auch neue Gesichtspunkte auf, deren Prüfung keineswegs ausbleiben konnte; z. B. über Besitzthum und Recht der Kirche, Besoldung der Geistlichen, Bevorzugung einzelner Bekenntnisse, allgemeine Duldung, Verschiedenheit der Offenbarung von Gesetzen und von Lehren u. s. w. Eine genaue Prüfung des Werkes gehört nicht hieher; folgende Stellen werden hinreichen, Form und Inhalt desselben kennen zu lernen.

„Oeffentliche Anstalten zur Bildung des Menschen, die sich auf Verhältnisse des Menschen zu Gott beziehen, nenne ich Kirche, — zum Menschen, Staat. Unter Bildung des Menschen verstehe ich die Bemühung, beides, Gesinnungen und Handlungen so einzurichten, daß sie zur Glückseligkeit übereinstimmen, die Menschen erziehen und regieren. (I, 20.) — Für jedes Volk, auf jeder Stufe der Cultur auf welcher es stehet, ist eine andere Regierungsform die beste. Manche despotisch regierte Nationen, würden höchst elend seyn, wenn man sie sich selbst überließe; so elend als manche freigesinnte Republikaner, wenn man sie einem Einzelherrn unterwerfen wollte." (22.)

„Gesetze verändern keine Gesinnung, willkürliche Strafen und Belohnungen erzeugen keine Grundsätze, veredeln keine Sitten. Furcht und Hoffnung sind keine Kriterien der Wahrheit. Erkenntniß, Vernunftgründe, Ueberzeugung, diese allein bringen Grundsätze hervor, die durch Ansehn und Beispiel, in Sitten übergehn können. Und hier ist es wo die Religion dem Staate zu Hülfe kommen, und die Kirche eine Stütze der bürgerlichen Gesellschaft werden soll. (24.) — Der Staat begnügt sich allenfalls mit todten Handlungen, mit Werken ohne Geist, ohne Uebereinstimmung in Gedanken. Nicht also die Religion! Diese kennt keine Handlung ohne Gesinnung, kein Werk ohne Geist, keine Uebereinstimmung im Thun, ohne Uebereinstimmung im Sinne. (26, 27.) — Der Staat gebietet und zwingt, die Religion belehrt und überredet. Der Staat ertheilt Gesetze, die Religion Gebote. Der Staat hat physische Gewalt, und bedient sich derselben, wo es nöthig ist; die Macht der Religion ist Liebe und Wohlthun. — Die religiöse Gesellschaft macht keinen Anspruch auf Zwangsrecht, und kann durch alle Verträge in der Welt kein Zwangsrecht erhalten. Der Staat besitzt vollkommene, die Kirche bloß unvollkommene Rechte. (28.) — Die entsetzlichen Uebel und Frevel, welche Namens der Kirche und von ihren Dienern ausgeübt wurden, sind Früchte bloßer Sophistereien, eines vorgespiegelten Conflikts zwischen Gott und Menschen, Rechten der Gottheit und Rechten des Menschen. (59.) — Die Kirche hat kein Recht, Handlungen zu belohnen und zu bestrafen. (63.) — Alles Beschwören und Abschwören in Hinsicht auf Grundsätze und Lehrmeinungen sind unzulässig, und wenn sie geleistet werden, so verbinden sie zu nichts als zur Reue über den sträflich begangenen Leichtsinn. (87.) — Bann und Verweisungsrecht, das sich der Staat zuweilen erlauben darf, sind dem Geiste der Religion schnurstracks zuwider." (92.)

„Nach den Grundsätzen der gesunden Vernunft, deren Göttlichkeit wir Alle anerkennen müssen, ist weder Staat noch Kirche befugt sich in Glaubenssachen ein anderes Recht anzumaßen, als das Recht zu belehren; eine andere Macht, als die Macht der Ueberführung, eine andere Zucht, als die Zucht durch Vernunft und Grundsätze. (II, 4.) — Glaubensvereinigung ist nicht Toleranz, ist der wahren Duldung gerade entgegen. Verwandelt keine, dem Staate gleichgültige Religionsmeinung in Landesverordnungen. (139, 140.) — Belohnt und bestrafet keine Lehre, locket und bestechet zu keiner Religionsmeinung. (141.) — Wer gedankenlose, unthätige Ruhe, in Lehre und Leben für Glückseligkeit hält, findet sie nirgends gesicherter als unter einem römischkatholischen Despoten; oder, weil auch hier die Macht zu sehr vertheilt ist, unter der despotischen Herrschaft der Kirche selbst." (I, 5.)

„Das Judenthum weiß von keiner geoffenbarten Religion, in dem Verstande, in welchem dieses von den Christen genommen wird. Die Israeliten haben göttliche Gesetzgebung, aber keine Lehrmeinungen, keine Heilswahrheiten, keine allgemeinen Vernunftsätze. (II, 31.) — Ich glaube nicht, daß die Kräfte der menschlichen Vernunft nicht hinreichen sie von den ewigen Wahrheiten zu überführen, die zur menschlichen Glückseligkeit unentbehrlich sind, und daß Gott ihnen solche auf eine übernatürliche Weise habe offenbaren müssen. Die dieses behaupten, sprechen der Allmacht, oder der Güte Gottes auf der anderen Seite ab, was sie auf der einen Seite seiner Güte zuzulegen glauben. (II, 40.) — Daher hatte das alte Judenthum keine symbolischen Bücher, keine Glaubensartikel. Niemand durfte Symbole beschwören, niemand ward auf Glaubensartikel beeidigt." (55.)

„Ich habe keinen Begriff von der Erziehung des Menschengeschlechts, die sich mein verewigter Freund Lessing von, ich weiß nicht welchem Geschichtschreiber der Menschheit hat einbilden lassen. Man stellet sich das collektive Ding, das menschliche Geschlecht, wie eine einzige Person vor, und glaubt die Vorsehung habe sie hieher gleichsam in die Schule geschickt, um aus einem Kinde zum Manne erzogen zu werden. Im Grunde ist das menschliche Geschlecht, fast in allen Jahrhunderten (wenn die Metapher gelten soll) Kind, Mann und Greis zugleich, nur an verschiedenen Orten und Weltgegenden. — Aber daß auch das Ganze, die Menschheit, hienieden in der Folge der Zeiten, immer vorwärts rücken und sich vervollkommnen soll, scheint mir der Zweck der Vorsehung nicht gewesen zu seyn; wenigstens ist dies so ausgemacht und zur Rettung der Vorsehung Gottes, bei weitem so nothwendig nicht, als man sich vorzustellen pflegt." (II, 45.)

104.

Matthias Claudius, der wansbeker Bote. (1740—1815.)

Man fragt: ist Claudius Styl nicht manierirt? — Ohne Zweifel! Aber die Manier ist ihm natürlich, nicht angekünstelt. Auch nicht so einfarbig daß sie langweilig würde, sondern auf und ab beweglich, von der würdigsten Haltung, bis hinab zu dem heitersten, kindlichen Scherze. Wir können uns nicht enthalten, von dem letzten eine Probe zu geben und voranzuschicken. Claudius giebt Beispiele verschiedener Stylarten: der Kinderstyl lautet (meisterhaft) wie folgt (III, 80):

[Eschenburg V, 118.
Bouterwek XI, 429.]

Brief.

„Meine liebe Mama, ich grüße Dich. Mein lieber Papa, ich grüße Dich. Mein lieber Hans, ich grüße Dich.

Ich grüße Euch so viel als ich kann.

Mein lieber Papa und Mama, ich danke euch für den Brief als ich danken kann.

Nun ist es schlechtes Wetter und gestern auch; die zwei Tage gehen immer kalt weg.

Ich bin sehr lustig. Ich denke daß ich nicht unartig bin.

Ich habe Dich viel tausendmal lieb, alle drei.

Wenn Du wieder zu Hause kommst, so denke ich wohl, daß ich schon einen a auf der Rechentafel machen kann, und vielleicht auch einen c.

Ich will mich üben auf das lernen allein.

Lieber Hans, es ist erstaunlich, erstaunlich mit die Fliegen.

Ich weiß gar nicht mehr, wie der Hans aussieht.

Aber meine liebe Mama, ich kann mir noch gut vorstellen, daß ich Dich leiden mag, und Papa und Hans auch, wenn sie auch nicht hier sind, und gar wenn sie hier sind.

Ich grüße noch einmal.

Es ist wohl zu viel, aber ich muß doch noch einmal grüßen.

Es regnet.

Ich will eben zu Tische gehen. Wir haben nichts als gelbe Wurzeln, nichts anders. Das ist ein unmenschlich elendig Essen; und so geht es meist alle Mittag.

Das ist das letztemal, daß ich schreiben kann."

Hingegen ist Nachstehendes seinem Aufsatze über die Unsterblichkeit entnommen:

„Es giebt Gelehrte, denen die Species der Geschöpfe, nur Ruhepunkte und Stufen sind, wo die Natur sich (sozusagen) besinnt und ausruht, um von da weiter, und immer vom Geringern, zum Besseren und Vollkommneren vorwärts zu gehen; so daß z. B. aus einer Auster ein Krokodill, aus einer Mücke ein Colibri, und aus den vollkommensten Thieren endlich gar Menschen und Engel werden könnten. Diese Meinung ist gar artig erfunden; nur das Erste und Hauptsächlichste dagegen ist, daß sie nicht wahr ist. Die Natur schreitet so wenig von einer Species zur andern fort, daß sie nicht einmal diese Species ändert und vollkommener macht. (V, 3.) — Ja sie ist auf die unverletzte Erhaltung derselben so eifersüchtig, daß sie den Versuchen sie zu ändern und zu wirren, ihren Segen versagt: denn es ist bekannt, daß die Maulesel und überhaupt alle Bastarde, nichts weiter erzeugen können." (6.)

„Wir bestehen in unserem Inwendigen aus zwei Kräften, die uneins sind, und sich einander bestreiten: — die eine hoher Natur, die von Unsterblichkeit und dem Unendlichen, von einer höchsten Vollkommenheit, Weisheit, Güte, Gerechtigkeit, — Ideen und Ahndungen hat, und Lust hat nach dieser Regel einherzugehn, die aufwärts strebt, Wahrheit sucht und Alles ergründen will; — aber unter dem Einfluß einer andern die sie überall hindert und ihr überall im Wege ist, die ihr Licht und Luft dunkel färbt, die ungestüm und unbändig ist, sich nichts sagen läßt, und auf dem Bauche kriechen und Staub essen will. (9.) — Die Seele hat einen innerlichen Trieb, ein angebornes Verlangen unsterblich zu seyn. (10.) — Wenn also der Mensch Ideen und Ahndungen hat von Unsterblichkeit, Unendlichkeit, höchster Weisheit, Gerechtigkeit, Güte; muß denn nicht der Keim zu dem Allem in seinem Wesen sein? (15.) — Es sind im Menschen Ruinen eines großen, heiligen Wesens; denn es giebt ein Glück für ihn, das der Rost und die Motten nicht fressen, und das die Welt mit aller ihrer Herrlichkeit nicht geben kann, und mit all ihrem Trotz nicht nehmen kann. Wir sind unsterblich. (21.) — Der Geist der Religion wohnt nicht in den Schalen der Dogmatik, hat sein Wesen nicht in den Kindern des Unglaubens, noch in den ungerechten Söhnen und übertünchten Gräbern des Glaubens, läßt sich weder durch üppige, glänzende Vernunftsprünge erzwingen, noch durch steife Orthodoxie und Mönchswesen.“ (I, 89.)

Claudius war ein vollgläubiger und rechtgläubiger Christ, aber ohne den Verfolgungseifer mancher, nur scheinbar Gleichgesinnten. Er mußte es dulden, wenn Andersgesinnte riefen: Herr hilf unserm Unglauben! Lessing und Mendelssohn betraten abweichende Bahnen, Jacobi blieb auf halbem Wege stehn, und Stolberg ging über das Ziel hinaus, welches Claudius sich gesteckt hatte.

105.

Engel (1741—1802) ward früher vielleicht überschätzt, später hingegen wohl zu gering geachtet. Seine Mimik beruht auf vielen genauen Beobachtungen, welche zu studiren den Schauspielern und Psychologen noch jetzt nützlich seyn dürfte. Auch die beigefügten Abbildungen sind meist richtig und charakteristisch aufgefaßt. Engel sagt unter Anderem: „Das Genie hat unstreitig Recht, über falsche, unbestimmte, einseitige Regeln, als über Fesseln zu klagen, und sie mit Unwillen von sich abzuschütteln; aber überhaupt wider die Regeln kann es nicht murren, ohne gegen sich Verdacht zu erwecken. Denn alles wahre Genie strebt hin nach Vollkommenheit, und alle wahre Regel ist Wegweiser dahin. Es verräth unleidlichen Stolz einen Wegweiser nicht hören zu wollen, der die Gänge so mancher früheren Genies beachtet, alle Fehltritte bemerkt, alle Abwege erkundigt und schon so Manchen glücklich bis auf die ersteigliche Höhe der Vollkommenheit hingewiesen hat; oder es verräth auch Bewußtseyn seines Unvermögens, die nämliche Höhe erreichen zu können, und neidischen Unwillen daß der offenherzige Wegweiser jedem, der auch nicht selbst zu steigen Lust hat, anzeigt bis wie weit Kraft und Muth wirklich führen können." (VII, 16.)

[Eschenburg VIII, 1, 255.
— 2, 640.
Bouterwek XI, 506, 521.]

„Eine und dieselbige Veränderung der Seele wird von verschiedenen Menschen unendlich verschieden ausgedrückt, ohne daß darum der eine Ausdruck besser als der andere sey. Vielmehr kommt es auf National- und persönlichen Charakter, auf Stand, Alter, Geschlecht, auf hundert andere Umstände an, welcher jedesmal der mehr bedeutende, mehr angemessene sey. (19.) — Es ist wahr daß sich die Nationen im Ausdruck ihrer Gesinnungen oft ungemein unterscheiden, ja daß die eine darin der andern oft völlig entgegensteht. Der Europäer um Achtung und Ehrerbietung auszudrücken, entblößt sein Haupt: der Orientale hält es bedeckt; jener, auch bei den höhern Graden der Verehrung, beugt nur Haupt und Rücken, höchstens das Knie: dieser wenn er die meiste Ehrfurcht bezeichnen will, verhüllt sich, und wirft sich auf sein Angesicht zur Erde." (20.)

„Es fragt sich in der Kunst: was ist schön, was ist wahr? keine dieser Eigenschaften darf vernachlässigt werden. — Aber die meisten, durch Tradition sich fortpflanzenden Regeln der

Schauspieler, wenn sie nicht die Bequemlichkeit gesehn und gehört zu werden betreffen, gehn auf nichts als auf Grazie, Würde, Schönheit, Anstand. Daher das bloß Zierliche, das Seelen- und Bedeutungslose, das wir noch immer im Spiel so mancher, das Abgemessene, Kostbare, Puppenmäßige, das wir im Spiel einiger alten Schauspieler finden." (43.)

Engel war kein Dichter, wenigstens kein dramatischer Dichter im höheren Sinne des Worts. Sein Edelknabe und sein dankbarer Sohn, wurden einst viel besprochen, und auch wohl gelobt; aber es fehlt an ächter Komik, welche durch eine ziemlich matte Sentimentalität nicht zu ersetzen ist. Der Vermählungstag enthält eine unvollendete nicht gelungene Bearbeitung von Shakspeares, „viel Lärmen um Nichts"; und das Trauerspiel, Eid und Pflicht, zeigt nur eine traurige Geschichte!

Hingegen ist das Charaktergemälde, Lorenz Stark, in seiner Art vortrefflich; obwohl wesentlich abweichend von dem, was die jetzige Lesewelt meist verlangt. Wir finden nämlich im Stark keine, für gewisse Ansichten und Zwecke bearbeitete und arrangirte Kaiser und Könige, keine durch Rederei angeblich veredelte Verbrecher; vielmehr bewegt sich Alles lediglich im häuslichen, im Familienkreise; aber auf so gemüthliche, anziehende, psychologische Weise, daß jeder, der nicht für das Einfache ganz abgestumpft ist, das Büchlein noch itzt mit Vergnügen lesen kann.

Bei der Ueberzahl philosophischer, unlesbar geschriebener Werke, war es ein glücklicher Gedanke Engels einen Philosophen für die Welt herauszugeben, in welchem mancherlei Gegenstände (etwa nach Art des englischen Zuschauers) behandelt wurden. Nicht wenige dieser Aufsätze sind witzig und ergötzlich (z. B. Frau Hill und Joseph Timm, II, 33, 127); andere sind ernster, alle gut geschrieben. Auch als Kritiker verdient Engel hier Lob, z. B. für die Beurtheilung der Emilia Galotti, wo er den Dichter rechtfertigt daß er einen Charakter wie Marinelli aufstellte, aber (gleichwie Claudius) gerechte Bedenken aussprach gegen etliche auffallende Aeußerungen Emiliens, ihre Verführbarkeit betreffend. — Wir geben noch einige bezeichnende Stellen:

„Bleiben Sie, statt sich in trübe Dunkelheiten zu vertiefen, an dem hellen Tageslichte des allgemeinen Menschenverstandes, und statt sich an einem morschen Seile über Abgründe hinzuhängen, auf dem festen sichern Boden der Empfindung und des Gewissens. (I, 32.) — Ich denke, es soll ihnen so klar werden als der Tag, daß der Skepticismus für die Aufklärung im höchsten Grade gefährlich, und daß er (wenn Sie mir dieses Bild erlauben wollen) der eigentliche Säemann für den Saamen des Aberglaubens ist, der leider, in unserer Natur einen nur zu günstigen, mit allen ihm zusagenden Bestandtheilen geschwängerten Boden findet. (II, 167.) — Der Skeptiker ist Anfangs ein Mensch wie wir Alle; er sieht die Gegenstände der Sinne am Lichte der Sinne; die Wahrheiten der Vernunft am Lichte der Vernuuft: und man muß ihm zugestehen, daß er nicht allein eine ebenso gute, sondern oft noch eine feinere und schärfere Vernunft, als die Andern besitzt. Aber nun wandelt ihn unglücklicher Weise die Lust an, sich von der Wahrheit seines Sehens und der Wirklichkeit des Gesehenen eine noch völligere Gewißheit zu verschaffen, als die er bereits durch sein Sehen hat; er zieht also deu Blick von den Gegenständen ab, und sieht hinein in das Licht selbst, das doch nur da ist um zum sehen zu leuchten, sieht so lange, so starr, mit so unverwandtem Blick hinein, bis ihm beide Augen von Lichte strotzen: und wenn er sich nun wieder umwendet und nicht mehr die Gegenstände sieht, sondern Licht, lauter Licht, nichts als Licht; kurz wenn er von Ueberfüllung mit Licht so gut als blind ist, — ist der Skeptiker fertig. (II, 168.) — Bei dem Skepticismus wäre das Ruhigbleiben zwiefach unerträglich, weil hier die Ruhe auf den spitzigen Dornen des Zweifels gesucht werden müßte, wo sie in Ewigkeit nicht stattfinden kann. Mithin muß der Skeptiker von seiner Höhe, er mag wollen, oder nicht, über kurz oder lang, wieder fort." (168.)

„Der Kopf ist vom Herzen gar nicht so unabhängig, gar

nicht so sein eigener Herr, als er's wohl glaubt; daß es sehr oft unsere Empfindungen sind, durch welche wir unsere Meinungen haben, und daß wir nur in gewisse Lagen gerathen dürfen, um zu handeln, was uns, ohne dieselben nie würde eingefallen seyn. (173.) — O meine Herrn! Lassen Sie uns doch ja die Weisen der älteren Schule in Ehren halten, die dem Verstande und dem Herzen der Menschen nahe genug blieben, um auf beide einwirken zu können! Lassen Sie uns den Himmel bitten, daß diese menschlichern Weisen, deren Licht, indem es erhellte, auch erfreute und erwärmte, nie unter uns aussterben mögen! (177.) — Wir müssen in Ansehung der religiösen Gegenstände, durchaus etwas haben woran wir uns halten, und daß hier zu kühne Schritte in der Aufklärung thun, uns eher der Finsterniß wieder nähert, als uns weiter von ihr zurückbringt. Ich verehre das immer weitere Verbreiten der Aufklärung, als eines der größten Verdienste, die man sich um die Menschheit erwerben kann, und ich wünschte, daß es damit so weit und so tief getrieben würde als immer möglich, bis in die entferntesten Länder hinein und in die untersten Stände hinab; aber das ewige Erhöhen der Aufklärung, so wenig es auch gehemmt werden kann und gehemmt werden darf, scheint mir, wahrlich, keine sehr verdienstliche, keine sehr dankenswerthe Sache." (178.)

Gegen Engels Fürstenspiegel hat man oft eingewandt, er bleibe auf der Oberfläche und dringe nicht in die tiefste Tiefe. — Dies war aber gar nicht die Absicht des Verfassers: wohl aber hat er höchst einfach und verständlich, eine Menge nützlicher Lehren und Beispiele zusammengetragen, aus welchen junge Prinzen (ohne große Anstrengung) Vieles lernen könnten.

Engel sagt z. B.: „Kommen Zeiten in welchen größere Aufopferungen für den Staat nothwendig werden, so wird ein geschontes, väterlich behandeltes Volk, nicht allein fähiger, sondern auch bereitwilliger und freudiger seyn, sie zu machen. Es darf die Nothwendigkeit dieser Aufopferungen nur einsehn; und es wird ohne Murren, ja oft unaufgefordert, seine Schätze, seine

Ersparnisse, selbst einen Theil seiner Nothdurft, dem geliebten Fürsten entgegentragen, dessen Erhaltung und Wohl, mit Erhaltung und Wohl des Vaterlandes Eins ist. (III, 7.) — Ein guter Fürst wird immer suchen zweierlei Vortheile zu vereinigen: zuerst, sein Volk mit so wenigen Lasten zu beschweren, als möglich; und zweitens, ihm von dem was es hergiebt, einen allgemein nützlichen, wohlthätigen Gebrauch zu zeigen. Der beste Fürst wird seyn, wer dies beides am eifrigsten will; der glücklichste, wer es zugleich am leichtesten kann. (8.) — Wahrlich, wenn manche Fürsten sich besser auf die eigentliche, höchste Freude des Lebens verständen; sie würden sehr gern alle nur möglichen Ersparungen für sich selbst machen, um desto mehr für Andere zu wirken.“ (9.) —

Engels Verhältnisse als Lehrer veranlaßten ihn zwei eigenthümliche Schriften herauszugeben: einen Versuch die Vernunftlehre aus platonischen Dialogen zu entwickeln, und eine (unvollendete) Poetik, deren nähere Beurtheilung aber nicht hieher gehört.

106.

Gleim. (1719—1803.)

[Bouterwek XI, 231.]

Vielleicht ist kein Schriftsteller so schwer zu schildern und zu beurtheilen als Gleim; hauptsächlich weil sein Leben und sein Charakter darauf wesentlichen Einfluß hat. Wenn er an Lessing schreibt: (Lessings Werke 29, 205) „Seit meiner Kindheit hatte ich den Gedanken ein Buch wie eine Bibel zu schreiben“; so könnte mancher ernst gestimmte Mann, hierin die hochmüthigste Thorheit erkennen. Die Sache steht aber nicht so schlimm! Gleim wünschte (vielleicht von trockener Dogmatik unbequem berührt) ein wahrhaft, sittliches, populaires, wirksames Buch zu schreiben; — vergessend freilich daß dies (trotz Mißdeutungen und Mißbräuchen) eben in der Bibel längst gegeben sey. Gleims

Hallabat, oder das rothe Buch, sollte wohl die von ihm dargebotene Bibel seyn; aber sein Plan mußte schon deshalb mißglücken, weil er Wünsche und Lehren in ein undeutsches, morgenländisches, sehr weitläufiges Gewand hüllte, und Personen auftreten läßt, deren fremdlautende Namen manchem deutschen Leser bereits Anstoß gaben.

Lieset ferner ein strenger Kritiker die sehr große Zahl von Gleims kleinen lyrischen Gedichten, Inschriften, Fabeln u. s. w., so wird er gewiß Vieles unbedeutend, ja ganz unpoetisch nennen, und an den zahllosen Küssen und dem endlosen Weintrinken schwerlich Gefallen finden. — Diesem Tadel wird indeß entgegnet: es sey damit gar nicht so ernsthaft gemeint; die Liebschaften mit Doris, Dorinde, Chloe u. s. w. wären erfunden, und der Dichter habe gar keinen Wein getrunken. Wie dem aber auch sey, zuletzt tritt ein anderes, wohlverdientes Lob, allen bloß kritischen Einreden entgegen. Gleim war ein liebenswürdiger, menschenfreundlicher, wohlthätiger Mann, ein aufrichtiger Freund, ein milder Vermittler gelehrter Streitigkeiten, ein wahrer Mäcen für jüngere Schriftsteller, das ganze Leben hindurch (84 Jahre) liebevoll und allgemein geliebt. — Dieser Vorrede möge eine Auswahl seiner Gedichte behufs freundlicher Beurtheilung folgen.

Schwer und leicht.

Es ist so schwer ein Christ zu seyn:
Papst, Propst und Abt und Bischof treten
In Pracht daher und stehn und beten
Ihr Paternoster nur zum Schein!
Ach, es ist schwer ein Christ zu seyn!

Es ist so schwer ein Christ zu seyn:
Die Thoren und die Weisen grübeln
In alten und in neuen Bibeln,
Und bauen nicht und reißen ein;
Ach, es ist schwer ein Christ zu seyn!

Es ist so schwer ein Christ zu seyn:
Für Geld seh' ich den Himmel kaufen,
Ein Huß liegt auf dem Scheiterhaufen,
Ein Calas auf dem Rabenstein:
Ach, es ist schwer ein Christ zu seyn.

Es ist so schwer ein Christ zu seyn:
Wenn aber zu des Heilands Lehren
Papst, Abt und Propst Exempel wären,
Die Seelen hell, die Herzen rein,
Dann wär's so leicht ein Christ zu seyn! (II, 75.)

An die Freude.

Kind des Himmels, Freude, komm!
Komm herab aus deinem Himmel,
Komm herab, wie Engel fromm,
Komm herab ins Erdgetümmel!

Ach, seit du geflohen bist,
Ist die Erde voll von Buben,
Voll von Trug und Hinterlist,
Voll von Mord und Mördergruben!

Komm in jedes Menschenherz!
Blicke, wie des Tigers, werden
Dir verschwinden; Lieb' und Scherz
Dich begleiten hier auf Erden!

Tausende von uns sind krank,
Krank am Herzen; komm und heile!
Fürsten sollen mit Gesang
Dich empfangen: Komm und eile!

Kind des Himmels, Freude, komm,
Komm herab und mach auf Erden
Alle bösen Menschen fromm,
Daß sie wieder fröhlich werden! (II, 93.)

(Vergleiche Hagedorn, Uz, Hölty, Schiller.)

Auch ein Studentenlied.

Brüder, laßt uns fleißig seyn,
Fleißig, wie die Bienen!

Seht, sie sammeln Honig ein,
Brüder, gleicht doch ihnen!
Unsre Jugend fliegt geschwind,
Wie der Blitz und wie der Wind,
Laßt uns das bedenken!

Kehrt ihr einst an Weisheit reich,
Brüder nicht nach Hause;
Seht, so grämt und härmt ihr euch,
Auf dem Abschiedsschmause!
Brüder das Triennium
Kann man nutzen, klug und dumm;
Laßt uns das bedenken. (II, 202.)

Gottscheds Cato.

Wie dieser Sachse Cato spricht,
So sprach der Römer Cato nicht;
Hört' er die Reden des Poeten,
Er würde noch einmal sich tödten! (V, 51.)

Lavaters Messias.

Er spricht so prächtig schön, daß man ihn kaum versteht;
War denn, o Lavater, dein Christus ein Poet? (V, 54.)

Geßner an den Versifizirer seiner Idyllen.

Mein Ramler, mach in meiner Prose
Das Veilchen nicht zur Rose;
Es will des Veilchens Freund, Apoll,
Daß was ein Veilchen ward, ein Veilchen bleiben soll. (V, 67.)

Frage.

Warum war Winkelmann Schulmeister, Lessing Schreiber?
Buchhalter Mendelssohn?
Der Deutsche macht kein Glück durch Weiber,
Und kriecht um keinen Thron!

Unglaube.

Konnten den Einen Homer
Zwanzig zimmern, warum
(Nennt mir die Frage nicht dumm)
Haben wir denn deren nicht mehr? (V, 102.)

Oden — Fleiß.

Man sieht's den Oden an, er machte sie mit Fleiß;
An jeder Zeile blinkt ein Tropfen heller Schweiß. (105.)

An Ramler.

Weg die Feile! Du nimmst den Geist aus dem Liede, Du schonest
Meinen ja nicht in ihm, feilest ja Deinen hinein! (V, 151.)

Swift und Fenelon.

Swift malt den Menschen, daß mir grauet
Ihn anzusehn; Ihr seht's, es ist ein häßlich Bild!
Ich les' im Fenelon und finde mich erbauet;
Wär' ich wie er, seufz' ich, in Tugend eingehüllt. (VI, 336.)

Unter dem Titel: „mein Hüttchen" hat Gleim in einer Reihe von Gedichten, seine Gedanken und Empfindungen ausgesprochen, meist milder und zarter Art, wie sie freilich nicht mehr sowie sonst aussprechen.

[Eschenburg V, 84.]

Er sagt!

Im Hüttchen hatt' ich tausend Freuden
Der Freundschaft! — Arbeit und Gesang,
Und die Vergessenheit des Bösen,
Gab mir Gesundheit! — Gott sey Dank!
Gott ist der Geber alles Guten!
Auf meiner langen Lebensbahn
Dacht' ich im Wachen, dacht' in Träumen:
Was Gott thut das ist wohlgethan! (VII, 136.)

Die wahre (nicht erkünstelte) Begeisterung Gleims für Friedrich II., kräftigte die kriegerischen Dichtungen des Grenadiers, und sie wurden mit Recht bekannter und beliebter, als die Oden Ramlers. Ob aber jene Popularität noch fortdauert, bleibt zweifelhaft. Wenigstens ist mir ein Bedenken aufgestiegen, das wehmüthig und für Schriftstellerruhm schmerzhaft ist. Als ich nämlich die 1812, vor funfzig Jahren gedruckte, erste Gesammtausgabe der Werke Gleims, von der königlichen Bibliothek erhielt (um sie mit früheren Abdrücken zu vergleichen) klebten die Blätter noch so aneinander, daß sie in der ganzen Zeit niemand gefordert und gelesen hatte! Wenn Gleim dies wüßte, oder erlebt hätte, es würde ihn um so tiefer kränken, als man es in jener früheren Zeit für unentbehrlich und zum Wesen der Freundschaft gehörig betrachtete, sich gegenseitig übermäßig zu loben und zu verhätscheln.

[Eschenburg IV, 303.]

Nach Empfang eines, in der That unbedeutenden Gedichts, Alexis und Elise, schrieb Wieland den 8. Mai 1771 an Gleim (III, 133): „Lassen Sie sich umarmen für ihre Alexiade, mein lieber, schwärmerischer, unnachahmlicher Gleim! Sie allein können aus Nichts, oder aus Etwas das beinahe Nichts ist, das niedlichste, anziehendste, interessanteste Ding machen, das jemals ein Barde gemacht hat. Wie liebe ich diese anmuthig wilden Noten, diesen kunstlosen, von der bloßen Natur eingegebenen Nachtigallengesang; es ist mein Lieblingston, der Ton Ihrer Alexias; aber niemand kann darin componiren, und niemand soll darin componiren als mein Gleim. Ja wohl müssen Sie begeistert gewesen seyn, da Sie diese Alexiade sangen, u. s. w."

Ob in diesen Worten Wielands eine leise Ironie verborgen liegt, will ich nicht entscheiden; deutlich und vollkommen richtig spricht sich Goethe über damalige Verhältnisse aus (Löbell I, 254). Er sagt: „Beide Männer, Klopstock und Gleim, führten ein eigenes Uebel herbei, für sich selbst, für ihre Umgebungen, für ihre Zeit. Sie legten auf ihre besondern engen Zustände einen Werth, den sie nicht hatten, da sie gegen die Welt und ein bewegteres Leben betrachtet, nichtig waren. Sie empfingen von Andern Lob und Ehre und gaben sie zurück. So entstanden jene Briefwechsel, bei denen die heutige Welt kaum die Möglichkeit einsieht, wie vorzügliche Menschen sich an einer solchen Wechselnichtigkeit ergötzen konnten. Allein man kann sich daran belehren, daß der vorzüglichste Mensch auch nur vom Tage lebt und nur kümmerlichen Unterhalt genießt, wenn er sich zu sehr auf sich selbst zurückwirft und in die Fülle der äußeren Welt zu greifen versäumt, wo er allein Nahrung für sein Wachsthum, und zugleich einen Maßstab desselben finden kann."

107.

Wenn ich an dieser Stelle zurückblicke auf den Entwickelungsgang der Litteratur, so schlossen die Abtheilungen, oder Hefte meiner Vorträge auf sehr verschiedene Weise. Die alte Litteratur zeigte ein trauriges Absterben, einen völligen Bankerott und das Mittelalter genügte nur in Hinsicht auf einzelne Richtungen. Es vergingen an acht Jahrhunderte, bevor sich ganz neues eigenthümliches Leben hervordrängte. Dies war aber so kräftig, daß die nächsten Abtheilungen meiner Vorträge keineswegs mit Erschöpfung endeten, sondern mit mannichfachen glänzenden Erscheinungen, Shakspeare und Milton, Rousseau und Voltaire, die englischen Redner, Skott und Byron. Betrachten wir dagegen die zuletzt behandelte Reihe deutscher Schriftsteller, so könnte (sobald wir nicht seitwärts, oder vorwärts schauen) die Besorgniß entstehen, es zeige sich seit Lessing, Herder und Wieland, eine Abnahme der Tiefe und Kraft. — Gottlob daß dem nicht so ist; sondern wiederum über alle Erwartung und geschichtliche Wahrscheinlichkeit hinaus, stieg der glänzendste litterarische Tag über unser Vaterland herauf. Seit den Griechen hat eine so mannigfache Entwickelung der Philosophie nicht stattgefunden:[1]) Kant, Fichte, Hegel, Schelling, Jacobi, Herbart, Fries, Schleiermacher, Solger u. A. werden (trotz mancher Auswüchse) ihre große Bedeutung nie verlieren. Nicht minder ist

1) Gillies Greece V, 258.

Geschichtforschung und Geschichtschreibung wesentlich fortgeschritten (Mascow, Müller, Schröckh, Plank, Spittler, Heeren u. A.), und durch ein verändertes, öffentliches Leben, durch eine nationale Wiedergeburt, auch der Beredsamkeit Bahn eröffnet.

Am reichsten endlich hat sich die Dichtkunst entwickelt. Daß man in der gerechten Freude Manches überschätzte, ist nicht zu tadeln, sondern natürlich und löblich: was aber auch die Zeit (dieser strengste Kritiker) allmählig in den Hintergrund stellen mag, es bleibt des, der Ewigkeit Würdigen noch genug übrig. Selbst Abgeneigte werden zugeben: Goethe sey der erste aller neuern deutschen Elegiker und Lyriker, und sein Hermann ein, auf unbetretener Bahn gegründetes, meisterhaftes Epos. Verlieren seine Romane (wie alle) auch den Reiz der Neuheit und Gegenwart, so bleibt ihnen doch die Vollendung der Auffassung und Darstellung; sind seine Dramen minder drastisch als die einiger großen Meister, so offenbaren sie psychologische Tiefe und gemüthliche Zartheit. Und wer mit den Wanderjahren und dem zweiten Theile des Faust unzufrieden ist, wird gestehen daß die großen Vorzüge der ersten Hälften, zu diesem Urtheile Veranlassung geben.

An dem vielbewunderten Schiller ist vielleicht das Größte, daß er seine wilde Kraft zu Maaß und Schönheit erzog und verklärte. Mit Recht sind beide Dichter Lieblinge des Volks geworden; doch beruht der Reichthum deutscher poetischer Litteratur nicht auf ihnen allein. So dürften z. B. (um aus Mehreren nur Einen zu nennen) Tiecks Werke mit der Zeit immer mehr hervorragen über die unzähligen Wasserwogen, welche sie umspülen und nicht wenigen, sonst rüstigen Lesern verdecken.

Um diese, sowie viele andere denkwürdige Schriftsteller der europäischen Neuzeit und ihr Verhältniß zu der politischen Entwickelung gebührend zu schildern, sind größere Kräfte erforderlich als mir zwei und achtzigjährigem Greise zu Gebote stehen. Möge das bis hieher Dargebotene, eine freundliche Aufnahme finden.

CPSIA information can be obtained
at www.ICGtesting.com
Printed in the USA
LVHW040405200422
716646LV00005B/219

9 783752 598704